SUEÑAN CON SER COMO NOSOTRAS

JESSICA GOODMAN

Sueñan con ser como nosotras

Traducción de **Alícia Astorza**

NUBE **DE TINTA**

Papel certificado por el Forest Stewardship Council®

Título original: *They Wish They Were Us*

Primera edición: marzo de 2022

Publicado por acuerdo con Razorbill,
un sello de Penguin Young Readers Group,
una división de Penguin Random House LLC.
Todos los derechos reservados

Printed in Spain – Impreso en España

ISBN: 978-84-17605-90-2
Depósito legal: B-817-2022

Compuesto en La Nueva Edimac, S. L.
Impreso en Black Print CPI Ibérica, S. L.
Sant Andreu de la Barca (Barcelona)

NT 0 5 9 0 2

Para mamá y papá,
por las raíces y las alas

Prólogo

Es un milagro que la gente termine el instituto con vida. Todo es un riesgo o una trampa puesta adrede. Si no terminas con el corazón exhausto, pisoteado y amoratado, puede que acabes muerta por una causa tan típica y tópica como trágica: en un accidente de coche conduciendo bajo los efectos del alcohol, por saltarte un semáforo en rojo mientras escribes un mensaje en el móvil o por tomarte demasiadas pastillas de las que no tocan. Pero Shaila Arnold no pasó a mejor vida por nada de eso.

Por supuesto, si nos ceñimos a los hechos, la causa de la muerte fue un traumatismo por fuerza contundente a manos de su pareja, Graham Calloway. Lo más fácil hubiese sido pensar que se había ahogado, puesto que encontraron restos de agua marina en sus pulmones, pero tras una inspección más minuciosa detectaron la ineludible contusión que tenía en la cabeza y la mancha de sangre espesa y pegajosa que enmarañaba su larga melena de color miel.

Traumatismo por fuerza contundente. Eso es lo que consta en su certificado de defunción, lo que quedó grabado en el registro. Pero en realidad no es así como murió. No puede serlo. Creo que murió del enfado, de la traición. De querer demasiadas cosas a la vez. De no sentirse satisfecha nunca. Su ira la consumía en-

9

tera. Lo sé porque la mía también me consume a mí. «¿Por qué tuvimos que sufrir? ¿Por qué nos escogieron a nosotras? ¿Cómo llegamos a perder el control?».

Me cuesta recordar cómo éramos antes, cuando el enfado no era más que algo pasajero. Una sensación transitoria provocada por una pelea con mamá o porque mi hermano pequeño, Jared, insistía en comerse el último trozo de tarta de manzana en Acción de Gracias. Entonces, el enfado era fácil porque era efímero. Una ola que crecía y se rompía contra la orilla antes de volver a calmarse. La situación siempre se calmaba.

Ahora es como si dentro de mí viviese un monstruo. Y ya siempre estará ahí, esperando para poder rasgarme el pecho y asomarse al exterior, salir hacia la luz. Me pregunto si eso es lo que sintió Shaila en sus últimos momentos de vida.

Dicen que solo las buenas personas mueren jóvenes, pero eso no es más que la letra de una estúpida canción que cantábamos. No es real. No es cierto. Lo sé porque Shaila Arnold era muchas cosas: brillante y divertida, confiada y atrevida. Pero ¿siendo sincera? Tampoco era tan buena.

Uno

El primer día de clase siempre implica lo mismo: un homenaje a Shaila. Hoy hubiese sido su primer día del último curso. En cambio, está muerta, igual que hace tres años. Y hoy nos espera un recordatorio más.

—¿Estás lista? —me pregunta Nikki mientras entramos en el aparcamiento. Aparca bruscamente su reluciente BMW negro, un regalo de sus padres para celebrar el inicio del curso escolar, y toma un buen sorbo de café con hielo—. Porque yo no lo estoy. —Abre el espejo, se aplica una capa de pintalabios de color rosa sandía y se pellizca las mejillas hasta que están sonrojadas—. A estas alturas ya podrían hacerle una placa u organizar una carrera benéfica en su nombre, o algo así y listos. Esto es inhumano.

Nikki lleva contando los días que faltaban para el primer día del último curso del instituto desde que empezamos las vacaciones de verano en junio. Esta mañana me ha llamado a las 6.07 y, cuando me he girado en la cama y he cogido el móvil aún medio dormida, ni siquiera se ha esperado a que la saludara.

—¡Estate lista dentro de una hora o búscate otra manera de llegar a clase! —ha gritado por encima del ruido del secador de pelo, que se oía de fondo.

Cuando ha llegado, ni siquiera ha tenido que apretar el claxon para avisarme. Ya sabía que estaba fuera gracias a las ensordecedoras notas de Whitney Houston en «How Will I Know». A las dos nos encanta la música de los ochenta. Cuando me he subido al asiento del copiloto, parecía que Nikki ya se hubiese tomado dos cafés Venti del Starbucks y hubiese ido a un salón de belleza para que la dejaran superglamurosa. Sus ojos oscuros destelleaban gracias a una sombra de ojos brillante, y se había enrollado las mangas del blazer azul marino de Gold Coast Prep para que le quedaran a la altura de los codos de una manera artística y a la vez desarreglada. Nikki es una de las pocas personas que pueden conseguir que este horroroso uniforme parezca algo guay.

Por suerte, las pesadillas me han dado un respiro esta última noche e incluso me han desaparecido las ojeras, que ya eran casi permanentes. También ayuda el hecho de que haya tenido algunos minutos extra para aplicarme una gruesa capa de máscara de pestañas y arreglarme las cejas.

Cuando Nikki ha salido de la calzada de mi casa, tenía los nervios a flor de piel por lo que estaba por llegar. Nuestro momento. Por fin estábamos en lo más alto.

Pero ahora que estamos aquí de verdad, dejando el coche por primera vez en el aparcamiento de Gold Coast Prep reservado para los alumnos de último curso, un escalofrío me recorre la espalda. Todavía tenemos que pasar por el homenaje de Shaila, que se cierne sobre nosotras como una nube, preparada para ponerse a llover y arruinarnos toda la diversión.

Shaila fue la única alumna que murió mientras iba a Gold Coast Prep, así que nadie supo cómo actuar ni qué hacer. Pero, de alguna manera, decidieron que cada año empezarían el curso con una ceremonia de quince minutos para recordarla. La tradición duraría hasta que nos graduásemos y, como agradecimiento, los Arnold donarían una nueva ala de Inglés en nombre de Shaila. Buena jugada, director Weingarten.

Pero nadie quiere recordar a Graham Calloway. Nadie lo menciona nunca.

La ceremonia del año pasado no estuvo tan mal. Weingarten se puso en pie y habló de lo mucho que le gustaban las matemáticas a Shaila —no es cierto— y de lo emocionada que estaría de empezar Cálculo avanzado si siguiese entre nosotros —pero no es así—. El señor y la señora Arnold acudieron, igual que el año anterior, y se sentaron en la primera fila del auditorio, secándose las mejillas con unos pañuelos de algodón tan viejos y desgastados que eran casi translúcidos, y seguramente todavía tenían restos mucosos de hacía décadas.

Nosotros seis nos sentamos a su lado, en la parte central delantera del auditorio, presentándonos como los supervivientes de Shaila. Habían seleccionado a ocho, pero esa noche pasamos a ser seis.

Cuando Nikki se mete en la plaza reservada para la presidenta de la clase, Quentin ya nos está esperando.

—¡Somos de último curso, zorras! —exclama, y pega sobre mi ventanilla un trozo de papel de libreta con un garabato rápido de nosotros tres. En el dibujo, Nikki sostiene el mazo como presidenta de último curso, yo tengo un telescopio que me dobla en tamaño y Quentin está pintado de un color rojo ardiente para combinar con el color de su pelo. Nuestro grupito de tres hace que se me derrita el corazón.

Suelto un chillido al ver al Quentin de verdad, abro la puerta del coche de golpe y me tiro sobre él.

—¡Estás aquí! —digo, hundiendo la cara en su pecho blando.

—Ay, Jill —responde, riéndose—. Ven aquí, Nikki.

Mi amiga también se tira sobre él para unirse a nuestro abrazo y yo inhalo el perfume de rocío del detergente de Quentin. Nikki me planta un beso pegajoso en la mejilla, y en pocos segundos llegan todos los demás. Robert, con el pelo engominado hacia atrás, da una última calada a su cigarrillo electrónico de menta y se lo mete en el bolsillo de la chaqueta de cuero. Tendría que recibir unas cuantas sanciones por llevar esa chaqueta en lugar del blazer, pero nunca le dicen nada.

—No me creo que tengamos que pasar por esto otra vez —dice.

—¿El qué? ¿La escuela o lo de Shaila? —Henry se me acerca por detrás y posa una mano en la parte superior de mi culo, a la vez que me mordisquea la oreja. Tiene un olor tan masculino que resulta casi abrumador, como césped recién cortado mezclado con desodorante francés caro. Me sonrojo al recordar que esta será la primera vez que nos ven en el instituto como una pareja, y me acerco más a él, hasta colocar el hombro bajo su axila.

—¿Tú qué crees? —Robert pone los ojos en blanco.

—Callaos, idiotas —responde Marla, echándose la trenza rubio platino por detrás del musculado hombro. Tiene el rostro moreno después de haberse pasado el verano entrenando en el mejor campamento de verano de hockey sobre hierba de Nueva Inglaterra. Lleva el *stick* de hockey metido en una bolsa de tela con un diseño *tie-dye* que le cuelga del hombro, y el mango, que está enrollado con cinta adhesiva, asoma por arriba. Es el símbolo definitivo de que forma parte de la realeza del equipo deportivo. Le sienta bien.

—Lo que tú digas —murmura Robert—. Venga, cuanto antes empecemos, antes terminaremos.

Echa a andar y nos conduce hacia el patio, que luce un césped cuidado al detalle y prístino tras un verano sin alumnos. Si te colocas justo en el lugar adecuado, debajo de la torre del reloj y a dos pasos a la derecha, puedes vislumbrar un tramo del estuario de Long Island Sound a un kilómetro y medio de distancia y los altos veleros que se balancean con cuidado los unos junto a los otros. El aire salado hace que se me rice la melena. Aquí es inútil tener una plancha para el pelo.

Me quedo al final del grupo y los observo delante de mí. Sus siluetas perfectas se perfilan contra la luz del sol. Por un instante, no existe nada más allá de los Jugadores. Somos un campo de fuerza. Y solo nosotros sabemos la verdad sobre lo que hemos tenido que hacer para llegar adonde estamos.

Los estudiantes de cursos inferiores —los «novatos», como dice Nikki— avanzan por los caminos pavimentados, pero nadie se acerca demasiado a nuestro grupo. Mantienen una cierta distancia, estirándose la rígida camisa blanca de botones, apretándose la hebilla del cinturón y arremangándose la falda plisada a cuadros. Ninguno de ellos se atreve a mantener contacto visual con nosotros. A estas alturas, ya se han aprendido las normas.

Estoy sudando cuando llegamos al auditorio. Henry me abre la puerta y me invade una sensación de terror. La mayoría de las butacas aterciopeladas ya están ocupadas, y varios pares de grandes ojos saltones se vuelven para ver cómo bajamos por el pasillo hasta llegar a nuestros puestos en primera fila, al lado del señor y la señora Arnold, ambos vestidos de negro. Cuando nos acercamos, se ponen de pie y nos saludan a todos con besos al aire, con los labios fruncidos. El sonido de los besos hace eco por toda la sala cavernosa, y los huevos que he tomado para desayunar se me revuelven en el estómago. Toda la escena me recuerda al funeral de mi abuelo, cuando pasamos varias horas en pie recibiendo el pésame de un invitado tras otro hasta que, de tanto fruncir los labios, se me marchitaron como si fuesen una flor. Yo soy la última en saludar a la señora Arnold, que me clava las uñas de color carmesí en la piel.

—Hola, Jill —me susurra en la oreja—. Que tengas un feliz primer día de clase.

Consigo dedicarle una sonrisa y liberar el brazo de su agarre al cabo de un momento demasiado largo. Cuando me apretujo entre Henry y Nikki, el corazón me late a mil por hora. Shaila nos devuelve la mirada desde un marco bañado en oro, sentada sobre un caballete en el centro del escenario. Su cabellera dorada desciende en grandes ondas desenfadadas, y sus ojos de un verde vivo se han intensificado con un poco de Photoshop. Tiene el mismo aspecto de siempre, estancada en los quince años, mientras que el resto de nosotros hemos desarrollado espinillas adicionales, reglas más dolorosas y un desagradable aliento de dragón.

El teatro huele a papel recién impreso y a lápices a los que se les acaba de sacar punta. Ya no queda nada del almizcle que se había instalado en primavera, al final del curso escolar anterior. Este lugar es lo único que los Arnold han clavado del homenaje. El auditorio era el lugar preferido de Shaila de toda la escuela. Actuó en todas las obras escolares que pudo, y salía de los ensayos de la tarde con una felicidad eufórica que yo no entendía.

—Necesito ser el centro de atención —me dijo una vez con una risa desbordante y franca—. Y no me importa reconocerlo.

—Buenos días, Gold Coast —brama el director, el señor Weingarten. Tiene la pajarita algo torcida, la barbilla puntiaguda y un bigote entrecano que parece que se acaba de repasar—. Veo muchas caras nuevas entre las filas y quiero daros la bienvenida de todo corazón. Por favor, acompañadme.

La gente se vuelve hacia los nuevos, chicos y chicas que se

han pasado toda la vida en colegios públicos y que hasta ahora pensaban que el primer día de clase era solo para pasar lista y conocerse los unos a los otros, no para saludar a una chica muerta. Ahora, en este nuevo y extraño lugar, sus expresiones perplejas los delatan. Resulta muy obvio. Yo también fui como ellos, cuando empecé sexto curso. Me aprobaron la beca tan solo una semana antes de que comenzaran las clases, y al llegar a Gold Coast Prep no conocía a absolutamente nadie. El recuerdo casi hace que me estremezca.

—Bienvenidos y bienvenidas —dice el resto del auditorio al unísono. Nuestra fila se mantiene en silencio.

—Os estaréis preguntando por qué estamos aquí, por qué empezamos cada curso en este lugar. —Weingarten hace una pausa y se pasa un pañuelo por la frente. Se oye el zumbido del aire acondicionado, que está al máximo, pero aun así su ceja reluce por el sudor bajo de las luces del escenario—. Es porque queremos dedicar unos instantes a recordar a una de nuestras mejores alumnas, una de las más inteligentes: Shaila Arnold.

La gente vuelve la cabeza hacia el retrato de Shaila, pero el señor y la señora Arnold mantienen la mirada concentrada hacia el frente, hacia el director Weingarten.

—Shaila ya no está entre nosotros —prosigue—, pero tuvo una vida radiante, una vida que no podemos olvidar. Su recuerdo está siempre en su familia, sus amigos y entre las paredes de este centro.

El señor y la señora Arnold asienten.

—Estoy aquí para deciros que Gold Coast Prep es, y siempre será, vuestra familia. Tenemos que seguir protegiéndonos los unos a los otros —dice—. No permitiremos que ningún otro estudiante de Gold Coast sufra ningún daño.

El codo de Nikki se me clava entre las costillas.

—Quiero que sirva de recordatorio —continúa el director Weingarten— de que en Gold Coast Prep nos esforzamos por hacer el bien. Aspiramos a ser grandes. Somos una mano amiga.

Ah, el lema de la escuela.

—Acompañadme si os lo sabéis —anuncia con una sonrisa.

Quinientos veintitrés alumnos de Gold Coast Prep, de entre seis y dieciocho años, levantan la voz. Incluso los nuevos, a los que les han dicho que deben aprenderse de memoria estas estúpidas palabras antes siquiera de poner un pie en el recinto:

—En Gold Coast Prep, la vida es buena. Aquí lo pasamos en grande. Somos una mano amiga —dice el estribillo en un sonsonete siniestro.

—Muy bien —nos felicita el director—. Y ahora, a clase. Nos espera un año interesante.

Cuando llega la hora del almuerzo, ya no estamos de luto. Hacerle un homenaje a Shaila era un obstáculo que ya hemos logrado superar.

Me da un vuelco el estómago cuando atisbo la Mesa de los Jugadores de último curso. Los alumnos de segundo y tercer curso ya se han sentado en su sitio, pero la mesa perfecta, la que está reservada para nosotros, está vacía y parece que nos haga señas para que vayamos.

Ocupa el mejor espacio del comedor, sin duda. Se sitúa justo en el centro del comedor, de modo que cualquier persona que pase por nuestro lado podrá ser testigo de lo bien que lo pasamos, incluso en el almuerzo. Las mesas que tenemos cerca, dibujando un anillo alrededor de la nuestra, son las que están reservadas para los otros Jugadores, los novatos, y, después, la distancia a la que estés de nosotros lo determina todo.

Siento un estremecimiento de emoción en los pies mientras Nikki y yo nos paseamos por la sección de ensaladas, donde nos servimos kale masajeado, queso feta marinado y trozos de pollo asado. Cuando llegamos a la mesa de los postres, me sirvo un poquito de la masa de galleta cruda que hay en un bol de cristal. Tener esa bolita mantecosa en la bandeja del comedor siempre ha sido una señal de que eres una chica guay, desde hace décadas. Sheila comía masa de galleta cada día cuando estaba aquí. Cuando llegamos a la caja, un grupo de alumnos de primero nos deja saltarnos la cola, por supuesto, y nos abrimos paso hasta esa mesa que siempre supimos que sería nuestra. Incluso ahora, sigue sorprendiéndome que mi asiento esté vacío, esperándome. Ver la silla libre, la silla que sin duda es mía, aún me provoca una extraña emoción. Es un recordatorio. Después de todo, este es mi lugar. Me lo merezco. He sobrevivido.

Nikki y yo somos las primeras en llegar, y cuando nos sentamos en nuestras sillas, empieza a invadirme esa sensación tan familiar de estar dentro de una pecera. Sabemos que nos están observando, y eso es parte de la gracia.

Mi amiga se echa la larga melena negra por detrás del hombro y abre la cremallera de la mochila, de donde saca una caja de cartón de color neón.

—He venido preparada —dice. Abre la tapa y revela decenas de mini KitKats de sabores diferentes, como calabaza, té verde y boniato. Sus padres deben de habérselos traído de su reciente viaje de negocios a Japón, al que fueron sin ella, claro. Algunos alumnos de segundo estiran el cuello para ver el glamuroso postre que Nikki Wu ha traído a la escuela—. Es otro detalle de Darlene —explica, y me señala los envoltorios de colores vivos. Pone los ojos en blanco cuando pronuncia la segunda sílaba del nombre de su madre.

Sus padres son magnates de la industria textil, y se mudaron aquí desde Hong Kong cuando teníamos unos doce años. En su primer semestre en Gold Coast, casi siempre veíamos a Nikki encorvada sobre el móvil, enviándoles mensajes a sus amigos de China. Nuestro estilo de vida, en una zona residencial en las afueras de una gran ciudad, no le interesaba lo más mínimo. Su indiferencia hacia nosotros la hacía parecer intocable. Esa primavera, se hizo mejor amiga de Shaila mientras trabajaban en el musical de la escuela. Para sorpresa de nadie, Shaila había conseguido el papel protagonista como Sandy, en *Grease*, y Nikki se había apuntado para ayudar con los disfraces. Así es como aprendimos que era básicamente un prodigio de la moda: diseñó unos leggings de cuero espectaculares y faldas con el dibujo de un caniche que parecían sacadas de Broadway.

Cuando vi claramente que tendría que compartir a Shaila como mejor amiga, decidí poner fin a mis celos. Quería explorar los nuevos gustos que compartían («Bravo es mejor que Netflix») y ponerme a la altura después de que bebieran alcohol por primera vez en una fiesta con el elenco de la obra («Si tomas cerveza y luego alcohol destilado te sentará fatal; es mejor beberlos al revés»). En general funcionó bien, y cuando llegamos a octavo curso ya íbamos a la par.

Pero a lo largo del último año de vida de Shaila, Nikki y yo nos disputamos sigilosamente la atención de nuestra mejor amiga, girando en órbita la una alrededor de la otra. Sin embargo, era una lucha estúpida, porque a Shaila no le gustaba tener favoritismos. Era leal a ambas, y, cuando murió, Nikki y yo pasamos de tener una relación de amor-odio a ser inseparables. La conexión que unía la una con la otra había desaparecido, así que tuvimos que forjar una nueva. Fue como si se hubiese evaporado toda la tensión y solo quedáramos nosotras dos, y una necesidad incontenible de intimar. Desde entonces, Nikki se convirtió en mi Shaila. Y yo, en la suya.

—Mi favorito es el de alubia roja —comenta ahora, mientras desenvuelve una chocolatina y se la mete en la boca.

Extiendo el brazo hacia la caja y encuentro un envoltorio de color rosa chicle. Es dulce y se me engancha a la palma de la mano.

—Qué va —respondo—. El de fresa es el mejor de todos.

—Solamente si lo combinas con el de matcha.

—Pfff. Esnob.

—¡Se le llama «tener buen gusto»!

—¿Y qué me dices del de chocolate negro?

Nikki reflexiona sobre mi pregunta mientras mastica.

—Simple. Clásico. Me gusta.

—Es icónico.

—Como nosotras. —Nikki me dedica una de sus radiantes sonrisas y luego saca otra chocolatina, esta vez con un envoltorio de color lavanda—. La vida es demasiado corta como para comerte solamente uno.

—Totalmente.

Detrás de mí, el zumbido del comedor se convierte en un rugido. Me vuelvo y veo que los chicos se acercan hacia nosotras. Los alumnos de primero y segundo se dispersan para dejarles pasar. Robert está unos pasos por delante de los demás, cruzando el comedor con zancadas decididas. Henry lo sigue de cerca, con la mochila colgada de un hombro y el pelo, abundante y de color arena, peinado cuidadosamente hacia un lado. Lleva la corbata aflojada alrededor del cuello y le choca el puño a Topher Gardner, un jugador de tercer curso bajo y fornido, con problemas de acné y desesperado por que Henry se fije en él. Quentin va a la cola del grupo y, cuando pasa por su lado, le guiña el ojo a un chico mono de segundo curso que juega en el equipo de béisbol. El pobre se pone rojo como un tomate. Robert se deja caer sobre su asiento, luego abre con brusquedad una botella de refresco y se bebe la mitad.

—Ey, amor —me dice Henry mientras se sienta en la silla que hay a mi lado. Presiona los labios contra el triangulito de piel donde mi cuello se une a la clavícula. Un escalofrío me recorre el cuerpo, y oigo que en la mesa de detrás de nosotros alguien ahoga un grito. Un grupito de chicas de primero, con los ojos como platos y unas faldas demasiado largas, se han sentado en primera fila. Si piensan que se quedarán esa mesa durante todo el año, están muy equivocadas. Esa mesa también la tenemos reservada para nosotros, se la regalaremos a los Jugadores de primer curso. Ya se enterarán.

Pero, por ahora, las chicas rompen a reír y se susurran cosas mientras se tapan la boca con las manos ahuecadas y dirigen miraditas hacia nosotros.

Marla se desploma sobre su silla, y ahora sí que volvemos a estar todos juntos. Sigue quedando espacio porque las mesas están pensadas para ocho personas; con Shaila y Graham hubiésemos ocupado toda la mesa. Sin embargo, hemos aprendido a separarnos un poco para ocupar más espacio del que deberíamos. Ayuda bastante. Y ahora que estamos todos aquí, empieza el juego.

El ambiente entre nosotros es frenético, con fragmentos de conversaciones que pretenden conducirnos hacia el fin de semana, como siempre.

—Me han dicho que Anne Marie Cummings le hará una paja a cualquiera que le diga que le gusta su banda de mierda.

—Reid Baxter ha prometido que esta noche traerá dos litros de alcohol. No lo dejéis entrar si le falla su contacto.

—Bueno, pues si no quieres terminar con un montón de

pintadas con permanente por todo el cuerpo, la próxima vez no te emborraches tanto.

Estos fragmentos de conversación flotan sobre nuestras cabezas y viajan por toda la sala, como palomas mensajeras, compartiendo las noticias más importantes con el resto de la escuela. A veces, cuando nos inclinamos mucho para acercarnos los unos a los otros, me da la sensación de que nuestras cabezas casi se tocan. En cambio, otras veces nos encerramos en nosotros mismos y formamos uniones y alianzas. «¿Quién está de mi parte? ¿Es un amigo o un enemigo?».

—¡Ejem! —Nikki le da unos golpecitos a la lata de agua con gas con el cuchillo.

Robert gruñe, pero le dedica una sonrisa. Si tienen una buena semana, suelen pasarse las pausas del almuerzo gesticulando con la boca frases obscenas por encima de las bandejas. Si es una mala semana, Nikki hace ver que no existe.

—Idiota. —Mi amiga le saca la lengua y aprieta los brazos contra los lados de su cuerpo para erguir su pecho y que le queden las tetas justo por debajo de la barbilla. Robert se echa para atrás y levanta las cejas, impresionado. De momento, parece que esta semana es excelente.

—Vale, señorita Wu —dice Quentin—. Suéltalo de una vez.

Nikki se inclina hacia nosotros y baja la voz para que tengamos que acercarnos para oírla, aunque nada de lo que diga será información que no conozcamos ya. Montará una fiesta esta noche. (No me digas). Sus padres no están, se han ido a París a pasar el fin de semana. (Para variar). Y habrá un barril de cerveza. (Por supuesto).

Henry se vuelve hacia mí. Una de sus manos encuentra mi muslo bajo la mesa, y con el pulgar empieza a dibujar circulitos sobre mi piel desnuda.

—Te pasaré a buscar a las ocho y media —propone.

Esbozo una sonrisa e intento ignorar el calor que siento entre las piernas. La piel de Henry reluce como el verano, y juro que todavía puedo distinguir la marca del moreno que las gafas de sol le dejaron sobre el puente de la nariz el día que me pidió que fuésemos oficialmente una pareja. Era una de las tardes más calurosas de junio y hacía un calor abrasador si estabas en tierra, pero hacía fresquito sobre el barco de sus padres en medio del estuario de Long Island Sound. El chat grupal estaba medio muerto; todo el mundo se había ido de vacaciones antes de empezar sus respectivos programas de verano de élite y yo todavía no había empezado las prácticas en el planetario local, así que nosotros dos éramos los únicos que estábamos por aquí.

«Te gustan las estrellas, ¿verdad?», me preguntó Henry por mensaje privado.

Todo el mundo sabe que estoy obsesionada con la astronomía. Bueno, con la astronomía y con la astrofísica, para ser exactos. Es lo que siempre me ha apasionado, desde los cinco años. A esa edad mi padre empezó a llevarme al Ocean Cliff, el acantilado que hay junto al océano, después de que hubiera una tormenta, que es cuando el cielo está más despejado, para que encontrara constelaciones, galaxias, planetas y estrellas. Es el punto más elevado de Gold Coast, una enorme construcción de piedra que se extiende sobre el agua.

—Así es como podemos encontrarle sentido al caos —decía papá cuando nos sentábamos en las rocas. Me explicaba que siempre había querido ser astronauta, pero, en lugar de eso, y por algún motivo que nunca he entendido, se hizo contable. Cuando llegamos a casa esa primera noche, pegó un montón de estrellitas de esas que brillan en la oscuridad en el techo de mi habitación, creando formas en espiral.

El hecho de poder identificar las diferentes cosas que hay en el universo, esos pequeños milagros que han estado allí desde siempre, me tranquiliza. Hace que desaparezcan las pesadillas, que sea más fácil lidiar con la oscuridad. Bueno, a veces.

«Claro», respondí.

«¿Te apetece ver la puesta de sol desde el barco?».

Esperé unos segundos antes de responder. Henry redobló la oferta.

«Tenemos un telescopio, lo puedo coger».

Henry llevaba detrás de mí desde final de curso. Se pasaba por casa, se ofrecía a llevarme en coche a las fiestas y me mandaba vídeos de noticias raras que le parecía que me harían gracia. Estaba cansada de decirle que no, de esperar a otra persona. Así que pensé «A la mierda», y accedí.

«Vale. Pero ya me encargo yo del telescopio, no te preocupes».

El Celestron de tamaño de viaje que papá me había regalado por Janucá el año pasado descansaba sobre mi mesita de noche.

Unas horas más tarde, estábamos a medio camino hacia la costa de Connecticut subidos en su pequeño barco, llamado Olly Golucky en honor al golden retriever de doce años de Henry. El sol se había puesto y el calor empezaba a aflojar. Se levantó una brisa, y las primeras estrellitas empezaron a asomarse entre las nubes. Inspiré el aire salado y me tumbé sobre la cubierta húmeda. Las olas chocaban a nuestro alrededor, mientras Henry me deleitaba con anécdotas sorprendentemente divertidas de su primera semana como becario en la CNN. Era superadorable cómo se sonrojaba cuando me contaba que se había cruzado con alguno de sus ídolos en los pasillos. Entonces sacó una botella de vino rosado y una lata de caviar ruso que sacó de una neverita escondida. Me los entregó mientras me hacía la pregunta, con ojos grandes y esperanzados:

—¿Qué me dices? ¿Quieres que seamos pareja?

La respuesta era obvia. Él era el capitán del equipo de *lacrosse* y el presentador del canal de noticias de la escuela, y era más elocuente que la mayoría de nuestros profesores. Era dulce cuando se emborrachaba, ese momento horroroso en el que la mayoría de los chicos se convierten en monstruos. También ayudaba que fuese muy atractivo, parecía un modelo de Nantucket para la marca J. Crew: con el pelo rubio y espeso, los ojos verdes y una piel casi perfecta. Estaba destinado a la excelencia, y era un Jugador. Estar con él haría que todo fuese mucho más fácil.

Además, la persona con la que de verdad quería estar, el chico que involuntariamente me había conducido hasta ese lugar exacto, estaba a cientos de kilómetros de distancia. Así que estaba clarísimo: Henry estaba aquí y quería salir conmigo, y Adam Miller no.

—Por supuesto —respondí. Henry soltó la lata y me rodeó por la cintura con sus manos pegajosas, mientras las huevas de pescado se me enganchaban a la piel desnuda de la espalda. Nunca se hubiese ni imaginado que mientras tenía la lengua dentro de mi boca, yo deseaba que Adam me viera para que se diese cuenta de lo que había dejado escapar.

Suena el timbre y Robert le da una patada a Henry por debajo de la mesa.

—Venga, tío. Tenemos Español.

—Inglés —digo, volviéndome hacia Nikki.

Mi amiga echa la cabeza hacia atrás, desesperada, pero enlaza el brazo con el mío y tira de mí hacia las puertas dobles que dan al patio. El sol se mueve a medida que caminamos y, si entorno los ojos, puedo ver el aparcamiento reservado al personal que hay detrás del teatro y, de lejos, los tenderetes donde venden ostras y en los que ya están corriendo las cortinas y empaquetando las cajas para terminar por hoy.

Nikki y yo llegamos al aula, al otro lado del campus, justo cuando suena el timbre, y nos dejamos caer en nuestras respectivas mesas, que están la una al lado de la otra. Saco mi ejemplar de *El gran Gatsby*, que el señor Beaumont nos prometió que era un clásico y nos mandó leer durante el verano.

—Hola, chicas —nos saluda el profesor cuando pasa junto a nuestras mesas—. ¿Habéis pasado un buen verano?

Nikki ladea la cabeza y lo mira con picardía.

—Ha sido un verano fantástico.

—Excelente. —El señor Beaumont nos sonríe y se recoloca las gruesas gafas de montura. Parece que está más moreno que el año pasado, como si se hubiese pasado todo el verano nadando en los Hamptons. Como si fuera una versión adulta de uno de nosotros y, en cierto modo, supongo que así es.

Llegó a Gold Coast hace tres años. Empezó justo después de Acción de Gracias, cuando la señora Mullen cogió la baja por maternidad. Nikki, Shaila y yo tuvimos inglés con él ese año, nuestro primer curso, justo cuando nos enteramos de lo de los Jugadores. El primer día de clase, nos ganó a todas con un reto.

—No me jodáis, y yo no os joderé a vosotros —dijo con una sonrisa. Una broma. Había dicho «joder», así que seguro que era guay. Seguro que nos entendería. A media clase me vibró el móvil porque había recibido un mensaje de Shaila: «OBSESIONADA», había escrito, seguido de varios corazones rojos. Levanté el rostro y cruzamos miradas.

«En tus sueños», gesticulé con la boca.

Pocos días después de que empezara a dar clases, todos nos enteramos de que se había criado en Gold Coast. Ahora hace diez años que se graduó. A juzgar por la foto de su anuario, parece un auténtico bromista: tenía un pelambre oscuro y despeinado y llevaba un jersey de *lacrosse* manchado de tierra. Henry cree que él también era un Jugador. Incluso se rumorea que él es quien lo empezó todo. Pero yo nunca me lo he creído.

El director Weingarten quedó tan satisfecho con su trabajo ese año que lo contrató a tiempo completo y le asignó la clase de Literatura inglesa avanzada, que está reservada para los alumnos de último curso. Ahora dice que nuestra clase es su «primogénita».

Mientras Beaumont se lanza a dar un monólogo sobre el East Egg y el West Egg, yo me apresuro a tomar nota de todo lo que dice.

—No sé por qué lo haces —me susurra Nikki, señalándome la libreta y el bolígrafo—. Ni que necesites los apuntes.

Tiene razón, por supuesto. Hay un sinfín de información sobre *El gran Gatsby* en los Archivos de los Jugadores, así como centenares de guías de estudio sumamente detalladas para los exámenes de Gold Coast, tanto para los parciales como para los finales. También hay una gran cantidad de exámenes de acceso a la universidad de años anteriores, fotocopias de exámenes avanzados y consejos extraoficiales de los decanos de las oficinas de admisiones de Harvard y Princeton sobre cómo redactar un buen ensayo de admisión a la universidad. Vi todos estos minimanuales la primavera pasada, archivados entre un montón de exámenes finales de química orgánica de nivel universitario que había enviado un Jugador cuyo nombre ni siquiera reconocí.

«¡Nunca cambian las preguntas!», había escrito. «¡Sacad un puto excelente!».

Los Archivos son nuestra puerta de entrada a la élite de la élite. Una forma de que sobresalgamos, incluso aunque pudiésemos valernos por nosotros mismos. Se van pasando de generación en generación como recompensa por nuestra lealtad; es una manera de que disfrutemos de todo lo que conlleva ser un Jugador. Las fiestas. La diversión. El privilegio. Los Archivos alivian parte del estrés, de la presión. Hacen que todo sea más fácil. De oro. No importa la demoledora sensación de culpa y de vergüenza que siento en el estómago cada vez que abro la aplicación donde están guardados. Los Archivos son nuestro seguro de vida.

Sobre todo para aquellos de nosotros cuyos padres no pueden permitirse clases particulares de precios desorbitados ni asesoramiento privado para la universidad, que cuesta casi tanto como la matrícula a Gold Coast Prep. O para los que tenemos que mantener una media de noventa y tres para no perder la beca. Pero los demás no tienen que conocer tantos detalles.

—Señorita Wu. —Beaumont llama a Nikki—. ¿Qué es lo que la señorita Newman está escribiendo que te resulta tan interesante? Me sorprende que estés mirando algo que no sea el móvil.

Nikki se yergue en la silla, y su melena lisa y oscura le cae sobre los hombros.

—Señor Beaumont, ya sabe que me ha encantado el libro. Solo estaba viendo qué opina Jill al respecto.

—Y, señorita Newman, ¿qué opinas sobre *Gatsby*? —Me lo pregunta como si de verdad quisiera saber la respuesta.

—Bueno…

Entonces suena el timbre.

—Otra vez será, señorita Newman. Que paséis un buen fin de semana todos y todas. Id con cuidado. —Se dirige a toda la clase, pero siento que tiene la mirada fija en mí, como si supiera nuestros secretos, como si supiera todo lo que nos pasa a los Jugadores. Todo lo que hemos sacrificado. Todo lo que hemos hecho para sobrevivir. En especial las chicas.

Dos

—¡Jill! —Henry se recuesta sobre su coche, un Lexus prácticamente nuevo al que ha apodado cariñosamente «Bruce»—. Venga, larguémonos de aquí.

Una sensación de calidez florece en mi pecho y me acerco hacia él, consciente de todos los pares de ojos que nos siguen. Me subo al Bruce y coloco la bolsa en mis pies, al lado de un montón de libros de tapa dura.

—Uy, no les hagas ni caso —dice, mientras agita la mano para señalarme los libros—. Son nuevos.

Parecen un auténtico muermo, con palabras como «guerra» y «democracia» estampadas en las cubiertas. Henry cambia el canal de radio y decide poner la NPR, su favorita, y yo reprimo una sonrisa. Es muy mono cuando se pone en plan friki con el periodismo.

—Hemos invitado a algunos alumnos de primero a la fiesta de Nikki de esta noche. —Henry da un giro brusco para salir del aparcamiento de la escuela y le dice adiós con la mano al doctor Jarvis, el anciano profesor de física que siempre tiene algo de comida en la corbata y que en el fondo me adora.

—¿Tan pronto? —pregunto—. ¿No es demasiado temprano para que los novatos estén por ahí? —Intento recordar cuándo empecé yo a ir a fiestas de los Jugadores, que es cuando Adam me invitó a ir con él. Olía más bien a hojas crujientes, en lugar de a restos de crema de protección solar. Todavía estamos en plena temporada de sol.

—Robert ha empezado a fijarse en los de primero durante la pretemporada de *lacrosse* —continúa Henry—. Dice que ya ha encontrado a algunos con mucho potencial.

Me muerdo el labio.

—Pero ¿no te parece que todavía es muy pronto?

—Quizá —responde con cautela, como si de verdad estuviera reflexionando sobre ello, como si le importase mi opinión—. Pero tenemos que empezar a pensar en los retos con antelación. Es lo que siempre han dicho los alumnos de último curso, ¿no?

Ah, los retos sorpresa. También conocidos como mi mayor cruz. Me impusieron el primer reto la semana siguiente de que me preseleccionaran como Jugadora. El gilipollas de Tommy Kotlove me ordenó que me colara en el laboratorio de química de primaria después del entrenamiento de tenis y que robara un matraz para su novia, Julie Strauss, para que lo usara como florero. Casi me pongo a llorar allí mismo. Entonces todavía no sabía que ese reto sería uno de los fáciles.

—Me sigue pareciendo que es pronto —comento.

—Bueno, Bryce Miller podría ser una opción muy buena.

—Sí, claro —digo lentamente.

—¿Adam te ha dicho algo al respecto?

Lo cierto es que Adam sí me ha escrito un mensaje esta mañana antes de clase. Era corto, pero se me ha quedado grabado todo el día: «Vigila a mi hermano, ¿vale? Ya sé que me cubres la espalda, Newman».

—Estoy segura de que ya lo da por sentado —respondo.

Henry pone los ojos en blanco.

—Ya, pues Bryce tendrá que hacer algo más que simplemente ser el hermano de Adam Miller. Ser familiar suyo no te garantiza que vayas a tener el mundo a tus pies.

—Cierto —digo, esperando dar la conversación por acabada. El nombre de Adam siempre suena mordaz y venenoso en boca de Henry.

—Tendremos que ver si encaja. Como siempre. —Detiene el coche delante de mi casa.

Tengo la piel de gallina y me muero de ganas de alejarme de todas estas preguntas sobre Adam. Le doy un beso rápido en la mejilla:

—Nos vemos luego, amor.

—¡Jilly! ¿Eres tú? —pregunta mamá cuando abro la puerta de entrada—. Estoy en la cocina. ¡Ven aquí!

Lo hace a menudo, eso de recibirme en casa con una blusa ancha de lino y un gran pañuelo de seda, mientras tiene sus manos de artista ocupadas sacando algo del horno o de la caja de pinturas. En esta ocasión, está envolviendo con papel de plata una generosa fuente de lasaña. Es una tradición; la prepara cada año al inicio del curso.

—¿Cómo ha ido? ¡Es el primer día del último curso! —exclama, ahogando un grito. La emoción hace que las arrugas que le están saliendo se conviertan en cráteres.

—¡Genial! —respondo, y esbozo una sonrisa tan grande que no tendría ningún motivo para no creerme.

—¿Ese coche era el de Henry?

—Sí.

Sacude la cabeza y ríe.

—Vaya tío.

Aunque está en el lado deprimente de los cincuenta años, mamá sigue siendo la mujer más despampanante de nuestra calle.

Participa en tres clubes de lectura, en la agrupación de mujeres judías y en varios proyectos de servicio comunitario de Gold Coast, a la vez que elabora elegantes maceteros y jarrones de líneas onduladas que la hacen aparecer en las páginas de *Vogue* y de *Architectural Digest* como mínimo una vez cada temporada. Todo esto hace que parezca que podemos llevar el mismo ritmo de vida que toda la gente de Gold Coast Prep, pero en realidad tiene que pasar largas horas enseñando cerámica en la universidad pública y dando clases particulares a personas superprivilegiadas de Mayflower. Mamá dice que vale la pena, que hace algo que le encanta y así nos proporciona una infancia como la que ella no tuvo. Sus padres fueron hippies hasta finales de los setenta y se dedicaban a vender *merchandising* para grupos de música de segunda mientras iban de un sitio a otro en una autocaravana. Para ella, el hecho de poder llevarnos a Jared y a mí a Prep es un auténtico honor, aunque me hace sentir como si llevara a mis espaldas los sueños y las esperanzas de mis padres, como si fuesen una valiosa pesa de casi cuatro mil kilos.

No procesé de verdad ese intenso deseo que tenían mis padres de que sacara resultados excelentes hasta quinto, cuando me sugirieron de una forma poco sutil que pidiese la Beca a la Excelencia de Ciencia, Tecnología, Ingeniería y Matemáticas de Gold Coast Prep. Cada año se concede en secreto a un alumno, y la persona afortunada recibe acceso completo al ala de ciencias de la escuela, que ha costado varios millones de dólares, además de a clases avanzadas y extracurriculares. Y, para sorpresa de nadie, decenas de esos alumnos han terminado yendo a los mejores programas universitarios de ciencias. Nunca he visto a mamá y a papá tan contentos que como cuando me la otorgaron.

Tampoco es como si llevara «becada» escrito en la frente,

pero a veces estoy segura de que debe de ser muy obvio. No llevo mocasines de marca para compensar la falda plisada a cuadros. No tengo un coche propio. No pasamos las vacaciones de verano en los Hamptons.

—¿Quién necesita una casa en la costa cuando ya vives cerca de la playa? —exclamó mamá hace unos años cuando le expliqué que Shaila me había invitado a la casa que tenían allí.

Sin embargo, la beca no cubre todos los gastos. Tenemos que pagar igualmente los uniformes, los libros de texto y la cuota del Campeonato de Ciencia. Y, por supuesto, todas las matrículas de Jared. Mamá y papá dedican todos sus recursos a asegurarse de que nos podemos quedar en Prep, con la esperanza de que de alguna forma se acabará amortizando, de que mi hermano y yo entraremos en universidades mejores —idealmente, de élite— que, si hubiésemos estudiado en el instituto público de Cartwright, que está a la vuelta de la esquina y donde solo se gradúan la mitad de los alumnos.

Cómo pagaremos la universidad siempre ha sido un tema delicado, uno que intento evitar. Hago ver que no oigo a mis padres cuando discuten de noche entre susurros, cuando piensan que ya estamos durmiendo.

—Primero deja que entre en la universidad —murmura siempre papá—. Luego ya nos apañaremos.

Pero ¿vale la pena? ¿Las largas horas que papá se pasa haciendo números en una oficina fría? ¿Las sonrisas falsas de mamá cuando tiene que hacer ver que esas personas horrorosas, que se emborrachan a base de vino, son unos artistas espectaculares? Todavía no está claro. Y ahí es donde entran en juego los Archivos de los Jugadores. Tengo que sacar buenos resultados; por mí, pero sobre todo por ellos.

Pero aquí, en Gold Coast, mamá es siempre muy optimista.

Es la típica madre que se fía de casi todo el mundo, «porque la gente es inherentemente buena, Jill, las cosas son así». Sigue diciéndolo incluso después de lo de Shaila.

Por este mismo motivo, accedió a la propuesta que le hizo Cindy Miller en una de las reuniones de la agrupación de mujeres judías: que su hijo de dieciocho años le diera clases particulares de lengua a Jared por un precio bastante económico.

—Te has librado —dijo mamá, y me explicó que ya no tendría que escuchar a Jared leyendo en voz alta—. Adam Miller lo ayudará.

—¿Qué? —Estaba en shock. En Gold Coast Prep, todo el mundo sabía quién era Adam. Claro que era increíblemente atractivo, con unos brazos largos y definidos, el pelo oscuro peinado hacia un lado y unos ojos azules que podrían derretir el hielo. Pero también era muy inteligente. Había sido galardonado con el Premio Nacional para Jóvenes Dramaturgos tres años seguidos, y se rumoreaba que estaba vendiendo sus guiones a diferentes compañías de teatro regionales…, y eso cuando todavía estaba en el instituto. Las universidades le estaban rogando prácticamente que se inscribiera en sus programas de escritura. Y, por supuesto, también era un Jugador.

Entonces ¿por qué narices querría pasarse las noches del viernes leyendo un libro escolar con un niño de sexto?

Mamá se alisó el jersey grueso que llevaba por encima de los tejanos y se abrochó un colgante pesado de cerámica por detrás del cuello.

—Lo ha propuesto Cindy. A él le interesa tener experiencia profesional de verdad, o algo así. Seguramente para cuando solicite plaza en las universidades.

Esa noche mis padres se iban a cenar fuera y se suponía que

yo iba a casa de Shaila a hacer un maratón de películas, pero básicamente se me cortocircuitó el cerebro ante la idea de pasar el rato con Adam.

Fuera de la escuela.

A solas.

Bueno, cuando terminara la clase particular.

Corrí a enviarle un mensaje a Shaila con una excusa. «Me duele la garganta. ¡¡¡LO SIENTO!!!».

Me respondió con una carita llorando de desesperación, pero yo ya estaba a salvo. Cuando le dije a mamá que no me encontraba bien y que me quedaría en casa, sus labios dibujaron una sonrisita de complicidad.

—Claro, Jill.

Papá se rio y se pasó la mano por el pelo.

—Típico.

Entonces sonó el timbre.

Intenté hacer como si no pasase nada especial y disimulé mi corta carrera a la puerta, pero Jared se me adelantó.

—¿Tú eres el profe? —preguntó, observando a Adam con una sonrisa.

—Pues sí, soy yo, colega. Y tú debes de ser Jared. —Adam esbozó una sonrisa de oreja a oreja. Era un poco torcida, en forma de J, sonrosada y plena. Cruzó los brazos sobre el pecho, y eso hizo que la fina camiseta blanca que llevaba se tensara sobre sus bíceps. Eran tan perfectos, redondos, suaves y fuertes. Parecía mucho mayor sin el blazer y los caquis que tienen que ponerse todos los chicos de Gold Coast. Me puse roja hasta el cuello, y luché contra el impulso de lamerle la piel—. Y tú —continuó— debes de ser Jilly.

—Eh… Me llamo Jill —respondí.

—Jill. —Oírle pronunciar mi nombre era embriagador. «Repítelo», quería decirle—. Jill —dijo, como si me hubiese leído la mente—, no sabía que tú también estarías aquí.

Antes de que pudiera responder, mamá entró en el recibidor.

—¡Adam! Estamos muy contentos de que vayas a ayudar a Jared. Nosotros salimos a cenar fuera, pero tienes apuntados nuestros móviles en la encimera, al lado del cheque. Hay pizza en la cocina, sírvete lo que quieras.

Y se fueron los dos.

Adam me dedicó otra de esas sonrisas que hacen que te derritas entera, y entonces se volvió hacia Jared.

—¿Estás listo, tío?

Jared gruñó, pero desapareció con Adam hacia la cocina. Yo me desplomé sobre el sofá y me puse Bravo a un volumen muy bajo, para que pareciese que estaba ocupada y que obviamente no estaba escuchando su conversación.

Pasó una hora antes de que Jared apareciese en la sala.

—Me toca a mí. —Cogió el mando y se puso una película estúpida de superhéroes.

Cuando vi que Adam no lo seguía, fui de puntillas a la cocina. Tenía curiosidad por saber si todavía estaba ahí.

—Ey —dijo cuando me vio junto a la puerta.

Me puse roja al instante.

—¿Qué tal lo ha hecho?

Adam estiró los brazos por encima de la cabeza, revelando una delgada línea de piel y una tenue estela de pelo rizado y sedoso entre los tejanos y la camiseta. Tuve que reprimir la sorpresa.

—Bastante bien, es muy buen chico. —Señaló la caja de pizza medio vacía que había sobre el mármol—. ¿Me acompañas? Odio comer solo.

No esperó a que contestara, sino que cogió la caja y se dirigió hacia el fondo de la cocina, donde hay una salida que da a la tarima del jardín trasero. Lo seguí y crucé la puerta con la mosquitera. Adam dejó la caja sobre la mesa de cristal y volvió a entrar en la cocina. Cuando regresó, llevaba dos vasos llenos de hielo y dos latas de refresco.

—Gracias —le dije cuando me dio uno de los vasos.

Pero antes de beber, se metió la mano en el bolsillo y sacó un objeto metálico rectangular. Desenroscó la tapa y vertió un líquido oscuro y brillante en su vaso.

—¿Te apetece? —preguntó, levantando las cejas—. No me chivaré si tú tampoco te chivas.

Asentí. El primer sorbo me hizo toser.

—Luego no te darás ni cuenta —dijo, riendo.

Quería decirle que ya había bebido otras veces. Que yo también era guay. Pero me limité a acercarme el vaso a los labios y a dar otro sorbo, escuchando cómo se agrietaba el hielo debajo del alcohol. Me quemaba de tal forma que me encendía los nervios de las puntas de los dedos. Y entonces hice lo que hago siempre que estoy inquieta. Miré hacia arriba. Las estrellas formaban espirales sobre mi cabeza y no me costó nada identificar mis favoritas. Las instrucciones de mi padre sonaban en bucle en mi mente: «Encuentra la Estrella Polar, y luego mira hacia abajo a la izquierda y ladea la cabeza un poquito más. Bum. El Carro». La calma me recorrió la piel.

Di otro sorbo.

—Dime, Jill —dijo Adam, alargando la última letra de mi nombre. «Ji-llllll»—. ¿Quién eres?

Me reí.

—¿Perdona? —Volvieron a inundarme los nervios. Me obligué a buscar el cinturón de Orión y me concentré en las tres lucecitas parpadeantes en lugar de en la pregunta de Adam.

—Ya me has oído —respondió—. ¿Quién eres? ¿Quién es Jill Newman?

Me mordí la boca por dentro y bajé los ojos, y luego volví a mirarlo a él.

—No soy nadie.

—Eso no es verdad.

—¿No?

—No. Todavía estás en el proceso de convertirte en alguien.

Me quedé boquiabierta. Escocía de lo preciso y cierto que era.

—No pasa nada. Yo también —dijo. Adam extendió el brazo con su vaso como para invitarme a brindar con él—. Lo descubriremos juntos.

Entonces se acercó a mí y me sacó el móvil del bolsillo de los tejanos, un gesto que hizo que me convirtiera en gelatina por dentro y que se me curvaran los dedos de los pies.

—Mira. —Movía los dedos a gran velocidad mientras escribía algo—. Me estoy enviando un mensaje a mí mismo y así ya tendré tu número.

Esa noche, más tarde, horas después de que nos hubiésemos terminado los bordes fríos de la pizza y que él se hubiese ido a su casa, me vibró el móvil.

«Ya sé quién eres», escribió Adam.

«Ah, ¿sí? Dime».

«Eres mi nueva crítica». La burbujita que indica que alguien está escribiendo se quedó congelada, pero luego Adam me mandó un párrafo enorme seguido de una explicación: «La primera escena de mi próxima obra. Eres la primera en leerla. Dime todo lo que no funciona, Newman. Podré soportarlo».

El corazón me iba a mil por hora mientras los ojos descodificaban sus palabras. Reprimí una sonrisa y le respondí:

«Qué honor».

Así es cómo empezó.

A partir de entonces venía a casa una vez a la semana para leer con Jared y ayudarlo con los deberes, y luego pasaba el rato conmigo. Solía ser los viernes. A veces los miércoles, si mamá tenía clase por la noche y papá tenía que trabajar hasta tarde. Pero nunca los sábados. La noche de los sábados estaba reservada para los Jugadores.

Al principio no se lo conté a nadie. Quería que mis ratos con Adam fueran un secreto. Estaba ansiosa por tener más. En el instituto, lo veía correr de un lado a otro entre clases y ocupar su lugar en la Mesa de los Jugadores de último curso. No era el maestro de ceremonias, pero era el ancla que unía a todos los del grupo. Todos lo miraban a él para recibir su aprobación, se aseguraban de que él les reía las bromas y escuchaban sus historias alocadas y enrevesadas.

Teníamos un acuerdo implícito. Mi casa era un lugar seguro; el instituto, no. Sin embargo, cuando nos cruzábamos por los pasillos, de vez en cuando nos intercambiábamos sonrisas en secreto. Entonces, un jueves, cuando pasé por su lado entre la segunda y la tercera clase, Adam cambió las reglas. Extendió un dedo índice y lo presionó contra la parte posterior de mi hombro durante un instante. El contacto con él me recorrió todo el cuerpo y me trasladó a una realidad alternativa.

Así es como se enteró Shaila.

—¿Qué ha sido eso? —preguntó, mientras se mordía la cutícula, un hábito asqueroso que siempre estaba intentando corregir. A mí se me pegó al poco de su muerte—. ¿Por qué Adam Miller sabe quién eres?

Intenté no sonreír.

—Le ha estado dando clases particulares a Jared. Creo que nuestras madres son amigas.

—Ajá —dijo Shaila, todavía siguiendo a Adam con la mirada mientras el chico recorría el pasillo y giraba a la izquierda para ir al ala de matemáticas. Una estela de estudiantes lo seguía—. Está saliendo con Rachel, ¿sabes? —susurró—. Rachel Calloway.

Me dio un vuelco el corazón y luego se me rompió. Rachel era la hermana mayor de Graham y era preciosa. Capitana del equipo de hockey sobre hierba. Presidenta de su clase. Era una diosa imponente. Una alumna de último curso. Una Jugadora. Eso hacía que la situación fuese incluso peor.

—Ya lo sé —mentí.

—Lo vi durante el verano una o dos veces —continuó—. Con Graham.

Me quedé en silencio, furiosa de que Shaila me superara en otra cosa. Primero porque tenía novio, y ahora porque había tenido la atención de Adam.

Pero quizá se dio cuenta, porque renunció al poder rápidamente.

—Pero nunca quiso que estuviéramos por allí —añadió.

Siempre había tenido envidia de Shaila, de que su ropa oliese a verano y tuviese un tacto muy suave al tocarla, de que se sintiese tan segura de sí misma con esas piernas tan largas y esos pechos en crecimiento. Nunca tenía granitos grasos en la espalda ni le salía una pelusilla fina sobre el labio superior. Y su melena siempre se mantenía bien peinada, sin que le afectase la neblina de Gold Coast.

Tenía envidia de que todo le resultase tan fácil. De que fuese la mejor alumna de nuestra clase, de que pudiera correr varios kilómetros, de que la cogiesen para las obras de teatro y de que deslumbrara a todo el mundo sin tener que esforzarse siquiera. Decía que solo tenía un único miedo. Un miedo absolutamente benigno y normal: las alturas.

—No. De ninguna manera —dijo cuando íbamos a séptimo y le supliqué que se subiera conmigo en la noria que ponían en la Feria Gastronómica de la Ostra que hacían cada año. Siempre la colocaban en la entrada del Ocean Cliff, de modo que cuando estabas en lo más alto de la noria parecía que fueses a caer hacia el abismo—. Ya sabes que no me gustan las alturas. —Hizo una mueca mientras observaba las dimensiones de esa monstruosidad metálica.

En cualquier otra situación, Shaila podía hacer que todo pareciese glamuroso, misterioso, una aventura. Si te quedabas a su lado, nunca volverías a aburrirte.

Incluso tenía un aspecto que la hacía parecer especial. Tenía los ojos de un color verde césped que se iluminaban cuando estaba ilusionada por algo. Shaila fue la primera de la clase en ponerse sujetador. Su madre incluso le compró los que tienen relleno extra que hace que todo quede más arriba y parezca más grande. Su cuerpo siempre daba la impresión de estar transformándose a velocidades contradictorias. Yo todavía estaba aterrorizada de mí misma y del poder que tenía o no tenía. Pero debía de tener *algo* que le gustaba a Adam, algo que hiciese que siempre se quedara después de la clase con Jared, incluso aunque tuviera novia. Mi habilidad para escucharlo, quizá. Mi disposición a decir que sí. Desde siempre, había querido tener algo que Shaila no tuviera, y ahora tenía acceso a Adam. Era un desequilibrio extraño, uno que podía aprovechar.

—¿Quizá podría pasarme por tu casa algún día —dijo en voz baja— cuando él también esté?

—¿No sería raro con Rachel? —pregunté, intentando disimular que estaba molesta.

Se encogió de hombros.

—No, Rachel es como una hermana mayor para mí. Estaría entusiasmada. Además, nos podría ayudar a ser Jugadoras. Rachel me dijo que no me podía garantizar nada.

Shaila sabía que no podía decirle que no a eso, pero le hice prometer que no se lo contaría a Nikki. Argumenté que si fuésemos tres parecería una emboscada, y no queríamos que Adam pensara que estábamos intentando que nos invitara a las fiestas. Mi amiga estuvo de acuerdo.

Ese viernes, cuando Shaila vino a casa conmigo después de clase, yo estaba inquieta. Me preocupaba que ella le gustara más que yo. Que solo hubiera una plaza libre en su grupito de «chicas de primer curso que son amigas mías». Las noches que Adam estaba aquí iba con pies de plomo, intentando no meter la pata. Añadir otra persona a la situación parecía arriesgado.

Sonó el timbre y Shaila salió corriendo hacia las escaleras. Yo iba unos pasos por detrás, pero ella abrió la puerta y empujó su cuerpo para que quedara en el marco de la puerta, entre Adam y yo.

—Shaila —dijo, sorprendido, y esbozó una sonrisa pícara.

—Me quedo a dormir esta noche —respondió ella.

—Guay. —Me miró y levantó las cejas, divertido—. Graham también está fuera, ¿no?

Shaila asintió.

—Es su último fin de semana en los Hamptons.

—Rachel estaba muy cabreada —comentó Adam.

—Graham también. —Shaila arrugó la nariz.

Intenté seguir su conversación, pero parecía que hablasen un idioma diferente. Un idioma que solo hablan personas que conocen de manera íntima todas las peculiaridades de una familia, las cosas que hacen a puerta cerrada. Pero cuando mi inquietud empezaba a comerme por dentro, Adam pasó por delante de Shaila y me acercó a él para darme un abrazo de oso, apoyando su cabeza sobre la mía.

—Ey, Newman —susurró contra mi pelo. Yo lo rodeé con los brazos, sintiendo su calor. Esa fue la primera noche en la que supe con certeza que Adam y yo éramos amigos. Y Shaila lo vio de primera mano.

Durante la siguiente hora, Shaila y yo miramos vídeos de YouTube hasta que Adam salió de la cocina y Jared corrió hacia el sótano para jugar a los videojuegos.

—¿Vamos afuera? —preguntó Adam. No esperó a que respondiéramos, sino que fue directo hacia la puerta. Para entonces ya sabía qué tablones crujían y dónde tenía que pisar para evitar la pegajosa mancha de savia. Se sentó en su lugar, debajo del manzano que nunca había producido ninguna fruta, y rebuscó dentro de su bolsillo.

Shaila y yo nos sentamos junto a él, una a cada lado. Ella se mordisqueaba los dedos y se rasgaba la piel con los dientes.

—Tengo una sorpresa —dijo Adam, y colocó las manos sobre la mesa.

—¿Bourbon? —intenté adivinar, tratando de encontrar un punto medio entre parecer bien informada y desesperada, y esperando no sobrepasarlo.

El chico sacudió la cabeza.

—Mejor.

Abrió las manos como si fuese un mago y reveló algo pequeño y alargado. Parecía un envoltorio de pajita arrugado y estaba apretado por un extremo.

Shaila soltó una risita.

—¡Genial!

—¿Has fumado maría alguna vez? —le preguntó. Le dirigí una mirada. Era una línea que aún no habíamos cruzado.

—Una vez con Kara —respondió—. Tenía mierda de la buena de Nueva York. —«Mierda de la buena». Nunca había oído esa expresión en boca de Shaila, y menos aún haciendo referencia a su amiga de familia pija que también pasaba los veranos en los Hamptons.

Adam asintió y levantó las cejas, impresionado.

—¿*Et tu*, Jill? —dijo, apuntándome con el porro. Negué con la cabeza—. Bueno, pues es un gran día. —Me dio un apretón en la rodilla, y se me contrajo el estómago. El porro estaba colgando de sus labios, tan rosados y carnosos. Encendió el mechero e inspiró hondo—. Ah. —Exhaló.

El aire olía a almizcle y suciedad y un poco como el estudio de cerámica de mamá; me pregunté si mis padres habían hecho lo mismo ahí, y si yo era la que iba más lenta, siempre corriendo para ponerme al día. Cogí el porro que tenía Adam y seguí su ejemplo, e inhalé hasta que pensé que se me iba a quemar el cerebro. Se me expandieron los pulmones y me pregunté cuánto tiempo se suponía que debía mantener ese extraño aire dentro de mí. Adam asintió, así que solté el humo. Me notaba las extremidades pesadas y me sentía bien. Otra tarea completada. Otra línea cruzada.

Nos pasamos el porro varias veces, y cuando lo terminamos, Adam nos enseñó que tenía su gemelo. Pronto nos lo acabamos también. Estábamos hambrientos y atontados, así que Adam hizo nachos y bailamos alrededor de la cocina con música Motown. Shaila y yo rodeamos a Adam, como si fuésemos un bocadillo, y nos cogimos de las manos mientras él daba saltitos. Nos desplomamos sobre el sofá y Adam se desternilló de risa cuando insistí en que miráramos un vídeo de pandas bajando por la ladera de una colina haciendo la croqueta.

—¡Jill! ¡No puedo, de verdad! —dijo, cogiendo una bocanada de aire. Le rodaban lágrimas por las mejillas de reír tanto. Y aun en el aturdimiento me sentí realizada y satisfecha. Había hecho reír a Adam Miller. Lo había hecho yo, la alumna de primer curso más divertida de Gold Coast Prep.

Shaila se quedó dormida en el sofá poco después. Cuando Adam se dio cuenta, se volvió hacia mí y me dijo:

—Vamos afuera.

Lo seguí hasta el porche, pero esta vez bajó las escaleras y se dirigió hasta la hamaca blanca entretejida que había en un extremo del jardín, colgada entre dos cedros. Me hizo un gesto para que me uniera a él. Poco a poco me hundí a su lado, de manera que estábamos estirados con las cabezas en los extremos opuestos. Su boca quedaba muy lejos, pero la veía claramente provocándome.

Alcé la vista hacia el cielo, intentando encontrar algo que reconociera. Pero una niebla se había extendido sobre la oscura noche y únicamente había nubes. Estaba sola, hecha un manojo de nervios.

Adam apoyó la cabeza sobre mis pies y di las gracias mentalmente por haberme pintado las uñas de los pies de un azul vivo esa mañana. La brisa de la bahía cogió fuerza y me acurruqué contra sus piernas. Eran cálidas y los pelitos me hacían cosquillas en la barbilla si me acercaba lo suficiente.

—No eres como el resto de gente —dijo.

—Tú tampoco.

Me acarició los pies, cerrando el puño alrededor de cada dedo.

—Tendrías que venir algún día con mis amigos y conmigo.

—Vale.

—Les caerías genial.

—Quizá —respondí.

—Les he estado hablando de ti —continuó.

Se me formó un nudo en la garganta.

—¿Qué les has dicho?

—Que eres la hostia. —Se rio y envolvió una mano alrededor de mi pie. Lo arqueé para que supiera que estaba ahí—. Que eres una de los nuestros.

Reflexioné sobre sus palabras; no estaba segura de qué quería decir.

—Me he dado cuenta de que nos sueles mirar en el almuerzo —dijo—. Esa mesa llegará a ser tuya algún día, no te preocupes.

Noté algo húmedo y miré de reojo a Adam, que justo en ese momento posaba los labios en la parte blanda de mi pie. Ese movimiento hizo que una chispa me recorriera todo el cuerpo, y rápidamente sentí una sensación de calor en los muslos. Me estremecí y, un instante más tarde, ambos estábamos en el suelo formando una montaña de extremidades, pelo y briznas de hierba. Los ojos de Adam encontraron los míos. Eran de un azul intenso, inyectados de sangre. Me rodeó la muñeca con una mano.

—Tengo novia —susurró.

Respiré con brusquedad mientras se me rompía el corazón.

—Ya lo sé.

Agaché la cabeza para que el pelo suelto me protegiera de su mirada.

—Somos amigos. Tú y yo. —Por la manera cómo lo dijo, la palabra «amigos» tenía un toque mágico y tierno, como si se tratase del honor más grande que le pudiese conceder a alguien.

—Amigos —repetí.

Adam me tocó la barbilla con el dedo índice y me alzó la cabeza para que se encontrara con la suya.

—Amigos. —Sus labios se suavizaron y esbozaron una ligera sonrisa.

Las luces delanteras de un coche parpadearon, señal de que mamá y papá acababan de llegar, y Adam me soltó. Entró en la casa y yo me quedé fuera, sola.

Tres

—¿Esta noche tenéis una fiesta a lo grande? —Jared se apoya contra la puerta de mi habitación y se lleva la mano al pelo, enrollándose un rizo alrededor del dedo índice. Tiene el pelo del color de la tinta, como yo, y en las fotografías parecemos gemelos, aunque en realidad yo le saco tres años.

—Sí, en casa de Nikki —respondo, dirigiendo mi atención hacia el neceser que tengo delante, rebosando de maquillaje.

—Ya. He oído a unos chicos hablando de ello en Historia. Tu novio los ha invitado. —Se le quiebra la voz al pronunciar la palabra «novio».

—¿Henry? Sí, me lo ha comentado.

Jared baja la mirada hacia las manos, y por un momento me pregunto si me tendría que quedar en casa con él. Nos podríamos poner el pijama y acomodarnos en el sofá con la manta especialmente mullida de mamá, la que está reservada solo para las noches de cine. Mi hermano acaba de empezar a leer *El guardián entre el centeno* para la clase de Inglés del señor Beaumont, y me encantaría convencerlo de que Holden es un auténtico gilipollas antes de que empiece a glorificar a ese petulante.

—¿Puedo preguntarte una cosa? —dice Jared.

—Claro, dime.

—¿Podría ir algún día? A una de las fiestas.

—¿Por qué? —respondo. Se me escapa la pregunta antes de que pueda frenarme, y suena algo más hostil de lo que quería. Pero ¿por qué querría Jared ir a una fiesta de los Jugadores? La mayoría de sus amigos están en la banda de la escuela, como él. Se pasan los sábados rebuscando entre pilas de libros en la antigua tienda de cómics que hay en el centro, o volviendo a ver los mejores momentos de la NBA en YouTube. Era un alivio que no hubiera mostrado ningún interés por las fiestas, que no tuviera la desesperada e insaciable necesidad de soltarse en la oscuridad, el apremio que todos sentíamos por destruir algo y demostrar lo que valemos. Quería que siguiese siendo así, mantenerlo a salvo—. O sea, ¿por qué quieres ir?

Un rizo solitario le cae por encima de la ceja.

—No lo sé. Parece divertido.

—Quizá.

—¿En serio?

—Por supuesto. —Me arrepiento al instante. No quiero verlo nunca en una fiesta de los Jugadores. No encaja. Pero Shaila sí encajaba, más que el resto de nosotros, y ya sabemos todos cómo terminó.

Se le ilumina la cara y, cuando me levanto, lista para irme, me abraza fuerte. Ya es más alto que yo y puedo notar los huesos de sus hombros, que antes eran blandos. Mi hermanito pequeño ya no es tan pequeño.

Henry camina por delante de mí, abriéndonos paso entre la gente como si fuese un guardaespaldas. Una mezcla de Jugadores y de alumnos esperanzados que querrían serlo se dispersan cuando pasamos, y algunos alumnos gallitos le ofrecen, con un gesto poco entusiasta, el puño o la palma de la mano para chocar los cinco. En verano, Henry me contó que el periodista Anderson Cooper era su héroe por el modo en que se congracia con sus fuentes, por cómo consigue que confíen en él y luego les da el golpe de gracia y les saca las mejores noticias, las más sorprendentes. Ahora me pregunto si esa es la estrategia que usa Henry en el instituto y con todo el mundo.

Unos ritmos ensordecedores de hip-hop suenan desde los altavoces, y la casa de Nikki ya apesta a rancio y a cerveza pegajosa derramada. Una colección de vasos de plástico rojos cubre toda la mesa del comedor, casi tapando la mella que le hizo Robert el verano pasado. Los padres de Nikki nunca han dicho nada al respecto, aunque es de cristal y fue un regalo de un artista suizo famoso. Ella ni siquiera está segura de que se hayan dado cuenta.

Ahora mismo sería difícil no fijarse en Nikki. Está haciendo el pino sobre un barril de cerveza, con las piernas en el aire, boca abajo, cogiéndose con fuerza a las asas de metal. Tyler Renford, un chico callado del equipo de golf que lleva años obsesionado con Nikki, le sujeta los pies, y otra persona le mete el pitorro de la cerveza en la boca.

—¡Ni-kki! ¡Ni-kki! ¡Ni-kki! —grita la gente. Siempre se le ha dado bien subirse así a los barriles de cerveza, desde que íbamos a primero. Pero supongo que es porque lo ha practicado mucho. Tuvo que hacerlo en todas y cada una de las fiestas de los Jugadores de un semestre entero. Era uno de los retos que le hacían hacer constantemente. Me separo de Henry y encuentro a Marla en la encimera de la cocina, que ahora está cubierta de vasos de plástico y botellas a medias.

—Gracias a Dios —dice cuando la abrazo fuerte—. Este lugar está infestado de novatos. Necesitamos refuerzos. ¿Quieres beber algo? —pregunta. En la mano sujeta una botella de vodka de casi dos litros. Parece letal.

Asiento y me echa un poco en un vaso rojo, y lo termina de rellenar con agua con gas y zumo de piña.

—¡Chin, chin!

—Por el último curso. —Levanto una ceja y Marla suelta una risita cariñosa.

—Por fin.

El primer sorbo me quema la garganta. Antes de que pueda decidir lo contrario, ya me he bebido medio vaso. No tardaré mucho en empezar a notar esa familiar sensación eléctrica recorriéndome las venas. Busco con la mirada a Nikki por el oscuro salón, y la encuentro ya de pie.

—¿Dónde has estado? —La anfitriona me abraza fuerte y descansa su mejilla contra la mía. Se ha atado a los pies unos taconazos de aguja, y para estar a la altura de mis ojos tiene que agacharse—. Vaya pasada de ambiente —grita por encima de la música—. Venga, vamos arriba un rato. Avisad a todos.

Llamo la atención de Henry y hago un gesto hacia la escalera de espiral que hay en el centro de la estancia. Marla la señala y gesticula con la boca:

—¿Arriba?

Asiento, y ella va a buscar a Quentin y a Robert en el comedor, donde estaban intentando organizar una partida de *flip cup*.

Los seis subimos las escaleras, dejando atrás la fiesta. Nikki abre la puerta de su dormitorio de golpe y todos entramos como hemos hecho cientos de veces. Al principio fue raro ser dos personas menos después de pasarnos nueve meses juntos todo el rato, pero poco a poco hemos ido llenando los huecos. Nikki empezó a hablar con el sarcasmo mordaz y sin filtros de Shaila, y cuando me agobiaba por algo, me recogía el pelo en un moño suelto, como hacía Shay cuando estaba sumergida en el guion durante los ensayos. Marla incluso había cogido prestado el modo de andar de Shaila, y ahora se movía dando fuertes pisadas que podían oírse por todos y cada uno de los pasillos de Gold Coast.

Los chicos no se habían quedado con nada de Graham. Ni siquiera Robert, que era su mejor amigo. Era como si lo hubiesen borrado por completo.

Quentin sale corriendo hacia la cama doble extragrande de Nikki y aterriza en el centro, arruinando el edredón tan bien puesto. Nikki enciende la bola de discoteca, lo que crea un ambiente perfecto y algo hortera.

—Hay muchísima gente —dice Henry mientras se deja caer en un sillón de terciopelo púrpura que hay en una esquina. Me siento sobre su regazo y él me rodea la cintura con los brazos, apretándome contra su fornido torso—. Los alumnos de primero a los que he invitado están en el porche trasero. ¿Creéis que se están divirtiendo?

—Claro, tío. ¿Cómo no iban a pasárselo bien? Todo son risas y diversión hasta que los machaquemos con los retos —responde Robert.

—Septiembre acaba de empezar, tenemos mucho tiempo. —Nikki le empuja el hombro y Robert se sienta a su lado, apoyándose contra los cojines, y le pasa un brazo por los hombros—. Será el mejor año de nuestras vidas —dice Nikki, y de verdad quiero que tenga razón.

—Eso espero —contesta Marla—. Por fin estamos en lo más alto. Somos los putos jefes. —Quentin le da un codazo y ambos caen sobre Robert.

Henry pone los ojos en blanco, pero salta sobre ellos, arrastrándome con él, y nos tiramos los unos encima de los otros formando una montaña. Si de verdad «somos los putos jefes», eso significa que podemos cambiar las cosas.

—¡Os quiero! —grita Quentin, chocando suavemente su cabeza con la mía.

—Tío, estás demasiado emotivo para mí ahora mismo —dice Robert—. ¡Vamooos!

Robert se mudó a Gold Coast desde Manhattan cuando íbamos a sexto y nunca ha perdido ese rollo de chico sofisticado de ciudad. Su imagen se vio favorecida por el hecho de que podía entrar en cualquier discoteca de SoHo, o eso decía, y porque fue el primero del grupo en tener un carné de identidad falso, que había comprado a un tipo de un sótano de Queens. Por eso lo seleccionaron para ser un Jugador. Tampoco hacía daño que tuviera una colección de ropa de calle espectacular ni que su padre fuese el propietario de un montón de complejos turísticos en el Caribe, mientras que su madre había sido Miss Estados Unidos. Era pretensioso y demasiado confiado, un sabelotodo, y de alguna manera nos encandiló y nos hicimos amigos.

Todo esto hacía que Robert fuese impredecible y alocado en las fiestas, un animal salvaje que ponía a prueba los límites de las personas que lo rodeaban. ¿Hasta dónde nos podía presionar a nosotros, que éramos de una zona residencial en las afueras de la capital? Seguramente por eso se ofreció voluntario para hacer una demostración en el Reto de Invierno de Todos los Jugadores del año pasado.

—¡Vale, así es como lo haremos! —exclamó desde lo alto de las escaleras de la casa de Derek Garry. Robert se puso un cojín del sofá debajo del cuerpo y se impulsó hacia abajo, de cabeza. Pero antes de que pudiera girar los pies, se dio un fuerte golpe en la cabeza con la pared, lo que le provocó un traumatismo bastante grave y tuvo que ir al hospital—. Me he caído de la bicicleta —le dijo más tarde al doctor con una sonrisa de imbécil.

—Hum. Hagamos una pausa —gritó Derek por encima de la música, que estaba a tope. Por una vez, no hicimos que nadie más se tirara por las escaleras.

Robert volvió a la escuela la semana siguiente sin siquiera una cicatriz.

—¡Quien no arriesga, no gana! —dijo cuando se sentó y puso la bandeja sobre la mesa del comedor. Tardamos algunas semanas en darnos cuenta de que estaba un poco atontado y que se comportaba con más crueldad que antes. Los Jugadores corrimos un tupido velo y no volvimos a hablar del tema.

Ahora se levanta de la cama de Nikki de un salto y sale corriendo hacia las escaleras, chocándose contra la barandilla por el camino y derramando líquido sobre la alfombra mientras baja.

Henry y Quentin lo siguen, haciendo una carrera para llegar a la fiesta. Marla rompe el silencio:

—¿Queréis? —Gira la cabeza y esboza una sonrisa ancha y socarrona mientras sujeta un cigarrillo electrónico—. No se lo digáis al entrenador.

Nikki hace un gesto para cerrarse los labios como si fuesen una cremallera.

—Las universidades no quieren atletas que fuman —dijo Marla una vez, el año pasado, cuando se intensificó su mal hábito—. En cambio, se rifan a las delanteras de hockey sobre hierba con una media de excelente.

En el balcón de Nikki estamos las tres en fila, con los hombros rozándose bajo el cielo nocturno. La fiesta ha llegado hasta el jardín trasero, y me fijo en que unos novatos bailan descalzos sobre el césped. La casa de Nikki se encuentra justo al lado del agua, y al final del jardín se extiende un camino de madera desvencijado que conduce hasta la playa. Si entrecierro los ojos, consigo atisbar un par de culos desnudos que corren hacia el mar. Deben de ser alumnos de primero, intentando demostrar que podrían superar los retos. Vuelvo a fijar la mirada en el porche, donde dos novatas se están besando en una tumbona junto a la piscina mientras un grupo de chicos las animan, con los móviles en la mano para documentarlo. El viento salado coge fuerza por encima de nuestras cabezas y yo alzo la vista hacia el cielo. Tauro. Está exactamente donde esperaba encontrarlo, justo encima de Orión. Me imagino sus larguiruchas piernas galopando en la oscuridad, dando volteretas por encima de sus amigos. Es la noche perfecta para verlo.

—No quiero escoger a los de primero —dice Nikki. Da un trago a su bebida y juguetea con el collar de cuarzo rosa que tiene alrededor del cuello. Se interesó mucho por los cristales después de la muerte de Shaila—. No estoy preparada para que seamos los mayores.

—Ya, te entiendo. No parece que ya haya llegado el momento —responde Marla, expulsando un tenue humo del cigarrillo electrónico. Flota sobre ella como un halo.

El alcohol me zumba en los oídos.

—Jared quiere ser Jugador —digo.

—¿Y te sorprende? —pregunta Nikki, volviéndose hacia mí. Una hoja suelta se le enreda en el pelo.

—¿Tu hermano? —añade Marla—. ¿Y qué pasa? Es mono.

—Tía, qué asco —digo con suavidad. Me pregunto si se lo tendría que haber contado a Nikki a solas.

Marla es una de nosotras. Fue seleccionada cuando entró en el equipo de hockey en primero y los chicos de último curso la escogieron como la chica con mejor culo después de que llegara a Gold Coast Prep ese mismo año. Se crio con cuatro hermanos mayores y un cutis casi perfecto, y ambas cosas eren fuente de envidia. Pero siempre era un poco reservada, vivía en su propio mundo. Nunca he estado en su casa, y ni siquiera sé dónde está exactamente. Pocas veces iba a nuestras fiestas de pijamas, porque decía que prefería quedarse en casa con sus hermanos, que iban todos al instituto público de Cartwright y los teníamos estrictamente prohibidos. Eso nos dijo Marla una vez que pilló a Nikki babeando por ellos después de un partido. De todos modos, ellos tampoco hubiesen estado interesados. No les impresionaba lo más mínimo Prep, seguramente porque sabían que nunca perderían a su hermana, que Marla solo se había unido a los Jugadores para garantizarse una plaza en Dartmouth. Estar en el equipo de hockey también ayudaría, decía ella. Igual que sus excelentes habilidades en matemáticas. Pero es sorprendente lo mal que se le dan los exámenes estandarizados. Las guías de estudio sumamente precisas que tenemos en los Archivos le permitieron conseguir una puntuación casi perfecta en la prueba de acceso a la universidad del año pasado.

También ayudó el médico con una ética cuestionable que le diagnosticó trastorno por déficit de atención e hiperactividad para que tuviera un tiempo adicional en el examen. Su hijo había sido Jugador unos años antes.

A veces los hermanos de Marla iban a recogerla de las fiestas. Bajaban a toda velocidad por las sinuosas y boscosas carreteras de Gold Coast en su Jeep Wrangler rojo. Cuando se detenían, la llamaban al unísono desde el coche, y nunca llegaban a poner un pie en la casa.

—¡Mar-la! —gritaban hasta que ella salía por la difusa puerta de donde estuviese—. ¡Mar-la! —Tras un rápido gesto con la mano, Marla ya había desaparecido, con la melena rubia, casi blanca, ondeando detrás de ella mientras se sentaba en el asiento trasero del coche de sus protectores. Para nosotros eran sombras, conductores fantasmas que viajaban en cuadrigas y desaparecían en la oscuridad. Pero no la podrían proteger de todo.

Me preguntaba si ella sentía la misma lealtad que yo tenía hacia Jared, pero multiplicada por cuatro en su caso.

—No lo sé —respondo—. No es como nosotros. Esto no está hecho para él. O sea, ¿os lo podéis imaginar haciendo los retos?

Pienso en su carita, confundida y consternada. Nikki me rodea con los brazos y me abraza por la espalda.

—No tiene por qué ser así para él. Somos los de último curso. Ahora nosotros estamos al mando.

—Ya lo sé. Es solo… que es mi hermano.

—Todo irá bien —me asegura Marla. Da una última calada antes de guardarse el aparato de plástico en el bolsillo—. Como has dicho, ahora nosotros estamos al mando. —Hace una pausa—. Lo cambiaremos todo.

Me vibra el móvil una vez, y después otra, retorciéndose en mi muslo. Imagino que será Jared. Ojalá fuese Adam.

—Tengo que ir a hacer pis —digo, y me escabullo entre ellas para volver al dormitorio. Cierro la puerta detrás de mí cuando entro en el cuarto de baño privado de Nikki y me siento en el retrete. Me vuelve a vibrar el móvil por tercera vez. Lo saco del bolsillo, esperando ver un nombre familiar: Adam, Jared, Mamá, Papá. En cambio, es un número que no había visto nunca.

Abro el mensaje y ojeo las palabras deprisa, pero no tienen ninguna lógica.

«Sé que seguramente no quieres volver a saber nada de mí, pero tengo que contarte algo».

«Graham no mató a Shaila. Es inocente».

«Es todo un puto lío. ¿Podemos hablar?».

Se me hace un nudo en el estómago y el cuarto de baño de Nikki empieza a dar vueltas a mi alrededor. Las paredes están en el suelo y el lavabo está boca abajo y creo que voy a vomitar. Aparece otro mensaje y casi se me para el corazón. Sujeto el móvil con tanta fuerza que se me ponen los nudillos blancos.

«Soy Rachel Calloway».

Cuatro

Nunca se iba a celebrar un juicio. Lo supe enseguida que vi a Graham Calloway esposado, con la cara roja e hinchada, como un globo. Quizá fue por la conmoción de lo que estaba viviendo, pero entonces no me pareció el Graham de siempre. Parecía alguien disfrazado de Graham con unas zapatillas de baloncesto caras y una sudadera del equipo de *lacrosse* de Gold Coast Prep. Pero cuando se lo llevó la policía delante de nosotros y pasó suficientemente cerca de mí como para que pudiera atisbar el pequeño conjunto de lunares tenues que tiene detrás de la oreja, que me pasaba todo el día mirando en la clase de Historia en séptimo curso, en ese momento supe que fue él, que él había matado a Shaila.

Graham y Rachel habían ido a Gold Coast desde la guardería. Eran alumnos de toda la vida. Todos los profesores, incluso los que nunca habían tenido a los hermanos en clase, se sabían sus nombres y los de sus padres. Graham caía bien a todo el mundo en la primaria, no porque fuese amable o gracioso, sino simplemente porque era él. Su apellido le garantizaba acceso a todo. Cuando invitaba a los otros chicos a que fueran a su casa a nadar en la piscina interior o a conducir *buggies* de arena por las dunas, nadie le decía que no. Tenía unas manotas grandes con un aspecto ligeramente amenazador, parecía que podría tumbarte con un solo dedo si no le gustaba lo que habías dicho. En clase hacía sonidos de pedos y culpaba a la chica a la que le hubiese tocado sentarse a su lado. Volcaba tubos de ensayo llenos de sustancias químicas tan solo para divertirse. Una vez incluso fardó de haber despellejado a una gaviota muerta que se había encontrado en la playa.

Pero todas esas idioteces parecía que habían desaparecido el verano antes de empezar secundaria. Fue entonces cuando Graham y Shaila comenzaron a salir. A mí me habían aceptado en un campamento de ciencias con todos los gastos pagados en Cabo Cod, pero sentía una culpa inmensa porque lo que de verdad quería hacer era quedarme en casa con Shaila. Ella me escribía cartas a mano con mucho esmero. «Es mucho más intenso que por correo electrónico», dijo en la primera. «Además, ¿y si algún día me hago famosa? Entonces alguien querrá saberlo todo sobre *Shaila Arnold: sus primeros años*». Devoraba sus cartas como si fuesen el pastel de triple chocolate de mamá.

Por lo que decía en sus escritos, parecía que yo me había ido justo en el momento en que todo cambió. Shaila se había apuntado a un curso de las Naciones Unidas en los Hamptons junto a Kara Sullivan, la hija de una familia pija amiga de los Arnold que, durante el curso escolar, vivía en el Upper East Side de Nueva York. Cuando se enteraron los Calloway, también mandaron a Graham.

Al principio, las cartas de Shaila estaban repletas de historias de Kara, de lo obsesionada que estaba con artistas como Yayoi Kusama, Dan Flavin y Barbara Kruger, y de que Kara le había enseñado a comer almejas sin mancharse toda la cara de mantequilla. Parecía que Kara era lo más de lo más. Y, además, no ayudaba el hecho de que los padres de Kara, Shaila y Graham hubiesen crecido juntos. Habían veraneado juntos desde que eran bebés. Eran todos iguales. Yo era la única que no pertenecía a ese mundo.

No fue hasta julio que Shaila empezó a escribir sobre Graham. Comenzó a incluir algunas historias de ellos comiendo bollitos de langosta en el muelle de los Arnold, añadiendo disimuladamente un poco de whisky en las latas de refresco y colándose en los bares locales pensados para los ambiciosos jóvenes de clase media alta que huyen de la ciudad en verano.

En una carta, Shaila escribió que Kara se había empezado a liar con un chico llamado Javi, que era de Manhattan, y eso prácticamente obligaba a Shaila a ponerse a la altura. Ahora estaba saliendo con Graham. Y fin de la historia.

Cuando volví a casa, en agosto, ya eran uña y carne. Incluso Nikki se sorprendió. Parecía que Graham se hubiese convertido en otra persona. Era como si hubiese mudado la piel de niño pequeño, como una serpiente. De pronto era dulce, me hacía preguntas sobre la bioluminiscencia en Cabo Cod y me invitaba a que fuese con Shaila y él a jugar al minigolf. Era más simpático e incluso me llamaba por mi nombre en lugar de por el mote que me había puesto en primaria, Newmanía, porque una vez me vio llorando después de suspender un examen de biología. Detestaba ese apodo. Pero su buena racha solo duró un año.

La mañana que se llevaron a Graham, todos seguíamos en la playa que había junto a la casa de Tina Fowler. Su hermana, Rachel, corrió tras él. Era un tornado horrorizado, consciente de su complicidad. La recuerdo con los brazos extendidos hacia Graham y con lágrimas rodándole por las mejillas. Su voz alternaba entre un gorjeo y un llanto. Me dio un escalofrío cuando chilló. La policía empujó la cabeza de Graham hacia el interior del asiento trasero del coche y desapareció. Esa es la última vez que lo vi.

Después de que se fuera el coche, Rachel se volvió hacia nosotros y nos señaló con un dedo tembloroso.

—¿De verdad os creéis esto? —gritó. Tenía los ojos rojos y el pelo encrespado y enmarañado. Es la única vez que la vi con una apariencia que no fuese perfecta.

Nadie dijo nada.

Rachel le suplicó a Adam que fuese con ella a la comisaría, pero el chico negó con la cabeza. Él era el que había llamado a la policía cuando Shaila había desaparecido. Encontraron a Graham a poco menos de un kilómetro en la arena, casi a la entrada del mirador del Ocean Cliff, con la sangre de Shaila todavía húmeda en los dedos y con manchas por todo el pecho. Los granos de arena se le enganchaban a la piel como el confeti de azúcar al glaseado.

—Eres un cobarde —gruñó Rachel, intentando atravesarle el cráneo con los ojos—. ¡Eres un cobarde! —esta vez lo gritó. Con un rápido chasquido de la mano, Rachel le plantó un bofetón en la mejilla, que dejó una marca roja sobre su pálida piel.

Yo me quedé sin aliento.

Adam parpadeó, pero no dijo nada.

—Después de todo lo que he hecho por todos vosotros… —susurró Rachel—. Idos a la mierda.

Nadie se movió. Ni siquiera Tina Fowler, que había sido su mejor amiga desde la guardería, ni tampoco Jake Horowitz, a quien Rachel llevó al hospital en coche la noche que se le desgarró el apéndice en una fiesta de los Jugadores. Nadie la siguió, y pronto los Calloway se marcharon.

Rachel no fue a la graduación de Gold Coast, sino que se fue a Cornell unos meses antes, y la familia vendió su casa de Fielding Lane por 6,2 millones de dólares, según el anuncio que vi en internet. Su casa de los Hamptons se vendió por más. Las cambiaron por un dúplex en Tribeca. Nadie sabía exactamente adónde había ido Graham. Solo oímos que lo habían llevado a algún lugar para Chicos Malos que hacen Cosas Malas, pero eran demasiado jóvenes y ricos para ir a la cárcel de verdad.

Rachel y sus padres no fueron al funeral de Shaila, obviamente. Tampoco es que los Arnold quisieran verlos allí. Hubiese sido «de mal gusto», como le gustaba decir a la señora Arnold.

Shaila fue enterrada en medio de una tormenta agitada e intensa, las típicas que solo se dan al inicio del verano cuando el océano choca con violencia contra la orilla antes de volver a calmarse. Fue casi demasiado oportuno. Un funeral pasado por agua. Qué triste.

Me desperté horas antes de que sonara la alarma y me quedé en la cama hasta que oí un golpecito en la puerta. Me puse el vestido de tubo color negro que mamá había escogido e intenté ponerme bien recta. Tenía una complexión pequeña y todavía tenía el pecho muy plano, así que de ninguna manera podría llenar el vestido.

Jared carraspeó. Estaba junto a la puerta con un traje oscuro.

—¿También vienes? —pregunté, y me volví hacia el espejo.

Mi hermano solo había visto la muerte de cerca cuando el abuelo Morty pasó a mejor vida dos años antes. Pero él tenía ochenta y nueve años. Se entiende que la gente mayor morirá tarde o temprano; los adolescentes, no.

—Me gustaría, pero mamá no me deja —dijo, jugueteando con un botón de la camisa.

—Seguramente es lo mejor.

Jared caminó hacia mí con pies silenciosos, ya que solo llevaba calcetines, y me abrazó suavemente por la barriga. Entonces yo todavía era más alta que él, pero solo unos centímetros y apenas duró un año más. Incluso con mi nueva identidad, mi nueva etiqueta, quería ser joven como él, para protegerlo de todo esto. Sin embargo, me sentía muy mayor y cansada.

—Lo siento —me dijo, con voz suave y temblorosa.

Se me hizo un nudo en el estómago y sentí una extraña presión en el pecho, como si el corazón estuviese intentando liberarse de las costillas.

—Yo también.

Al tocarlo noté que le temblaban los hombros. Jared me abrazó con más fuerza y sentí que la humedad de su cara se extendía por mi vestido. Su cuerpo se sacudió una sola vez.

La ceremonia fue corta, de no más de treinta minutos, y terminó con «Somewhere Over the Rainbow», que la señora Arnold dijo que era la canción favorita de su hija. Quizá cuando tenía seis años.

La iglesia estaba repleta, había centenares de personas de Gold Coast y de los Hamptons y alrededores. Al fondo había decenas de personas con trajes pijos y BlackBerrys. Seguramente eran analistas del fondo de cobertura del señor Arnold. Kara Sullivan, vestida toda de negro con ropa de marca, estaba sentada en un lateral con su madre, que era marchante. Lloraba en silencio cubriéndose la cara con las manos y sujetaba un trozo de papel, probablemente la última carta de Shaila. Mi amiga siempre escribía cartas. Debía de ser así cómo se mantenía en contacto con Kara durante el curso escolar, cuando ella estaba en Manhattan y Shaila aquí. Me pregunto si las cartas para Kara también se incluirían en *Shaila Arnold: sus primeros años.*

Más bien *Sus únicos años.*

Ocupé mi asiento en la segunda fila junto a Nikki, Marla, Robert, Quentin y Henry. Era la primera vez que estábamos juntos como grupo de seis. Quentin se sorbía los mocos contra la manga de su camisa y de vez en cuando le apretaba la mano a

Marla. Yo me senté y me quedé quieta con la mirada baja, dibujando topos sobre mi regazo con el dedo e intentando ignorar la culpa que me crecía en el pecho.

Estábamos allí. Todos nosotros. Y no la salvamos.

En el funeral, tenía a Adam justo detrás, sentado entre Tina Fowler y Jake Horowitz. Estiré la espalda y miré hacia delante, intentando dejar de moverme por los nervios para que no me viera así. Durante el elogio del señor Arnold, Adam me dio un apretón en el hombro desde atrás, extendiendo los dedos sobre mi piel desnuda. Estaba en carne viva y resquebrajada, fileteada como un pescado y lista para que me devorasen.

La mañana siguiente a la fiesta de Nikki, me levanto sobresaltada, con la cara fría y sudorosa. Otra pesadilla. Antes eran predecibles: se me caían los dientes, me quedaba en blanco durante un examen. Siempre estaban relacionadas con el estrés, me dijo mi madre. Pero después de la muerte de Shaila, empecé a ver a mi amiga todo el rato. Sus uñas mordidas, su cara, sus largas extremidades. Se iban colando en mis sueños, igual que las visiones de esa noche. Las ráfagas de viento. La hoguera crepitante. Su melena dorada balanceándose mientras caminaba hacia la luz de la luna. Las estrellas que tenía en el techo a veces ayudaban, cuando me despertaba de madrugada. Y, además, siempre dejaba la lámpara de la mesita de noche encendida.

Sin embargo, los horrores de la noche anterior son nuevos. Cierro los ojos con fuerza y la cara perfectamente simétrica de Rachel Calloway se me acerca a toda velocidad con los ojos entrecerrados y la boca ensanchada. Se me encoge el pecho y abro los ojos, parpadeando varias veces. «Solo ha sido un sueño».

En cambio, la reaparición de Rachel en mi vida no lo es.

Muevo la mano por el edredón hasta que encuentro el móvil entre la almohada y el cabecero. Abro los mensajes.

«Soy Rachel Calloway».

Ese es casi peor que los demás: «Graham no mató a Shaila. Es inocente».

Casi.

—Toc, toc —dice mamá desde detrás de la puerta—. ¿Puedo entrar?

Escondo el móvil debajo de la almohada como si fuese contrabando.

—Ajá —respondo.

La puerta se abre de golpe.

—De verdad que no deberías dormir hasta tan tarde. El día te espera —dice. Con unos pocos pasos rápidos llega a la ventana y corre las finas cortinas. Entra un sol cálido y pegajoso, especialmente para ser septiembre.

—Soy una adolescente, se supone que tenemos que dormir. —Me doy la vuelta y me tumbo boca abajo.

—¿Puedes llevar a Jared al ensayo de la banda? Tu padre y yo tenemos que hacer algunos recados.

—Claro.

—Tiene que salir dentro de cinco minutos. Las llaves del coche están al lado de la puerta.

Suelto un gemido, pero me levanto de todos modos y me guardo el móvil en el bolsillo de los shorts de franela que llevo puestos.

Cuando llego al piso de abajo, Jared ya está esperando junto al coche compacto de mamá, mordiéndose las cutículas. Ha adquirido mi mal hábito. El mal hábito de Shaila.

—¿Qué tal fue anoche? —pregunta.

—Bien —respondo, y doy marcha atrás para salir de la entrada de casa—. Espera, ¿dónde está el bajo? —El asiento de atrás está visiblemente vacío.

—Tienen uno allí que puedo usar.

—Pero siempre tocas con el tuyo. Te saldrá una chepa de llevarlo a todas partes.

—No es igual. Este es eléctrico.

—Pero tú no tocas el bajo eléctrico, tontorrón.

—Gira aquí a la derecha —dice, ignorándome.

Lo miro desde mi asiento. Prácticamente se ha hecho un cráter en el dedo corazón.

—En serio, ¿adónde vamos?

—A casa de Bryce Miller.

No puedo ocultar mi sorpresa.

—¿De verdad?

Adam y yo intentamos que se hicieran amigos durante muchos años, pero Bryce siempre era un poco gamberro, empujaba a los chicos en la pista de baloncesto y a las chicas les estiraba de los tirantes del sostén. Tenía un carácter juguetón un poco retorcido que a mí me resultaba inofensivo, pero a Jared le daba miedo y hacía que Bryce le pareciera inaccesible.

Mi hermano asiente con la cabeza.

—Toca la guitarra. Me ha invitado a improvisar con él.

—Vale. —Le dedico una sonrisa y mentalmente preparo el mensaje que le enviaré a Adam—. ¿Mamá lo sabe?

—Sí. Estaba «emocionadísima» de decirle a Cindy Miller que sus «hijos pequeños por fin se habían hecho amigos» —dice, imitando la exagerada ilusión de mamá.

Suelto una carcajada.

—Te irá bien.

Jared pone los ojos en blanco.

—Lo que tú digas.

Sincronizo el móvil y pongo mi lista de reproducción favorita en la cola. Solo tiene canciones pop de los ochenta. Madonna suena a todo volumen por los altavoces y siento que se me calma el estómago mientras me dirijo a casa de Adam. Me sé el camino de memoria, podría hacer la curva que hay junto a la calzada de ladrillos con los ojos cerrados. Adam no volverá de la universidad hasta las vacaciones de otoño, el mes que viene, pero el mero hecho de estar cerca de su casa, de sus cosas, hace que me emocione.

—Gracias —dice Jared cuando llegamos.

—¿Dónde está Bryce? —pregunto—. Quiero saludarlo.

Un columpio de madera se mece hacia delante y hacia atrás en el porche, crujiendo por el viento. Recuerdo cómo se hunde cuando te sientas en él, y cómo se hunde incluso más por el peso de dos personas.

—Espera, le envío un mensaje.

Los dedos de Jared vuelan por encima de la pantalla, y al cabo de pocos segundos Bryce abre la puerta de la casa y se acerca hacia nosotros cruzando el césped perfectamente cuidado. Lleva un bañador rojizo que le cuelga sobre el límite de las caderas. Parece mayor que Jared, y si entrecierro los ojos lo suficiente, podría ser Adam.

Jared sale del coche, cierra la puerta con fuerza detrás de sí y le choca los cinco a su amigo.

—¿Qué tal, Jill? —me saluda Bryce, inclinándose hacia la ventanilla del copiloto—. ¿Cómo va todo? —Se muestra confiado y sereno, como su hermano. Una Jugadora de último curso no le da ningún miedo.

—No puedo quejarme. ¿Qué tal te ha ido la primera semana de instituto?

Me dedica una sonrisa socarrona.

—Me encanta, obviamente.

—Por supuesto.

—¿Has hablado con Adam hoy?

Niego con la cabeza.

—Todavía no.

—Seguro que te dirá algo —continúa Bryce—. Acaba de llamar a mamá. Vendrá el fin de semana que viene para un taller de jóvenes dramaturgos nacionales en el teatro del condado. Creo que enseñará a los niños a escribir instrucciones escénicas o algo así.

—Mola. —Intento disimular mi entusiasmo y me muerdo el labio, pero Jared pone los ojos en blanco. Se ha dado cuenta de que estoy pillada por Adam, no es muy sutil.

Bryce le da una palmada en la espalda a Jared.

—¿Estás listo para improvisar?

Mi hermano esboza una gran sonrisa.

—Venga, vamos.

—¡Hasta pronto, Jill!

Me despido de ellos con la mano y me espero hasta que hayan entrado para sacar el móvil.

«Acabo de dejar a Jared en tu casa… Parece que Bryce y él por fin se han hecho amigos».

Antes de que pueda encender el motor, oigo una vibración.

«¡¡¡POR FIN!!! Sabía que nuestro plan maestro funcionaría tarde o temprano».

Siento que me arde la cara y me arranco un trozo de cutícula con los dientes.

«Me ha comentado que vendrás pronto, ¿no?».

«Sí, te lo iba a decir. ¿Me haces un hueco? ¿Vamos a desayunar al Diane's? ¿El sábado?».

Se me acelera el corazón y muevo la cabeza arriba y abajo como si pudiese verme.

«Claro».

Cierro la conversación, pero antes de que pueda apartar la vista veo el último mensaje de la noche anterior, el que he estado evitando.

«Soy Rachel Calloway».

Pero esta vez no estoy asustada. Adam sabrá qué hay que hacer. Como siempre. Encontraremos una solución juntos. El sábado.

Cinco

Oigo a Adam antes de verlo. A través de los altavoces del Mercedes de época que conduce desde su segundo año en Prep suena
una canción de un grupo de punk antiguo. El sonido resulta tan
familiar que tengo un *déjà vu* que me deja un poco desconcertada. Cuando subo al coche a su lado, me parece muy diferente al
de Bruce. Resulta acogedor y se nota que Adam le ha dado mucho más uso.

—Ey —me saluda. Se le riza el pelo oscuro creando un re-
molino adorable. Me preparo para mi rasgo de Adam favorito: su
hoyuelo izquierdo. Solo se le dibuja en la mejilla cuando sonríe
mucho. Gracias a Dios, aparece en cuanto me abrocho el cinturón de seguridad.

Yo también le sonrío y Adam me envuelve en un abrazo desde su asiento. Todavía huele a jabón de lavanda, con un tenue
rastro de tabaco.

—¿Al Diane's? —pregunta.

—Por favor. Me muero de hambre.

Enciende el coche y ajusta el volumen de la música, y luego
conduce hasta Cove haciendo giros rápidos. Cuando éramos
pequeños, íbamos a ese restaurante con mamá, papá y Jared
todos los domingos por la mañana después de ir a clases de he-

breo. Nos pedíamos para compartir un montón de tortitas de arándanos y boles llenos a rebosar de patatas ralladas fritas. Chocolate caliente para Jared y para mí, y una taza de café tras otra para papá, a quien le encantaba contarnos historias de cuando se crio en un entorno ortodoxo moderno en Williamsburg antes de que fuera guay. Escuchábamos pacientemente mientras hablaba sin parar sobre sus abuelos, que solo hablaban yidis y que murieron antes de que naciéramos Jared y yo y papá dejara de ser tan religioso. Ir al Diane's sola es como ir en bicicleta sin las rueditas de atrás por primera vez. Una aventura de proporciones épicas.

—Bueno, ¿qué tal el último curso?

—El último curso —repito—. Está bien.

Adam ríe.

—Esa es mi Jill. Ni te inmutas.

Me sonrojo ante la idea de ser suya.

—Seguro que ahora todo esto te parece muy aburrido.

Vuelve a reír.

—Nada de lo que tú digas es aburrido, Newman.

Se me eriza el pelo de la nuca y me vuelvo hacia él para observar su perfil. Los brazos le sobresalen ligeramente de la camiseta jaspeada, y se le endurecen los músculos del antebrazo cuando mueve una mano para subirse las gafas de montura de plástico transparente por el puente de la nariz.

Me reclino en el asiento e intento relajarme. Me fijo en mis extremidades y en mi postura, en cómo me siento y en cómo el brazo encaja a la perfección en el soporte de debajo de la ventana. «¿Esto está bien?», me pregunto mientras pasamos por la cabina de peaje vacía de Mussel Bay, la carretera estrecha de un solo carril flanqueada por agua en ambos lados, la minúscula dársena de pescadores que vende las mejores almejas rellenas en verano. Incluso consigo ver el Ocean Cliff a través de la niebla. Todo me resulta tan familiar.

Adam entra en un aparcamiento pequeño que solo tiene seis plazas. Suena la campanita cuando empujamos la puerta para entrar y de golpe me llega el fuerte olor a canela y a grasa de salchicha.

—¡Pero bueno! ¡Mis dos personitas favoritas! —Diane se coloca un bolígrafo en su voluminosa melena roja, como un camión de bomberos, y nos envuelve en un abrazo enorme y azucarado. Como siempre, lleva un pintalabios rojo de color muy vivo y un uniforme de camarera blanco de los antiguos que está planchado a la perfección. Parece una trabajadora más, aunque en realidad es la propietaria del local—. Sentaos donde queráis. —Nos guiña un ojo, porque ya sabe que nuestro reservado de siempre está libre, y Adam va directo hacia el asiento que tiene una grieta gruesa en un extremo.

—Qué bien sienta estar en casa —dice cuando se desploma sobre el cuero rojo.

—¿No hay nada así en Providence? —pregunto, abriendo el menú plastificado. Es tan grande que parece un libro.

—Qué va.

«Gracias a Dios», pienso.

—¿Qué te pongo, querido? —pregunta Diane, con su fuerte acento de Long Island—. ¿Lo de siempre?

—Cómo me conoces —responde Adam—. Y un café. Solo.

—¿Y para ti, querida? —Se vuelve hacia mí.

—Lo mismo que él.

—Ahora mismo os lo traigo. Vosotros dos pasadlo bien. —Nos vuelve a guiñar un ojo antes de irse hacia la cocina.

—Joder, me encanta este lugar —dice Adam. Fija los ojos en un punto de la pared que queda por encima de mi cabeza—. Es como estar en casa.

Me vuelvo para seguir su mirada, aunque ya sé qué hay allí. Dentro de un marco azul de Gold Coast Prep, nuestros rostros nos devuelven una sonrisa. La fotografía es de cuando estábamos en primer curso, la última vez que vine aquí con Shaila. Adam nos trajo en coche a Rachel, a Graham y a nosotras dos después del último examen del curso, la semana antes de la iniciación. Yo me sentía muy incómoda por estar ahí sola, estaba horrorizada ante la idea de ser la sujetavelas en una cita doble. Pero Adam me aseguró que era parte del grupo, que él quería que estuviese.

Todos esperábamos que Diane tirara la foto después de todo lo que ocurrió. Pero los Arnold nunca venían aquí, ni tampoco los Calloway, obviamente.

—Entonces ¿qué problema hay? —respondió Diane cuando Adam le preguntó sobre la foto el año pasado durante las vacaciones de invierno—. Fue un momento que vivimos. Solo porque haya terminado no significa que no ocurriera.

—Bueno —digo—, ¿qué es eso del taller de dramaturgia?

Adam suspira.

—Le prometí a Big Keith que volvería este semestre para hacer un taller con los niños. Todos son de cuarto y quinto de primaria, de Nueva York. De familias con ingresos bajos. Vienen a pasar un fin de semana repleto de seminarios sobre escritura de guiones.

—Eso está genial —contesto, sin intentar disimular mi asombro. Big Keith era el mentor de Adam. Dirigía el departamento de teatro de Gold Coast Prep y presentaba a Adam a todos los premios. Era legendario en toda la zona triestatal. El hecho de que lo hubiera invitado a participar en el taller era una pasada.

—Pero no hablemos de eso. Seguro que te parece muy aburrido.

—Ya sabes que no. —Pongo los ojos en blanco.

Adam ladea la cabeza a la vez que levanta una ceja, como si no me creyera.

—Cuéntame todos los dramas de los Jugadores.

Río.

—No hay ningún drama.

Adam me dedica una sonrisa pícara.

—Siempre los hay.

—Nikki y Robert están que lo dejan y luego vuelven, ya lo sabes.

—Hum, aburrido. Siguiente. ¿Habéis pensado ya algunos retos interesantes?

Me da un vuelco el corazón. Los retos son la parte que menos me gusta, con diferencia, de formar parte de los Jugadores. A todo el mundo le parece que son necesarios, que son lo que nos distingue de los demás y lo que nos hace ser fuertes. Son una manera de romperte, y luego tienes que enganchar todas las piezas para demostrar que puedes seguir las reglas de los Jugadores, que vales la pena, que te mereces todo lo que los Jugadores pueden ofrecerte. Yo creo que son un medio para alcanzar un fin.

—Todavía no —respondo lentamente—. Ya sabes, tenemos que personalizarlos, así que creo que primero vamos a esperar a ver quién entra.

Diane llega y nos vierte en las tazas una cantidad generosa de café oscuro, y luego vuelve a desaparecer. Adam bebe un sorbo y asiente.

—Claro —dice, y entonces cambia de tema—: ¿Cómo está Henry? —pregunta, poniendo el énfasis en el nombre. Levanta una ceja y yo me pongo roja de inmediato.

—Como siempre —respondo—. Va a presentar una solicitud anticipada a Wharton. Su padre lo obliga. Él lo que quería de verdad era ir a Northwestern para estudiar Periodismo, pero… ya sabes.

Aquello era algo que había preocupado a Henry todo el verano, pero después de un enfrentamiento épico con su padre a principios de septiembre, en el día del Trabajo, Henry me dijo que ya lo había decidido. Iría a Wharton, a la Escuela de Negocios. Y punto. Siempre estaba a tiempo de enfocarse hacia empresas de medios de comunicación o algo así. Dirigir una cadena de televisión, decía algo desanimado. Salvar la industria, quizá. Pero me daba cuenta de que estaba destrozado ante la idea de sentarse en un cubículo en algún rascacielos en lugar de estar haciendo un reportaje en directo desde Sudamérica o África subsahariana.

Adam sacude la cabeza.

—Ese chico tiene que aprender a tomar decisiones por sí mismo. Solo porque se apellide Barnes no significa que tenga que convertirse en un mandamás de un fondo de cobertura o algo por el estilo. Por ejemplo, mírame a mí. Mi padre estaba obsesionado con la idea de que fuese neurocirujano, como él, pero dije: «A la mierda». Sería infeliz si fuera médico, ya lo sabes. Seguro que Henry se arrepentirá.

Tiene razón. Pero si se lo dijera, tendría la sensación de estar traicionando a mi pareja, así que intento mantenerme neutra.

—¿Todavía tienes pensado presentar una solicitud anticipada a Brown? —Arquea una ceja.

Asiento.

—La mandé la semana pasada.

—Uf —contesta Adam, y suspira de alivio—. Necesitaré tu ayuda durante el último curso.

Me muerdo el labio para disimular una sonrisa.

Desde que Adam entró en Brown, solo pude pensar en presentar, también, una solicitud de acceso allí. Al principio quería ir porque él estaba allí. Nos imaginaba a los dos lejos de Gold Coast, con el resto de nuestras vidas ante nosotros en líneas paralelas. Brown no sería más que el principio. En las fiestas, nos sentaríamos juntos en algún rincón, vistiendo jerséis de lana, bebiendo algún combinado de mierda, y nuestras frentes casi se tocarían de lo perdidos que estaríamos en la conversación. Pasearíamos por el patio interior de la universidad, cubierto de césped, y oiríamos el crujir de las hojas al pisarlas de camino hacia una de las fiestas que hacen antes de los partidos de fútbol americano.

Pero cuando empecé a informarme sobre la universidad, descubrí que había muchas más cosas que me gustaban. El año pasado, cuando le conté a mi asesora académica, la doctora Boardman, que estaba pensando en Brown y que quería estudiar Física y Astronomía, se le iluminó la cara de ilusión.

—Ay, querida, eso es fantástico. —Se levantó de su escritorio de madera de roble y extendió el brazo hasta la estantería más alta del despacho, de donde bajó un panfleto delgado de color amarillo pálido—. Tienen un programa de Mujeres en las Ciencias y la Ingeniería que es perfecto para ti —me explicó. Tenía los ojos marrones amplios y brillantes—. Ofrecen dos becas con todos los gastos pagados a las dos mejores alumnas. Primero tienen que aceptarte, claro, y luego tendrías que hacer una prueba en primavera para determinar la cuantía.

Me puse roja; me daba vergüenza que supiera que estaba becada, aunque era lógico que lo supiera. Era su trabajo saber ese tipo de cosas.

—Tienes posibilidades de entrar —dijo—. De verdad. —Hojeó mi expediente y luego se inclinó hacia el portátil, repasando mi currículum—. Capitana del Campeonato de Ciencia durante dos años. Has participado en las Olimpiadas Matemáticas los cuatro años. —Siguió bajando—. Ah, mira, incluso has dado clases particulares de física a alumnos más jóvenes. Pero ¿tú duermes en algún momento? —bromeó la doctora Boardman y echó la cabeza para atrás con una risita, mientras su moño canoso se movía de arriba abajo.

Empecé a sentir mariposas en el estómago. Esto es lo que había estado esperando; todas esas noches haciendo actividades extracurriculares, una tras otra, y todos los riesgos que había asumido para llegar a lo más alto habían valido la pena. Me hacían, como le gustaba decir a la doctora Boardman, «comercializable» ante la comisión de admisiones.

La mujer deslizó el panfleto brillante hacia mí, y en la portada vi a unas jóvenes preciosas riéndose sentadas juntas en bancos y en las aulas, con los libros de texto abiertos delante de ellas.

«Brown invierte en nuestras mujeres científicas y tecnólogas», decía. «Únete a veinticinco alumnas de primer curso en el viaje de sus vidas». Las palabras estaban escritas debajo de un grupo de mujeres observando las auroras boreales en lo que parecía un viaje de clase a Noruega. Me acerqué el panfleto a la cara y me fijé en las chicas. Yo podría ser una de ellas.

Todo se solidificó cuando visité a Adam ese año. Mamá y yo fuimos en coche un viernes muy temprano para que pudiera asistir a una clase de Introducción a la Astronomía con Mallika, una alumna de segundo curso alta, de piel oscura y con una confianza en sí misma increíble. Era de Wisconsin y adoraba el programa de Mujeres en las Ciencias y la Ingeniería.

—¡Me alegro mucho de que hayas venido! —chilló cuando nos conocimos, delante del laboratorio—. Enseñar el campus a estudiantes potenciales es una de mis actividades preferidas. Soy básicamente la embajadora del programa. Además, me han dicho que también te encanta la astronomía, así que es perfecto. Este verano he estado de prácticas en la NASA.

Mallika se adelantó y abrió de un tirón las puertas de un pequeño auditorio al que los alumnos ya estaban empezando a llegar para la clase. Justo cuando acabábamos de sentarnos, se atenuaron las luces en señal de que la profesora estaba a punto de empezar.

—Ha vuelto de Hawái hace muy poco, ha estado investigando en el Observatorio Keck —me susurró Mallika al oído.

La hora se me pasó muy rápido, y a medida que iba avanzando me ilusionaba más. Quería desesperadamente estar ahí, entre esa gente tan inteligente, aprendiendo y creciendo y convirtiéndome en una versión más completa de mí misma, la versión que lo sabe todo sobre las estrellas, el cielo y la magia que hay ahí arriba. Quería ser amiga de personas como Mallika, que estaban obsesionadas con las mismas cosas que yo.

Después de la clase, seguí a Mallika al pasillo mientras ella sonreía y hacía bromas con prácticamente todas las personas que nos cruzábamos.

—¡Vamos hablando! —me dijo, dándome un apretón en el brazo.

Me encontré con Adam en el patio interior para que pudiera terminar de enseñarme la universidad o, como él decía, «ver todo lo que mola y que no te enseñan en la visita guiada».

—Ey, Newman —me saludó cuando llegó y me dio uno de sus increíbles abrazos de oso—. Venga. —Me cogió la mano y empezamos a andar.

Intenté estar presente en el momento. Hacía mucho que quería estar allí con él, a solas, pero mi cerebro seguía dándole vueltas a los diagramas y las teorías y las constelaciones.

—¡Tachán! —exclamó después de caminar un poco por el

campus. Estábamos frente a una casa adosada destartalada. Los guijarros se estaban desprendiendo por un lateral y el porche de entrada parecía que estuviese a punto de derrumbarse—. Así es la vida en la universidad.

—Es perfecto —dije. Y lo era. Era exactamente la clase de lugar que me imaginaba para Adam. Pasamos el resto de la tarde jugando al *beer pong* con sus compañeros de piso: tres chicos de la facultad de Inglés que se iban turnando para dar caladas a una cachimba de poco más de medio metro. Era tan parecido a Gold Coast. Tan… normal.

Me empezó a dar vueltas la cabeza cuando miré el móvil y vi que tenía un mensaje de mamá. «Ya va siendo hora…», había escrito.

—Mierda. Creo que tengo que volver al hotel.

Adam asintió y dejó la cachimba sobre la mesa de centro, que estaba agrietada.

—Te acompaño.

—No hace falta —dije, avergonzada.

Él se rio.

—Venga, vamos.

Anduvimos juntos en silencio hasta que llegamos al tranquilo hostal que Cindy Miller nos había recomendado. Esta vez era perfectamente consciente de todos y cada uno de los centímetros que nos separaban. Ojalá fuese así por defecto, ojalá mi vida fuese así siempre.

Adam se detuvo y se volvió hacia mí.

—Bueno… —empezó a decir. Tenía las gafas transparentes algo torcidas, y sus ojos azules brillaban más de lo que yo recordaba—. ¿Qué te ha parecido?

—Me ha encantado —respondí.

—Ya sabía que te gustaría.

Me preparé para algo mágico. Para un momento cósmico que me recorriese las venas. Para que nuestros labios se encontraran. Para que todo colisionase y tuviese todo el sentido del mundo. Cerré los ojos y esperé. Pero no pasó nada. En cambio, Adam me abrazó con tanta delicadeza que me dieron ganas de llorar. Apoyó la cabeza sobre la mía e inspiró profundamente:

—Nos vemos pronto.

Y se fue.

Esa noche decidí que no sería la clase de chica que sigue a un chico a la universidad. Lo de Brown no era por él, me dije. Esta universidad era la mejor opción. Encajaba bien. Todo el mundo lo decía.

Tenía el programa de mis sueños, y además era el lugar perfecto para hacer estallar la burbuja de Gold Coast, para poner a prueba todo lo que pensaba que sabía, para conocer a personas que habían crecido en otras zonas y que eran diferentes e interesantes, en lugar de ser todos clones los unos de los otros. Ahí la gente se daba cuenta de que es una locura tener varias casas y coches, y la administración de verdad quiere tener alumnos de orígenes diferentes y con puntos de vista distintos, no solo lo finge.

Así que me esforcé al máximo con la solicitud. Hablé con Mallika y con algunos profesores de la facultad de Astrofísica para obtener tanta información como pudiese para mi ensayo. Expliqué tan bien como pude que estudiar el espacio era lo único que me imaginaba haciendo, y por qué valía la pena invertir en mí. Podría haber ojeado entre los Archivos para buscar contactos en Brown o pedir ayuda a un asesor universitario superexclusivo que ofrecía sus servicios gratuitamente a los Jugadores (su hija había sido Jugadora cinco años antes). Pero no lo hice. Cada vez que iba a abrir la aplicación, algo me detenía. Quería hacerlo yo sola. Quería ver si podía conseguirlo. Así que simplemente envié la solicitud y recé.

Por insistencia de la doctora Boardman, también solicité una plaza en el programa de honores de la Universidad Estatal. Si me aceptaban, tendría la matrícula gratis.

—Además, ¿su facultad de Física no tiene un programa de intercambio con ese observatorio que tanto te gusta de Hawái? —me preguntó mamá cuando se lo conté.

Sí que lo tenían, admití a regañadientes.

—Pues qué bien.

Ahora, en el Diane's, Adam extiende los brazos tras él y se reclina sobre el reservado. Siento una punzada de decepción cuando cambia de tema y pasa de la universidad a los Jugadores.

—¿Y cuándo seleccionaréis a los nuevos? —pregunta.

—Creo que dentro de unas semanas.

—¿Entrarán nuestros hermanos?

Me resisto al impulso de morderme la uña. No quiero tener que explicarle por qué no quiero que Jared sea un Jugador. A pesar de que tenga garantizadas las buenas notas, el acceso a otro mundo y la diversión incontenible, no quiero que tenga que pasar por todo aquello y completar un montón de retos estúpidos tan solo para demostrar que es capaz de hacerlo.

Sin embargo, hay una parte de mí que sabe el motivo real de por qué no quiero que sea un Jugador: no quiero que sepa lo que hemos hecho.

—Quizá —respondo—. Ya veremos.

Diane deja nuestros platos delante de cada uno y me gruñe el estómago al ver la montaña beige. Las tortitas caen sobre patatas ralladas fritas y los huevos. Unos trozos alargados de carne pegajosa dorada asoman por debajo de la pila.

—Su Majestad —dice Adam, juntando las manos para hacer el gesto de rezar—. No soy digno.

—No digas tonterías —responde Diane, dándole un golpecito a las manos para bajarlas—. Soy inmune a los encantos Miller.

Cuando se aleja, sé que es el momento:

—Tengo que contarte una cosa.

Adam da un mordisco y traga. Tiene los labios brillantes por la grasa y me dan ganas de limpiárselos con un lametón. Ladea la cabeza para indicarme que siga.

—He recibido un montón de mensajes raros —empiezo. El corazón me late a un ritmo peligroso—. De Rachel.

Adam suelta el tenedor.

—¿Qué? —Vuelve a tragar—. Enséñamelos.

Saco el móvil y se lo doy, viendo cómo va desplazando hacia abajo la conversación.

—Esto es muy típico de ella —dice, sacudiendo la cabeza.

—No es nada, ¿no? Seguro que no dice la verdad. Es una gilipollez.

Adam desliza el móvil sobre la mesa para devolvérmelo y se reclina sobre el asiento.

—Rachel está chiflada. —Su voz corta el aire que hay entre nosotros como si fuese un cuchillo—. No quería contártelo, pero me envió un mensaje parecido en verano.

—¿En serio? —Me ha dejado de piedra—. ¿Por qué no me lo habías dicho?

—No quería que te disgustaras. Ya sé que todo esto te afecta mucho. Lo de Shaila y tal.

Me escuecen los ojos y meneo la cabeza. Su fantasma está por todos lados, incluso entre nosotros en el Diane's. Adam alarga un brazo y pone una mano sobre la mía.

—Pero no dejes que se te meta en la cabeza, ¿vale? Ella se preocupa por su hermano, no por ti.

Asiento.

—Tienes razón.

—Tengo que ir a hacer pis —dice Adam con timidez. Sale del reservado y desaparece en el baño.

Parpadeo varias veces para reprimir las lágrimas y giro la cabeza para ver a Shaila. Veo su cara pecosa y con una gran sonrisa dentro del marco. No tenía ni idea de lo que vendría a continuación, de lo que nos pedirían que hiciéramos ni de cómo terminaría todo. Y yo no sabía que esa sería su última noche, que estaría marcada por el romper de las olas y por vodka tibio. Granitos de arena pegados a mis labios. Un grito desgarrador. Puños apretados en las sábanas. Mi pelo encrespado, enmarañado y vivo. Oscuridad. Oscuridad absoluta.

—¿Estás bien?

Adam vuelve y me pone una mano sobre el hombro. Apenas consigo responder que sí con un movimiento de cabeza.

—Todo irá bien, Jill. Te lo prometo.

Nunca me ha defraudado. Al fin y al cabo siempre me salva.

—Dejémoslo en el pasado, ¿vale? Ahora te espera el mejor año de tu vida.

—Vale. —Le ofrezco una ligera sonrisa.

No quiero que Shaila se desvanezca, pero Adam tiene razón. Forma parte del pasado. Shaila ya no está. Y una serie de mensajes descabellados de la hermana del asesino no lograrán devolverla a la vida.

El día que Shaila murió, los policías nos llevaron a todos a comisaría. Repartieron galletas saladas rancias y vasos de poliestireno con zumo de naranja azucarado antes de hacernos algunas preguntas fáciles. Llamaron a los padres de todo el mundo para que nos vinieran a buscar. Primero llegaron los de Marla, después los de Henry y Quentin, y al final los de Robert. Los padres de Nikki estaban en Singapur, así que mi madre dijo que se podía quedar con nosotros. No nos gritó por haber mentido sobre dónde estábamos; le habíamos prometido que nos íbamos a quedar en casa de Nikki. En lugar de eso, se mantuvo en silencio en el coche.

Cuando llegamos a casa, mamá nos preparó sándwiches de queso a la parrilla, nos ordenó que nos ducháramos y partió un ansiolítico en dos y puso una mitad en mi mano y la otra en la mano de mi amiga.

—Llama a tu madre, cielo —dijo.

—Se quedarán una semana más —me contó Nikki cuando colgó—. ¿Fiesta de pijamas hasta entonces? —Me dedicó una sonrisa débil.

Estábamos en el salón, sentadas la una al lado de la otra en el sofá, rígidas e incómodas. Nunca habíamos tenido una fiesta de pijamas nosotras dos solas. Siempre estaba Shaila. Me abracé el estómago.

—Todavía no he llorado —comenté, y cerré los ojos. Pero entonces todo me vino de golpe. La puerta cerrada. La apabullante oscuridad. El momento en que nos dimos todos cuenta de que estábamos solos.

Se me formó bilis en la garganta, y antes de que pudiera taparme la boca, ya tenía las manos cubiertas de una sustancia verde y pegajosa. Finalmente noté que se me llenaban los ojos de lágrimas, y pensé que debía de oler como me imagino que sabe el veneno.

—Mierda, Jill. —Nikki fue a buscar un rollo de papel de cocina, se puso de rodillas y empezó a limpiar el suelo.

—Lo siento —logré decir.

Alzó la vista para mirarme. Ya no tenía los ojos brillantes y maquillados con sombra de color rosa, como la noche anterior.

—No tienes que disculparte por nada.

Me giré hacia el otro lado del sofá y me pregunté si teníamos permiso para hacer el luto por lo que habíamos perdido, o si ese derecho solo estaba reservado para todos los demás. ¿También estábamos siendo castigadas por lo que habíamos hecho? Al fin y al cabo, éramos cómplices, ¿no? Nikki debía de preguntárselo también, porque tuvo un escalofrío y se acurrucó a mi lado. Sus pies descalzos tocaban los míos, de modo que nuestros cuerpos formaban un corazón. Nos quedamos así todo el día.

Nikki era muy diferente a Shaila; era dura donde Shaila era blanda, en las clavículas, en las caderas. Se encogía de miedo en momentos en que Shay se hubiese reído histérica, en las pelis de miedo y cuando iba fumada. Pero tenían dos características en común: ambas eran tercas y tan leales como los cachorros.

Estar con Nikki era como estar en una atracción de feria con espejos deformantes: un instante era como yo y al siguiente era como Shaila, hasta que al final se volvía a transformar en ella, aunque ya no era la Nikki que había conocido los meses anteriores. Era estremecedor pero tierno, como un perro con solo tres patas. Me fascinaba de una manera que me hacía querer aún más estar con ella.

Era una presencia constante en nuestra casa, y nos acostumbramos a dormir haciendo cucharita, cambiando de lado a intervalos de una hora de modo que primero sus rodillas estuviesen contra la parte posterior de las mías, y luego al revés. Me dormía con los puños cerrados hacia ella, y cuando dábamos la vuelta sentía sus manitas en la parte central de mi columna vertebral. La que se despertara primero se apartaba unos centímetros hacia su lado de la cama hasta que la otra se movía y llegaba el momento de volvernos y mirarnos la una a la otra.

El primer mes sin Shaila nos pasamos las primeras horas del día hablando en susurros mientras se extendía la niebla de verano, cálida y pesada. Hablábamos y hablábamos hasta que se nos quedaban las voces roncas. Charlábamos de que Nikki estaba desesperada por entrar en la escuela de moda, de cuál de los hermanos de Marla estaba más bueno y de cómo conseguir el mejor bronceado para septiembre. Yo dibujaba las constelaciones sobre mi piel, creando líneas imaginarias entre peca y peca hasta que Nikki me decía: «Ahora házmelas a mí, venga».

Pero también había cosas que no nos decíamos. No le hablé de las pesadillas, ni de las visiones de Shaila que me atormentaban la mayoría de las noches, ni de que a menudo me despertaba en medio de la noche sudada y jadeando, con un grito atascado en la garganta. Y mi amiga nunca supo que la oía llorar en el baño cuando hablaba con su madre y le suplicaba que volviese a casa del viaje de negocios en el que estaba.

Ninguna de las dos podía admitir que nos daba miedo olvidar a Shaila. A veces empezábamos frases con «¿Te acuerdas de que…?» solo para poner a prueba nuestra memoria.

—¿Te acuerdas de que caminaba como si tuviese una meta? ¿O de que siempre se tiraba un pedo al estornudar? ¿Te acuerdas de que se comía la pizza al revés, empezando por el borde?

Estábamos desesperadas por recordar detalles de Shaila, pero también por pasar página. A veces era agradable olvidar lo ocurrido, porque nos echábamos a reír de nuevo, primero accidentalmente al ver algún *reality* estúpido, y luego a propósito, hasta que nos dolía la barriga.

Aquel fue el verano diferente a los demás, la mancha negra en nuestros historiales perfectos, el periodo de tres meses en que tuvimos que tirar adelante para que todo estuviese bien cuando llegase el momento de enviar solicitudes a las universidades.

—Solo tenéis que superar esto ahora —nos decía todo el mundo— y todo irá bien.

Y también fue el primer verano que tuve libre en toda la vida. Sin campamentos de ciencia, sin tener que dar clases particulares a alumnos de primaria, sin ningún programa de Chicas en las Ciencias, la Tecnología, las Ingenierías y las Matemáticas en algún centro formativo superior. Siguiendo el consejo del director Weingarten, mamá y papá me dejaron tranquila, y así es como aprendí qué es el aburrimiento y cómo se mezcla diabólicamente con el duelo. Al juntarlos, se convertían en un cieno grueso y pegajoso que, al parecer, solo se podía remediar con vodka mezclado con un chorrito de agua con gas de sabores, y porros tan grandes como mi dedo meñique, que los liaban chicos del Cartwright que aseguraban tener la «mejor maría» de toda la zona triestatal. Menudo alivio fue darse cuenta de que los otros padres también habían optado por este modo de no tratar el trauma.

Nos confinamos los seis juntos en las playas de Gold Coast. Solo Henry estaba trabajando como periodista para el *Gold Coast Gazette*. En cambio, los demás nos sentíamos como adolescentes «normales». Íbamos en bicicleta por la grava rocosa y buscábamos cangrejos herradura varados en la arena. Todos decidimos que superaríamos esa enfermedad contagiosa y en septiembre volveríamos a Gold Coast Prep con los ojos brillantes y listos para bordar las clases avanzadas. Y aunque habíamos sufrido una pérdida muy grave («¡Qué tragedia! ¡Qué horror tan terrible!»), eso era lo que necesitábamos. Un verano de hacer el tonto sin consecuencias ni estrés.

—Simplemente tienes que desahogarte —le dijo la madre de

Nikki a su hija cuando por fin regresó de Singapur. Así volveríamos a estar bien encarrilados y listos para sellar el futuro que se nos ofrecía. Todos menos Shaila.

Adam pasó ese verano en Londres, estudiando en el Teatro Nacional con un dramaturgo que había ganado un Pulitzer y del que nunca había oído hablar, pero volvió a casa durante una semana antes de irse a Brown. Dijo que fui la persona a quien llamó primero cuando pisó suelo americano.

—Qué gilipollez —opinó—. Que esperen que «paséis página» y ya está.

Mascullé que estaba de acuerdo, pero me volví hacia el otro lado. Estábamos estirados el uno al lado del otro en la playa de guijarros que hay junto al faro de Bay Bridge, donde la costa dibuja un ángulo recto antes de retirarse hacia la maleza. Las olas que teníamos delante de nosotros eran más bien suaves ondulaciones, y el agua era tan transparente que desde donde estábamos podíamos atisbar pececillos minúsculos.

—Vamos. —Adam se levantó y se quitó la camiseta con un solo movimiento. Llovían piedrecitas. Extendió una mano hacia mí y la acepté con reticencia.

Me quité los shorts y la camiseta de tirantes, sin tener tiempo para sentirme cohibida por el biquini arrugado que me había puesto esa mañana… ni tampoco para comerme con los ojos sus abdominales perfectamente definidos. Me tambaleé tras él hasta el agua. En cuestión de segundos, Adam ya había desaparecido bajo la superficie.

—¡A la mierda! —grité. Me metí en el agua y sumergí la cabeza completamente.

El agua estaba tibia, como un baño bajo el sol de agosto, y por primera vez desde la muerte de Shaila estaba sola. Fue muy estimulante. Abrí la boca y grité al vacío, dejando que el musgo y la suciedad y los sedimentos entraran y salieran de mi cuerpo. Me imaginé a Shaila allí conmigo, apretándome las manos entre las suyas y sacudiendo la cabeza hacia delante y atrás, chillando por la rabia y el deleite.

Cuando subí a la superficie, Adam ya había vuelto a la playa. La arena a su alrededor estaba húmeda y oscura.

—¿Te sientes mejor? —voceó.

—En realidad, no —respondí con un grito.

—Pero es una ayuda.

Nadé hasta la orilla y me dejé caer a su lado. La arena se me enganchó a la piel mojada como si fuese velcro.

—Es una putada —dije, aunque no tenía claro a qué me refería. Si a la muerte de Shaila, al hecho de que Adam estaba a punto de irse o a la idea de que todos tenemos que vivir y morir en la misma vida. Parece demasiado para una sola persona, ¿no?—. ¿Ahora qué hacemos? —pregunté, intentando silenciar los gritos que sonaban en mi cabeza.

—Tiramos adelante —respondió Adam—. Seguimos viviendo.

Asentí, pero no formulé mi siguiente pregunta: ¿cómo?

Seis

«¿Seguro que no quieres venir a la fiesta de Quentin de esta noche?», escribo en el móvil, intentando encontrar el tono entre obsesionada y simpática, desesperada y tranquila. Ahora que está en la universidad, Adam nunca quiere ir a las fiestas de los Jugadores, pero después de verlo en el Diane's, me gustaría que viniera.

«No, tú ve a lo tuyo. No estoy seguro de que esos tíos me necesiten en las fiestas. Nos vemos en la próxima».

Me da un vuelco el estómago. Ya lo echo de menos y ni siquiera se ha ido todavía.

Me meto el móvil en el bolsillo y bajo la cerradura de la puerta principal de Quentin. La casa se encuentra en una calle minúscula flanqueada por árboles situada en la frontera entre Gold Coast y Clam Cove. Todo el mundo llama a esta zona «Gold Cove» para ir más rápido. Aquí las casas son más pequeñas y todas están pintadas de los mismos cuatro colores —azul marino, carmesí, beige o gris— porque están registradas como edificios de referencia en la Asociación Histórica. Todas son de 1825 o antes.

Todos los buzones de esta calle tienen clavada una plaquita de oro, un identificativo de que estas casas son especiales, son antiguas. Y, en Gold Coast, «antiguo» no significa polvoriento o descuidado. Significa que estabas aquí cuando pasaron cosas importantes, que aprecias las distinciones históricas que tiene la ciudad. O que pudiste hacerle la pelota al agente inmobiliario adecuado hace veinte años, cuando la ciudad vendió estas casas una por una. Si eres el propietario de una de estas casas históricas, quiere decir que perteneces aquí; es lo único que importa.

Tiene sentido que Quentin viva en esta calle. Está superobsesionado con la historia de Gold Coast y puede recitar de memoria todos y cada uno de los alcaldes que ha habido desde la guerra de la Independencia. Su fascinación se extendió hasta Prep en primaria, cuando se enteró de que el fundador de la escuela, Edgar Grace, literalmente llegó en el barco Mayflower con los Padres Peregrinos y al cabo de un tiempo estableció la zona como un oasis junto a la playa. Me parece que ese rollo colonial extraño le sirve de inspiración para su arte o algo así. Si no, ¿por qué iba a saber que el linaje de Grace murió a principios del siglo xx cuando todos sus descendientes trágicamente pillaron la fiebre escarlata? Es bastante raro. Quentin también se ha convertido en el encargado de la historia de los Jugadores. Fue el primero de nosotros en memorizar toda la información de los Jugadores, recitar el cántico del derecho y del revés, y soltar información básica sobre todos los Jugadores cuando lo llamaban en las ruedas de identificación.

En casa están solo él y su madre, una novelista galesa a quien le gusta beber whisky escocés solo. Su padre murió de cáncer antes de que nos hiciéramos amigos y Quentin nunca lo menciona. Su casa siempre parece acogedora, como una cabaña en las montañas, aunque está a pocos kilómetros de la playa. Casi todos los escalones chirrían un poquito, y la puerta de entrada es tan baja que Quentin tiene que agachar la cabeza cuando la cruza.

Lo tienen todo patas arriba; no tienen un equipo de limpieza que vaya dos veces a la semana a limpiarlo todo, como pasa en casa de Nikki o de Henry. Incluso el cobertizo que tienen en el jardín trasero es agradable. Perteneció a un herrero o algo así, pero la madre de Quentin lo convirtió en un estudio de arte para su hijo. Ahora huele a aguarrás y a carboncillos. La última vez que estuve allí, había colgado con chinchetas retratos de todos los Jugadores. Incluso de Shaila.

—¡Joder, por fin! —Nikki se me tira encima y yo la abrazo, enterrando la cara en su chaqueta tejana. Es muy fina y suave, como de cuero.

—Lo siento —digo, avergonzada—. He tardado más de la cuenta. Adam está aquí.

—Oooh —arrulla Nikki—. Eres como la encantadora de Adam. Venga. —Me coge de la mano y se abre camino por el salón, pasando junto a la mesita auxiliar de madera recuperada y por encima de una cesta tejida llena de mantas de lana. Pero antes de que lleguemos a la cocina, se detiene—. Te aviso —dice, echándose el pelo detrás del hombro. Lleva la raya en el centro, así que parece una princesa *indie*—. Robert se ha encargado del combinado, así que… Ya sabes. —Hace ver que se desmaya y baja la voz hasta que se convierte en un susurro. Cuesta oírla por encima de la música estridente.

Hago una mueca.

—Entonces me prepararé mi propia copa.

Antes de que pueda responder, noto que alguien se me acerca por detrás.

—Aquí estás. —Rápidamente, Henry me hace girar hasta que quedo frente a él y desliza una mano cálida hasta la parte baja de mi espalda. Sus dedos presionan mi piel y me da un escalofrío.

—Aquí estoy —respondo. Henry tiene la cara sonrojada, pero está firme, y fija los ojos en los míos, como si de verdad estuviera contento de verme. Un brote de dulzura me florece en el pecho, y por un segundo olvido que me he pasado todo el día babeando por Adam.

—Te he echado de menos hoy, J —me dice Henry, dibujando un pequeño puchero con los labios.

—Ah, ¿sí? —Me inclino hacia él, dejando que me envuelvan sus brazos.

—Quizá un poquito. ¿Quieres una copa? —Asiento con la cabeza y Henry se vuelve y grita hacia la cocina—: ¡Dejad paso! ¡Dejad paso! ¡Ha llegado Jill Newman! ¡Y la chica quiere una copa!

Al oírlo, la gente se aparta y forma un pequeño pasillo para que pueda acercarme hasta la isla de la cocina. Pero me escondo detrás de mi melena mientras todo el mundo me mira. Estar en la pecera de los Jugadores a veces es una mierda.

Me tomo mi tiempo para prepararme una bebida con lo que hay disponible mientras Henry se recuesta sobre la pared y observa la estancia. Empuja su bebida hacia Avi Brill, su productor en el canal de noticias del instituto, que está junto al televisor. Parece que está intentando poner en la cola de reproducción un documental deprimente para que se reproduzca en silencio.

—Típico —masculla Henry, y luego se vuelve hacia mí—. Me han dicho que estabas con Adam.

Se me tensan los músculos del estómago.

—Sí —respondo, y Henry suelta un gemido—. ¿Qué pasa? —digo, contrayendo la mandíbula—. Ya sabes que somos amigos.

—Sí, lo sé —dice, y me envuelve la cintura con las manos otra vez—. Es que a veces me pongo celoso. Me da la sensación de que siempre ha estado colado por ti.

¿En serio? Me sonrojo, y espero que no se haya dado cuenta.

—O sea… Lo entiendo. —Henry me dedica una sonrisa perezosa, como si su boca pesara demasiado para aguantarla, y mete un dedo por la trabilla de mis tejanos—. Eres la mejor. —Da un sorbo a la bebida—. Sabe que estamos juntos, ¿no?

—Por supuesto. —Levanto la mano para rascarle la nuca. Henry es un chico bueno de verdad, tengo que recordarme a mí misma, aunque claramente haya bebido un par de copas del combinado de Robert—. Solo está aquí durante el fin de semana. Ni siquiera lo veré mañana. No es nada.

—Lo sé, lo sé. —Henry me acerca hacia él, y su cuerpo me parece un bloque de hormigón—. ¿Me prometes que te gusto más que él?

—Te lo prometo —susurro contra su pecho, y deseo que sea verdad. Quiero que lo sea. Y decirlo ahora, en voz alta, es más fácil que la verdad. La verdad es innecesaria. Es peligrosa—. Vamos a buscar a Quentin.

Henry me sigue hasta el jardín trasero. Aquí la música es más tranquila, y un hilo de luces recorre el césped, lo que le da a la fiesta un toque más suave. Por fin atisbo al anfitrión sentado en el tobogán de cuando era niño con Barry Knowlton, el alumno de segundo curso que entró en el equipo de natación estatal el año pasado. Barry está sentado entre las piernas de Quentin y tiene la vista fija en él, como si fuese el ser más precioso del mundo. Mi amigo recorre un dedo por debajo de su barbilla y ambos sonríen como tontos. Están absortos en un momento privado, completamente ajenos al lío que estamos haciendo entre todos en el jardín de Quentin. Noto una punzada de envidia en el estómago por la intimidad, la dulzura. Me pregunto si la gente tiene envidia de Henry y de mí, de lo que creen que tenemos.

No, espera, de lo que tenemos. Claro que sí.

De pronto los ojos de Quentin se encuentran con los míos y le susurra algo a Barry contra su pelo. Dando unos pocos pasos, Quentin se coloca a mi lado.

—Tenemos que hablar —dice, poniéndose entre Henry y yo—. Contigo también, tío —le dice con un hilo de voz, con tono urgente.

Lo seguimos hasta detrás de un montón de arbustos, fuera de la vista del resto de la fiesta. Henry y Quentin no dejan de mirarse, parece que intercambien frases enteras dentro de sus cabezas solo a través de los ojos.

Sus madres fueron compañeras de habitación en la universidad y después se mudaron a Gold Coast para asegurarse de que sus familias crecían juntas. La amistad de Quentin y Henry es obvia. Hace que discutan como hermanos, con silencios glaciales o peleándose en el barro. Pero siempre hacen las paces fácilmente gracias a un entendimiento mutuo inquebrantable de que están juntos no por decisión propia, sino por orden de las madres. Es un vínculo que yo no puedo romper. Da igual cuántas bromas privadas tengamos Quentin y yo, o cuántas veces haya sentido la piel desnuda de Henry sobre la mía; nunca conseguiré meterme dentro de sus cabezas como han hecho entre ellos dos.

Se lo confesé a Henry una vez en verano cuando estábamos tumbados en la dársena que hay detrás de su casa.

—Ojalá tuviera lo que tenéis Quentin y tú —dije con lentitud.

—Tienes a Nikki —repuso Henry, paseándome los dedos por encima del estómago, con la piel de gallina. Su contacto me hacía cosquillas y reprimí una risita.

—No es lo mismo. En cambio, con Shaila sí lo era —comenté. Fue la primera vez que lo admití en voz alta, que Nikki no era suficiente para sustituir a Shaila. Se me ocurrió que se-

guramente para Nikki yo tampoco era una sustituta suficientemente buena.

—¿Sabes?, siempre tuve envidia de vosotras dos —contestó—. De cómo las chicas podéis ser mejores amigas de una manera tan obvia. Entre chicos es mucho más extraño.

Qué cosa más rara dice, pensé. Los chicos siempre lo han
tenido todo más fácil. Sobre todo los Jugadores. Pero la confesión de Henry hizo que me gustara incluso más. Era delicado,
frágil. Antes de que pudiera presionarlo, se puso en pie, corrió
hacia el final de la dársena y se lanzó al agua en bomba.

Ahora Henry y Quentin se dan empujones y se chocan el
pecho con algo de agresividad.

—Sí, tío —dice Henry, dándole un golpecito con el hombro—. Voy a buscar a los demás.

—Ven. —Quentin me hace un gesto para que vayamos a
uno de los sauces llorones enormes que flanquean el jardín, y nos
apresuramos a apartar las hojas del árbol, que parecen una cortina de abalorios.

—Parece sacado de una peli de 007, ¿no?

—No has mirado el móvil en todo el día, ¿verdad? —pregunta.

—No demasiado. —Cuando estaba con Adam, normalmente se me olvidaba.

—Hay algo que tienes que ver. —Quentin se mete la mano
en el bolsillo y saca un recorte de periódico doblado por la mitad. Es endeble, del anticuado *Gold Coast Gazette*.

—¿De dónde has sacado un diario de estos? —Me río. Mi
familia es la única que conozco que todavía recibe el *Times* del
domingo en casa, e incluso eso me parece arcaico. Papá dice que
nunca podría darse de baja.

—Tú léelo. —Se cruza de brazos, impaciente.

Mis ojos intentan enfocar en la oscuridad y tardo unos segundos en empezar a adivinar las letras. Es un artículo corto, de solo un par de párrafos, pero las palabras me arrancan toda la calidez del cuerpo.

INFAME ASESINO LOCAL PRESENTA UNA APELACIÓN

Graham Calloway, el chico que llegó a un acuerdo tras confesar haber matado a Shaila Arnold, de quince años, intenta que lo absuelvan tres años después de la muerte de la adolescente. Calloway, que tiene previsto ser trasladado a la Prisión Federal de Nueva York cuando cumpla los dieciocho años en junio, ha emitido un comunicado a través de su abogado en el que confirma la noticia:

«Teniendo en cuenta las nuevas pruebas que han salido a la luz, yo, Graham Calloway, creo que he sido acusado injustamente del asesinato de Shaila Arnold y solicitaré un nuevo juicio para demostrar mi inocencia. Quiero limpiar mi nombre de todas las acusaciones. No maté a Shaila Arnold. Retiro mi confesión».

No hemos podido contactar con la familia Arnold para conocer su opinión, pero la Jefatura de Policía de Gold Coast también ha emitido un comunicado en el que reafirma sus investigaciones iniciales: «Revisaremos todas las nuevas pruebas, pero apoyamos a los agentes que investigaron la horrorosa muerte de la señorita Arnold. No tenemos más comentarios por ahora».

Levanto la mirada, aturdida y asqueada.

—¡Están aquí! —grita Nikki. Empuja las hojas para abrirse paso, lo que las hace crujir a su alrededor. Marla, Henry y Robert la siguen de cerca, y todos se sientan formando un círculo bajo el sauce. Los ojos de Nikki van directos al recorte que tengo en la mano—. Ya se lo ha enseñado.

Me da vueltas la cabeza, y encuentro el suelo con las manos.

—¿Lo sabíais todos? —tartamudeo.

—He intentado llamarte antes, pero… —La voz de Nikki se queda a medias.

—Como no hemos podido contactar contigo, nos ha parecido que sería mejor hablarlo en persona —añade Marla con suavidad.

—¿Estás bien? —susurra Henry. Me pone una mano en el hombro con delicadeza y noto su aliento a alcohol caliente en mi oído.

—¿Qué significa esto? —Tengo la voz ronca y no puedo encontrarle el sentido a las palabras.

Por un instante nadie dice nada, y lo único que se oye es la fiesta, que sigue muy animada sin nosotros.

—Es un mentiroso —dice Robert al fin, con el puño cerrado con fuerza alrededor de un vaso—. Todos estábamos allí. Sabemos que lo hizo él.

Todo el mundo se queda callado durante un momento. Me pregunto si también están tratando de borrar los recuerdos de esa noche. Que la hoguera olía a goma quemándose. La mirada firme e implacable de Shaila antes de que empezara todo. Mis manos alrededor de sus muñecas. Su paso feroz cuando se alejó de nosotros por última vez.

—Son todo mentiras —opina Nikki, jugueteando con la tierra con la punta de sus botas militares—. Claro que tenía que volver y fastidiarnos el último año del instituto. —Arruga la nariz como si toda la situación oliese a mierda, lo que es verdad—. Como presidenta del consejo de estudiantes, lo hablaré con el director Weingarten el lunes. ¡Me niego a que esto interfiera con el resto del semestre!

—No podemos involucrarnos. No merece la pena —responde Quentin. Menea la cabeza y coge un palo, y lo arrastra por el suelo—. No ahora que se acercan las solicitudes de la universidad.

—Pero ¿y si Graham dice la verdad? —pregunto en voz baja.

Cinco pares de ojos se vuelven hacia mí.

—No lo dirás en serio. —Henry se ríe.

—Eres tú el periodista —digo—. ¿No tienes ni una pizca de curiosidad? ¿No quieres saber lo que ocurrió?

La boca de Henry dibuja una línea recta.

—Ya lo sabemos.

—¿Podemos acordar entre todos no hablar más del tema? —suplica Nikki—. Dejémoslo estar, ¿vale? Si pasamos de él, también lo ignorará el resto del Gold Coast. Las cosas funcionan así, y lo sabéis.

Todos a mi alrededor asienten y, uno por uno, se levantan y se van.

—Venga, amor —dice Henry dándome la mano.

Sacudo la cabeza.

—Dame un segundo, ¿vale?

Asiente y vuelve a la casa. Acurrucada junto al árbol, sola, prácticamente puedo olvidarme de la fiesta que me rodea, de los otros Jugadores, de los novatos que quieren ser como nosotros, del sinfín de retos crueles que completamos para llegar hasta aquí. Observo cómo mis amigos vuelven al interior de la vivienda. Nosotros seis somos todo lo que tenemos. Quiero envolver mi corazón alrededor de ellos y mantenerlos cerca de mí. Quiero atarlos a mí para mantenerlos a salvo. Para hacer lo que no pudimos hacer con Shaila.

Quizá tienen razón. No vale la pena desenterrar el pasado.

Pero hay algo que no puedo olvidar.

Me saco el móvil con una mano temblorosa y busco los mensajes de Rachel.

«Graham no mató a Shaila. Es inocente».

El móvil me pesa en la mano, demasiado como para sujetarlo, y el cielo empieza a dar vueltas encima de mí.

—Jill, ¿estás bien? —Henry vuelve y se arrodilla a mi lado. Desliza la mano por dentro de mi camiseta y me toca la espalda. Me quema la piel desnuda.

Consigo asentir con un movimiento de cabeza.

—Es solo que he bebido demasiado rápido —digo señalando mi vaso.

—Ahora te traigo un poco de agua.

—Gracias —balbuceo.

Siento el suelo húmedo y duro bajo mis manos y me empujo para levantarme, echando un último vistazo a lo que dijo Rachel.

«Es todo un puto lío. ¿Podemos hablar?».

La primera vez que hablé con Rachel me pareció que era injusto que ella respirara el mismo oxígeno que yo. Era espectacular, con unos pómulos demasiado altos para una persona que se ponía un uniforme de instituto cada día y con unos ojos tan oscuros que apenas podías verle las pupilas. Siempre llevaba el pelo en suaves ondas que le caían en cascada por la espalda. Cuando me corté el pelo ese año, le enseñé a la peluquera su foto de clase como inspiración. Pero mi melena nunca fue tan sedosa, siempre era un poco demasiado rebelde.

Me encontró en la biblioteca un día a inicios de octubre cuando yo iba a primero, con *La odisea* abierta delante de mí.

Golpeé el puño contra el escritorio esperando que, gracias a algún milagro, pudiera absorber las últimas doscientas páginas en exactamente los treinta minutos que tenía antes del examen parcial. Mi media estaba a punto de caer en picado por primera vez, y sentía que se me escurría la beca entre los dedos y todo se escapaba de mi control.

Había planeado quedarme despierta hasta las tres de la madrugada hincando los codos, pero me quedé dormida con el grueso libro abierto sobre el pecho y todas las luces todavía encendidas. Me desperté en pánico cuando sonó mi alarma de todos los días a las 6.07. Tuve que hacer un esfuerzo hercúleo para no romper a llorar allí mismo entre las estanterías.

—Tienes un aspecto de mierda —dijo Rachel. Puso las manos sobre el libro y se inclinó hacia mí, de modo que podía ver la parte superior de su escote que asomaba por un sujetador negro de encaje—. ¿Beaumont? —preguntó.

Asentí, con un nudo en la garganta. Tragué con fuerza.

—Conoces a Adam, ¿verdad? ¿Eres la amiga de Shaila?

Volví a asentir.

—Genial. —Rachel desapareció y me puse roja, abochornada de que fuese corriendo a Adam a decirle lo incómoda y asquerosa que era. ¿Qué pringada metía tanto la pata? Pasó un minuto y luego otro, y entonces llegó Rachel con dos hojas de papel y se puso delante de mí—. Aquí tienes —dijo—. Sigue un patrón. La primera respuesta es la A. La segunda es la B. La tercera, la C. Y vuelve a empezar. Ya lo entiendes. Beaumont usa el examen de la señora Mullen del año pasado. Y del año anterior. Nunca lo cambia.

—¿Qué? —susurré, escéptica de que simplemente tuviera las respuestas.

Rachel sonrió.

—Créeme. Repásalo y luego destrúyelo. Si alguien te pilla con estos papeles, nos han jodido, ¿vale?

Pensé en lo decepcionados que estarían mamá y papá si me sorprendieran copiando, si me expulsaran o algo peor. ¿Cómo podría vivir conmigo misma? Pero entonces me imaginé a mí misma suspendiendo el examen, perdiendo la beca a Gold Coast Prep y todas las conexiones con las universidades y el estatus y… Las cosas más preciadas de mi vida desaparecerían. El corazón me iba a mil por hora mientras luchaba contra lo que estaba a punto de hacer. Cogí los papeles con manos temblorosas.

—Me debes una —añadió Rachel, y me guiñó un ojo antes de irse, balanceando las caderas con cada paso que daba.

La semana siguiente, cuando el profesor Beaumont me dejó el examen corregido sobre el pupitre, señaló con el dedo los números en rojo que indicaban un noventa y ocho.

—Bien hecho, Jill.

Me había equivocado en una pregunta a propósito para que no sospechara. Tendría que haberme sentido eufórica, pero en cambio no sentía nada. Metí el examen en lo hondo de la mochila e intenté olvidarlo; olvidar lo que había hecho.

Sin embargo, Rachel tenía razón. Se lo devolvería a lo largo del curso con varios retos que me harían completar, como llevarle sus rosquillas favoritas del Diane's y buscar información para su ensayo final de Historia sobre la guerra de Vietnam. Incluso le planché a vapor el vestido para el baile de fin de curso para que pudiera posar en sus fotos perfectas con Adam.

Pasarían meses antes de que conociera todo el alcance de los Archivos de los Jugadores y me diera cuenta de que solo había solucionarios con todas las respuestas para exámenes poco importantes como ese. Fue la única vez que lo usé.

El poder real se encontraba en las zonas grises, donde los

anteriores Jugadores habían dejado anotado cómo acceder a la élite y a una red de contactos que te podía ayudar, como doctores de la zona dispuestos a escribirte un informe diciendo que necesitarías más tiempo para hacer las pruebas estandarizadas (Robert y Marla habían empleado esa técnica) y qué facultades universitarias hacían favoritismos con los Jugadores (un graduado de principios de los 2000 ahora trabaja en el programa artístico de Yale, y Quentin lleva meses intercambiándose correos con él de forma frecuente). Incluso había instrucciones pormenorizadas para bordar un estudio de caso que presenta el decano de admisiones de Wharton (Henry flipó cuando lo encontró).

Si el objetivo final de Gold Coast Prep era prepararte para la vida, los Archivos de los Jugadores iban un paso más allá. Te hacían intocable.

No recibimos la contraseña de la aplicación donde se guardan todos los documentos hasta que completamos la iniciación, pero durante el primer año del instituto vimos destellos de su poderío, como cuando le dábamos pena a algún alumno de último curso.

Shaila nunca tocó la aplicación. No la necesitaba.

Cuando me dieron el resultado de ese examen de Inglés, Shaila estiró el cuello para ver mi nota. Me dedicó una sonrisa socarrona de aprobación.

—Quizá la próxima vez saques un cien —dijo. Apretó los dientes y se arrancó una pielecilla de la cutícula entre el pulgar y el dedo índice—. Pero no quieras ganarme. Ser la primera de la clase es lo mío.

Conseguí esbozar una sonrisa y esperé a que soltara una risita, pero me aguantó la mirada en un cara a cara glacial antes de volverse por completo.

Era obvio que Shaila era inteligente. Había ido a las clases más difíciles desde la primaria, y los deberes que yo tardaba días en hacer, ella los terminaba en unas pocas horas. Su asignatura favorita era Inglés. A menudo se saltaba los tiempos de estudio libre e iba a ver al señor Beaumont en sus horas de tutoría, aunque ella lo llamaba «Beau». Decía que él le mandaba estudiar a Shakespeare como extra para prepararla para la optativa del examen de acceso a la universidad. Salía de su aula con ejemplares desgastados y algo viejos de *La tempestad* y *El rey Lear* y una sonrisita secreta.

Después de un reto especialmente extenuante en que tuvimos que estar de pie en el océano en noviembre, con solo los biquinis puestos y cantando «Let's Get It On», de Marvin Gaye, durante una hora, le pregunté a Shay por qué quería ser una Jugadora, por qué quería pasar por todas aquellas duras pruebas si luego no iba a cosechar las auténticas recompensas. Se cubrió el cuerpo con una toalla y me miró con una expresión desconcertada. Sus labios temblorosos se habían tornado de un azul pálido.

—Es lo más divertido que haremos jamás —respondió.

Murió con una media perfecta.

Shaila estaba destinada para ir a Harvard. Básicamente, lo llevaba en la sangre. El señor y la señora Arnold se conocieron allí, en el patio de esa universidad. Solo había oído la historia una vez, en boca de la señora Arnold, después de que se bebiera unos cuantos martinis en el decimocuarto cumpleaños de Shaila.

La madre de Shaila, antes conocida como Emily Araskog, era una chica dulce que se había mudado a Cambridge para ir a Harvard desde el Upper East Side de Manhattan, donde había vivido toda la vida en un ático con vistas a Central Park. Había crecido en un edificio con un ascensorista que llevaba guantes blancos y un elegante uniforme gris, además de un sombrerito que inclinaba hacia ella cuando cruzaba las ornamentadas puertas de hierro forjado.

—Una familia adinerada de toda la vida —le susurró mamá a papá cuando conoció a la señora Arnold—. El prototipo de persona blanca, anglosajona y protestante.

Y era cierto. El linaje de los Araskog se remontaba a la Campana de la Libertad, según dijo la señora Arnold.

Un día, Emily estaba sentada en un banco del patio arbolado de Harvard cuando una pelota le dio de lleno en la cara y la tiró al suelo. Cuando alzó la mirada, sorprendida, vio a un hombre rubio con un jersey carmesí, el color de la universidad, de pie a su lado.

—Gil Arnold —se presentó tras disculparse profusamente.

Invitó a Emily a tomar algo, luego a cenar, y el resto ya es historia. Se casaron una semana después de graduarse y los Krokodiloes, el grupo a capela más antiguo de Harvard, cantó en la ceremonia. En unos pocos años, Gil construyó un fondo de cobertura multimillonario en Manhattan y los Arnold decidieron echar raíces en la ciudad natal de Gil, Gold Coast.

Emily tenía dudas sobre dejar atrás Manhattan y a sus amigos íntimos, los Sullivan, cuya hija, Kara, había empezado a gatear junto con Shaila de bebé. Pero el amigo de la infancia de Gil, Winslow Calloway, acababa de mudarse a Gold Coast y había conseguido una parcela al lado de la playa. ¿No sería bonito unirse a ellos y estar cerca del océano, con todo ese espacio? El hecho de que sus hijos pudieran ir a la mejor escuela privada de la costa este, a apenas unos kilómetros de su vivienda, es lo que terminó de convencer a Emily.

Y, así pues, habían adoctrinado a Shaila con el orgullo carmesí desde que salió del vientre de Emily Arnold, Araskog de soltera. Ya de bebé, envuelta en una manta de color rubí, a Shaila le habían dicho que su destino sería seguir los pasos de sus padres.

Veinticuatro horas después de que se haya publicado la noticia de Graham, estoy estirada en la cama con la mirada fija en el móvil. Bajo por los diferentes mensajes, incluyendo el «*Ciao*» de Adam antes de volver a la universidad y el «Buenas noches, amor» de Henry, hasta que encuentro el número desconocido de Rachel.

Me pregunto si piensa en mí tanto como yo pienso en ella. Tenía que saber que veríamos el artículo en el *Gazette*, pero ¿sabría que nadie querría hacer nada?

Escribo lo que le quiero decir y observo las letras bailando en la pantalla. Me imagino a Shaila la mañana de la iniciación, sorbiendo café de una taza mientras se reía de los nervios que le recorrían todo el cuerpo. La puedo ver con mucha claridad cuando cierro los ojos. Su rostro alegre, con unas pestañas largas y gruesas, retándome a traicionarla respondiendo a Rachel. También visualizo a los Jugadores, y pienso que todos prometimos anoche que no nos involucraríamos. Y oigo la voz reconfortante de Adam en el Diane's: «Rachel está chiflada».

Pero ¿y si no lo está?

Me muerdo el labio y cierro los ojos, sacándome de la cabeza a Shaila, a mis amigos e incluso a Adam. Tomo una decisión. Les doy la espalda.

«Hablemos».

Y le doy a enviar.

Siete

—¡Declaro iniciada esta reunión de los Jugadores! —anuncia Nikki, golpeando un mazo de plástico contra la mesita de centro. Estamos los seis despatarrados por su salón para el primer tribunal oficial del año. En la mesa hay un montón de *bagels* y queso crema, cortesía de la tarjeta de crédito de los padres de Nikki. Pero nadie está listo para empezar todavía.

Henry está sentado en el suelo entre mis piernas y desliza frenéticamente hacia abajo un hilo en Twitter de su reportero favorito de *New Yorker*, que acaba de publicar una investigación nueva.

—Tío, este hombre es una leyenda —murmura—. Mataría por entrevistarle sobre cómo consigue sus fuentes.

Le doy unas palmaditas suaves en la cabeza como si fuese un cachorro.

—Oye, seguramente podría conseguirte una entrevista —dice Robert—. Mi padre conoce a todos esos periodistas.

—¿Tu padre conoce a todos los periodistas de *New Yorker*? —pregunta Quentin, escéptico.

—Eh, claro. Crecí en Nueva York, ¿sabes?

—¡No! ¿En serio? —responde Nikki, haciéndose la sorprendida—. Ninguno de nosotros lo sabíamos.

—Tú acuérdate de quién os consiguió carnets falsos en verano —dice Robert—. Yo soy el que tiene el contacto.

Todos refunfuñamos y ponemos los ojos en blanco, y nos empujamos los unos a los otros con los codos y los cojines. Miro el móvil, más por esperanza que por necesidad, pero no hay nada. Esperar que Rachel me responda está siendo una tortura.

Nadie menciona ni a Graham ni el artículo del *Gazette*. Hacemos ver que no ha pasado nada, como si pudiéramos seguir con las mismas costumbres de los Jugadores. Correr un tupido velo es una tradición en Gold Coast, y estoy contenta de mantenerla. Nadie necesita saber que he enviado un mensaje al enemigo.

Me fijo en Marla, que observa con atención la pantalla que tiene en el regazo, con el portal de admisiones de Dartmouth abierto enfrente de ella. Envió una solicitud de acceso anticipada con la esperanza de que la cojan para el equipo de hockey sobre hierba.

—Sabes que todavía tardaremos meses en recibir respuesta, ¿verdad? —susurro. Falta tanto para las admisiones que tengo que obligarme a no pensar en ello.

Marla echa la cabeza hacia atrás contra el sofá.

—Pfff, lo sé. Estoy obsesionada.

Quentin refunfuña a nuestro lado:

—Y que lo digas. —Ha enviado su portafolio al programa artístico de Yale y también se muere de ganas de tener una respuesta—. No puedo creerme que tengamos que esperar siglos para saberlo.

Apoyo la cabeza en el suave hombro de Quentin e intento no pensar en estar en Brown con Adam, en tener que bordar el examen para la beca del programa de Mujeres en las Ciencias y la Ingeniería que solo podré hacer si primero me aceptan. No me cabe en la cabeza.

—Eh, ¡hola! —grita Nikki antes de volver a golpear la mesita con el mazo—. ¡La maestra de ceremonias está al habla!

Como presidenta del consejo de estudiantes y maestra de ceremonias de los Jugadores, me parece que puedo afirmar con seguridad que se le ha subido el poder un poco a la cabeza.

Quentin suelta un quejido y le lanza un cojín.

—Ha llegado el momento, tenemos que seleccionar a los alumnos de primer año —continúa.

Marla suelta el móvil y se sienta con la espalda recta.

Robert aplaude y levanta un puño hacia el aire:

—¡Carne fresca! ¡Vamos!

Nikki abre un archivador verde desgastado y saca de él una pila de papeles con fotografías y biografías de todos los candidatos de primero. El archivador ha ido pasando de maestro de ceremonias a maestro de ceremonias desde vete a saber cuándo. Quizá incluso lo vio el profesor Beaumont. Contiene todas las reglas oficiales de los Jugadores: cómo nominar a los de primero, canciones y cantos concretos que tenemos que aprender, pautas para crear los retos y, por supuesto, las normas de la iniciación. Solo los alumnos de último curso tienen derecho a ver el archivador, y cuando el maestro de ceremonias del año pasado, Derek Garry, se lo entregó a Nikki antes de irse a Yale, nos pasamos horas leyendo detenidamente toda la información. Cuando llegamos al apartado de las iniciaciones, lo estudiamos desesperados, buscando respuestas a lo que había pasado, pero no había nada.

Hoy estamos encallados en el capítulo de las nominaciones. Nos habían dicho que podríamos tardar horas en completar todo el maldito proceso. Recuerdo que Adam me contó que ellos necesitaron todo el fin de semana y que tuvieron que quedarse despiertos dos noches seguidas para seleccionar a nuestro grupo. Pero Derek dijo lo mismo el año pasado.

—¿Estáis listos? —dice Nikki, y se le dibuja una sonrisa en la cara. Lleva todo el verano memorizando el archivador, preparándose para conducirnos hacia un nuevo año. Estaba lista para controlar por fin a los Jugadores. «Este año será diferente».

—La primera es Sierra McKinley. Quentin, la has nominado tú. ¿Por qué?

—Está en mi clase de Dibujo avanzado, y eso que está en primero, lo cual es increíble. Y tiene muchísimo talento. Se lo dije la semana pasada y no se puso nerviosa, como los otros alumnos de primero cuando les hablo. Simplemente me dio las gracias y luego dibujó un pájaro que era una auténtica pasada y me quedé en plan: «Joder, es genial». Además, vive en esa casa espectacular cerca de la cabina de peaje y tiene más de una hectárea de acceso a la playa. Mi madre fue allí el Cuatro de Julio del año pasado y tiraron sus propios fuegos artificiales. Sería una casa ideal para hacer fiestas.

Nikki sonríe.

—¿Alguien discrepa?

—¡No se abrirá de piernas! —grita Robert.

—¿Y tú cómo puedes saberlo, idiota? —pregunto.

Me dedica una sonrisa pícara.

—Ya te gustaría saberlo.

—Ya te gustaría a ti, Robert. —Nikki estira la espalda y se echa el pelo detrás del hombro. No han tenido una buena semana, estos dos—. Siguiente, Bryce Miller. —Me señala—. ¿Lo has escogido tú?

—Es el hermano de Adam —digo, a modo de explicación. Veo que varias cabezas asienten, pero Henry baja la mirada y se pone a mirar algo en Twitter otra vez—. Al principio me pareció que era un poco tímido, pero se está portando muy bien con Jared y lo invita a ensayar con él y tal. Me gusta.

Nikki asiente, completamente seria.

—¿Opiniones? —Levanta las cejas y mira al grupo.

—Es de cajón —dice Marla, y le doy las gracias en silencio por apoyarme—. Será épico, lo lleva en la sangre.

—Muy bien —responde Nikki—. Sigamos.

Las siguientes tres horas, Nikki repasa más de una decena de nombres adicionales. Debatimos sobre la sospechosa alergia al gluten de Gina Lopez, sobre la excesiva colección de zapatillas de Carl Franklin, sobre los intentos francamente decentes de Aditi Kosuri de ser *influencer* de moda y sobre el estirón salvaje de Larry Kramer que lo llevó a superar los dos metros de altura la pasada primavera. Los chicos piden una pausa de media hora para jugar un poco a baloncesto, mientras Marla, Nikki y yo holgazaneamos un poco junto a la piscina con una bolsa de Cheetos y una caja de Mikado.

—Ya casi hemos llegado a Jared, Jill —comenta Nikki, limpiándose los dedos de polvo de queso—. ¿Qué quieres hacer?

Marla asiente.

—Como dije, es mono. —Suelta una risita.

—Mar, en serio —le digo, y le doy un golpe en el brazo. Intento pensar—. Decidimos que las cosas serían diferentes. Que nosotros seríamos diferentes. Nikki, ahora eres tú la maestra de ceremonias, la primera chica de toda la historia. Estamos al mando.

Las dos asienten con un gesto de cabeza.

—Quiero que esté aquí, si esa promesa se mantiene en pie —continúo—. No puede pasarle nada malo, ni a él ni a nadie más. Podemos cambiar las cosas. Podemos hacer que sea divertido, como se supone que tendría que ser.

—Claro que sí —responde Nikki—. Me aseguraré de que sea así.

—En ese caso, y solo si es así de verdad, me parece bien —concluyo.

«Todo será diferente».

Votamos para que entre Jared, obviamente, junto con Sierra, Bryce y algunos más.

Le envío a Adam un mensaje con la buena noticia.

«Joder, genial», responde al instante.

«Que no se te note. Queremos que sea una sorpresa».

«Claro, Newman. Cuenta con ello... Me gustaría estar allí para celebrarlo juntos».

Me da un vuelco el corazón.

«A mí también».

«Diviértete tanto como puedas. Al máximo. Dalo todo».

«No lo dudes».

Terminamos el día comiendo pizza y bollitos de pan de ajo en platos de cartón en el salón de Nikki. Esta pone una peli antigua de Adam Sandler y nos tumbamos como si fuésemos perezosos, hasta que Eli Jaffe, del grupo de atletismo del instituto, envía un mensaje grupal a unas sesenta personas y dice que a última hora ha decidido hacer un torneo de *beer pong*. Henry, Robert y Marla se levantan de un salto para irse, pero Quentin, Nikki y yo nos quedamos viendo un maratón de *Mujeres ricas*.

—Esto de ser la maestra de ceremonias es agotador —dice Nikki, desparramada sobre el sofá y con el mazo pequeño a su lado—. Incluso más que estar en el consejo de estudiantes. Como mínimo allí no hay gente preguntándome mierdas.

—No seas ridícula —responde Quentin, con el estómago cubierto de migas de pizza—. Si te encanta.

Nikki se hunde más en el sofá.

—Joder, y tanto. Dentro de un año seremos como la basura que hay al fondo del estanque, volveremos a estar debajo de todo después de años escalando hasta la cima. Estás loco si crees que no voy a saborear hasta el último segundo. Todavía no estoy lista para volver allí.

Extiendo el brazo para cogerle la mano y le doy un apretón.

—La noche de presentación será una pasada —murmura Quentin.

Tiene razón. Siempre ha sido mi favorita, desde nuestro año. Es una fiesta a lo grande en la playa, la única en la que se respira esperanza y anticipación en lugar de terror.

Nuestra presentación fue una noche cálida de octubre, justo cuando empezaba a refrescar. Shaila sugirió que quedáramos todos en casa de Nikki, porque sus padres estaban de viaje, y esta no dudó en aprovechar la oportunidad e invitarnos por primera vez, en ser una líder.

Sacó una botella de tequila y todos fuimos dando tragos, estudiando a los demás. Me llevaba bien con Shaila, Nikki y Graham, claro, pero era la primera vez que quedaba con Robert o Marla fuera de la escuela. En realidad, Robert siempre me había intimidado. Y Marla todavía era nueva y aún no formaba parte de ningún grupo de amigos fijo. En esos momentos, Henry era solo el chico mono y larguirucho del canal de noticias del colegio. Todavía no había entrado en el equipo de *lacrosse* ni había alcanzado su metro ochenta. Y Quentin era su mejor amigo, un chico artístico cuyos cuadros estaban colgados en los pasillos de la escuela primaria. Pero, por alguna razón, Adam, Jake, Rachel y el resto de Jugadores del último curso nos habían escogido a nosotros ocho y nos habían cambiado las vidas para siempre.

Esa noche, observé ese extraño grupo y me pregunté qué teníamos que ofrecer cada uno de nosotros. Me pregunté qué me hacía especial. Por qué me habían seleccionado a mí, en lugar de a uno de mis ochenta y dos compañeros de curso. Todos los demás parecían tan preparados, tan vivos, que se me llenó el corazón de afecto. Esperaba que nos convirtiéramos en una familia o algo así.

Después de una hora, vibró el móvil de Graham con el visto bueno de Rachel. El chico le susurró algo al oído a Shaila y a ambos les dio un ataque de risa. Nikki me miró y puso los ojos en blanco, y compartimos una sonrisita de fastidio. «Gilipolleces típicas de parejita».

Entonces Graham carraspeó:

—Vamos.

Nos llevó en fila india hasta la parte trasera de la casa de Nikki, donde el césped se fundía con la arena antes de convertirse en playa. Desde allí, su casa parecía un ovni que hubiese caído a la tierra por casualidad. Los ocho continuamos en silencio, dejándonos guiar por el oscuro cielo y el millón de estrellitas.

Alcé la vista y encontré Orión, y luego Aries y también la Osa Menor. Con cada constelación me iba tranquilizando más, me lo tomaba como señales de que todo iba bien. Me dio un vuelco el estómago y sentí que estaba al borde de algo muy grande. Sabía que esa era la noche que llevaba esperando toda la vida. Tenía que serlo. Nunca había visto la Vía Láctea tan iluminada. Seguimos caminando por la arena en silencio durante un kilómetro y medio, hasta que oímos las voces de gente borracha que se piensa que está susurrando:

—¡Chisss! Ya llegan.

Una hoguera flameante apareció frente a nosotros, y pronto pudimos escuchar una música house granular que salía de unos altavoces portátiles. Graham se quedó quieto cuando vimos que se acercaban las luces de un coche. «Mierda, la poli», pensé.

Shaila le cogió la mano en la oscuridad y se quedaron pegados uno al lado del otro mientras la luz se hacía más intensa.

Pero no iban uniformados ni tenían las sirenas puestas. Un *buggy* de arena se detuvo y alguien se bajó de él. Entrecerré los ojos en la oscuridad. Era Adam. Su mirada se encontró con la mía, pero no me sonrió ni tampoco hizo ningún gesto de que me reconociera.

—Estaos quietos —dijo, el rostro completamente serio—. Seguidme y haced lo que os diga. Si no, habrá consecuencias.

—Me volvió a mirar antes de dar la vuelta al *buggy* y dirigirse hacia las llamas.

Corrimos detrás de él, respirando con fuerza para intentar mantener el ritmo. La hoguera crecía más y más a medida que nos acercábamos, y cuando estuvimos delante de ella sentí que habíamos encontrado el centro de la Tierra.

—¡En fila! —gritó Adam.

Nos apresuramos a ponernos como decía, y me encontré entre Nikki y Shaila. Estábamos tan cerca que mis dedos rozaban los suyos. Se me acostumbró la vista y pude identificar algunos rostros familiares. Rachel. Jake. Tina. Derek Garry. Estaban de pie agrupados según el curso: un grupo de alumnos de segundo a la derecha, unos cuantos de penúltimo curso a la izquierda, y los de último curso en el centro con los brazos cruzados y sujetando botellas. Parecían preparados para ir a la guerra.

Adam carraspeó.

—Jugadores.

Sus voces se elevaron al unísono y pude distinguir las palabras, nítidas y tajantes:

Gold Coast Prep, lo anunciamos bien fuerte.
Hasta la médula, hasta la muerte.
Año tras año, nuestro mar querido
nos ha liberado y protegido

de la maleza a las olas, del amanecer al atardecer.
Como reyes y peones, nos ha visto crecer y caer.
Conocemos las reglas con certeza.
Somos Jugadores de pies a cabeza.

Un escalofrío me recorrió la espalda. La arena se extendía ante nosotros, y las palabras que cantaban hacían eco. El viento hacía crujir la hierba alta de las dunas y las olas se estrellaban contra la orilla.

Y entonces habló Jake:

—Habéis sido seleccionados por los alumnos de último curso para ser Jugadores. Pero eso no significa que ya lo seáis. Tan solo quiere decir que pensamos que podríais serlo. Este año os enfrentaréis a varios retos: algunos divertidos y otros… no tanto. Si los superáis, y si decidís seguir adelante, entonces sí seréis Jugadores. Tendréis acceso a cosas que nunca habéis soñado siquiera.

El resto de Jugadores, que formaban un círculo, asintieron con la cabeza con gesto solemne. Parecía que Jake nos estuviese ofreciendo el mundo entero.

Pero ¿qué tendríamos que hacer para conseguirlo?

—Primero tendréis que demostrar que estáis a la altura —continuó—. Tendréis que probar que lo valéis, que os lo merecéis. Todas las personas que tenéis frente a vosotros hemos pasado por ello. —Señaló a los chicos y chicas que tenía detrás, separados de ocho en ocho. Las sombras bailaban en sus rostros—. Hemos trabajado duro para conseguir que este grupo sea lo que es, para mantener los valores y los cimientos de los Jugadores que nos precedieron. —Se detuvo y nos dedicó una sonrisa diabólica que hizo que se me pusiera de punta el vello de la nuca—. Pero, joder, también nos hemos divertido como nunca.

Estallaron vítores por todo nuestro alrededor.

—Haced lo que os digamos, escuchadme a mí, vuestro maestro de ceremonias, y todo irá bien —añadió Jake—. ¿Estáis listos? —Alzó un vaso de plástico.

—¡Sí! —dijo Shaila. Su voz sonó sola, sólida, y resonó contra el fuego chisporroteante.

—¡Muy bien! —respondió Jake—. Pues te has ganado el primer sorbo.

Le guiñó un ojo y sentí que el tequila se me removía en el estómago. Eché un vistazo a Adam, que estaba junto a Rachel, acurrucándose contra ella para sentir su calor. Tenía las mejillas sonrojadas y deseé que mirara hacia mí, que recordara que estábamos juntos en esto. Pero sus ojos se mantuvieron fijos en Shaila, curiosos de saber si mordería el anzuelo.

Jake caminó hacia Shaila y se apartó el pelo castaño claro de los ojos. Le dio una jarra de cristal llena de un líquido transparente, y Shaila bebió un buen trago y no tosió ni eructó ni hizo ningún tipo de ruido.

—No está mal —opinó ella, lo que provocó varias risitas por el círculo.

«¿Quién es esta chica de primero? La que es tan valiente», debían de pensar. Yo quería que esa fuera mi descripción.

Shaila me pasó la jarra y por fin sentí la mirada de Adam sobre mí. Di un sorbo y reprimí el asco tan bien como pude. Olía como el interior de un agujero en la oreja, y sabía a sudor y a sal y a mis propios fluidos. Se la pasé a la siguiente persona y sentí que me ardían los pulmones. Más tarde me enteré de que este había sido el primer reto. Lo habíamos superado.

—Y ahora —dijo Jake—, vamos a disfrutar un poco. La mierda de verdad empieza mañana.

Encendió una bengala y los Jugadores rompieron su firme alineación. Alguien tiró un pequeño fuego artificial hacia el cielo y explotó por encima de nosotros. La playa estuvo en silencio durante un minuto, y luego alguien de segundo curso gritó:

—¡Venga!

Justo entonces subió el volumen de la música, que se convirtió en un estruendo en la noche.

—¿Estás lista? —me dijo al oído Adam, que de pronto estaba a mi lado. Tenía el pelo húmedo y la arena se le había enganchado a las puntas. Volvía a ser el Adam de siempre. Mi Adam, con una gran sonrisa y el hoyuelo. Asentí y noté que el alcohol me recorría el cuerpo—. Estoy muy emocionado por ti. Vamos.

Me cogió de la mano y me llevó hacia un círculo de alumnos de penúltimo curso. Me envolvieron en un abrazo tan fuerte que apenas podía respirar. Antes de que me soltaran, Adam volvió junto a Rachel y le pasó un brazo por la cintura. Ella empezó a bailar delante de él y rio cuando este le dio una vuelta. Rachel me vio observándola, se me acercó corriendo y me estrechó entre sus brazos.

—Sabía que entrarías —dijo, con una voz suave y eléctrica por encima de la música—. Bienvenida al resto de tu vida.

—Gracias —conseguí decir.

Sus ojos buscaron los míos. Tenía los labios cortados por el viento y se había recogido el pelo en una cola de caballo, pero algunos mechones sueltos de pelo negro le enmarcaban la cara. Era magnética.

—¿Quieres saber un secreto? —me susurró Rachel, inclinándose hacia mi oreja. Su aliento era caliente contra mi piel.

Yo asentí con la cabeza.

—Eres igualita a mí —me dijo con un tono delicado y maternal—. Asustada. Joven. —Se me retorció el estómago. Aquellas no parecían buenas cualidades—. Pero sobrevivirás —continuó—. Nosotras somos las fuertes.

Entonces me pareció que sus palabras no tenían ninguna lógica, y un instante más tarde ya había desaparecido, se había ido corriendo hacia Shaila. Se conocían prácticamente de toda la vida, y esa noche Rachel la abrazó como si fueran hermanas. Me pregunté qué secretos compartían.

Era un momento demasiado íntimo para quedarme mirando. Aparté la vista y la dirigí hacia el cielo. La luna llena estaba bien alta y parecía tan grande como un barco, ordenando a las estrellas que brillaran con más fuerza sobre nosotros.

De pequeña, iba a ese tramo de la playa con mi familia para hacer castillos de arena con Jared, y hacíamos ver que éramos criaturas del fondo del mar que buscaban un nuevo hogar arenoso. Nos íbamos turnando para hacer carita de pez, y luego sacábamos las manos hacia fuera como si fuesen aletas. Saludábamos con la mano a los adolescentes con cazadoras de Gold Coast Prep que llegaban cuando nosotros ya estábamos recogiendo los cubos y las palas, y nos sacudíamos la arena del culo con toallas húmedas. «Parecen muy mayores», pensaba.

—Algún día serás como ellos —me dijo mamá como si pudiera leerme la mente.

Pero en ese momento me parecía imposible.

Ocho

—¡Jared! —grito mientras abro la puerta de golpe.

Son casi las doce del mediodía y estoy hambrienta, incluso después de ventilarme media pizza ayer por la noche en casa de Nikki y comerme otro trozo esta mañana. Cuando nadie me contesta, subo las escaleras corriendo y llamo a la puerta de en su habitación.

—¡Venga! —lo llamo—. Despierta.

Oigo un quejido sofocado a través de la puerta.

—No.

—Te llevaré al Diane's.

Más suspiros pesados. Pero en unos minutos Jared consigue ponerse unos tejanos y una gorra de béisbol sobre su pelo mate, y tiene un aspecto suficientemente presentable como para dejarse ver en público.

—¿Voy bien así?

Levanto las manos.

—Sí, vas bien. Vámonos.

Cuando llegamos al Diane's, me siento en el reservado de Adam y mío, en el banco corrido que tiene una gruesa grieta en el centro, y me muevo hasta que toco la pared con el hombro. Jared hace lo mismo.

—Vaya, ¿qué he hecho yo para merecerme a los dos Newman esta mañana? —pregunta Diane con una gran sonrisa. Su
montaña de pelo rojo es especialmente voluminosa hoy y la lleva
recogida en el gorro de camarera. Tiene la piel brillante y sonrojada, como si hubiese estado yendo de un lado para otro desde el
amanecer—. ¡Qué sorpresa tan agradable veros a los dos!

Jared se pone rojo y yo me río.

—Ya sabes que eres la mejor persona de esta ciudad, ¿no,
Diane?

—¿Que si lo sé? —La propietaria del local echa la cabeza
hacia atrás y menea los hombros. Alguien detrás de ella suelta
una carcajada—. ¿Qué os pongo?

—Para mí la especialidad de la casa —dice Jared—. Y un café.

Alzo las cejas.

—¿Desde cuándo bebes café?

Mi hermano se encoge de hombros, todavía sonrojado.

—Pero mira el sueño que tiene —responde Diane—. Lo necesita. ¿Lo de siempre para ti, querida?

Asiento y Diane me guiña un ojo antes de irse.

—No puedo creerme que te haya preguntado si quieres «lo
de siempre» —dice Jared, levantando los dedos para hacer el gesto de las comillas—. Supongo que vienes mucho.

—Algunas veces.

Se impone un silencio entre los dos y miro por encima de
Jared, donde Shaila me sonríe desde dentro de un marco de Gold
Coast Prep. Tiene la cabeza apoyada sobre el hombro de Graham
y este está apretujado al lado de Rachel. Resulta muy obvio que
son familiares, con la raya del pelo en el mismo sitio y la mandíbula muy marcada. Jared también se vuelve para mirarlo.

—Tiene que ser raro, ¿no? —pregunta.

Antes de que pueda responder, Diane se acerca y nos deja las tazas en la mesa. Mientras nos sirve el café, miro por la ventana. Los arces azucareros que flanquean el aparcamiento se han tornado de un rojo cereza oscuro. Son tan brillantes que casi parecen fluorescentes. Neón, quizá. Incluso aquí dentro, el aire huele a otoño; frío y cortante.

—Gracias, Diane —le digo, y ella inclina su gorrito blanco y desaparece hacia la cocina.

—Vi el artículo sobre Shay —comenta Jared, con un hilo de voz—. ¿Por eso querías venir aquí? ¿Para hablar de ello?

Se me encoje el pecho. Ni siquiera se me había ocurrido hablar con Jared de Graham, Shaila y los mensajes de Rachel. Sacudo la cabeza, pero no sé qué decir a continuación.

—Debes de echarla de menos —dice.

—Sí. Muchísimo. —Parpadeo varias veces para reprimir las lágrimas. No quería que la conversación fuera así—. Pero no te preocupes por ello. La policía lo está investigando. Tenemos que confiar en que lo resolverán todo.

—Supongo.

Respiro hondo y me coloco el pelo detrás de la oreja.

—Bueno, ¿cómo van las clases? —pregunto.

—Bien —responde—, pero…

—Pero ¿qué?

Jared suspira y suelta una bocanada de aire, como un globo deshinchándose.

—Creo que suspenderé Biología.

—¿Qué? —Me inclino hacia él, hasta que el borde de la mesa se me clava en las costillas.

Jared baja la mirada y tamborilea los dedos contra la taza.

—No lo sé. Es que es muy difícil. No es mi fuerte.

—¿Has hecho ya el parcial?

Asiente.

—Sesenta y seis.

—Ostras, Jared. ¿Por qué no me lo habías dicho? —bufo—.
Podría haberte ayudado.

Mi hermano echa la cabeza hacia atrás y entorna los ojos.

—Venga ya. A ti se te da genial todo esto.

Sacudo la cabeza. Quiero que sepa la verdad, la verdad real.
Siempre me han considerado la hermana más lista. Los dos fuimos a la escuela primaria de Cartwright hasta quinto. Las clases eran grandes, y las expectativas, bajas. Pero ya me habían etiquetado como «inteligente» en parvulario, con la profesora Becky, cuando subí de nivel de lectura antes que el resto de los niños. Así que cuando Jared anunció durante una cena que él también tendría a Becky en parvulario, junté las manos de la emoción.

—Tienes mucha suerte —le susurré—. La profesora Becky es la mejor.

Pero al principio a Jared le costaron más las letras y los números. Aún tendrían que pasar algunos años hasta que le diagnosticaran dislexia. Entró en Gold Coast como parte de su programa de apoyo a la discapacidad. A él no le ofrecieron un descuento en la matrícula, solo la promesa de que lo cuidarían bien en clases pequeñas y que tendría profesores y tutores con formación específica. Mis padres no dudaron en aprovechar la oportunidad. Nunca hablan de cómo encontraron la manera de pagar sus estudios, pero supongo que pidieron una segunda hipoteca y tienen un montón de deudas. Pero incluso entonces, en parvulario, no podía seguir el mismo ritmo que yo.

—A la profesora Becky no le caigo bien —dijo un día después de clase. Sus grandes ojos estaban llenos de lagrimones que le rodaban por las mejillas.

—¡Claro que le caes bien! —respondí, cogiéndole la mano y acariciándole la cabeza.

—No —repuso—, no soy como tú.

No supe qué decir, así que simplemente abracé su cuerpecito cálido contra el mío, intentando no ponerme a llorar yo también. Aprendí que no éramos iguales. Esa fue la primera vez que me di cuenta de que había una posibilidad de que creciéramos y no tuviésemos las mismas comidas favoritas o el mismo gusto en libros o las mismas notas. Fue un pensamiento horripilante, que nuestras vidas pudiesen ir en direcciones diferentes en cualquier momento sin previo aviso.

«¿Esto solo es el principio?», me pregunté.

Pero éramos tan parecidos, ambos con grandes ojos marrones y un odio compartido por la mayonesa. Y a los dos nos encantaban las estrellas, gracias a papá. A medida que nos hicimos mayores, también empezamos a parecernos más físicamente. Lo único que impedía que la gente pensara que éramos gemelos era la edad. Los dos teníamos el pelo oscuro y ondulado y se nos rizaba en los mismos lugares. Incluso teníamos las mismas pecas en los brazos, que cada verano convertíamos en constelaciones.

—Como dos gotas de agua —decía mamá—. Dos caras de la misma moneda.

Ahora lo miro desde el otro lado de la mesa del Diane's y veo todos esos años que ha estado intentando ponerse a mi nivel, superando obstáculos que parecían demasiado altos para él con tal de impresionar a docentes, como la profesora Becky, o para entrar en Gold Coast, o para ser amigo de chicos como Bryce. Entonces me doy cuenta de que debe de ser agotador intentar ponerse a la altura de Jill Newman. Igual que era agotador intentar ponerme a la altura de Shaila Arnold.

—Ya subirás la nota —lo animo—. No suspenderás. Quizá sacas un aprobado justito, vale, pero para cuando te vayas a graduar, la media ya habrá mejorado.

Mi cerebro empieza a calcular, intentando descifrar qué media le quedará si borda el examen de final de semestre con una ayudita. En los Archivos habrá un solucionario para el examen de Biología, o como mínimo una guía de estudio. Que ahora saque un aprobado no le afectará demasiado a la media global que tenga en el segundo semestre de segundo, que es cuando empieza a importar la nota.

—Para ti es muy fácil decirlo —masculla mientras Diane nos sirve dos platos enormes. Jared coge la pegajosa botella acristalada de sirope y cubre con un líquido espeso y dulce el montón de tortitas que se ha pedido.

—No, para mí no es tan fácil decirlo. He tenido muchísima ayuda, ni te lo imaginas.

—Ah, ¿sí? ¿De quién?

De pronto, ya no tengo hambre y los huevos que tengo delante empiezan a parecerme vómito.

—Los Jugadores… —empiezo a decir, intentando encontrar una manera de explicárselo—. Es que…

Hago una pausa. Estoy segura de que he notado una vibración en el bolsillo. «Rachel». Saco el móvil por debajo de la mesa para confirmarlo, pero no hay nada. Ha sido una notificación fantasma. «¿Dónde está?», me pregunto. «¿Por qué no ha respondido?». Vuelvo a meterme el móvil en el bolsillo y alzo la mirada hacia Jared, y entonces recuerdo de qué hablábamos y por qué estamos aquí.

—Venga, Jill. ¿Qué? —Me observa levantando una ceja.

Algo se revuelve en mi interior y siento la necesidad de contárselo todo, de explicarle lo que vendrá, aunque esté completamente prohibido según las normas. Pero a la mierda. Rachel las rompió conmigo y me fue bien, como mínimo durante un tiempo. El hecho de que todavía no me haya contestado al mensaje, aunque era una flecha de piedad lanzada hacia ella, no cambia nada ahora mismo. Mi hermano tiene que saber lo que le espera. Quizá no todo, pero como mínimo el principio.

—La semana que viene —digo—, te invitaremos a que te unas a los Jugadores. Todo tendrá sentido pronto. Pero… no son solo fiestas y la mejor mesa en el comedor. Hay más. Es una cuerda salvavidas. Un… grupo. Yo estoy en él. También está Nikki y también estaba Shaila. Ha existido en Gold Coast desde hace décadas y cada año invitamos a nuevos alumnos de primero. Ahora es tu turno. Has entrado.

Se cruza de brazos y se echa para atrás, intentando disimular el entusiasmo, pero no ata cabos.

—¿Y cómo me ayudará eso con Biología?

Suspiro, exasperada. Tendré que enseñárselo. Me saco el móvil del bolsillo y busco una aplicación en concreto, la que está encriptada y solo se puede reconocer por su icono verde y gris. Doy algunos golpecitos con el dedo y accedo a ella. Dejo el móvil sobre la mesa de vinilo y lo giro para que Jared vea la pantalla del derecho, y deslizo el dedo hacia arriba. Hay un sinfín de títulos. Biología. Química. Historia de Estados Unidos avanzada. Cálculo. Francés. Exámenes de acceso a la universidad de años anteriores. Base de datos de directores de admisiones. Historia africana. Nutrición 1. Nutrición 2. Estudios de Asia Oriental. Literatura rusa de nivel universitario. La lista sigue y sigue.

Jared pone los ojos como platos y se queda boquiabierto. Incluso veo que tiene un trozo de tortita medio masticado al lado de la mejilla.

—¿Esto es lo que significa formar parte de los Jugadores? —susurra.

Asiento con la cabeza.

—Exacto.

Cuando Nikki, Marla y yo llegamos a la playa, los chicos ya han hecho una hoguera bastante alta. Al lado hay una pila enorme de leña y se están pasando una botella de whisky Jameson.

—¡Jill! —Henry corre hacia nosotras para saludarnos mientras bajamos por la arena. Está húmeda y fría, y se me mete entre los dedos de los pies desnudos. Estamos todos abrigados con nuestros mejores modelitos de estilo montañista glamuroso. Por alguna extraña razón, los gorros de lana calentitos y los jerséis de borreguito caros con cremallera del cuello al pecho son el símbolo máximo de tener un buen estatus en Gold Coast—. ¿No estáis emocionadas?

—Sí —respondo—. Será la mejor noche de presentación de toda la historia.

Y lo digo de verdad. Estoy lista para empezar de cero con un grupo de alumnos nuevo. Con mi hermano. «Este año las cosas serán diferentes». La hoguera va creciendo a medida que llegan el resto de los Jugadores, y pronto ya ha llegado el momento. Aparecen más botellas y nuestras voces suben de volumen. Me vibra el móvil y me da un vuelco el corazón. «Por supuesto, Rachel me responde ahora», pienso. Echo un vistazo a la pantalla, pero es Adam. Se me forma una sonrisa en la cara.

«Pásatelo genial esta noche. Cuida de B».

«Ojalá estuvieras aquí», escribo, pero luego lo borro. «Siempre», termino enviando.

Él tarda un segundo en responder. «Gracias, Newman».

Una sensación cálida me recorre el pecho. Veo cómo los estudiantes de segundo encienden bengalas, lo cual hace que toda la playa parezca una tarta de cumpleaños. Henry me coge la mano. Los ojos le brillan con asombro y picardía, y me acerco más a él, poniendo mi hombro a la altura de su axila y enterrando la cara contra su pecho de borreguito.

—Ojalá Shaila estuviese aquí —susurro, y me sorprendo a mí misma al decirlo.

Henry me acerca más hacia él.

—Ya lo sé, amor.

Me empieza a arder la garganta y estoy desesperada por probar suerte.

—Henry, ¿y si...? —empiezo—. ¿Y si Graham no lo hizo?

Él suelta los brazos de mis hombros y sacude la cabeza lentamente con estoicismo.

—Venga, Jill —responde—. Creía que ya habíamos decidido que todo esto era una gilipollez.

Pero antes de que pueda contestar, Nikki se sube a un bloque de hormigón que hay cerca de la hoguera.

—¡Están aquí! —grita—. ¡Callaos todos!

Nos envuelve el silencio. Dirijo una mirada rápida a Henry, intentando leer su expresión, pero él se vuelve hacia el camino que lleva a la playa. Por ahí llegan como patitos: los ocho alumnos de primero aparecen por detrás de los altos y espesos juncos. Jared está en el medio, entre Bryce y Sierra. La chica tiene una mirada salvaje y desconcentrada, e intenta forzar una sonrisa. Cuando llegan a la hoguera, forman una línea delante de nosotros. El chico de dos metros y pico, Larry Kramer, se pone a estirar los cuádriceps, como si estuviera preparándose para hacer esprints en un entrenamiento de baloncesto. Intento establecer contacto visual con Jared, pero él está concentrado en Nikki y mantiene la mirada firme.

—Como quizá habéis imaginado —dice Nikki, ocupando su posición al frente—, habéis sido seleccionados por los alumnos de último curso para ser Jugadores.

Bryce asiente con la cabeza y sonríe. Debe de haber hablado con Adam; me pregunto qué le habrá dicho.

—Pero eso no significa que ya lo seáis —continúa mi amiga, repitiendo las palabras que pronunció Jake Horowitz hace tres años. Cuando las dice ella parecen amables y severas, en lugar de amenazantes y escalofriantes. Es el mismo tono de voz que usa cuando habla en las asambleas de toda la escuela. Sería una política sumamente buena y lo sabe—. Tan solo quiere decir que pensamos que podríais serlo. Este año os enfrentaréis a varios retos: algunos divertidos y otros... no tanto. Si los superáis, y si decidís seguir adelante, entonces sí seréis Jugadores. Cosecharéis las recompensas y superaréis las pérdidas. Formaréis parte de un grupo que os cubrirá la espalda toda la vida.

A mi lado, Quentin se mueve, incómodo, y suelta una bocanada de aire. Le cojo la mano y me responde con un apretón.

—¿Estáis listos? —pregunta Nikki, levantando una ceja y un vaso de plástico.

Robert da un paso al frente y le da a Bryce una botella transparente sin etiquetar. El pequeño Miller da un trago y tose. No lo hace tan bien como Shaila, pero se la pasa al siguiente de la línea hasta que al final están todos a punto de ponerse a reír.

—Recuerdo mi primera cerveza —grita Robert, y su cuerpo se tambalea hacia los alumnos de primero. Sierra se encoge de miedo.

El viento empieza a coger fuerza y me hace temblar. Jared por fin me mira y se le relajan los hombros. El alivio le transforma la cara. Pero mi entusiasmo desaparece cuando se acerca la botella a la boca. Ya me resulta demasiado familiar verlo así. Tengo la sensación de que está mal, de que es una tortura. Lucho contra la necesidad de apartarle la botella de la mano con un golpe y me limito a poner cara de pez, como hacíamos cuando éramos pequeños. Sus labios dibujan una sonrisa y le da un sorbo a la botella.

Shaila Arnold era una de esas personas a las que siempre se las llama por el nombre y el apellido. Shaila Arnold. No había ninguna otra Shaila en Gold Coast, y creo que tampoco había más Arnolds. Pero, de todas formas, cuando estaba viva todo el mundo la llamaba así. El señor Beaumont cuando pasaba lista. Big Keith cuando anunciaba los resultados de los cástines. Solo sus allegados la llamábamos Shay, y solo a veces, en los momentos adecuados. La gente que no la conocía, pero que ahora habla de ella, a menudo pronuncia su nombre y su apellido seguidos como si fuesen una sola palabra: «Shailarnold». Así es como lo dice Sierra McKinley esta noche durante su primera fiesta de pijamas con alumnas de primero y último curso en casa de Nikki una semana después de la presentación. Hicimos lo mismo cuando yo estaba en primero. Entonces hacíamos ver que queríamos conocernos mejor cuando en realidad esa era la excusa perfecta para evaluar a la competencia. Una fiesta de pijamas previa a los retos para que confiáramos en ellos antes de machacarnos. «Este año será diferente», me repito una y otra vez. «Este año será diferente». Tiene que serlo.

—Shailarnold era tu mejor amiga, ¿verdad? —pregunta Sierra cuando estamos sentadas a la isla de la cocina de Nikki. Tiene las piernas al descubierto, excepto por un par de shorts de franela minúsculo con encaje en los bordes. Lleva una camiseta tan holgada que cuando se pone de pie prácticamente tapa los pantalones.

—Sí —respondo, intentando disimular la repulsión de oír el nombre de mi amiga en su boca.

—Yo también la conocía, ¿sabes? —Sierra se lleva las rodillas al pecho y pasea la mirada por la gran cocina de Nikki. Desde nuestra posición elevada en los taburetes de la zona de bar podemos ver a todo el mundo—. Del club de playa de Westhampton —continúa—. Kara Sullivan y Shaila eran mis monitoras de natación.

Shaila y Kara habían pasado muchos veranos allí, haciendo vela y perfeccionando su brazada de espalda. Fue allí donde a Shaila le bajó la regla por primera vez el verano entre sexto y séptimo. Me lo describió con todo lujo de detalles en una de las largas cartas que me mandó.

«Algunos días es MARRÓN», escribió. «Es superasqueroso y me siento como si fuera un monstruo. Ni siquiera puedo hablar de ello con Kara. ¿¿¿¡¡¡PUEDE BAJARTE LA REGLA A TI TAMBIÉN Y ASÍ LO PODEMOS VIVIR JUNTAS!!!??? POR FAVOR, TE LO SUPLICO».

Sus deseos fueron órdenes. El día después de que me llegara la carta, me bajé los shorts de algodón y me encontré una sustancia viscosa oscura en las bragas, que se había traspasado hasta los pantalones. Me puse a llorar dentro del cubículo pensando en que había estado andando por todo el campamento de ciencias con manchas de sangre en el culo, delante de los chicos, mientras tomaba muestras del estanque y en el comedor. Me quedé allí hasta que mi monitora llegó con una compresa extragrande que parecía un pañal.

Cuando se lo conté a Shaila, estaba entusiasmada.

«Compraré cintas de pelo rojas para las dos para que nos las pongamos el primer día de clase y todo el mundo sepa que somos MUJERES», escribió en la siguiente carta.

Y así lo hizo. Yo me puse la mía a regañadientes, molesta de que me obligara a hacer alarde de ese oscuro secreto y llevarlo como si fuese una medalla de honor cuando en realidad parecía una maldición. Graham, que entonces todavía era un niñato que no había matado a nadie, flipó cuando nos vio en la biblioteca. Señaló con el dedo nuestros accesorios a conjunto y se rio.

—¿Qué sois? ¿Hermanas de sangre? ¡Qué puto asco! —gritó—. ¡No me ensuciéis con vuestra sangre!

Shaila se limitó a reírse de él, y lo saludó con la mano como si no fuese alguien importante.

—Lo siento, Graham. Supongo que no sabes estar con una mujer de verdad. Es una pena ser tú.

Graham se alejó murmurando algo en voz baja. Después de ese día, me puse esa estúpida cinta con orgullo. Cualquier vergüenza que hubiera sentido por haber entrado en la edad adulta se había evaporado.

Los dos parecían haber olvidado aquel incidente cuando empezamos el instituto, pero a lo largo de ese año, Shaila fue el hada madrina de las menstruaciones. Invirtió en decenas de cintas de pelo de terciopelo rojo y cada vez que una compañera hacía la transición, ella le regalaba una. Incluso las daba a las chicas más reservadas, a las que se convalidaban los créditos de Educación física haciendo bádminton y a las chicas de equitación que se sentaban juntas en la biblioteca durante el almuerzo, jugando con unas figuritas que daban mal rollo. Shaila hizo que pasar por ese rito de iniciación fuese algo guay. Pero no se dio cuenta de cómo podría afectar a las chicas que todavía no habían llegado a ello. Yo tampoco, hasta que un día, a mitad de octavo curso, me encontré con Nikki llorando en el vestuario, hecha polvo porque todas teníamos una cinta del pelo roja menos ella. No se la ganó hasta el año siguiente, cuando empezamos el instituto.

Todo eso parece muy lejano ahora, en la cocina de Nikki, con un nuevo grupo de chicas a las que vigilar. Tengo la sensación de que es demasiada responsabilidad. Miro a Sierra y me muerdo la lengua, obligándome a no preguntarle si ya le ha bajado la regla, si necesita una cinta de pelo roja. Pero es difícil imaginárselo. Todavía parece una niña pequeña, con la piel tirante sobre los huesos.

Tengo que encontrar una manera de salir de esta conversación urgentemente. Nikki y Marla están dando vueltas y bailando delante de la tele, enseñando a algunas alumnas de primero ansiosas por complacerlas a hacer una coreografía malograda de Beyoncé. Sus risitas me repugnan.

—¿Puedo preguntarte algo? —dice Sierra. Se inclina hacia mí como si estuviera a punto de contarme que, efectivamente, acaba de bajarle la regla justo ahora.

—Claro —contesto.

—¿Qué ocurre realmente? —empieza, con los ojos muy abiertos—. Las pruebas…

—Se llaman retos. Retos sorpresa. —Puede palparse la condescendencia en mi tono.

—Cierto —responde en voz baja—. Y todas las reglas. La iniciación. El archivador.

—¿A qué te refieres?

—Todos sabemos los aspectos positivos: la aplicación y tal, las fiestas, las conexiones. Pero… —Hace una pausa—. He oído historias.

El corazón me late muy deprisa, a un ritmo que hace que me duela el pecho.

—Solo quiero saber en qué me estoy metiendo.

Me invade la culpa. Está indefensa, como un cervato que empieza a andar. No debe de superar el metro y medio siquiera. Pienso en todas las otras chicas, las de segundo y tercero que preguntaron lo mismo; de las que me reí y les dije que no se preocuparan. Pienso en cómo me miraron cuando supieron la verdad. Cuando el maestro de ceremonias, siempre un chico, les decía que tenían que hacer algo, o habría consecuencias. En cómo terminaron siendo más fuertes o acabaron más rotas después del reto. Y luego, en cómo miraban al siguiente grupo de chicas cuando era su turno.

—Todo irá bien —le aseguro con desinterés fingido—. Este año será diferente.

Sierra me sostiene la mirada, pero tensa los dedos alrededor de los muslos.

—¿Qué quieres decir con eso?

—Niki está al mando —digo lentamente, con cuidado—. Este año será diferente.

Sierra relaja los dedos y deja detrás de ellos unas marquitas por la presión de las uñas. Se echa hacia atrás y espero que sepa que esto es todo lo que obtendrá de mí, como mínimo hoy.

—Voy a por una bebida.

Baja del taburete de un salto y se acerca hacia la nevera. Vuelvo a observar la habitación, a las novatas, que están nerviosas intentando impresionarnos, y a mis dulces amigas intentando parecer guais, elegantes, mayores. Me pregunto cómo le irá a Jared con los chicos. Henry me prometió que cuidaría de él y de Bryce. Me gustaría saber qué dicen nuestros amigos de nosotros, qué responden cuando les hacen la misma pregunta. Espero que digan la verdad.

Mi móvil cobra vida de pronto sin avisar, y siento un movimiento en la pierna que me pone en alerta. Bajo la mirada, me cuesta respirar. Por fin. Es el mensaje que estaba esperando, el que en cierto modo esperaba que no llegase nunca. De pronto estoy mareada y necesito salir de esta habitación, alejarme de todo el mundo.

Abro la puerta principal de la casa de un empujón. Siento el aire frío de octubre en el pelo y, cuando me siento, los escalones de mármol parecen hielo contra mi culo. Me inclino hacia el móvil, haciendo una barrera con mi cuerpo entre el aparato y los demás, a quienes estoy traicionando.

«¿Puedes acercarte a Nueva York? Tenemos que vernos en persona».

Aparece una burbujita, señal de que Rachel está escribiendo, pero entonces desaparece, como una promesa sin cumplir.

«¿Cuándo?», pregunto.

Me aprieto el móvil contra el pecho y resisto las ganas de morderme una pielecilla de la cutícula. Pero responde rápido.

«¿El viernes a las ocho de la tarde? Avenida 425. D. Llama al timbre 6E cuando llegues».

Es prácticamente una petición imposible. Pero el cerebro se me queda en blanco y ni siquiera me noto los dedos mientras flotan por la pantalla. Me muerdo el labio con tanta fuerza que me hago sangre. Entonces escribo la respuesta con movimientos bruscos, consciente de que esto lo cambiará todo.

«Ahí estaré».

Nueve

Es la semana más larga de toda la historia. Cada clase parece que dure un siglo. En la hora del almuerzo del viernes, estoy hecha un manojo de nervios, rígida, y salto a la mínima. Cuando me siento en mi sitio de la Mesa de los Jugadores, Henry me planta un beso húmedo en la mejilla y pego un salto y casi tiro por los aires mi sándwich de pavo y la masa de galleta cruda.

—¿Estás bien? —me pregunta, haciendo una mueca.

Consigo sonreírle y asiento.

—Es que estoy muy nerviosa por el parcial de Francés. Es a última hora.

—¿Has echado un vistazo a los Archivos? —dice, dándole un mordisco a su sándwich de beicon, lechuga y tomate.

Me he pasado toda la semana hincando los codos, pero anoche memoricé una antigua guía de estudio como garantía.

—Solo quiero que me vaya bien.

—Lo harás genial, amor. Como siempre. —Me dedica una sonrisa y me da un empujón cariñoso en el hombro.

Robert deja la bandeja en la mesa y se vuelve hacia Henry sin mirarme.

—Tío —dice con una sonrisa burlona—. Hay carne fresca que lo pasará fatal.

Henry ríe mientras se come el sándwich.

—¿De quién hablas?

Le doy un codazo en el estómago y él me mira con cara de «Lo siento», pero me limito a menear la cabeza. Siempre que hablan así me hace pensar en todas las cosas que habrán dicho sobre mí todos estos años. Se me tensan los hombros.

—Sierra McKinley, colega. Está en modo pelota total, comentándome todo lo que subo a Insta. Dirigiéndome miraditas en los pasillos. —Robert se mete una patata frita en la boca—. Haré que su vida sea un infierno con los retos. Hará lo que yo quiera.

—Suenas como un gilipollas —digo.

Robert pone los ojos en blanco.

—¿Y tú qué eres, un poli?

Miro a Henry para que me apoye, pero de pronto un trozo mustio de lechuga le parece de lo más interesante.

—Lo que tú digas —mascullo. Sé que tendría que insistir, pero no me apetece empezar una pelea. Hoy no—. Me voy a hacer un último repaso —digo entre dientes. Me levanto y les doy la espalda, deseando tener la valentía para gritar. Para despedazarlos a los dos. Pero en vez de eso, me alejo de ellos.

Justo cuando llego al pasillo, veo a Nikki y Quentin que vienen hacia mí.

—Ey, espera —dice Quentin—. ¿Adónde vas?

Sacudo la cabeza y respiro hondo.

—Robert está diciendo gilipolleces sobre las de primero.

La cara de Nikki se contorsiona, está cabreada.

—Lo siento —continúo, pero ella yergue la espalda como si no importara, como si no le molestara que ya la haya olvidado. Se echa el pelo detrás de los hombros y se pone bien el blazer.

—Él es así —responde Quentin—. Se aburrirá de ello muy pronto.

—Dijimos que cambiaríamos las cosas —balbuceo—. Y, de momento, lo hemos hecho todo exactamente igual.

—Las cambiaremos —contesta Nikki, con los labios en una línea recta—. Pero ahora relájate. Ya encontraremos el modo de hacerlo. Estamos juntos en esto.

—¿Sí, de verdad? —les imploro.

Quentin nos envuelve a las dos en un abrazo.

—Por supuesto.

Me permito a mí misma creérmelo; es más fácil que no hacerlo. Sus caras comprensivas y dulces hacen que quiera contarles la verdad.

—Hay otra cosa —digo en voz baja, y les hago un gesto para que se acerquen—. No puedo parar de pensar en Graham. ¿Y si es… inocente? ¿Y si fue otra persona quien mató a Shaila?

La pregunta flota entre nosotros con pesadez. Quentin y Nikki se miran rápidamente el uno al otro.

—Jill, venga —responde ella—. Estábamos de acuerdo. Se acabó. Déjalo estar.

—Pero ¿y si…? —empiezo. De todos ellos, pensaba que ella lo entendería.

—Déjalo. Estar —repite Nikki entre dientes, marcando cada palabra.

Quentin sacude la cabeza.

—Es que no vale la pena involucrarse. No queremos que todo el mundo se entere de lo que pasó esa noche.

Se me tensa todo el cuerpo, pero me fuerzo a asentir, a hacer ver que estoy de acuerdo con ellos y que yo también dejaré de lado todo esto.

—Sí, tenéis razón.

—Venga, tienes que volver al comedor. —Quentin me pasa un brazo por los hombros y dejo que me arrastren otra vez hasta la Mesa de los Jugadores, donde desconecto durante veintitrés minutos preguntándome cómo narices he terminado aquí.

Cuando llega la clase de Francés, respiro tranquila al darme cuenta de que el examen tiene exactamente las mismas preguntas que la guía de estudio que he memorizado. Completo la primera sección sin problemas, y luego tengo que esforzarme con una traducción. Gracias a Dios que he estudiado por mi cuenta para esta parte. Si consigo solo unos cuantos puntos aquí, ya llegaré al noventa y seis, que es lo que necesito para garantizar una media de noventa y cinco este semestre. Perfecto.

Cuando madame Mathias anuncia que ha terminado el examen, le dejo la hoja en la mesa y salgo al pasillo.

—¿Te has fijado en Jill Newman? —oigo que dice una voz detrás de mí—. Ha terminado el examen en veinte minutos.

—Como siempre —responde otra voz—. Dicen que ella y todos sus estúpidos amiguitos tienen los solucionarios de los exámenes desde hace años. Vaya mierda.

—Ninguno de ellos es inteligente de verdad.

—Qué putada, es muy injusto.

—Y luego todos entrarán en Harvard o Yale. Para variar. Nos quitan plazas sin mover un dedo.

—Es ridículo.

Empiezo a sentir que me sube el calor por el cuello y me vuelvo un poco hasta que veo a dos chicas del equipo de debate dirigiéndome miradas asesinas. Cierran la boca de golpe cuando me ven y se apresuran a dar media vuelta y a alejarse con sus mocasines de cuero.

Me arde la piel de la vergüenza; es un recordatorio de que no me merezco lo que me han dado. Pero aunque ellas no sepan todo lo que he tenido que pasar para llegar hasta aquí, yo sí sé que ha tenido su precio. He pagado por estar aquí. He sufrido, también. Ellas no saben que estoy aquí gracias a una beca, que todos los días en Gold Coast son una lucha.

Noto las lágrimas que se me empiezan a formar en los ojos y parpadeo varias veces para evitar que caigan, ansiosa por irme de aquí, por hacer lo que llevo esperando toda la semana.

Cuando suena el último timbre, empujo las pesadas puertas de metal y siento el aire frío en la cara y la sal marina soplándome contra el pelo. Escuece. Pero por fin soy libre. Hasta que un brazo fuerte se desliza sobre mi hombro y me hace perder el equilibrio. Caigo de lado, contra Henry.

—Aquí estás. Llevo buscándote desde después de la comida. —Con los dedos me roza el pecho y hace que se me ponga duro el pezón, incluso debajo de varias capas de ropa. Me da un escalofrío—. Siento que Robert haya sido tan cabrón. Ya sabes que él es así.

—Eso no es una excusa —digo. Simplemente quiero olvidar los comentarios de Robert, los de las chicas del club de debate y todo lo que hay entre las paredes de Gold Coast—. Pero estaría bien que te pusieras de mi parte.

—Tienes toda la razón —responde él, y echa la cabeza hacia atrás—. Lo siento. La próxima vez, ¿vale? —Se inclina hacia mí y con los labios me toca la frente durante un instante, casi con inocencia, antes de cambiar de tema—. ¿Qué haces esta noche?

Esperaba poder evitarlo y no tener que mentirle. Se abre una trampilla en mi interior y obligo al estómago a que no caiga por ella.

—Tengo un tema familiar —digo.

—Ah, ¿sí? —Henry ladea la cabeza—. Pensaba que Jared iba a casa de Topher. Los de tercero han montado una competición: el Superpong.

«Mierda». Intento no imaginarme a mi hermano junto a una

mesa de *beer pong* llena de decenas de vasos rojos mientras trata de acertar con una pelotita de plástico. Lo cierto es que no me cuesta demasiado visualizarlo.

—Es algo entre mi madre y yo. Para pasar un rato nosotras dos juntas, ¿sabes?

Henry asiente.

—Claro. ¿Nos vemos mañana?

Trago saliva y fuerzo una sonrisa.

—Por supuesto.

Son las 7.59 de la tarde y estoy delante de lo que debe de ser el piso de Rachel Calloway. Está a solo unos tres kilómetros del sofisticado *loft* que sus padres tienen en Tribeca, pero su puerta de entrada está un poco maltrecha, como si cualquiera pudiera entrar sin una llave. Los juerguistas que ya están celebrando el fin de semana se gritan los unos a los otros desde los numerosos bares que hay en esta calle, y me llegan olores a meado desde las cabinas telefónicas que parecen en desuso desde los noventa. Aquí debe de haber decenas de personas apiñadas, riendo y fumando cigarrillos, pero nunca me había sentido más sola. Mantengo mi parka bien abrochada y observo el agrietado interfono hasta que encuentro el 6E.

Bzzz. Se oye entrecortada una voz profunda e instantáneamente familiar:

—¿Hola?

—Soy Jill Newman —digo, de pronto con los nervios a flor de piel. ¿Sueno demasiado joven? ¿Puede notar el sudor que se me acumula entre los dedos?

—Estás aquí —contesta—. Vigila con las puñeteras escaleras, son muy empinadas.

El mecanismo de cierre se libera de golpe, como una navaja automática, y empujo la puerta. Al entrar me encuentro cara a cara con unas escaleras destartaladas que parecen un auténtico peligro; no bromeaba.

Me apresuro a subirlas, poniendo un pie delante del otro, con miedo de que, si paro ahora, pararé para siempre. Y, por fin, cuando llego a la última planta, veo a Rachel de pie, descalza, esperándome con la espalda contra el marco de la puerta, de color púrpura. Lleva unos tejanos desteñidos holgados y una camiseta finita, casi translúcida. Tiene el pelo ondulado y despeinado, escalado en capas grandes y voluminosas que le enmarcan la cara. De alguna manera, es incluso más guapa que en el instituto, llena de vida y cinética, con unos ojos oscuros brillantes y unas mejillas redondas y rosadas. Quiero extender la mano y tocarle la barbilla con un dedo, solo para ver si es real.

—Jill Newman —dice poco a poco, ladeando la cabeza. Me pregunto cómo me verá. Si le parezco mayor o diferente. No se quedó en Gold Coast para ver el después, para ver si todo cambiaba o no.

—Rachel Calloway.

—Venga, entra. —Rachel se vuelve y me dirige hasta el interior de su piso. El espacio es muy pequeño y desde la entrada puedo ver toda la vivienda. Varias pilas de libros decoran la pared de obra vista, y a un lado hay un sofá marrón típico de mediados del siglo pasado cubierto con mantas gruesas de lana. Tiene las paredes sin decorar, salvo por un cuadro muy grande de acuarelas con flores abstractas y llamativas que ha colgado con chinchetas. Parece un proyecto artístico sin terminar. Desde el techo, a ambos lados del sofá, cuelgan maceteros de macramé con plantas verdes.

—Bienvenida al mundo de verdad —dice, ofreciéndome una sonrisa—. ¿Quieres un té?

Asiento y sigo a Rachel hasta la cocina, que en realidad no es más que un estrecho pasillo que tiene un fogón y una nevera.

Sirve un poco de miel en dos tazas de cerámica que están diseñadas con las curvas de un cuerpo femenino. Los pezones son unos simples puntitos rosas.

—Qué monas —comento.

—Gracias. Las ha hecho mi novia.

Intento ocultar mi sorpresa, pero Rachel se ríe.

—Sí, novia. Empecé a salir del armario hace unos años —me explica—. Supongo que nadie de Gold Coast lo sabe. —Hace una pausa—. Se llama Frida, es programadora. Vive a la vuelta de la esquina.

—Qué guay —le digo. Y lo creo de verdad. Siempre me dio la impresión de que Adam y ella no terminaban de encajar. Pero era lógico que yo pensara algo así.

—Me alegro de verte.

—Yo también —respondo, porque, ¿qué le digo si no? Estar delante de Rachel hace que sienta nostalgia por el pasado, por los meses anteriores a la muerte de Shaila y a la iniciación. Quiero perderme en los recuerdos de esas semanas en las que hicimos piña. Incluso cuando parecía una tortura, cuando nos empujaban al mismísimo límite y pensaba que iba a explotar de la adrenalina y del miedo, sabía, esperaba, que valdría la pena. Nos aferrábamos a un hilo que siempre corría el riesgo de romperse.

Una tetera de color amarillo vivo empieza a silbar y Rachel se vuelve. Mientras sirve el agua caliente en las tazas, observo que tiene algunas cicatrices un poco abultadas y apenas visibles, blancas como la nieve, en la parte posterior de los brazos y en la nuca. Algunas son delgadas, como si alguien le hubiese dibujado una aguja en la piel, y otras son grandes y gruesas, escalofriantes.

Se da la vuelta y sigue mi mirada.

—Ah —dice suavemente—. Tuve un año duro después de lo que pasó. Podría haber sido peor.

Nunca se me había ocurrido que Rachel también sufrió, que fue una víctima de lo que Graham hizo o no hizo. Su único crimen fue ser leal, supongo. Y también pagó por ello.

—Venga. —Coge las tazas y pasa por mi lado en dirección al sofá—. Acabemos con esto.

Los cojines se hunden por nuestro peso y espero a que empiece, esforzándome en no ser la que llene el silencio. Pasan unos segundos, quizá un minuto, antes de que Rachel vuelva a levantarse, entrelazando los dedos delante de ella.

—Espera un segundo —me dice.

Desaparece detrás de la puerta del dormitorio y oigo el crujir de unos papeles y cómo se mueve, cambiando el peso de un pie al otro. Al final sale con un sobre de los antiguos, grueso, de líneas rectas y con los bordes unidos con circulitos de cartón por los que pasa un hilo finito de color rojo.

—Ábrelo —me indica, dándome el sobre.

Tiro del hilo para abrirlo y saco de él una pila de papeles de distintos tamaños. Hay documentos de todo tipo. Rachel espera en silencio y dejo el sobre a un lado. Cojo la primera página: el expediente académico del primer año de Graham, con una media de ochenta y siete. Suerte que no necesitaba una beca. La siguiente hoja es una cartulina gruesa cubierta por una imagen brillante de Shaila y Graham, ambos con grandes sonrisas. Él tiene el brazo sobre sus hombros, y mi amiga descansa la cabeza sobre la suya. Sus dientes blancos resplandecen y llevan los blazers azul marino de Gold Coast perfectamente planchados. Sin manchas de hierba ni migas. Los miro a los ojos y me da un escalofrío, lo que hace que se me caigan el resto de los papeles al suelo y se desordenen.

—Joder —digo. Nunca había visto esa fotografía. Parece haber sido tomada en un partido de *lacrosse*, como si estuvieran apoyados contra las gradas. Seguramente yo estaba a pocos metros.

—No llegaron a ponerla en el anuario —comenta Rachel. Se le curvan los labios por su intento de broma—. Pero siempre ha sido mi favorita.

Shaila me devuelve la mirada. Era tan joven. Todavía no había hecho todo lo que tenía que hacer. Tengo la garganta seca y los dedos se me cierran alrededor del papel. Es todo una mierda, que Graham esté vivo y Shaila muerta. Quiero tirarle la taza a Rachel y a su carita de engreída por haberme traído aquí, por restregarme recuerdos que he intentado olvidar con todas mis fuerzas. Estiro de los bordes de la foto, queriendo apartar a Shaila de los brazos de Graham. Y con un único movimiento se rasga la hoja y me quedo solo con la sonrisa de Shaila. Dejo que Graham flote hasta el suelo.

—Tengo otras copias —dice Rachel.

Eso alimenta mi rabia y me levanto de golpe, dándole un golpe con la rodilla a la taza. Se tambalea antes de estrellarse contra el suelo y formar un río de trocitos de cerámica y de líquido pegajoso. No digo que lo siento porque no es verdad. En cambio, abro la boca, preparada para escupir fuego. Pero Rachel tiene otros planes:

—Jill, siéntate.

Y, por algún motivo, le hago caso.

—Esto es lo que quería enseñarte. —Se inclina hacia una pila de hojas que hay en el suelo y coge un solo papel blanco. Unas letras negras bailan sobre la página, pero no puedo concentrarme cuando me lo pone en el regazo.

—¿Qué es?

—Míralo —dice, escondiendo los pies bajo el culo—. Cuando se llevaron a Graham, no examinaron ninguna prueba. Se limitaron a confiar en sus palabras. Y ya está. Caso cerrado. Ni siquiera analizaron su ropa ni fueron al Ocean Cliff a investigar, nada de nada. ¿Te crees que la policía de Gold Coast estaba preparada para un asesinato? Si a duras penas consiguen desalojar las fiestas que se montan en Cove.

Sí que lo recuerdo, que en realidad no pasase nada. Los Arnold llegaron a la comisaría con un hombre que llevaba un traje negro, un abogado. Todo resultó muy contenido, muy adulto. Y luego lo dieron por zanjado.

—Ni siquiera se cuestionaron si lo había hecho o no —continúa Rachel—. Todo el mundo dio por sentado que había sido él porque es lo que dijo. Pero estaba borrachísimo. Como todos, ya lo sabes. —Sacude la cabeza—. No recordaba nada, no dio ningún detalle. Nadie se lo pidió. Y ahora sigue sin recordar nada. ¿Cómo podría haberlo hecho él? Es imposible.

Alzo la vista y veo que Rachel tiene los ojos rojos y los labios apretados, y cierra los dedos alrededor de la taza con fuerza. Respira hondo, sin mirar hacia la mancha cada vez más grande que he provocado en el suelo.

—Acabo de cumplir los veintiún años —dice—, lo cual significa que por fin tengo acceso al fondo que hay a mi nombre. Puedo pagar los abogados que mis padres decidieron no contratar. Puedo financiar la impugnación de Graham yo sola. Vamos a luchar por ello. —Su voz suena áspera y vulnerable, llena de fuego—. Estamos analizándolo todo. La ropa que llevaba, algunas piedras... Llevan todo este tiempo almacenadas en una de esas estúpidas cajas que tienen en la comisaría de Gold Coast, cogiendo polvo. Y acabamos de descubrir algo gordo. Algo que podría cambiarlo todo.

—¿Qué? —susurro.

—¿Sabes toda la sangre que tenía en la camisa? —pregunta—. Era de él. Se hizo un corte profundo en el estómago y se manchó la ropa. Estaba empapada. Chorreó hasta los shorts que llevaba. Pero no había ni una gota de la sangre de Shaila. Era toda de Graham. Él no la tocó. En absoluto. —Señala la hoja de papel que tengo en la mano y bajo la mirada, y por fin entiendo qué es lo que estoy sujetando: los resultados de la analítica de sangre.

Abro la boca para responder, pero me quedo en blanco. De pronto hace mucho calor aquí dentro. Me estoy asando. Si me arrancara la piel, quizá debajo aparecería otra capa.

Rachel me coge las manos, me las aprieta con fuerza y acerca su rostro anguloso hacia el mío. Tiene la piel resplandeciente, los poros minúsculos. Me pregunto si alguna vez habrá tenido una espinilla.

—Él no lo hizo —dice—. Sé que no lo hizo.

Pero yo sacudo la cabeza. ¿Cómo puede ser verdad? No se puede reescribir el pasado, es imposible.

—Escucha —continúa Rachel, y por fin me suelta las manos. Las vuelvo a acercar a mi cuerpo y me abrazo las rodillas—. No tienes por qué creerme todavía. Pero piénsalo. Y quizá entonces querrás ayudarnos.

—¿Ayudaros? —espeto. Es una locura. Es absurdo—. ¿Y cómo podría ayudaros siquiera?

—Tú estabas allí, Jill. Eres la única que puede entenderlo. Que escucharía. Querías a Shaila tanto como Graham. —Rachel cierra los ojos con fuerza y unas pequeñas líneas le arrugan los párpados—. Adam siempre decía que eras valiente. Más que los demás. Que eras lista y constante y buena.

Me da un vuelco el estómago ante la idea de que Rachel y Adam hablaran de mí hace tantos años. ¿Qué más dijo? ¿De verdad creía todo eso? Y entonces recuerdo lo que dijo en el Diane's: «Rachel está chiflada».

—Eres la única que querría que se haga justicia para Shaila —continúa—. Que estaría dispuesta a luchar por ello. Piénsatelo, nada más.

Siento que la habitación es pequeña, como una casa de muñecas. Su piso empieza a agobiarme y por primera vez me doy cuenta de que no hay ventanas en el salón. Me pregunto cómo puede vivir la gente en Nueva York. Estos pisos no están hechos para vivir. Están hechos para sobrevivir.

—Tengo que irme —le digo.

Empujo la endeble puerta y empiezo a bajar las escaleras. Rachel me llama desde detrás:

—Piénsatelo.

No paro hasta que llego a la planta baja, donde giro el deslustrado pomo metálico y de pronto, por fin, soy libre. Su calle huele a basura de ciudad y cerveza rancia, pero de todos modos respiro hondo, intentando aspirar tanto aire como puedo, para que mi cuerpo despierte, para confirmar que la última hora no ha sido un sueño.

Estoy a varios kilómetros de la estación de tren, e incluso más lejos de casa, pero empiezo a caminar. Hacia cualquier sitio que quede lejos de términos policiales, como «pruebas», y posibilidades vacías y descabelladas.

Repito sus palabras en mi cabeza hasta que se convierten en una papilla blanda, y luego vuelvo a hacerlo hasta que veo sus motivos con claridad. Rachel no quiere justicia para Shaila. La quiere para Graham. Y si la creo, eso significa que otra persona a la que conocemos es culpable. ¿Qué verdad es peor?

Diez

Es fácil hacer ver que Rachel nunca se ha puesto en contacto conmigo. Que no me ha sembrado en el cerebro teorías que podrían cambiarlo todo. Que todavía sigue consolidada en mi cabeza como la ex de Adam, la hermana de un asesino, el enemigo..., y no una potencial cómplice.

Lo único que tengo que hacer es agonizar con las decisiones sobre la universidad, como todos los demás alumnos de cuarto. Tendría que saber algo de Brown dentro de una semana, y el único antídoto para el estrés, al parecer, es ponerme completamente en modo Jugadora. Obsesionarme, como he hecho durante los últimos tres años, con las comprobaciones semanales y con ideas locas para los retos, todo el trabajo por el que ahora Nikki se pasa el día resoplando.

Después de la noche de presentación, les dijimos a los de primero que se dejaran libres todos los fines de semana del resto del curso. Solo estaban exentos de cosas de los Jugadores si tenían una emergencia familiar o un Bat Mitzvah o algo por el estilo. Para la primera prueba, tuvieron que memorizar datos sobre los Jugadores y luego recitárnoslos en la playa detrás de la casa de Nikki. Equivocarse en una respuesta implicaba ser rociado con kétchup o mostaza, con la opción de limpiarse en el agua helada de la bahía.

La siguiente semana les hicimos cocinar toda la comida para una cena de Acción de Gracias en casa de Quentin después de comer brownies de marihuana. A Bryce se le quemó el pavo y activó la alarma antiincendios, pero Jared clavó las coles de Bruselas.

Y la semana pasada, el primer sábado de noviembre, Henry ideó una nueva tarea. Les hizo lavar los coches de los Jugadores mientras cantaban mis canciones ochenteras favoritas en bucle. Añadí algunas canciones de Stevie Nicks en la lista de reproducción, y también hubo algo de Cher, por supuesto. Paralelamente, han tenido que hacer algunas otras cosillas, como llevar encima los kits de los Jugadores: riñoneras llenas de artículos esenciales para los Jugadores, como el cigarrillo eléctrico, caramelos de menta, tampones, lápices, mini-Snickers, condones, ibuprofeno... Eran como nuestras droguerías andantes.

—Pásame un chicle —le decía a Sierra McKinley al cruzármela por el instituto.

Tenían que estar disponibles las veinticuatro horas del día, todos los días de la semana, para ir a recoger el desayuno en el Diane's, limpiarnos las taquillas del gimnasio y, en resumen, hacer lo que quisiéramos. Un domingo, Nikki incluso obligó a Larry Kramer a que le doblara la colada solo para ver cómo se sonrojaba con sus tangas de encaje. Eran cosas fáciles, tonterías inofensivas que los unían como grupo. Nada que no fueran a experimentar en la universidad multiplicado por diez.

Aun así, cuando yo estaba en primero, sentía pavor ante esas tareas. Siempre estaba segurísima de que la iba a liar. A Shaila le molestaban, más que enfadarla. Se quejaba una barbaridad cuando Rachel le enviaba un mensaje y le pedía una docena de rosquillas espolvoreadas —las que hacen en el Diane's y son absolutamente adictivas— el jueves a las nueve de la noche. Íbamos juntas, por supuesto, tras inventarnos alguna excusa para nuestros padres, y mientras nos dirigíamos hacia el local en bicicleta, Shaila gritaba a sus espaldas: «¡Nada te une tanto como sentir que eres la putita de alguien!».

Ese era el lema no oficial de los Jugadores.

Solo hubo una vez en la que me asusté de verdad por uno de los retos que se suponía que eran fáciles. Era un viernes templado, justo antes de Acción de Gracias, y esa noche Rachel nos escribió y nos pidió un pack de cervezas y una bolsa de regaliz torcida. Shaila y yo nos montamos en bicicleta y fuimos a la gasolinera que hay al lado del Diane's, que es famosa por vender alcohol disimuladamente a menores.

Mi amiga fue directa hacia la nevera, cogió lo que necesitábamos y colocó una caja llena de latas sobre el mostrador sin decir ni una palabra. El cajero la miró de arriba abajo una vez, después otra, y luego asintió con la cabeza. Ella le entregó un billete nuevo y le sonrió con dulzura.

—Quédate el cambio —le dijo.

Yo había estado todo ese rato en el pasillo de las chuches con los puños apretados y aguantando la respiración. Cuando Shaila levantó las cervezas del mostrador, solté una bocanada de aire. Pero entonces sonó la campanilla de la puerta.

—¿Jill? ¿Shaila?

La voz era profunda y familiar. Me volví y me dio un vuelco el corazón. Teníamos al señor Beaumont delante de nosotras, con la camisa por fuera de los pantalones y el cuello sin abrochar. Estaba… mono. Como si no fuera un profesor. Como si no fuera la persona que iba a arruinarme la vida y echarme de Gold Coast Prep por comprar cerveza.

—Ey, Beau —contestó Shaila, como si nada. Sujetaba la caja de cartón entre las manos y no se molestó en esconderla—. ¿Qué tal va la noche?

—No tan bien como a vosotras, chicas —dijo, riendo. Tenía las mejillas sonrojadas y se pasó una mano por el pelo.

Shaila soltó una risita.

—¿Vas a delatarnos?

Nuestro profesor se metió la mano en el bolsillo y se sacó un paquete de cigarrillos vacío.

—Solo he venido a comprar uno de estos.

—Weingarten odia a los fumadores —comentó Shaila con una voz cantarina.

—No me chivaré si vosotras no os chiváis, ¿vale? —Beaumont ladeó la cabeza y nos dedicó una sonrisa divertida.

Shaila le sonrió.

—No hay nadie como tú en Prep —dijo.

Él volvió a reírse y sacudió la cabeza.

—Ni como tú, Shaila.

El corazón me iba a mil por hora, como si fuera a salírseme del pecho.

—Hasta pronto. —Mi amiga salió corriendo de la gasolinera y yo me apresuré a seguirla, desesperada por llegar a la bicicleta. Me temblaban los brazos al coger los manillares—. ¡Venga! —gritó Shaila mientras empezaba a bajar por la calle principal hacia el mar, con las cervezas repiqueteando en la cesta de la bici. Pero antes de empezar a pedalear, miré hacia atrás. El señor Beaumont estaba fuera, junto a la puerta. Se encendió un cigarrillo y nos observó mientras nos alejábamos.

Cuando dejamos las provisiones en casa de Rachel, Shaila explicó el encuentro hasta el más mínimo detalle, exagerando el dramatismo y la tensión.

—¡Casi nos expulsan!

Rachel puso los ojos en blanco.

—Como mínimo sería por una buena causa, ¿no? —Se rio y

abrió una cerveza. Le pasó una lata a Tina Fowler, que estaba sentada a su lado en el gran sofá de cuero, con el pelo rubio rojizo recogido en un moño alto—. Todos estos retos tienen un objetivo, ¿sabéis? Haceros más fuertes. Uniros para siempre —repetiría Rachel una y otra vez a lo largo del curso—. Nada os une tanto como sentir que sois la putita de alguien.

El acontecimiento de esta noche es uno de los más importantes. Cuando estábamos en primero lo llamaban «Inicio del espectáculo», pero ahora solo lo llamamos «Espectáculo», y siempre se celebra unas semanas antes de que los Jugadores de cuarto tengan noticias de la primera ronda de admisiones a la universidad. Así todos están muy nerviosos, listos para liarla a lo grande y soltar toda la energía acumulada. Es algo retorcido. Incluso Henry está algo tenso cuando me recoge para ir a casa de Nikki. Ninguno de los dos menciona Brown ni Wharton.

—Gracias a Dios que estáis aquí —dice Nikki al abrir la puerta. Lleva un largo vestido rosado de gasa, aunque fuera hace un frío que pela—. ¡Necesito ayuda!

—¿Con qué? —La aparto y entro en la cocina, lista para atacar la comida que ha preparado para picar y que ya está servida en boles. Henry me sigue.

—Con esto.

Cojo un puñado de galletitas saladas de queso y me vuelvo.

—¿Qué coj…?

Nikki ha dejado de lado el atrezo de siempre del Espectáculo y, en cambio, ha convertido el salón en un anfiteatro, con asientos escalonados como si fuera un estadio de verdad. Delante del gigantesco televisor ha improvisado un escenario con varias cajas y lo ha cubierto todo con una tela de purpurina.

—Esto no es Broadway, Nikki. Tan solo van a leer escenas de sexo cutres que ya hemos oído miles de veces. —Pongo los ojos en blanco. Los guiones se han ido pasando desde hace años, y están plastificados y guardados en el archivador del maestro de ceremonias. Pero cada año los Jugadores de último curso los modifican un poco, añadiendo algún diálogo o alguna acotación nueva. Según Jake Horowitz, eran escenas reales de vídeos sexuales que hicieron los Jugadores en los noventa, cuando estaban de moda las cámaras de vídeo analógicas. Pero nos lo dijo cuando estaba intentando convencernos de que antes los retos eran mucho peores.

Nikki aprieta los puños con fuerza y da un pisotón.

—¡Quiero que sea mejor! Acordaos del año pasado, nadie podía oír a los idiotas de primero porque todo el mundo reía a carcajadas. Fue demasiado fácil.

—Lo que tú digas.

Suena el timbre y Nikki se queda mirándome.

—¿Puedes abrir?

—Claro, Su Majestad —bromeo.

Nikki se va, caminando con fuertes pisadas y sin reírse. Henry también pone los ojos en blanco.

—¡Ey, Jill, qué pasa! —grita Robert, que es evidente que ya lleva unas cuantas copas. Quentin y Marla lo siguen de cerca.

—Hala, ¡qué pasada! —exclama Marla.

—Como mínimo *alguien* pilla mi visión. —Nikki me dedica una mirada asesina.

Al final cedo.

—¿Qué puedo hacer para ayudarte?

La expresión de Nikki se suaviza y empieza a enumerar una serie de instrucciones para montar la barra y sobre qué reguladores de luz tienen que ponerse con un temporizador.

—Venga —me susurra Marla—, te ayudo.

Le gesticulo un «Gracias» y nos apartamos a un rincón del

salón para colocar pilas de vasos de plástico y servir los cubitos de hielo.

—¿Hoy está de mal humor? —pregunta Marla. Se ha delineado los ojos pardos generosamente, y lleva el pelo, casi fluorescente, recogido en un moño muy alto.

Resoplo y abro con fuerza una bolsa de cubitos.

—Eso parece.

Marla menea la cabeza.

—Qué ganas de terminar con lo de esta noche.

Sus aros dorados tintinean cuando se inclina hacia la barra. Marla siempre ha sido la más estable, la que nos llama la atención cuando hacemos el idiota. Quizá porque está menos comprometida con los Jugadores. Sabe que todo esto es temporal. De todos, ella sería la que arrancaría de raíz toda la mierda, y eso hace que me pregunte si entendería por qué fui a hablar con Rachel, si también tiene dudas.

—De hecho, quería preguntarte una cosa —digo, bajando el tono de voz.

—Dispara.

—No puedo parar de pensar en Shaila —confieso—. En Graham. ¿No te parece que es una locura que nadie quiera hablar de que quizá sea inocente? —Aguanto la respiración cuando Marla deja de colocar las botellas en fila sobre la zona de bar. Se vuelve hacia mí, ladeando la cabeza.

—Es una locura al cien por cien —coincide—. Pero Gold Coast es así. Nadie quiere remover nada. Todos hacemos ver que las cosas son siempre perfectas.

—¿No tienes curiosidad? —pregunto, y me arranco una pielecilla del dedo gordo.

—Por supuesto —responde Marla—. Pero voy a ser sincera contigo: nada de lo que tú o yo digamos cambiará nada. No nos apellidamos Arnold ni Miller ni Garry. Somos simplemente unas afortunadas por estar aquí. —Su rostro se suaviza y vuelve a apilar vasos—. Mi madre hace turnos dobles en el hospital para asegurarse de que puedo ir a Prep. No nos hemos ido de vacaciones desde hace una década. ¿Por qué crees que todos mis hermanos han ido al Cartwright? Mis padres están invirtiendo todo lo que tienen en mí, y mi madre reza todas las noches por que me acepten en Dartmouth. Lo último que necesitan es que ahora me vea metida en un lío sin sentido del estilo de *Ley y orden* unos pocos meses antes de graduarme.

Después de más de tres años de amistad, no puedo creerme que no supiera esto de Marla, que a las dos nos entierre una avalancha de expectativas. Pero algo me impide contárselo. En cambio, extiendo el brazo y le doy un apretón en la mano:

—Tienes toda la razón.

—Muy pronto nos iremos de aquí —dice—. Pero hasta entonces, tenemos que hacer ver que todo va bien.

Asiento e intento apartar de mi mente las imágenes de Shaila, Graham y toda esa sangre espesa y oscura. Se me encoje el pecho y aprieto los puños con fuerza.

Entonces explota el timbre de Nikki.

—¡Ya han llegado! —grita—. ¡Venga, vamos a petarlo!

Se abre la puerta y una oleada de Jugadores entra en el salón. De pronto, es una fiesta. La sonrisa de Nikki se hace más y más grande cada vez que la felicitan por la decoración y no puedo evitar sentirme molesta. «No es más que el Espectáculo». No entiendo por qué ha tenido la necesidad de hacerlo a lo grande.

Un mechón de pelo oscuro me llama la atención.

—¡Jared!

Se le iluminan los ojos al reconocerme y juro que se le relajan los músculos de la cara. Me abro camino entre la gente para llegar hasta él. Bryce está a su lado y ambos se echan a reír.

—¿Qué? —pregunto.

Jared se pone rojo como un tomate, pero Bryce, con el aplomo característico de los chicos Miller, se inclina hacia mí.

—Es que nos estamos preparando para la actuación —dice.

—¿Cuál os ha tocado?

—El trío —responde Bryce con una sonrisa socarrona.

Jared suelta una risita.

—Jill, quizá necesite que salgas de la habitación. Será demasiado raro. —Toma un largo sorbo de cerveza y yo aprieto el puño para reprimir las ganas de apartarle la lata de un golpe.

—Todo irá bien. Convertidlo en una broma. En realidad, eso es lo que la gente quiere ver.

Bryce se ríe.

—Lo bordaremos. ¿Verdad, J?

—¡Y que lo digas!

Hacen chinchín con las cervezas y derraman un poco de líquido sobre la alfombra.

—¡Jugadores, atención! —La voz de Nikki se escucha por toda la habitación, y los novatos corren a buscar sus sitios—. Muévete —ordena mientras se abre camino hasta el sofá, con un tono de voz tan afilado como una cuchilla—. ¡Es solo para los de cuarto!

—Eh, hoy estás en plan dictadora, ¿no? —dice Topher Gardner. Ya había puesto el culo en el mejor asiento del sofá, donde se juntan los dos lados de la L.

—Ya has oído a la dama —gruñe Robert.

Topher pone los ojos en blanco y se pasa una mano por el pelo oscuro, que lleva casi rapado. Pero cede y se desliza hasta el suelo. Nikki le da una patada con la cuña de su zapato.

—Ve a buscarme algo para beber, Toph.

—Y yo que pensaba que ya había hecho la iniciación —bromea.

—Venga —insiste Nikki entre dientes, furiosa. Tiene la cara roja y moteada, y lo mira con los ojos entornados. Tomo nota mentalmente de pasar desapercibida el resto de la noche. De mantenerme alejada de ella.

—Siéntate conmigo —me dice Henry, como si me hubiese leído la mente—. Ven aquí, va.

Lo sigo hasta el otro extremo del sofá. Mientras nos sentamos, Nikki aprieta algunos botones del mando a distancia, atenúa las luces y crea una especie de foco en el centro de la habitación.

—¡Primera escena! —anuncia—. ¡A vuestros puestos!

Larry Kramer se levanta y se arrastra hasta la parte delantera de la estancia. Carraspea y vacía la lata que tiene en la mano.

—Joder —empieza—. Estoy cachondo.

Henry se echa a reír. No ha tardado mucho.

—Esta siempre es muy graciosa —me susurra.

Sé que tendría que estar riéndome, disfrutando de la humillación de Larry. Pero empiezo a sentir en el estómago una sensación de desasosiego. Quiero escapar de mi propia piel.

Larry continúa, leyendo varios «Oooh» y «Aaah» de una hoja de papel, mientras el resto del grupo le arroja patatas fritas, servilletas arrugadas y vasos de chupito de plástico vacíos. Lo miro a través de los dedos entreabiertos y doy otro sorbo, intentando frenar las náuseas que me revuelven el estómago. El Espectáculo me pareció más divertido el año pasado.

Larry vuelve a carraspear y llega al final natural de la escena. Está completamente rojo.

—Esto… —dice—. Gracias.

Topher se levanta de golpe del suelo y alza un robusto puño hacia el aire.

—¡Toma ya, Kramer! ¡Una actuación bestial, una pasada!

—¡Dos metros de pura crudeza! —grita Robert.

Echo un vistazo a Nikki, pero evito establecer contacto visual. Ella tiene la vista fija en Sierra McKinley, que está sentada con las piernas cruzadas, se mueve nerviosa y habla en voz baja con otra chica de primero. Ambas están pálidas.

—¡Siguiente! —exclama Nikki.

Sierra se pone en pie, igual que Jared y Bryce.

—No sé si puedo verlo —le susurro a Henry, y él me responde con un apretón en la rodilla.

—Solo tienes que quedarte un segundo —me anima—, y luego puedes ir a buscar una copa o algo.

Asiento y junto las manos, preparándome para ver a mi hermano pequeño humillarse completamente delante de todo el mundo por esta mierda. Por culpa mía. Porque yo lo he traído aquí.

—¡Acción, pringados! —chilla Nikki.

—Vaya, chicos, hola —recita Sierra con una vocecita aguda—. ¿Qué estáis haciendo aquí, en la piscina?

—Este verano somos los socorristas —explica Bryce, bajando el tono de voz un octavo—. ¿Quieres darte un chapuzón?

—Claro —responde Sierra—. Estoy muy contenta de que estéis aquí para mantenerme a salvo.

Continúa ese diálogo tan poco natural y yo empiezo a relajarme. No será tan terrible.

—¡Qué rollo! —grita Nikki, lanzando un vaso de plástico hacia la parte frontal de la habitación. Robert le pasa un brazo por los hombros y se acerca a ella para susurrarle algo en el oído. Ella esboza una sonrisa y asiente enérgicamente—. ¡Representadlo! —jalea—. ¡Representadlo!

Para mi horror, el resto de la gente empieza a corear esa misma palabra:

—¡Representadlo! ¡Representadlo!

No puedo quedarme quieta. Me acerco hacia Nikki y le pongo una mano en el tobillo desnudo.

—Nikki, cálmate —susurro—. Te estás pasando.

Aparta mi mano con un movimiento rápido del pie. Ni siquiera me mira cuando sigue coreando.

—¡Representadlo! ¡Representadlo!

Solo Quentin, a mi lado, está callado, observando confuso y con los ojos como platos cómo todo el mundo se descontrola. Jared, Bryce y Sierra están petrificados, sin saber qué hacer.

Sacudo la cabeza mirando hacia Jared, con la esperanza de que pueda leerme la mente. «No, no tienes que hacerlo», pienso.

Pero Bryce toma la iniciativa y se mueve hasta quedar detrás de Sierra. Le hace un gesto a Jared para que se ponga delante de ella. A medida que la gente grita más y más fuerte, también crecen las palpitaciones que siento en la cabeza. A Sierra se le pone la cara roja e hinchada, y yo necesito salir de aquí.

Me levanto del sofá y me abro camino entre el montón de alumnos de segundo sentados en sillas plegables, que siguen voceando por lo que sea que está ocurriendo delante de ellos.

La puerta trasera está a unos pocos metros, y el alivio que siento cuando la abro de un empujón es apabullante. Caigo de rodillas en la tarima de madera, e inclino la espalda contra la casa. Intento estabilizar mis respiraciones y levanto la vista, pero las nubes me tapan las estrellas. Cierro los ojos con fuerza e intento oír los latidos de mi corazón. «Respira», me digo. «Respira».

Se abre la puerta detrás de mí y una tela vaporosa me pasa por encima de la cabeza. Nikki.

—¿Qué haces? —Sus palabras suenan fuertes y afiladas. Es una faceta suya que no había visto nunca. Y me da ganas de salir corriendo.

—Te estás pasando —susurro—. Los estás humillando. Es mi hermano.

Nikki da un paso hacia delante, quedando por encima de mí.

—No eres así —le digo, pero tiene la cara completamente rígida.

—¿Te acuerdas de lo que ocurrió en nuestro Espectáculo? —pregunta.

—Pues claro. —Yo lo tuve fácil, tuve que leer una estúpida escena erótica con Quentin. Éramos los últimos y todo el mundo estaba tan borracho que ni siquiera se dieron cuenta de que estábamos hablando. Prácticamente habían perdido todo el interés y terminamos en sesenta segundos exactamente.

—Fue un auténtico horror —dice, y se le suaviza la voz. Me esfuerzo por recordar la parte de Nikki, pero no lo consigo. Solo puedo visualizar a Shaila haciendo sonidos y gimiendo, con una voz profunda y áspera y una gracia exagerada que hacía que todo el mundo la animara—. Estaba con Robert —continúa—. Estábamos casi al final cuando Jake Horowitz, que estaba en el fondo de la sala, se levantó. —Hace una pausa—. No te acuerdas, ¿no?

Sacudo la cabeza y me muerdo el labio. Nos llega una ráfaga de viento desde el océano, a lo lejos, y un escalofrío me recorre la espalda.

—Pfff —suelta Nikki con repugnancia—. Jake empujó a Robert hacia el público y dijo: «¡Así es como se hace, pringado! ¡Así es como te la follas!».

Unas lágrimas minúsculas aparecen en las esquinas de sus ojos y el recuerdo me inunda el cerebro. Hizo ver que le hacía todo tipo de cosas a Nikki delante de todo el mundo, y luego ella desapareció durante el resto de la noche. Al final Shaila la sacó a rastras del baño de la tercera planta de la casa de los Calloway cuando llegó la hora de irnos. Nikki nunca habló de cuánto le había dolido. De la vergüenza que debió de sentir. De que no hicimos nada para pararlo. De que dejamos que le hiciera eso.

—Nikki —digo, tropezándome al intentar levantarme.

Pero ella me corta.

—Los chicos siempre estaban al mando. Ahora nos toca a nosotras hacer las reglas —dice—. Si nosotras pudimos aguantar esas cosas, ellos también. Mira cómo hemos acabado. Somos fuertes de narices. Unas zorras brillantes. Les estamos haciendo un favor.

Sé que se equivoca. Mucho, muchísimo. Pero observo su rostro precioso, colérico, y sé que no hay nada que pueda decir para que cambie de opinión. Es mi amiga. Mi mejor amiga ahora. Tengo que quedarme.

No digo nada y Nikki se lo toma como señal de que estoy de su lado. Levanta la barbilla y vuelve al interior de la casa, dejándome sola en la fría noche. Vuelvo a cerrar los ojos con fuerza y deseo que termine todo esto, que la graduación llegue ya, que desaparezca todo.

Siento una ligera vibración en la pierna, y al sacar el móvil veo el nombre de Rachel. Me da un vuelco el estómago.

«Sé que han pasado unos cuantos días, pero ¿qué te parece? ¿Estás dispuesta a ayudarnos? Te necesitamos, Newman».

Me quedo mirando las palabras, que empiezan a volverse borrosas en la pantalla. Quizá yo también los necesito.

Once

Cuando llego a casa esa noche, observo las estrellas que tengo en el techo. Estoy muy cansada, pero no consigo dormirme. Intento recordar los momentos antes de que cambiara todo. Antes de que tuviera miedo. De los Jugadores y, sobre todo, de mí misma. ¿De qué éramos capaces? ¿Hasta dónde podían empujarnos? ¿Cuánto tendríamos que sacrificar? ¿Cuándo dio mi mundo un giro de ciento ochenta grados?

La respuesta siempre es la misma: una noche de noviembre de primer curso. Era un viernes, y hacía más calor del que tendría que haber hecho por esas fechas. Era el día después de Acción de Gracias. Lo recuerdo porque había desayunado tarta de manzana y todavía podía notar el relleno dulce y espeso en los labios cuando Adam me mandó un mensaje.

«Estate lista a las nueve, Newman. Será una noche especial».

Sentí un hormigueo en la piel. Sabía que estaba saliendo con Rachel, pero había hecho planes conmigo. Daba igual que los Calloway estuvieran de vacaciones en los Hamptons. O que Adam y sus colegas se hubiesen pasado las últimas semanas poniéndonos en ridículo a mis amigos y a mí, obligándonos a estar disponibles a todas horas. Esa noche me había buscado a mí por cuenta propia.

«Vale», respondí. «¿Tengo que coger el kit de los Jugadores?».

«No. Tienes la noche libre. Te lo mereces».

El resto del día se me hizo eterno, y a las nueve ya había empezado a ponerme nerviosa. «¿Adónde íbamos a ir? ¿Qué pasaría?». Cuando mamá quiso saber qué planes tenía, le dije que había quedado con Adam. No me preguntó nada más. Eso era un plus, por supuesto, el hecho de que mis padres confiaran en que Adam no me metería en ningún lío oscuro y peligroso.

Por fin, oí las familiares notas de unos acordes de guitarra estrepitosos que provenían de su Mercedes.

—Adiós, mamá —grité.

Me apresuré a salir de casa y luego me obligué a caminar despacio para no ir corriendo hasta el asiento del copiloto. Pero cuando fui a abrir la puerta, Jake también estaba allí. Bajó la ventanilla y me dedicó una sonrisa traviesa:

—Súbete detrás, Newman.

La vergüenza me hizo arder la piel del cuello y noté la piel pegajosa. Me dejé caer sobre el cuero del asiento e intenté llamar la atención de Adam, pero él mantuvo la mirada fija hacia delante. Me incliné para intentar descifrar qué decían por encima de la música, pero fue inútil. El quejumbroso estribillo que salía de los altavoces amortiguaba sus palabras.

Así que me eché para atrás y me quedé mirando por la ventana, intentando decidir qué podía hacer con las manos. De todos modos, fue un trayecto corto y al cabo de poco llegamos a casa de Adam.

—Mi familia está en Nueva York —explicó—. Venga. —Nos hizo un gesto a Jake y a mí para que lo siguiéramos al gran porche que rodeaba la casa.

Me senté en el columpio y noté cómo cambiaba el suelo mientras me balanceaba hacia delante y hacia atrás, flotando en el espacio. La madera chirrió cuando Adam se sentó a mi lado.

Jake se recostó en un sillón de mimbre y se sacó una botella con un líquido oscuro del bolsillo de la chaqueta.

—Toma, Newman —dijo.

Di un trago, parecía veneno. Entonces le di otro sorbo y me obligué a no hacer ninguna mueca.

—Ya te he dicho que podría con él —comentó Adam. Me dio un empujoncito en el hombro con el suyo e intenté sonreírle, como si este encuentro me pareciese tan normal que hasta resultaba aburrido. Adam me cogió la botella del regazo.

—Muy bien. Te debes de estar preguntando por qué estás aquí.

Antes de que pudiera responder, Jake intervino:

—Nos estamos reuniendo con todos individualmente antes de daros los retos más difíciles.

«Tiene sentido», pensé, aunque me pregunté por qué estaba a solas con ellos, por qué no querían esperarse y hacerlo con Rachel, Tina y todos los demás.

—Queríamos pasar un rato juntos, entender el modo en que te comportas, quién eres de verdad —continuó Jake—. Adam ya me ha contado mucho sobre ti, pero quiero conocerte de primera mano. Así que cuéntame, Jill —dijo Jake, inclinándose hacia delante y descansando los codos sobre las rodillas—. ¿Cuál es tu historia?

Adam me dio un golpecito en el hombro con la botella y volví a dar un trago. Para coger fuerza. El sabor era cada vez más pasable y ya casi no me ardía la garganta. De modo que empecé a hablar. Les solté un rollo estúpido de que me encantaba la astrofísica y que había pasado el verano en Cabo Cod con el mejor telescopio de la Costa Este. Adam bajó la mirada y dio un puntapié contra el suelo de madera, lo que hizo que nos balanceáramos de nuevo. La fuerza del movimiento me revolvió el estómago.

Jake sacudió la cabeza.

—Cuéntame algo interesante, Newman. ¿Ocultas algún secreto oscuro?

—¿Qué? No. —Me reí. No había hecho nada que fuera digno de mantener en secreto. Era aburrida en todos los aspectos.

—Venga ya. Tiene que haber algo. No se lo diremos a nadie. Ahora eres una Jugadora. O... podrías serlo. Somos una piña —aseguró Jake. Adam asentía para darle la razón, pero no me miraba a los ojos—. Veamos... ¿Cuál es tu mayor miedo?

El viento empezaba a coger fuerza y me abracé el estómago con los brazos. Pensé durante un instante, ladeando la cabeza hacia el cielo. Estaba cubierto de estrellas centelleantes. La luz del porche de Adam estaba encendida, pero no la necesitábamos. Encontré las dos Osas, situadas por debajo de Polaris como si fueran matrioskas. Respiré hondo.

—Me da miedo la oscuridad —dije al fin. Intenté reír, pero me salió un sonido débil y extraño—. Por eso me gusta tanto la astronomía. En el cielo nocturno no existe la oscuridad absoluta.

Jake no se rio. Ni tampoco Adam. Y yo por fin me sentí tranquila. Como si hubiera superado una prueba. Jake se inclinó hacia delante. Tenía los grandes ojos oscuros clavados en mí y me miraba con una ferocidad que me asustaba. Puso una mano en el columpio para que paráramos de movernos.

—¿De dónde sacas eso?

—¿Qué eres, un psiquiatra? —pregunté, pero nadie se rio. Di otro trago de la botella, que supuse que debía de contener whisky de centeno, y me limité a decir—: No lo sé. Mi padre me habló de las constelaciones cuando era pequeña y siempre han hecho que me sienta segura. Incluso tengo esas estúpidas estrellas que brillan en la oscuridad en el techo de mi habitación. No puedo dormirme si no hay un poco de luz, ¿sabes?

—Profundiza más, Newman —insistió Jake. Entrecerró los ojos y se inclinó más, hasta que con los dedos me rozaba las rodillas.

—Quizá… —empecé—. Quizá es porque siempre me he sentido inferior. —Las palabras me salían solas; cosas que nunca me había atrevido a pensar, y mucho menos a decir en voz alta—. Siento que no encajo en Gold Coast Prep. Que tengo que demostrar algo. Que tengo que ser perfecta. —Pensé en las pesadillas que tenía por la ansiedad, que comenzaron después de que entrara en Prep y que me impedían dormir las noches antes de exámenes importantes o presentaciones. La idea de no estar a la altura de mis brillantes compañeros me daba ganas de salir corriendo y esconderme.

Jake se echó para atrás en el sillón, al parecer satisfecho. Pero yo sentí que él necesitaba más.

—Ya sé que no soy lo suficientemente buena, pero me da miedo que el resto de gente lo descubra.

Eso lo hizo sonreír.

—¿Crees que los demás también lo piensan?

Reflexioné sobre ello, pensando en Nikki y en Shaila.

—No lo sé. Supongo que todo el mundo tiene miedo de algo —respondí—. Como Shaila. La gente piensa que no tiene miedo de nada, pero en realidad no soporta las alturas. Para nada. Ni siquiera quiso subirse conmigo a la noria de la Feria Gastronómica de la Ostra.

—Ah, ¿sí? —preguntó Jake.

Asentí.

—Es como un bebé con esas cosas. Imagino que todos tenemos miedo de algo. Quizá ella también tiene algún motivo más profundo.

Adam volvió a empujarse contra el suelo y nos balanceamos hacia delante y atrás. Ninguno de ellos dijo nada durante un rato y yo ladeé la cabeza para observar las estrellas en silencio.

Al cabo de unos minutos, Adam por fin habló:

—Tío, tengo hambre. ¿Pedimos una pizza?

Continuaron con la conversación mientras debatían las ventajas del Mario's y del Luigi's, los dos locales que se hacían la competencia.

Pero yo me mantuve callada, pensando en lo que acababa de revelar sobre mis defectos y, sin darme cuenta, sobre los de Shaila. Ella también tendría una reunión de este estilo. Como todos. ¿Qué diría de mí? ¿Sería sin querer o a propósito? ¿Había hablado más de la cuenta?

Intenté empujar la culpa hacia el fondo del estómago y convencerme de que no había traicionado la confianza de Shaila. Pero, de algún modo, sabía que acababa de darles munición. Y que la usarían. Lo único que no sabía era cuándo. Ni que de alguna manera conduciría a la última noche con vida de Shaila.

Toda la semana me siento perezosa y cansada, y tengo los pensamientos revueltos. Seguramente Marla tenía razón con lo de hacer ver que todo va bien, pero sigo pensando en el mensaje de Rachel, al que no he contestado, y en la mirada de Nikki a medida que se puso más y más agresiva durante el Espectáculo. Cuando Henry me manda un mensaje el viernes por la noche, es exactamente lo que necesito para desconectar de todo.

«¿Noche romántica? ¿En mi casa?», pregunta.

Pasan unos instantes.

«Mis padres no están. ☺☺☺☺☺☺».

Me muerdo el labio y sonrío. Henry ha estado especialmente dulce desde la otra noche en casa de Nikki, y ha estado buscando los retos más fáciles para Jared y cuidándolo en las noches en que están los chicos solos. Es el único de todos nosotros que se niega a hablar sobre las admisiones —o los rechazos— de las universidades, que se anunciarán la semana que viene. Dice que es demasiado estresante y que tendríamos que relajarnos y ya está. Quedar con él también sería una agradable manera de distraerme de Rachel, Graham y Shaila. Últimamente se han convertido en personajes de mis pesadillas. Me iría bien una noche sin ellos.

Además, Henry es un libro abierto, en el sentido de que es fácil, confortable y de fiar. Puede pasar rápidamente de periodista prodigioso a estereotipo de chico perfecto americano. Su único defecto real es su necesidad infinita de complacer a sus padres. Para eso usaba los Archivos, para obtener las guías de estudio de Matemáticas. Es su asignatura más floja, pero sabía que necesitaría un excelente en Cálculo, Estadística y Economía para entrar en Wharton. Y, aunque le desagrada la idea de trabajar para «el jefe», como su padre, todos sabemos que terminará haciéndolo.

A veces lo miro y me parece que puedo ver todo su futuro: un grado de negocios, unas prácticas pijas, un piso espacioso en la Gran Manzana… Lo acribillarían los «¿Y si…?», lo consumiría el hecho de que renunció a su sueño de ser reportero de primera línea para tener que trabajar hasta medianoche preocupándose por hojas de cálculo. Pero, en cualquier caso, lo tendría todo: la mujer con unas tetas grandes y un gusto impecable, la mansión en Gold Coast y otra casa más en los Hamptons. A veces me pregunto si esa mujer seré yo y si seguiremos juntos toda la vida solo por lo de Shaila. ¿Cómo podría estar con alguien que no la conoció? ¿Cómo formas una vida con alguien que no conoce una gran parte de ti?

Pero, sea como sea, la idea de tener esa vida, de tenerlo todo planeado con antelación, hace que se me revuelva el estómago. Aparto de mi cabeza la imagen de Henry de adulto, insatisfecho, y vuelvo a leer sus mensajes. Solo tengo que pensar en él ahora, eso es todo. Se me dibuja una sonrisa en los labios.

Esta noche, cuando todas las cosas parecen ser un interrogante, quedar un rato con Henry no es mi peor opción. Como mínimo no tendré que pensar en los alumnos de primero, ni en Graham ni en Rachel, ni en de quién es la sangre que manchó una blusa fea hace tres años.

«Llegaré a las 7», respondo.

«¡Vale!», me escribe. «Pediré sushi».

Henry vive en la parte más nueva de la ciudad, cerca del agua, donde las familias tienen sus propios muelles privados, los patios traseros son básicamente campos de fútbol y las casitas junto a la piscina tienen cocinas enteras y bañeras con patas. Llego a la calzada que da acceso a su casa e introduzco la clave numérica para que se abra la verja de hierro forjado. Cuando llego a la puerta principal, unos cuatrocientos metros más adelante, Henry ya me está esperando fuera con una sudadera de la CNN y una bolsa de plástico en la mano con comida para llevar.

—Hola, amor —me saluda. Me envuelve en un abrazo y me planta un beso húmedo y ansioso en los labios. Lo sigo hasta dentro de la casa y cruzamos el amplio vestíbulo de mármol hasta la espaciosa cocina.

Henry rebusca en la bolsa y saca una cantidad espectacular de comida: rollitos de maki y sashimi de un color brillante e intenso empaquetados en envases de plástico, cajitas de cartón con ensalada de algas y edamame salado. Me ruge el estómago solo de verlo.

—Alguien ha pedido comida a lo loco.

Henry se sonroja y se encoje de hombros, subiéndolos hasta las orejas.

—No recordaba qué te gusta, así que he cogido un poco de todo. —Me pasa un par de palillos de madera y me mira con esos grandes ojos sinceros.

Me meto un maki de salmón picante en la boca.

—Es perfecto —le digo, sin molestarme en masticar.

—Genial. —Extiende los brazos sobre la encimera de mármol que tiene enfrente. Sus antebrazos parecen troncos de árbol que descienden de su camisa de botones, que lleva con las mangas enrolladas hasta los codos—. ¿Quieres ir arriba? —pregunta, con un destello en la mirada. Optimista. Confiado.

Siento un cosquilleo por dentro, como si hubiera bebido demasiada agua con gas, pero necesito olvidarme de Graham y Shaila.

—Claro.

Henry me coge de la mano y subimos las escaleras de dos en dos. Cuando abre la puerta de su habitación, resulta obvio que tenía una visión para esta noche. Una música suave flota desde los altavoces y unas lucecitas de Navidad parpadean alrededor de su cama, que está perfectamente hecha. Las luces rebotan en los recortes de periódico que tiene enmarcados en la pared, las portadas del día en que nació. Incluso ha encendido una vela en el alféizar de la ventana, justo al lado de la foto que tiene dándole la mano a Anderson Cooper. Es todo muy… dulce.

—Eres un tontorrón —digo, disimulando el placer que me da que haya hecho todo esto por mí.

Sus mejillas se tornan de un suave color rojo.

—Ven aquí.

Tiene las manos fuertes y gruesas, más tranquilas de lo que deberían estar. No siempre ha sido así, no lo era cuando nos empezamos a liar. Los dos habíamos hecho cosas con otras personas, otros Jugadores de diferentes cursos. Pero ninguno de los dos había «estado» con nadie. Nunca había habido una ocasión para aprender o hacer preguntas en una situación que fuera segura y en la que no te fueran a juzgar. Así que cuando estábamos juntos, cada sesión era una nueva aventura, una nueva línea que podíamos cruzar juntos.

Una noche, después de desabrocharme torpemente el sujetador bajo las estrellas de su barco, el Olly Golucky, Henry anunció que quería mejorar, en todos los aspectos.

—Quiero hacer que te sientas bien —me susurró, con una voz que hizo que me derritiera por dentro—. Enséñame —dijo, respirando aire caliente sobre mi cuello.

Así que lo hice, y le llevé la mano hasta el punto que solo yo había tocado cuando estaba sola. Le enseñé cómo movía mis propios dedos y cómo podía imitar él el movimiento. Al principio me sentía tímida, avergonzada de que supiera que había hecho esas cosas yo sola, de que hubiese encontrado el placer cuando parecía tan inalcanzable. Pero Henry me escuchó y lo intentó con tentativas dulces y tiernas. Frunció el ceño, concentrado, hasta que le di la confirmación y el consentimiento para ir más allá, para seguir explorando. Empezó a estudiarme a mí y a mi cuerpo como si fuesen un libro de texto, con más empeño que por cualquier otro examen. Al final del verano, ya sacaba excelentes, y no solo por el esfuerzo. Decía que mis reacciones eran lo que lo excitaba más. Todo aquello, su implacable búsqueda de mi disfrute, también me hacía temblar a mí.

Ahora, en su dormitorio, sabe exactamente qué tiene que

hacer. Pronto lleva las manos hacia mi cara y luego al cuello, masajeándome la parte suave de la espalda que queda casi escondida debajo de la blusa. Sus labios se mueven desde la boca hasta la oreja, y entonces viajan a la clavícula y dibujan una constelación invisible por mi cuello y luego más abajo.

Me hundo en la cama y envuelvo las piernas alrededor de su cintura. Es fácil dejar que tome el mando, decir «Sí, justo aquí» y «Un poquito más hacia allá». Henry quiere complacerme. Está deseoso de ver la euforia en mi rostro, de cegarme. En momentos como este me siento muy agradecida de que mi primera vez, mi primera vez de verdad, fuese con alguien que trata mi cuerpo como si fuese algo asombroso, algo que explorar... pero solo con un guía. Sabe que no lo podrá conquistar.

Se ha quitado los pantalones y lleva unos calzoncillos finos. Puedo sentir todas las formas de su cuerpo cuando me levanta la falda y me tantea con las yemas suaves de los dedos. Ahora ya sabe dónde tiene que presionar, qué fuerza tiene que aplicar. Me acerco hacia él y dejo que mis manos también deambulen por sus músculos curvos y la delicada piel de encima de su cintura. Tiene el pelo suave y me acaricia el cuello con la nariz como si fuese un cachorro.

Pero pronto sé que esta noche será una de las ocasiones en las que no puedo evitar que mi cerebro deje de pensar a toda máquina. Intento apartar todos los pensamientos de mi mente y centrarme en el chico locamente enamorado de mí que tengo delante. En cambio, empiezo a pensar en si me he frotado bien ahí abajo esta tarde cuando me he duchado, en si huelo raro, en si todavía lo tendré «apretado». Qué palabra más estúpida e insignificante. Los chicos se obsesionan con ella. «¿Lo tenía apretado? ¿Mucho? Seguro que lo tiene suelto». La única cosa peor que tenerlo «suelto», es tenerlo «sucio».

Henry nota mi vacilación y empieza a ir más despacio, moviendo las manos hacia arriba.

—¿Estás bien? —pregunta. Aparta la cabeza de mi cuello y me mira preocupado.

—Sí —respondo—. Sigamos.

—¿Estás segura?

—Sí. —Acerco mi boca a la suya y aprieto mi cuerpo contra él, hasta que quedamos succionados. Quiero que lo haga desaparecer todo—. ¿Tienes un condón? —digo, aunque ya sé la respuesta.

Henry estira la mano hacia la mesita de noche y saca un envoltorio metálico del cajón. Lo abre y el sonido del material rasgándose me taladra el oído. Me recuesto sobre las almohadas y observo sus movimientos. Él baja la mirada hacia mí con esa sonrisa dulce y el pelo algo alborotado. Siento que se me ablanda el corazón y quiero fundirme con él de golpe. Tengo suerte de estar con él, eso lo tengo claro.

—¿Estás lista? —pregunta.

—Sí —contesto, con total certeza.

—Eres tan preciosa. —Sus palabras quedan amortiguadas contra mi pelo y cierro los ojos con fuerza.

—Y tú. —Entierro la cara contra su pecho y me imagino a alguien con el pelo más oscuro, con una sonrisa que se le dibuja en un ángulo ligeramente diferente. Pero lo veo en fragmentos; aparece y desaparece. De pronto se desvanece y otra imagen ocupa su lugar: la fotografía de Shaila y Graham, abrazándose con fuerza vestidos con los uniformes de Gold Coast. La fotografía que rompí.

Me caen encima unas gotas de sudor de Henry, y de golpe se me han pasado todas las ganas. Pero él sigue empujando sobre mí y murmurando palabras de excitación. No se permitirá parar hasta que sepa que estoy satisfecha, que he terminado, así que gimo y me acerco hacia él. Hago los movimientos que se han convertido en nuestra señal de haber llegado al final. Es más fácil que tener que explicarle las locuras que tengo en el cerebro, o cómo han llegado hasta allí.

Henry solamente tarda unos instantes en terminar, y suelta una exhalación temblorosa, lenta y larga. Luego se deja caer a mi lado.

—Jill —me susurra en el oído. Me giro para no seguir estando debajo de él, y nuestros cuerpos se separan con un crujido dulce. Estoy agradecida de tener el pecho cubierto y tiro de sus sábanas de seda hasta que me llegan a la cadera. Henry me pasa un brazo por la cintura—. Ha sido increíble.

Cuando íbamos a octavo, Shaila y yo buscamos cómo se dice «orgasmo» en un montón de idiomas diferentes, solo para divertirnos. Y resulta que en francés lo llaman *la petite morte*. La pequeña muerte. Nos dio un ataque de risa cuando nos enteramos.

—Madre mía —dijo Shaila—. Sabes qué significa eso, ¿no?

—¿Qué? —pregunté, sujetándome el estómago, que me dolía de reír tanto.

—Cada vez que un tío tiene un orgasmo, una parte de él muere. Es superperverso.

Solté un soplido.

—¡No!

—¿Sabes en qué nos convierte a nosotras? —continuó, sin esperar a que respondiera—. Nos hace fuertes. Poderosas. Asesinas. —Puso los ojos bizcos y sacó la lengua, y las dos juntas nos tiramos hacia atrás, sobre su cama, riendo incluso más que antes.

Ahora, cada vez que ocurre con Henry, siempre pienso en Shaila. En la pequeña muerte.

—Ey, Tierra llamando a Jill —dice, tirando de mí para que

me acerque a él. Me pone las manos en las mejillas y lo miro como hace semanas que no lo hago. Tiene los ojos grandes, buscando, y el pelo, que normalmente está perfectamente peinado, está un poco aplastado y húmedo en la parte que toca a la frente. Tiene las pestañas gruesas y largas, como si fuese un dibujo animado. Confía en mí plenamente, creo. Ahora es cuando es más vulnerable. Lo único que quiero hacer yo es salir corriendo.

—¿Estás bien? —repite.

—Sí.

Le parece una respuesta suficientemente buena, porque me envuelve en un gran abrazo de modo que mi barbilla descanse sobre su musculoso hombro.

—También te ha gustado, ¿no? —susurra contra mi pelo.

—Ajá —miento, intentando imaginarme mi propia pequeña muerte—. Por supuesto.

Doce

En lo que respecta a los padres de Gold Coast, la planificación para la universidad empieza en el momento en que cruzas las rejas de latón con el blazer azul marino de Prep. Durante los entrenamientos deportivos, los alumnos llevan jerséis con los nombres de las universidades que les interesan. Yale, Harvard, Princeton. Penn, si quieres divertirte o ganar mucha pasta. Wesleyan, si te gusta el arte. Stanford, si odias a tus padres y quieres alejarte lo máximo posible.

Si al inicio del último curso todavía no habías decidido a qué universidad querías ir, eras un pringado con el futuro incierto. El comité de admisiones no te aceptaría solo por las ganas que tuvieras de estudiar allí ni por el poco tiempo que hubiera pasado desde que saliste del vientre de tu madre hasta que te diste cuenta de que tu destino era ser un bulldog peleón o un tigre rugidor o la mascota que tengan en la universidad que te interesa. Pero, en nuestras cabezas, la primera persona que decidía que quería ir a una universidad en concreto se convertía en el estudiante elegido, el que se merecía entrar. Y si te aceptaban a ti por encima de esa persona, tenías que prepararte para la guerra.

Sucedió en mi primer año, cuando Princeton aceptó la solicitud anticipada de Jake Horowitz y aplazó la admisión de Tina

Fowler, aunque sus padres eran exalumnos de esa universidad y ella siempre llevaba ese jersey horroroso de color naranja neón durante los entrenamientos de voleibol. Su rabia casi dividió a los Jugadores cuando se puso a gritar a Jake un viernes a la hora del almuerzo. Todo el mundo se sintió aliviado cuando la aceptaron en primavera.

Así que obviamente mis amigos empezaron el último curso con unas solicitudes muy pulidas y muchísima esperanza. Incluso Robert, que suspendió el examen de acceso a la universidad a pesar de tener mucho tiempo adicional, creía que estaba destinado a volver a Manhattan para estudiar Gestión musical en la Universidad de Nueva York. Se rumorea que sus padres casualmente hicieron una donación millonaria al centro.

Todo eso hace que hoy, 1 de diciembre, el día en que tenemos que recibir respuesta de la primera ronda de solicitudes, sea una tortura.

Me levanto sudando y jadeando, apretando las sábanas de algodón con los puños. Apenas consigo recobrar el aliento. Pero no he soñado con Brown, sobre si me admiten o no. He soñado con Shaila, sus ojos grandes y llenos de miedo, saliéndose de su preciosa cabeza. Con la boca abierta, gritando y pidiendo ayuda. Respiro hondo e intento olvidarlo. Es solo una pesadilla más. Es solo estrés. Ya está. Me tranquilizo una y otra vez, pero el corazón todavía me va a mil por hora, demasiado deprisa para calmarme.

Echo la cabeza hacia atrás, hasta que toca el cabecero de madera, y me masajeo la sien, intentando hacer que Shaila desaparezca. Busco a tientas el móvil por la mesita de noche con dedos temblorosos, con la esperanza de que, si pierdo el tiempo mirando las redes sociales, me tranquilizaré. Pero antes de que pueda abrir Instagram o YouTube, veo un mensaje de Rachel. Cómo no.

«¿Te has cambiado de número o algo?», ha escrito. «No nos abandones ahora».

Tiro el móvil sobre las sábanas con tanta fuerza que rebota y cae al suelo. Ya no tengo miedo, sino rabia. ¿Por qué Rachel tiene que acosarme justamente a mí? ¿Por qué no a Nikki o a Quentin o incluso a Henry? ¿Por qué no puede dejarme en paz, sobre todo hoy? ¿Y por qué narices me estoy planteando de verdad si la ayudo?

Mamá asoma la cabeza por la puerta.

—¿Estás bien, Jill? —pregunta, formando una V muy marcada con las cejas—. Me ha parecido oír algo.

—Sí —respondo sin mirarla.

—Es un gran día, cariño. —Se le suaviza la cara y esboza una cálida sonrisa—. Pase lo que pase, todo irá bien.

Refunfuño, me saco las sábanas de encima con un empujón y paso por su lado para ir al baño.

—Ya veremos.

Durante las siguientes horas, me esfuerzo tanto como puedo en no pensar en Shaila ni en Rachel ni en Graham. En cambio, me centro en la insufrible agonía de esperar a que lleguen nuestros destinos.

Todo el mundo lo siente. Una lanza eléctrica e inquietante recorre todo el comedor, incluso la Mesa de los Jugadores, donde apenas conseguimos mantener la calma.

Si Shaila estuviera aquí, no se hubiera preocupado sobre si entraría o no en Harvard. Estaría sentada a mi lado y pondría los ojos en blanco por lo estresados que estamos todos. Nos aseguraría que «Todo irá bien, chicos». Me la imagino con el uniforme de Gold Coast Prep, comiéndose un poco de masa de galleta cruda con un pie apoyado sobre mi silla de modo que su rodilla desnuda quedase a la vista por encima de la mesa. Esa era la Shaila de verdad, no el fantasma espeluznante que me atormenta en sueños.

—Bueno, ¿qué tal estáis? —Quentin intenta empezar un tema de conversación.

Nikki ríe a medias, pero se frota el pulgar contra el colgante de cuarzo rosa. Está esperando recibir noticias de Parsons, aunque es la candidata perfecta para su programa de diseño de *merchandising*. En su portafolio había vestidos que me moriría por tener.

—Robert, ¿estás bien? —pregunta Nikki.

Pero él se mantiene en silencio, probablemente por primera vez en su vida. Se termina de beber el refresco y aplasta la botella de plástico con un movimiento rápido que la hace crujir. Parece que, al fin y al cabo, no está tan seguro de sí mismo.

—¿Dónde está Marla? —digo.

—Se ha saltado la comida para ir a hacer ejercicio —explica Henry mientras pone la bandeja al lado de la mía—. Para distraerse.

—Esto es un infierno —admito.

Todo el mundo balbucea que está de acuerdo y nos volvemos a concentrar en la comida. Estamos callados casi todo el rato hasta que suena la campana.

El resto del día también es una mierda. Es como si el señor Beaumont intentara a propósito que esta dolorosa y larga clase sobre *Ulises* fuese aún más aburrida de lo que tiene que ser. Cuando solo quedan cinco minutos, nos mira con lástima.

—¿Qué tal si ahora nos relajamos un poco? —propone—. Podéis sacar el móvil si queréis.

En cuestión de segundos, todo el mundo ha abierto la página web de admisiones de su universidad y el correo electrónico, aunque sabemos que no tendremos noticias hasta dentro de unas cuantas horas.

Cuando por fin llego a casa, eones más tarde, ignoro a mis padres y a Jared, voy corriendo a mi habitación y cierro la puerta. Me siento en la cama, escondo el móvil debajo de la almohada y abro la web de admisiones de la Universidad Estatal. Es mejor terminar con esto lo antes posible.

Escribo mis datos y me mordisqueo las cutículas hasta que se carga la página.

«¡Enhorabuena!», dice, y aparece confeti por toda la pantalla.

Se me estabilizan las pulsaciones. Gracias a Dios. Es buena señal.

Respiro hondo y voy a la página de Brown. Siento que me pesan los dedos mientras escribo mi usuario y se me seca la garganta cuando aparece el texto.

De pronto…, se me escapa un chillido.

Ha pasado.

Lo he conseguido.

—¿Has entrado? ¿Te han admitido? —grita papá desde el pasillo.

Consigo responder con la voz entrecortada:

—Sí.

Mamá abre la puerta de golpe y me envuelve en un abrazo.

—¡Cariño! —grita—. Todo ha valido la pena.

Tengo las mejillas húmedas y me tiemblan los hombros. Dejo que me rodee con sus brazos como si fuese pequeña de nuevo. Descanso la cabeza sobre su cuello y me abraza como si fuese una bolita. Sí, todo ha valido la pena. Tengo el futuro asegurado. Lo he conseguido.

Jared llega corriendo por el pasillo, jadeando por el esfuerzo.

—¿Sí? —pregunta.

Asiento, y su sonrisa se hace incluso más grande.

—Lo sabía. —Nos envuelve con los brazos a mamá, a papá y a mí y me da un golpecito con el hombro.

Mamá al final nos separa a todos y me coge por la barbilla.

—Vamos a celebrarlo —dice. También tiene los ojos húmedos—. He hecho macarrones con queso.

Después de cenar, mamá mete la cabeza en el congelador, buscando algo, y cuando la saca sostiene una botella verde de champán envuelta con papel de plata por arriba.

—Te lo mereces, hija —dice papá. Me pone una mano, grande y firme, en el hombro, me guiña un ojo y se acerca un pañuelo a la cara—. Te has esforzado tanto para llegar hasta aquí. Y después de todo por lo que has pasado… —Me aprieta el brazo por encima de la mesa y le hace un gesto con la mano a mamá—. Estamos muy orgullosos de ti. ¡Cuatro copas! Una para Jared también. Esto solo pasa una vez en la vida.

Jared sonríe. La emoción es contagiosa. Incluso se ofrece a lavar los platos y, antes de que cada uno vuelva a lo suyo, me da un golpecito en el hombro para que le dé un abrazo.

—¿Ya se lo has dicho a Adam?

—Ahora iba a contárselo.

Asiente.

—Estará emocionadísimo. —Jared vuelve a darme un apretón y siento una gran adoración por mi hermano pequeño. Pase lo que pase con los Jugadores, con Graham, este momento es nuestro.

Subo corriendo las escaleras y cojo el móvil con manos temblorosas. Tecleo el número de Adam y espero a que suene. Intento recordar todo lo que quiero decirle. Quiero que me hable de todos los espectáculos malos de improvisación a los que iremos juntos, del único sitio de Providence donde hacen *bagels* decentes, de la parka gruesa que necesitaré para soportar el frío de

Nueva Inglaterra. Quiero saber en qué residencia tendría que vivir. ¿Necesitaré un coche?

Coge el teléfono al cuarto timbre, pero apenas lo oigo. De fondo se oye una ruidosa canción de Eurodance que acalla mis pensamientos.

—¿Hola? —grita—. ¿Jill?

—¡He entrado! —exclamo, sin aliento—. ¡He entrado! —Incluso el hecho de decirlo en voz alta parece mentira, como si estuviera soñando.

—¿Qué? ¡No te oigo! ¡Mándame un mensaje!

Se corta la llamada. Debe de estar en alguna fiesta, igual que haré yo dentro de un año.

Me tiemblan los dedos al escribirle.

«¡HE ENTRADO EN BROWN! ¡¡¡¡¡¡NOS VEMOS EL AÑO QUE VIENE!!!!!!».

Responde en un segundo: «¡¡¡¡¡¡AAAAAAH!!!!!!».

Dejo el móvil y respiro hondo; primero inhalo y después suelto el aire. De pronto, todo lo que me rodea parece muy extraño, como si fuesen cosas del pasado de otra persona. Puedo ver el futuro con mucha claridad, y quiero saltarme los próximos meses y olvidarme de Rachel y de Graham y de quién es realmente la sangre de su camisa.

Pero entonces oigo unos susurros que vienen de detrás de la puerta del armario que hay en el pasillo, donde mamá guarda de todo, como papel de envolver y rollos de papel de aluminio extra.

Giro lentamente el pomo de la puerta de mi habitación y la abro solo un par de centímetros para que pueda descifrar las palabras.

—Ya encontraremos una manera —dice mamá en voz baja, con un tono nervioso.

—No consigo cuadrar los números —responde papá, exasperado y agotado—. No sabremos si consigue la beca hasta primavera. Si no, tendrá que pedir un préstamo. Se pasará décadas pagando las deudas. No podemos permitirlo.

—A ver, nosotros podemos pagar una parte —susurra mamá—. Y es posible que le den una beca que cubra todos los gastos. ¿Acaso Jill nos ha defraudado alguna vez?

—Ya lo sé, ya lo sé. Pero… ¿y si no se la dan? —Parece que se sienta culpable solo por sugerirlo.

—Siempre le queda la Estatal —responde mamá—. El programa de honores.

—Pero este es su sueño.

—Conseguirá la beca. Lo sé. —A mamá le tiembla la voz, y papá suspira fuerte.

—Nos apañaremos —responde él—. Como siempre.

Oigo los sonidos apagados de un abrazo y cierro la puerta de mi habitación sigilosamente. El corazón me va a mil por hora y aprieto los puños, intentando contener las lágrimas y los insufribles latigazos de culpa. Un gran peso se me instala en el pecho. «Tengo que ser suficientemente buena», pienso. «Tengo que conseguir ese dinero. No hay otra».

Trece

—¡Bienvenidos al Rally, putones!

Nikki está de pie en el capó de su BMW y sacude unas botellas de vino espumoso en cada mano. Las descorcha como una profesional y las rocía sobre los Jugadores de primero que están delante de ella, animándola a sus pies. Ha pasado una semana desde que se anunciaron las admisiones y todos y cada uno de los Jugadores de último curso hemos entrado en la universidad que queríamos. Incluso Robert. Parece que la donación de su padre ha surtido efecto. Nos llenó el chat grupal de groserías durante horas antes de llevarse a Nikki a Nueva York en un Uber, donde cenaron en un asador carísimo que hay bajo el puente de Williamsburg. Después de mi cena familiar, pasé el rato en el jacuzzi de Henry con él, Quentin y Marla hasta que terminamos con la piel arrugada como si fuéramos ciruelas pasas. Las estrellas estaban especialmente brillantes esa noche y me esforcé tanto como pude en apartar de mi mente la conversación de mis padres. Pero no lo logré. No podía —y todavía no puedo— olvidar su tono de desesperación, la necesidad de que consiga buenos resultados, una y otra vez.

Ahora estamos en la calzada de la entrada de casa de Nikki, listos para el último acontecimiento de los Jugadores del semestre: el Rally, una yincana nocturna. Espero que sirva para distraerme.

En el público, los más jóvenes susurran entre ellos, comparando la información que tienen sobre lo que ocurrirá. Jared está apretujado en el centro de su grupo; es un miembro clave de esta unidad que hemos formado como si fueran piezas de Lego. Después de meses de pruebas y competiciones, puede que crean que saben qué les espera, pero lo de esta noche está a otro nivel. El Rally siempre es así.

Cuando Jared me preguntó sobre ello a principios de semana, después de que Nikki corriera la voz de que se iba a celebrar el Rally, intenté sonreírle.

—Es divertido —dije—. Intenta dejarte llevar.

—¿Es peor que el Espectáculo? —preguntó con una sonrisa burlona. Intenté estudiar su cara, descifrar cómo se sintió esa noche. Si sentía una gran vergüenza que había escondido en lo más profundo, o si se lo había quitado de encima como si fuese un bichito. No me atreví a preguntárselo.

—Está bien —respondí, en cambio. Pero la yincana anual siempre me deja intranquila. Antes, esta noche era un monstruo que te masticaba y te escupía a los pies de quien fuera que estaba al mando. Lo único peor era la iniciación.

Cuando nos citaron en casa de Adam en nuestro primer curso, me pasé toda la tarde intentando encontrar la manera de estar en su equipo. Pero no tenía por qué preocuparme. Cuando llegué al patio trasero, Adam me cogió por el hombro y me susurró al oído:

—Tú vas conmigo.

Lo seguí hasta su coche, donde nos estaban esperando Shaila y Jake Horowitz. Nuestro equipo de cuatro personas ya estaba formado.

—¿Estáis listos? —preguntó Jake antes de dar un golpe sobre el salpicadero—. ¡Venga, vamos a por ello!

—¿Estás bien? —le susurré a Shaila, inclinándome hacia ella. Estaba mirando por la ventana, observando cómo Graham se subía al coche de Tina Fowler.

—Sí. Es que no entiendo por qué las parejas se tienen que separar.

—Así son las normas —respondió Adam, girándose desde el asiento delantero—. Rachel y yo tampoco estamos juntos. No te preocupes —dijo, y le palmeó la rodilla—. Será divertido.

Asentí con gesto alentador y le di un golpecito en el hombro para que se animara. Lo cierto es que estaba entusiasmada de estar en el mismo equipo que ella. Era la primera vez en varias semanas que estábamos solas sin Graham.

—Tomad. Os ayudará. —Jake se inclinó hacia abajo y sacó una botella de agua grande llena de un líquido naranja—. Bebedlo.

Shaila se la cogió de las manos y dio un buen trago antes de pasármela.

—Primera parada —anunció Adam, girando hacia un supermercado ShopRite. Sentí que el alcohol me daba fuerza—. Coged la bolsa —dijo, haciendo un gesto hacia el maletero—. Lleváis el bañador debajo de la ropa, ¿verdad? —Las dos asentimos; siempre seguíamos las instrucciones—. Perfecto, pues vamos.

Abrimos las puertas de golpe y corrimos hacia la tienda, siguiendo a los chicos a un par de metros.

—¡A la sección de congelados! —gritó Adam.

—¡Deprisa! —dijo Jake—. ¡Quitaos la ropa! —Rápidamente cogió dos tumbonas y las puso una al lado de la otra, y nos pasó unas gafas de sol rosas a juego y unos biberones.

Me saqué la camiseta y me bajé los pantalones, sin perder el tiempo en sentirme cohibida.

—¡Venga, Shaila!

Se dejó caer en la tumbona que había al lado de la mía y las dos hicimos ver tan bien como podíamos que éramos modelos y estábamos posando en la playa, mientras Jake nos hacía una foto. «Me muero por enmarcarlo», pensé. «Es icónico».

—Las dos estáis muy buenas —dijo Jake.

Yo solté una risita y entrecerré los ojos para ver bien bajo las luces fluorescentes de la tienda. La piel de Shaila parecía translúcida y tenía hipo, aunque lo intentaba reprimir.

—Ya que estamos aquí, vamos a tachar otra cosa de la lista —continuó Jake—. Tendríais que liaros.

Me quedé petrificada e intenté establecer contacto visual con Shaila. Pero ella no me miraba. En cambio, se mordió el labio y esperó a que diera el primer paso.

Me volví hacia Adam pidiendo ayuda. «¿Qué hago?».

—Sería muy sexy —dijo, enseñándonos el hoyuelo. Se mantuvo de pie con los brazos cruzados delante del pecho, mirándonos con ojos alentadores.

Respiré hondo e intenté ignorar que el corazón me latía como loco. Pensaba que se me desgarraría la piel. Entonces me volví hacia Shaila y cerré los ojos, esperando que nos encontráramos a medio camino. Abrí un poco los labios y pensé en Adam, en cómo me había sentido cuando me tocó la piel en la hamaca unos meses antes. Noté que se encendía el flash del móvil y que la cálida boca de Shaila tocaba la mía. Rozó la lengua, húmeda e inestable, contra mis dientes, y todo mi cuerpo empezó a temblar. Shaila debió de darse cuenta, porque levantó una mano hasta mi mejilla y me sujetó la cara durante un segundo.

Después de un momento nos separamos, y los ojos oscuros y

furiosos de Shaila se encontraron con los míos. Bajó la mano y la envolvió alrededor de mi muñeca.

—Nunca permitas que vean que estás dolida —susurró.

Antes de que pudiera responder o asentir siquiera, ya se había levantado y se estaba poniendo los tejanos.

«Solo es un beso», pensé. Pero, cuando volvimos al coche, tuve que sentarme sobre las manos para que no me temblaran.

Creo que esas dos cosas siguen estando en la lista, pero esta noche, cuando Quentin reparte los portapapeles con la lista de objetivos, no puedo verlas en la oscuridad.

—Tenéis que volver aquí a medianoche. Si llegáis tarde... —Nikki deja la frase a medias. Esboza una sonrisa diabólica y choca las dos botellas que tiene en las manos—. ¡Estaréis descalificados!

Por lo que sé, nunca se ha descalificado a nadie, pero hay rumores de que un coche no llegó a tiempo a principios de los 2000 y todos los del equipo, incluso los alumnos de último curso, perdieron el estatus de Jugadores y el acceso a los Archivos, y les retiraron la invitación a todas las reuniones sociales del resto del curso. La leyenda dice que también revocaron sus plazas en la universidad.

—Cuando lleguéis, tendréis que presentar las listas de verificación y los souvenirs a los jueces: Jill, Quentin, Henry y una servidora. Todos habéis comprado una entrada de diez dólares para esta noche, ¡y el coche que gane se quedará el bote!

La gente vocea y grita a nuestro alrededor.

—Es un detallito extra —dice Nikki con una sonrisa.

Henry aparece a mi lado, me coge la mano y la levanta hacia arriba.

—¡Haced que nos sintamos orgullosos! —exclama. Alzo la cabeza y echo un vistazo a la Osa Menor. Luego a las estrellas que

forman dos mellizos. Géminis. Me imagino a estas figuras dimi-
nutas bailando las unas con las otras y se me calma el estómago.

Nikki pone los ojos en blanco y da un pisotón en el coche.

—¡Muy bien, Jugadores! Tenéis cinco minutos para encontrar vuestros equipos. —Se saca un silbato del bolsillo y se lo
lleva a los labios—. ¡Preparados! ¡Listos! ¡Ya!

—¡Jill! ¡Henry! ¡Venid aquí! —nos grita Quentin desde el
otro lado de la gravilla. Sujeta el último portapapeles y por fin
puedo leer la lista:

VUESTRA MISIÓN, SI DECIDÍS ACEPTARLA, ES COMPLETAR
TANTAS TAREAS COMO PODÁIS ANTES DE QUE TERMINE
EL TIEMPO. SI LA ACTIVIDAD SE DESARROLLA FUERA DEL
CAMPO DE VISIÓN DE LOS JUECES, DEBÉIS DOCUMEN-
TARLA CON EL MÓVIL. LOS JUECES HARÁN EL RECUENTO
DE LOS PUNTOS A MEDIANOCHE.

☐ Traernos una matrícula con los números 69 juntos.
☐ Bañarse en el océano con toda la ropa puesta.
☐ Bañarse en el océano sin ropa.
☐ Hacerse un piercing… DONDE SEA.
☐ Confeccionar un modelito usando basura y llevarlo puesto
   el resto de la noche.
☐ Dibujar círculos con el coche sobre el campo de fútbol de
   Gold Coast.
☐ Ponerle un jersey de Gold Coast Prep a la estatua de
   Teddy Roosevelt que hay en el instituto público de
   Cartwright.
☐ Liarse con alguien de otra clase.
☐ Romper un plato en un lugar público y gritar: «*Opa!*».
☐ Fumar el cigarrillo electrónico con el señor Beaumont.

☐ Ir al Dairy Barn y pedir comida para llevar desde el coche… en pelotas.

☐ Colgar un sujetador en lo alto del mástil de Gold Coast.

☐ Liarse con alguien del mismo sexo.

☐ Estirarse en una tumbona en bañador con una bebida tropical en ShopRite.

☐ Zamparse 4 pizzas, 15 bolitas de pan de ajo y 8 litros de helado del Luigi's en 15 minutos. ¡SIN POTAR!

—Jill, ¿estás lista? —Henry me abre la puerta del Bruce para que entre y me escurro en el asiento trasero con Nikki. Nuestras rodillas se tocan.

Henry arranca y nos dirigimos a nuestra primera parada: el Diane's. Suena una campanita cuando empujamos la puerta y Diane se vuelve y nos mira de una manera diferente de las veces que vengo aquí con Adam o Jared. Con escepticismo.

—Mira por dónde, queridos —dice con un acento fuerte. Se acerca hacia el reservado que hay al lado de la ventana y deja unas cuantas cartas sobre la mesa.

—Hola, cielo —dice Quentin, forzando su acento—. Esta noche estás maravillosa. —Le hace una reverencia como si estuviésemos con un miembro de la familia real. Como mínimo, de la familia real de Gold Coast. Diane pone los ojos en blanco.

—¿Qué os traigo? Esta noche es el Rally, ¿no? —pregunta.

Levanto la cabeza de golpe.

—¿Cómo lo sabes? —pregunto.

—Ay, corazón, no podéis ocultarnos nada. Todos sabemos cuándo hacéis una fiestecilla de las vuestras. —Su acento es más marcado que de costumbre, lo que significa que seguramente le ha añadido un chorrito de algo a su café nocturno—. ¿Qué os pongo?

—Palitos de mozzarella y patatas fritas —dice Henry—. Por favor. —Le dedica una amplia sonrisa.

—Marchando —responde Diane—. Pero decidles a vuestros amigos que nada de jueguecitos aquí dentro. El año pasado, ese chico, Gardner, nos intentó robar todas las botellas de kétchup. No hace gracia. —Mientras lo dice sacude un dedo, que tiene decorado con pintauñas de un color rojo vivo, a conjunto con su pelo.

Nikki se inclina hacia nosotros y susurra:

—Tenemos que disimular mejor.

—Todo el mundo lo sabe todo. Si alguien quisiera cerrarnos el chiringuito, podría hacerlo —dice Henry, estirando los brazos hasta que ocupan toda la pared del reservado. Con las yemas de los dedos me toca el hombro.

Tiene razón. Todo el mundo en Gold Coast lo sabe. Están al tanto de lo que hacemos, pero no dicen nada. «Son adolescentes haciendo cosas de adolescentes. Están desahogándose». Ese enfoque no intervencionista en lo relativo a nuestras vidas sociales se intensificó en segundo curso, cuando se estabilizaron nuestras notas, un milagro después de lo que había ocurrido.

Para cuando llega la medianoche, ya tengo ganas de que termine todo esto. La cabeza me palpita con fuerza por los varios chupitos de gelatina que nos hemos tomado en la cabina de peaje de Mussel Bay mientras observábamos cómo Jordana Washington le agujereaba a Raquel Garza el lóbulo blando y carnoso de la oreja. Esta mordía una naranja e hizo una mueca de dolor mientras el resto de su equipo aullaba de alegría por poder tachar otra tarea de la lista.

Nikki está totalmente metida en el papel de maestra de ceremonias, sin soltar el móvil en ningún momento y esperando que le lleguen noticias de Marla y Robert, que se han presentado voluntarios para liderar dos de los equipos.

—Joder, no responden —dice mientras volvemos a toda velocidad a su casa—. Saben que tienen que ponerse en contacto conmigo cada treinta minutos. Esto es ridículo. —Se cruza de brazos y coge la botella de vodka que tiene a los pies, en el suelo del coche.

—Cálmate, Nikki —contesto con suavidad, masajeándome las sienes, que me duelen por haber tomado demasiado azúcar.

—No necesito oír eso precisamente de ti —bufa, con la lengua afilada.

Henry y Quentin intercambian una mirada en los asientos delanteros, pero no dicen nada. Yo reprimo las lágrimas y aprieto los puños con fuerza, intentando recordarme que solo está estresada, nada más. Quiere que sea una noche divertida.

Pero cuando todo el mundo llega a su casa y los conductores designados le entregan las hojas a Quentin, me quito un peso de encima, contenta de que el Rally ya casi haya terminado. Los equipos se quedan de pie, divididos en grupitos. Es fácil ver las nuevas amistades, las uniones que se han formado entre alumnos de tercero y de primero. Estas anécdotas se convertirán en bromas privadas dentro de unos meses, y en leyendas dentro de unos pocos años.

—Ey —me saluda Jared, sin aliento. Me da un golpecito en el hombro con el suyo y, cuando lo miro a la cara, que queda unos centímetros por encima de mí, veo que tiene los ojos dilatados y las mejillas sonrosadas—. Qué locura, ¿eh? —dice, sonriendo y levantando las cejas.

Tiene un aspecto extraño, descentrado.

—¿Estás bien? —susurro, y al exhalar se forma una nube de frío. Pero él ya está volviendo hacia su equipo, trotando como si fuese un caballo salvaje sin brida.

—¡Reunión de jueces! —anuncia Nikki.

Pongo los ojos en blanco y me arrastro hasta donde están Quentin y Henry. Este último está mirando las fotos del móvil de Marla y va señalando cuando se ve algún culo desnudo, latas de cerveza, alguien cubierto de mostaza…, hasta que se detiene en una imagen. Se queda boquiabierto y me da un codazo.

—Esto, Jill…

—¿Qué? —Se intensifican las palpitaciones que siento en la cabeza y me empieza a doler la zona de encima del ojo. Henry me pasa el móvil de Marla, y aparece una imagen borrosa en la que se ve un trozo de piel y una melena rubio platino. Un chico y una chica, separados por apenas unas pocas prendas de ropa. La foto se ha hecho en la arena, lo que hace difícil distinguir dónde empieza la playa y dónde termina el chico. Están besándose, en medio de un arranque de pasión, pero no hay ninguna duda de quiénes son: Jared y Marla.

Me sube por el pecho un rubor. Me empiezan a temblar las manos y cierro los ojos, pero lo único que puedo ver son cuerpos desnudos revolcándose en la arena.

Arrastro el dedo para pasar a la siguiente foto y me encuentro a Sierra McKinley, la chica pequeñita de primero, llevando solo un biquini y con los ojos abiertos por el miedo. Está de pie delante de ShopRite sola. Paso a la siguiente foto y veo a otra chica, que en este caso no consigo descifrar quién es, inclinándose con los labios entreabiertos para besar a Sierra. La chica, que creo que es de segundo, parece estar borracha, y tiene el pelo desaliñado y le cuelga la braga del biquini. Pero en lo que me fijo es en la cara de Sierra. Tiene los ojos abiertos y resulta obvio que está asustada. No quería hacerlo, no delante de todo el mundo para que se diviertan. Tiene los ojos clavados en alguien que hay al lado, esperando que la ayude. Hago zoom en la esquina de la pantalla para intentar ver a quién está mirando, y enseguida reconozco la cara de Jared. Supongo que estará incómodo, que como mínimo habrá apartado la vista. Que intentará impedir que humillen a Sierra.

Pero, en cambio, está riéndose, a carcajadas, incluso, y levanta la mano para chocar los cinco con otra persona. No parece mi hermano siempre dulce y amable. Parece otra persona completamente distinta. Parece un Jugador. Busco a Jared entre el círculo de gente, pero no está. Sin embargo, encuentro al objetivo más fácil.

—¿Qué coño has hecho? —casi grito, cargando contra Marla. El mundo a nuestro alrededor se detiene.

—¿Qué problema tienes, Jill? —responde, cruzándose de brazos.

—¿Qué problema tengo? —bufo—. ¡Te has liado con mi hermano! ¡No puedes hacerlo!

Marla se ríe.

—¿En serio, Jill? Es el Rally. No significa nada.

—Marla, que es mi hermano. —Prácticamente escupo la última palabra, como si fuese veneno. Tengo la sensación de que la cabeza se me desprenderá del cuello de un momento a otro. A nuestro alrededor se ha formado un círculo; tenemos público.

—¿Qué te pasa? —grita Nikki. Ha venido hasta nosotras y se ha puesto al lado de Marla, de modo que forman una especie de muro ante mí—. Es una broma. No es como si lo hubiera forzado. ¿Verdad, Jared?

Los Jugadores se vuelven y miran a mi hermano pequeño. Ahí está, al fondo del círculo, apoyado contra la casa de Nikki, al lado de la puerta lateral. Y por primera vez lo veo como el chico en el que se está convirtiendo, como todos los demás. Es alto, ancho de hombros y está sonrojado, dándose cuenta de lo que se ha estado perdiendo. Se muere por soltar toda esa energía furiosa que ha tenido que reprimir, igual que todos nosotros. Pero ¿por qué hay que hacerlo así?

Jared sonríe con suficiencia. Me pregunto si este es el momento en que decide que su hermana mayor, Jill Newman, quizá no es tan genial, al fin y al cabo. Que no tiene que seguir el mismo ritmo que yo ni seguir las mismas normas. Que puede crearse las suyas propias sin preocuparse por las consecuencias.

—Sí —dice—. Solo nos divertíamos.

—¿Lo ves? —responde Nikki—. Deja de ser tan dramática.

Siento que se me rompe el corazón, de verdad. Me palpita el pecho y se me cierra la garganta. Y entonces, de pronto, ya no me importa. Ni los Jugadores, ni Nikki, ni Marla ni nada de todo esto. Nada tiene sentido. Nada es real. Ahora lo veo todo con claridad.

—Joder, Nikki —contesto—. ¿Tú te estás viendo? Paseándote como si tú dirigieras a los Jugadores, como si dirigieras a todo Gold Coast. Sabes que el único motivo por el que eres presidenta del curso es porque Shaila murió y tú ocupaste su lugar. Si todavía estuviese viva, si la hubiésemos protegido, la hubiesen elegido a ella en segundo. Y en tercero. ¡Y en cuarto! Sería la maestra de ceremonias. Y tú serías una del montón.

Alguien ahoga un grito y el ambiente entre nosotras se vuelve tenso y silencioso. Nikki tiene los ojos húmedos y negros, llenos de rabia y odio. Aprieta los puños con fuerza, pero no dice nada. Sabe que es verdad. He metido el dedo en la llaga y no puedo retractarme.

Sé qué tengo que hacer.

Me tranquilizo.

—¿Sabes qué? —digo lentamente. Estudio el círculo de gente y me encuentro con los ojos de personas a quienes he bañado en kétchup, obligado a hacer sátiras crueles y a que me hagan los trabajos pesados, e incitado a que copien en exámenes. Algo en lo más profundo de mi pecho estalla en mil pedacitos—. Todo esto es una gilipollez. —Hago una pausa y cierro los ojos, inhalando el frío aire de la noche—. Todos seguimos unas normas que ni siquiera sabemos de dónde han salido. Tan solo intentamos sentirnos vivos, huir de todo. Pero nada de todo esto importa. No es más que una invención, una mentira. —Vuelvo a parar, y me doy cuenta de que las lágrimas y los mocos me gotean por la nariz—. Dijimos que este año sería diferente. —Se me escapa un resoplido—. Pero Shaila sigue muerta. Graham va por ahí diciendo que es inocente, y todos nosotros…

Se oyen gritos ahogados entre la gente y me callo. Nadie sabe lo de la sangre ni que puede que el culpable sea otra persona.

Quizá alguien que esté aquí, incluso.

Levanto la cabeza hacia el cielo. Ahora está nublado, amenazante y premonitorio. No veo nada. Todo el mundo está en silencio y el único sonido que se oye es el océano rompiendo violentamente contra la arena detrás de la casa de Nikki. Parece el latido de un corazón. Por primera vez en mucho tiempo, estoy absolutamente segura de las palabras que están a punto de salir de mi boca:

—Lo dejo.

Son tranquilas, pero resuenan en la noche. Nikki entrecierra los ojos y da un paso hacia atrás. Marla se queda boquiabierta por la sorpresa. Quentin es el único que habla, y se limita a decir, lentamente y en voz baja:

—Guau.

Evito mirar a Henry, no podría aguantar su reacción. Me espero un instante y doy media vuelta, y empiezo a andar poco a poco hacia la calle para alejarme de todo esto.

Lo dejo.

Catorce

Cuando me despierto el lunes por la mañana, tengo la sensación de estar saliendo de una niebla. Solo tardo un segundo en recordar lo que he hecho, la separación que he creado y a quién tengo que enfrentarme en unas pocas horas. Nadie me ha vuelto a hablar desde el Rally. Jared no me ha dirigido la palabra, y ayer se quedó encerrado en su habitación haciendo ver que estaba enfermo. Tampoco Nikki, cuya ausencia ya siento en lo más profundo del estómago. Ni siquiera el dulce de Henry, que, de todos ellos, pensaba que me cubriría la espalda y me pediría que lo habláramos.

La magnitud de mi decisión ha apartado todas las preocupaciones que tenía sobre poder pagar Brown y sobre Graham, Rachel y Shaila. Inhalo haciendo respiraciones cortas. Nadie ha dejado los Jugadores, nunca. Nadie ni siquiera se ha acercado a dejarlo. Pero yo no me siento como una pionera. Me siento perdida y abandonada, aunque soy yo la que se ha ido. Me pregunto si reaccioné de modo exagerado, si los chupitos de gelatina y el frío hicieron que me enfadara demasiado. Si convertí algo que no era en absoluto cosa mía… en algo completamente mío.

Pero cuando recuerdo las fotos, la piel de mi hermano pequeño fundiéndose con la de otra persona, y después riéndose de

Sierra, la punzada de traición se me clava en el cerebro. Marla se pondría hecha una furia si alguna le tirara ficha a uno de sus hermanos. Los hermanos están prohibidos. Absolutamente. Y Jared se está convirtiendo en una persona diferente. Alguien que me da miedo, que me recuerda a esa terrible noche y a cómo la presencia de los chicos dominaba todo lo que tocaban. Alguien a quien reconozco y odio.

Así que, en lugar de intentar arreglar las cosas, cojo el móvil con manos temblorosas y busco los mensajes de Rachel antes de que pueda convencerme de lo contrario. Releo lo último que hablamos y recuerdo el olor de su piso, de su nueva vida. Parece una puerta de entrada. «Responder no significa perdonar», pienso.

Cierro los ojos con fuerza y contengo la respiración, intentando convocar a Shaila para que me diga si le parece bien, si ella también cedería a la curiosidad, a la posibilidad de redención. Dejo salir todo el aire que tengo en la boca e intento encontrar la voz de Shaila en la mía. «¿Qué haría ella?».

No hay tiempo para saberlo. Mamá da un golpe en la puerta con el puño.

—¡Henry está aquí! ¡Llegarás tarde!

Exhalo y se me estabiliza el corazón. Hay alguien que todavía está de mi lado. Henry solo necesitaba un tiempo para calmarse, pero ha vuelto. Estamos bien. Así que me pongo el uniforme de Gold Coast, aunque parece más bien una camisa de fuerza, y empujo la puerta de entrada para salir a la calle, donde me espera el Bruce. Es otro lunes cualquiera. «Sigo siendo Jill Newman», me digo a mí misma. Nadie puede arrebatármelo.

Meto la mochila dentro del Bruce y me subo al coche.

—Ey —digo.

—Hola.

—Por un momento, pensaba que no volverías a hablarme.

—Me noto lágrimas en los ojos. No sabía que lo necesitaba. A él. Pero sí lo necesito, y mucho.

—Lo pensé —responde. Su cara es redonda e indulgente, y las comisuras de sus labios se inclinan hacia abajo—. Pero no pasa nada. Todo el mundo te perdonará. Todos decimos cosas que no creemos de verdad. Se quedará en nada.

Henry sale de la calzada, pero el aire resulta sofocante y se me revuelve el estómago. Tengo la boca seca cuando la abro para hablar:

—No me arrepiento.

Henry frunce el ceño, pero mantiene los ojos fijos en la carretera. Su pelo rubio todavía está más oscuro en las raíces, húmedo por la ducha.

—Claro que sí, amor. No puedes irte de los Jugadores. —Mueve la mano para cogerme la mía, pero dejo los dedos muertos. Tiene la piel cerosa.

Sacudo la cabeza.

—No me arrepiento. Si esto es lo que significa formar parte de los Jugadores, entonces lo dejo. No puedo ver cómo le ocurre a Jared. No puedo fiarme…

Henry vuelve a poner la mano en el volante, marcando las diez y diez.

—¿Es por lo que dijiste de Graham el otro día? ¿De verdad crees que dice la verdad? Venga.

Tengo tantas ganas de contarle lo que me dijo Rachel, lo de la sangre. Pero recuerdo su reacción cuando le pregunté en la noche de presentación y cómo aborreció el artículo del *Gazette*. No lo entendería. Quiere que este tema desaparezca, como todo el mundo.

—No —susurro—. Es por todo lo demás.

Henry suspira y gira a la izquierda.

—Ya se te pasará.

—No me estás escuchando. —Me tiembla la voz, pero tengo que decir estas palabras. Sé lo que tengo que hacer y me preparo para romper otro lazo más—. Tenemos que cortar.

—¿Qué?

Un sedán para delante de nosotros y Henry aprieta el freno con fuerza. Estamos a solo una manzana del aparcamiento de Gold Coast, pero no sé si puedo seguir a su lado mucho más. No sé si soy capaz de ver cómo se desmorona, si puedo enfrentarme a su rabia cuando también tengo que hacer frente a la mía.

—No lo dices en serio, Jill.

Trago saliva con fuerza.

—Sí. Ya no quiero formar parte de los Jugadores. Y tú piensas que puedes hacerme cambiar de idea. Si eso es verdad, es que no me conoces en absoluto. Es mejor que dejemos lo nuestro ahora.

Henry da un giro rápido para entrar en el aparcamiento de los alumnos de último curso y aparca el Bruce con un movimiento ágil. Se queda mirando hacia delante, completamente inexpresivo.

—¿Henry? —pregunto.

Se vuelve y me mira con esos ojos preciosos, que ahora están brillantes y húmedos, y empieza a temblarle el labio superior. Me odio por hacerle daño de esta manera. Pero entonces veo delante de mí todo su futuro. Un trabajo en finanzas que no quiere. Un armario lleno de trajes de marca. Una mansión en los Hamptons. Lo nuestro no habría funcionado nunca. Si no rompiésemos porque yo dejo los Jugadores, sería por otra cosa.

Parpadeo y cuando abro los ojos veo a Henry desplomado sobre el volante, los sollozos sacudiéndole los hombros.

—Jill, por favor —dice con un hilillo de voz.

Siento una punzada en el pecho, pero apoyo la espalda en mi asiento, alejándome de él. ¿Por qué no quiero arreglarlo? Sería mucho más fácil así. Todo sería simple.

—Lo siento.

Le sube un gorgoteo por la garganta y empieza a respirar con dificultad.

—Pero yo te quiero —se lamenta. Es la primera vez que lo dice. Son unas palabras que he soñado con oír. Que me moría de ganas de que alguien me dijera. Pero tengo las manos sudorosas y me resisto a la necesidad de salir corriendo del coche. No siento nada. Y me doy cuenta de que en ningún momento quise oír esas palabras en boca de Henry. Las quería oír de otra persona.

—Tengo que irme —digo.

—Espera. —Henry se yergue de nuevo y se vuelve hacia mí, con los ojos rojos y las mejillas hinchadas.

Pero no puedo. Es demasiado duro verlo así. Demasiado incómodo. Demasiado grotesco. Sacudo la cabeza y me levanto para irme, dejando a Henry solo en el Bruce. Doy un portazo y no me vuelvo para mirar hacia atrás. Por todo el aparcamiento se oye el murmullo de la gente y sus palabras afiladas amortiguadas. Me obligo a inhalar y luego a exhalar, a contener los gritos que estoy desesperada por liberar. Oigo la voz de Shaila en mi cabeza, la frase que repetía cuando más lo necesitaba: «Nunca dejes que vean que estás dolida».

Suena la campana y sé que hoy no estaré a salvo en ningún lado. Así que sigo andando, cabizbaja, con la piel ardiéndome, y me apresuro a cruzar la puerta de entrada, a pasar por delante de la sala reservada para los alumnos de último curso, y entro en el aula de Física avanzada.

Cuando llego, mi sitio de siempre, al lado de Nikki, ya está ocupado. Amos Ritter, un chico de tercer curso con acné, del equipo de béisbol, se reclina en la silla de ruedecitas y se pone cómodo mientras saca dos archivadores y una calculadora gráfica. No es un Jugador, pero es lo suficientemente popular como para que lo inviten a las fiestas y le den palmaditas en la espalda cuando se bebe la cerveza muy rápido. Es majo y mantiene las fiestas animadas. Nikki solo lo conoce porque se lio con él después de la Fiesta de Primavera del año pasado.

Intento establecer contacto visual con ella, pero su pelo oscuro le tapa la cara. Desde lejos, su piel parece perfecta. Me pregunto si la espinilla que la llevaba de cabeza la semana pasada sigue ahí. Cuando me siento en el único sitio que queda libre —imagino que será el sitio donde se suele sentar Amos—, abro la libreta e intento concentrarme, anotando todo lo que dice el profesor Jarvis, aunque en el fondo no me importa.

Durante cincuenta y dos insoportables minutos me imagino todo lo que Nikki estará pensando sobre mí, todas las cosas horribles y crueles que debe de creer; que soy una pringada, una traidora, que no vale la pena conservar nuestra amistad.

Me la imagino gritándome, diciendo en voz alta las peores cosas que yo pienso de mí misma, y me clavo el lápiz en la palma de la mano, prácticamente haciéndome una herida. Su negativa a mirarme siquiera duele más que si se levantara y me dijera: «Te odio».

Ya perdí a una mejor amiga. No puedo soportar el hecho de que ahora he perdido a otra.

Cuando suena la campana, quiero correr a su mesa y hacer ver que no ha pasado nada. Quiero describirle la cara de Henry cuando le he roto el corazón y preguntarle por qué coño no he sentido ni una pizca de remordimiento. Quiero a mi mejor amiga. Pero, en vez de eso, hago tiempo mientras recojo mis cosas, aterrorizada de que me monte una escena en el laboratorio. Cuando levanto la mirada, ya no está.

No me atrevo a entrar en el comedor a la hora del almuerzo y ver mi silla vacía en la Mesa de los Jugadores, donde ahora solo hay cinco personas. En su lugar, encuentro un rincón al fondo de la biblioteca y descanso la cabeza sobre la mesa de madera. Aquí, escondida, por fin cierro los ojos y permito que me caigan las lágrimas en silencio. La hora de la comida pasa lentamente, pero resulta insoportable estar sentada sin hacer nada. Me saco el móvil del bolsillo y aprieto sobre la insulsa aplicación, la que contiene los solucionarios y las guías de estudio de todo, la que me salvará del examen de Inglés del profesor Beaumont de esta tarde.

—Chicos, solo habrá preguntas de verdadero o falso —dijo la semana pasada—. Para prepararos para el examen avanzado.

Se carga la pantalla y escribo la contraseña maquinalmente. Aparece una ruedecita que gira y gira y luego me sale un mensaje que nunca había visto: «Contraseña incorrecta. Vuelve a intentarlo». Debajo del texto me observa una carita triste.

No me queda otra que reírme. Por supuesto. Tendría que haberlo previsto. No me merezco esta enorme base de datos de las narices. Ninguno de nosotros se la merece. Todo el tiempo, los esfuerzos y la dignidad que he sacrificado para tener acceso a ella… Todo ello ahora no significa nada.

Y entonces me doy cuenta de quién lo ha decidido. La única persona que puede cambiar la contraseña. Nikki.

Me tiemblan las manos y tengo la visión borrosa. Intento imaginármela en su cama con dosel con el portátil en el pecho mientras toma la decisión, carga la página y hace clic en «Confirmar». Sonriendo con regocijo ante mi supuesto fracaso. Se ha convertido en un monstruo.

Por primera vez desde el Rally, me pregunto: «¿Ha valido la pena todo esto?».

Intento pararme a mí misma. De verdad. Pero mis dedos vuelan por la pantalla del móvil antes de que pueda pararlos.

«Henry y yo hemos cortado». Lo envío antes de que pueda repensármelo.

«Mierda», contesta Adam casi de inmediato. Se me calma la respiración. «¿Estás bien?».

«Estaré bien. Ha sido decisión mía».

«De todos modos, nunca me ha caído bien ese chico».

Río contra la manga del jersey y esquivo una mirada fulminante de la señora Deckler. Escribo las palabras que me da más miedo decir en voz alta: «También he dejado los Jugadores».

«Mierda por partida doble».

Quiero decirle que lo siento, que no se equivocó cuando me escogió hace tres años. Que todavía estoy de su lado. Pero entonces me llega otro mensaje que me derrite las entrañas y las convierte en un puré empalagoso.

«Tú sigues siendo mi favorita. Eso nunca cambiará».

Suspendo el examen de Inglés. Suspendo a lo grande, como nunca lo había hecho antes, y saco un sesenta y cinco, un número que jamás había visto escrito en rojo. El señor Beaumont me deja el examen en la mesa acompañado de una nota, también en rojo. «VEN A VERME». Cojo la hoja de papel, junto con mi orgullo, la aprieto hasta formar una pelota y la meto en el fondo de la mochila.

Cuando termina la clase, intento escabullirme entre la muchedumbre y escapar. Pero primero tengo que esperar un momento para que se vaya Nikki. El incómodo baile me deja en una posición vulnerable y el señor Beaumont aprovecha la oportunidad.

—Jill —me llama—. Espera. —Está de pie con los brazos cruzados, como un hermano mayor decepcionado, y se acerca hacia mí para cerrar la puerta—. Siéntate.

—Llegaré tarde a la siguiente clase —balbuceo.

—Jill, eres una de mis alumnas más prometedoras y acabas de suspender el examen. Creo que hemos de tener una pequeña charla.

—¿Una pequeña charla? —me río. Pero cuando lo miro, veo que no bromea. Tiene los ojos muy abiertos, preocupados, y junta las yemas de los dedos. Tiene la chaqueta de punto mal abrochada, de modo que un botón le queda colgando por debajo mientras que otro, redondo y brillante, sobresale por arriba, lo que le deja el cuello un poco torcido. Unos oscuros círculos asoman por debajo de sus ojos, como si se hubiese tomado algún whisky de más la noche anterior, y le hace falta quitarse algunos pelillos del entrecejo. Tiene un aspecto muy diferente al de esa noche en la gasolinera, hace tres años. Parece mucho más agotado. Entonces estaba contento, divertido por haber pillado a sus «primogénitas» haciendo algo tan escandaloso.

Ahora simplemente parece desgastado. Es imposible que fuese un Jugador, no lo hubiesen escogido de ninguna manera. Quizá debajo de esta apariencia, en algún momento, tuviera algo que lo hiciera especial, pero el hombre que tengo delante ya no lo tiene. «Quizá yo tampoco soy especial».

—¿Qué ha pasado? —pregunta.

—No lo sé.

—Sí lo sabes.

—Supongo que me olvidé de estudiar. —Me cruzo de brazos, desafiante e infantil. No me parece bien hablarle a una autoridad de este modo, pero después de años haciéndole la pelota a los profesores para despistarlos y que no sospechen de nosotros, también parece una victoria.

El señor Beaumont suspira y reclina la silla para atrás, de manera que las patas delanteras quedan levantadas del suelo. Me pregunto si se caerá de culo.

—Mira, Jill, no soy idiota. Sabes que estudié aquí, ¿no?

—He visto los anuarios. —Me lo imagino de estudiante, fuerte y esbelto, con el pelo más grueso y un jersey de un equipo deportivo. Solo fue hace diez años. Adam y él no coincidieron por pocos años.

—Escucha, Jill. Sé cómo son las cosas.

Ahora me pregunto si es una confesión, una referencia a ese momento en la gasolinera y a todas las otras ocasiones que ha habido en medio. ¿Qué más ha visto de lejos? ¿Cuánto sabe sobre lo que hemos hecho? Por un instante, la esperanza se me instala en el pecho. Como mínimo, eso querría decir que hay alguien que lo entiende.

—Tenéis que lidiar con muchas cosas —dice poco a poco—. Mucho más que cuando yo tenía vuestra edad. Sé cuánta presión tenéis encima. Y después de todo lo que pasó con Shaila… —Se le apaga la voz y no consigo descifrar si habla en clave, si está intentando decirme algo—. Sé que erais muy buenas amigas. Yo también la echo de menos.

Beaumont se inclina hacia delante, lo que hace que las patas frontales de la silla choquen contra el suelo. Puedo olerle el aliento y los caramelos de menta que toma para ocultar el tabaco. Quizá de mentol. Pone una mano sobre la mía, y noto que le arde la piel. Puedo sentir las callosidades que tiene en las puntas de los dedos. Está demasiado cerca. Quiero salir corriendo.

Pero, en cambio, me espero un instante para que termine, para que diga lo que necesito que diga. Que he hecho bien en alejarme de los Jugadores. Que las cosas mejorarán cuando salga de aquí. Pero no lo dice. Ya ha terminado.

—Estoy bien —respondo, sacando la mano de debajo de la suya—. Me olvidé de estudiar, ya está.

—De acuerdo —dice, y se lleva las manos a las rodillas—. ¿Por qué no repites el examen el lunes? Sé que puedes sacar mejor nota. —Da unos golpecitos con el dedo sobre el sesenta y cinco de color rojo sangre que tengo delante.

—Gracias.

Beaumont me dedica una amplia sonrisa, contento por cómo ha ido la charla, por haber hecho tan bien el papel de profesor atento y alentador.

—De nada.

Después de clase me obligo a ir a las reuniones del Campeonato de Ciencia y de las Olimpiadas Matemáticas, y cuando por fin llego a casa siento un agradable alivio. Cierro la puerta de entrada detrás de mí y apoyo la cabeza contra la madera, más agradecida que nunca de estar lejos de todo. A salvo. Por fin. Pero no dura mucho.

—Jill. Ven aquí ahora mismo. —Mamá está sentada a la mesa del comedor con una copa de vino tinto. Papá está de pie detrás de ella, con los brazos cruzados delante del pecho. Tiene las mangas de la camisa de botones arrugadas y enrolladas hasta los codos y lleva la corbata suelta, colgando floja alrededor del cuello—. ¿Hay algo que quieras contarnos? —me pregunta mamá antes de dibujar una línea recta con los labios.

—Decidme directamente qué queréis que os diga. Hoy no

puedo con esto. —Suelto la mochila y me dejo caer en un asiento a su lado.

Mamá suspira y me acaricia la cabeza.

—Sabía que esta escuela te pondría mucha presión. —Toma un largo sorbo y vuelve a dejar la copa sobre la mesa. Papá se pasa las manos por la cara y me doy cuenta de que está agotado, de que esto es lo último que le faltaba esta noche. Siento que me recorre una ola de vergüenza—. Sé que has trabajado muy duro, que te has esforzado por progresar y sacar unas notas excelentes, más de lo que nos hubiésemos podido imaginar nunca.

Me da un vuelco el corazón por el fraude, por haber copiado, por las notas. Estoy fatigada por el esfuerzo que supone fingir.

—Pero ¿suspender? Jill, esa no eres tú.

—¿Os ha llamado el señor Beaumont? —pregunto.

Menea la cabeza, y su oscura melena corta se sacude de un lado al otro.

—El director Weingarten.

Solo llama cuando las cosas se ponen feas. Mierda, esto no puede ser bueno.

—Mamá, está exagerando. Todo va bien. Solo me ha ido mal un examen, y el señor Beaumont me deja repetirlo el lunes.

—¿Pasa algo, cariño? —pregunta papá—. ¿Va todo bien?

—Sí —susurro—, no pasa nada.

—¿Estás segura? —Me mira con ojos suplicantes. Quiere que sepa que puedo contárselo todo, pero… no puedo. De todas formas, no creo que sea lo que de verdad quieren. Los padres nunca lo dicen en serio. Solo quieren que sea perfecta. Un pequeño trofeo del que poder fardar y a quien adular cuando las cosas van bien. No quieren a una persona que copia, que ha infligido dolor a otros sin pensárselo dos veces. No quieren saber que he corrompido a Jared irremediablemente, ni de que por la noche me aterra pensar en quién mató a Shaila y en si todo lo que sabemos es mentira. No pueden saber las decenas de maneras en las que los he defraudado.

—Todo va bien —repito.

—De acuerdo, vale —se rinde papá.

A mamá se le tensan los hombros y da otro trago, y luego hace un chasquido con los labios.

—Mira —dice—. No tengo que decirte lo mucho que hemos trabajado para que tu hermano y tú podáis ir a Gold Coast, lo mucho que hemos sacrificado. Has aguantado muy bien toda esta presión y ya has entrado en Brown. Estás muy cerca. Estamos muy orgullosos de ti. Ahora solo hay que mantener el ritmo, ¿de acuerdo?

Intenta relajarse y me ofrece una media sonrisa, pero sus ojos la traicionan. Preocupación. Dudas. Ya sé que los dos están pensando en la beca de Mujeres en las Ciencias y la Ingeniería y en que necesito desesperadamente conseguir ese dinero para poder ir a Providence. Esto todavía no ha acabado, y lo sabemos todos.

Las líneas que se forman alrededor de la boca de mamá son más profundas de lo que lo han sido jamás, e intento pensar en todo a lo que han renunciado porque decidieron mandarnos a Gold Coast. Para tener dinero para los uniformes y las excursiones y los menús pijos y las cuotas del Campeonato de Ciencia. Para hacernos sentir que encajamos. Para dárnoslo todo.

Antes pensaba que el hecho de haber sido escogida para ser una Jugadora era como haber ganado la lotería, una puerta abierta a los niveles más altos de la sociedad. Hice lo que mis padres querían. Me convertí en el trofeo. En algo que realmente valía la pena.

Pero no fue así. Era todo mentira. Notas falsas. Amigos falsos. Amiga muerta.

Tengo que arreglarlo.

—Ya lo sé —digo en voz baja.

—Bien. —Mamá coge la copa de vino y se la acerca a pocos milímetros de los labios. Inhala hondo y luego vacía toda la copa.

Quince

Consigo sacar un noventa y tres en la recuperación de Inglés y siento una pequeña explosión de orgullo en el pecho cuando el señor Beaumont me deja la hoja en la mesa. «Mejor», ha escrito en su bolígrafo grueso de color rojo. «Mucho mejor». Sonrío para mí misma, consciente de que esta vez el hecho de estudiar a fondo ha dado resultados de verdad. Esta nota me la he ganado yo misma y nadie puede arrebatármela. Quizá sí puedo sacar buena nota en el examen de Brown para la beca. Mi cerebro empieza a idear una guía de estudio, dándole vueltas a las cifras y las ecuaciones que tendré que memorizar.

Me cruzo con Henry en el pasillo y lucho contra las ganas de extender el brazo y cogerlo por la muñeca para compartir con él la buena noticia. Él mantiene la mirada fija al frente, saludando a los novatos con un gesto de cabeza mientras avanza hacia el vestuario. Me pregunto si está dolido, si en realidad él también lleva una coraza para superar el día. Desaparece en el gimnasio con su equipamiento de *lacrosse* y yo giro la esquina y voy directa hacia la puerta principal.

El viento de enero me revolotea el pelo alrededor de la cara. Estar tan cerca del agua hace que los inviernos sean insoportables. Es por eso por lo que mucha gente escapa a Palm Beach o al Caribe durante las vacaciones de primavera. Son solo las cuatro de la tarde y ya casi ha desaparecido el sol.

Me froto las manos en el asiento delantero del coche de mamá —me ha dejado cogerlo esta mañana— y espero a que empiece a notarse la calefacción antes de ponerme a conducir. Entonces me vibra el móvil.

«Por favor, que sea él», pienso. Hace una semana que no tengo noticias de Adam. Fue a un retiro de invierno en Oregón patrocinado por no sé qué universidad y me avisó de que no tendría wifi, pero ya debería de haber vuelto. Me tendría que haber enviado algún mensaje.

Pero no es Adam. Es Rachel.

«Bueno...».

Es una palabra amenazante, que abre las puertas a un millón de posibilidades.

«Última oportunidad... Iré a ver a Graham este fin de semana. Creo que tendrías que venir».

Inhalo con brusquedad. Cierro los ojos e intento imaginarme a Graham, donde sea que esté, con su barbilla angulosa y su pelo de color arena. Siempre fue ancho, no musculoso como Henry ni suave como Quentin. Sino más bien sólido, como una pared o un sofá. Se notaba la confianza que tenía en sí mismo por cómo andaba, por cómo alzaba la cabeza con arrogancia. Jugaba al fútbol americano en otoño porque decía que le gustaba golpear a la gente y ver el miedo en sus ojos cuando se daban cuenta de que iba en su dirección. Y en primavera jugaba al *crosse* por los mismos motivos. Quería darles fuerte en el pecho con el palo de metal y luego ver cómo se retorcían. Pero después de los partidos se mostraba jovial, ansioso por que los demás Jugadores le dijeran que se encontraban bien.

—Es solo para echar unas risas —decía, dando un empujoncito a Henry en el hombro un poco demasiado fuerte.

El señor Calloway nunca fue a ningún partido de Gold Coast, ni tampoco al carnaval ni a ninguna recaudación de fondos, aunque él mismo había estudiado allí. Los temas relacionados con la escuela eran cosa de su esposa, Muffy Calloway. Era el prototipo perfecto de una mujer de alta sociedad, y le ponía mala cara a mi madre por ser escultora y profesora, por no ser miembro del Club de Golf de Gold Coast, por ser judía. Tenía un nombre sumamente absurdo que daba a pie al tipo de chistes lascivos que te esperarías que hiciera Graham. Pero cada vez que alguien intentaba hacer una broma, como le pasó a Robert en una ocasión, Graham apretaba el puño y simulaba que le daba un puñetazo en el estómago a esa persona. Se le ponía una mirada furiosa y una sonrisa torcida en la cara, y sabías que él no iba a aguantar esas mierdas. Más valía respetar los límites en ese tipo de bromas.

A mediados del primer año de instituto, me enteré de que Muffy Calloway no siempre había sido esa mujer triste de melena rubia casi blanca que solo llevaba ropa monogramada de cachemira, perlas en las orejas y un grueso colgante a juego. En su momento había sido Monica Rogers, una chica de las afueras de Filadelfia a quien le interesaba vivir en la zona de Mayflower.

Graham me lo confesó una noche en su casa cuando sus padres estaban de viaje. Shaila estaba fumadísima, en otra habitación, en otro lugar completamente, y Graham cogió una botella de sake del armario del alcohol bueno. Le olía el aliento a peperoni, y me pregunté si a mí también me olía.

—Nos lo repartimos —dijo, riéndose—. Rápido, antes de que alguien se dé cuenta.

Solté una risita y lo seguí hasta el despacho. Después de dar unos cuantos tragos, entramos en un extraño universo alternativo en el que se nos habían derretido los cerebros y compartir secretos el uno con el otro era de lo más normal. Le confesé que me preocupaba que Shaila y yo nos estuviéramos distanciando.

—Te tiene a ti —admití, avergonzada.

Graham me dio un golpecito en el hombro con el puño.

—Nunca sustituiré a sus amigas. —Dio un trago directamente de la estrecha botella—. ¿Sabes nuestra amiga de los Hamptons, Kara Sullivan? Dijo lo mismo que tú.

—Ah, ¿sí?

Asintió con la cabeza.

—Pero de quien tiene celos es de ti. —Y me señaló con un grueso dedo—. Le dije que Shaila puede tener más de una mejor amiga.

Pensé también en Nikki. En que todas estábamos orbitando alrededor de Shaila, compitiendo por tener su cariño y su interés. ¿Cómo habíamos determinado que ella era la que se lo merecía más que el resto?

—Ya sabes que no podría vivir sin vosotras. —Graham se volvió y me miró a los ojos—. En serio.

Esa idea me reconfortó de muchas maneras que ni siquiera sabía que necesitaba. Me pregunté si Nikki también había hablado con él alguna vez de esa manera.

La conversación pasó a nuestras familias, principalmente a Jared y Rachel. Entonces Graham dio otro trago y empezó a hablar sobre Muffy.

—Tendrías que ver el cuchitril del que mamá luchó por salir hasta que consiguió mover su culo plano y huesudo y llegar a Gold Coast. Patético.

—No es tan mala —dije, intentando recordar algún momento en que no la hubiese visto con un jersey que conjuntara con los pantalones.

—El único motivo por el que pudo salir de allá es porque conoció a mi padre en un Buffalo Wild Wings cuando él estaba de viaje por trabajo. —Graham dio otro trago—. Seguro que podía oler su tarjeta de negocios de Goldman Sachs. Y empezó a llamarse a sí misma Muffy. Asesinó a Monica y a todos sus familiares, que dice que son «escoria». —Hizo el gesto de las comillas con los dedos—. Ridículo.

Solté una risita nerviosa, pero Graham sacudió la cabeza. Su tono había cambiado.

—No hace gracia, Newman —dijo, mirándome fijamente a los ojos—. Ahora va siempre con pies de plomo, con miedo a cometer algún error y volver a convertirse en Monica. Pendemos todos de un hilo.

En ese momento sus palabras me parecieron raras, no les di más importancia. Las achaqué al alcohol, sobre todo. Ahora me parecen premonitorias.

«¿Qué opinas?».

Los mensajes de Rachel me llaman, y el pequeño cursor de color azul parpadea una y otra vez.

«¿Cuento contigo?».

Pienso en las personas de aquí, las personas que creía que eran mi hogar. Ahora Nikki y Quentin me evitan constantemente. Marla apenas ha establecido contacto visual conmigo, aunque sé que ella también tiene curiosidad sobre si Graham es inocente o no. Henry me sigue mirando como un cachorrito en el pasillo, incluso cuando Robert me hace una peineta. Mamá y papá están decepcionados conmigo, tienen miedo de que no esté a la altura de su inversión. Jared me mira con desdén cada vez que me ve, sacando fuego por la nariz. Y no sé nada de Adam desde hace días. ¿Qué más puedo perder?

«Cuenta conmigo».

Rachel conduce bien, mejor de lo que recordaba o me esperaba. Con seguridad. Suavidad. Deja que el silencio se instale entre nosotras mientras vamos por la autopista de Merritt, flanqueada por árboles desnudos, y el velocímetro supera los ciento diez kilómetros por hora. Los bancos de nieve se han congelado, formando montículos de hielo, y por lo que veo somos el único coche que hay en la carretera. Las ocho de la mañana de un sábado en pleno enero debe de ser una hora no demasiado popular para hacer una excursión a la zona oeste de Connecticut.

—¿Me pasas una? —me dice sin apartar los ojos de la carretera.

Meto la mano en la bolsa de papel grasienta que tengo en el regazo y saco una minirrosquilla espolvoreada de azúcar, todavía un poco caliente de cuando las he comprado en el Diane's. Ha sido la única petición de Rachel. Como en los viejos tiempos.

La pellizca entre dos dedos y deja que el azúcar le caiga sobre el pecho como si fuese nieve. No hace ningún gesto para limpiárselo.

—Ah —gime con la boca llena de harina y mantequilla—. Estas rosquillas son excepcionales. —Se mete el resto dentro de la boca—. Cómo echo de menos ese lugar.

Aunque lo dice con tono alegre, Rachel tiene un aspecto de mierda. Su piel luce pálida, y la melena gruesa y ondulada le cae por la espalda en mechones que parecen cuerdas fibrosas. Tiene los ojos fijos, obsesionados, y lleva un jersey más holgado que cualquier otra prenda que la haya visto llevar nunca. En ambas mangas tiene agujeritos de polillas.

—¿Puedo hacerte una pregunta? —digo.

—Ya lo has hecho. —Sus labios se curvan hasta formar una sonrisa—. Dime.

—¿Por qué no estás en la universidad? —Es lo que quería preguntarle desde que me invitó a su piso en Nueva York. Está muy lejos de Cornell, donde se supone que tendría que estar, a mediados del tercer año—. ¿No te queda un año todavía?

—Me gradué antes de lo previsto. Me quedé en la universidad todos los veranos e hice seis asignaturas cada semestre. Me maté estudiando. Era lo único que me hacía sentir mejor…, como si fuese normal —responde, sacudiendo la cabeza—. Pero todo el mundo lo sabía. Me miraban como si yo fuese la acusada de cometer un asesinato. Allí tampoco podía escaparme de toda esta mierda. —Suspira y descansa un codo sobre la ventana, y luego apoya la cabeza sobre la palma de la mano—. ¿Sabes?, eres la única persona con la que he hablado en estos tres años, aparte de Graham, que me conocía de verdad de antes, que sabía cómo éramos. Pero ahora todas las personas con las que trabajo, mis nuevos amigos, mi novia, Frida… Para ellos solo soy Rachel. Nadie sabe nada. —Sonríe—. Es muy liberador.

—Entonces ¿por qué? —pregunto—. ¿Por qué has empezado con todo esto ahora? —Lo que en realidad quiero preguntarle es: «¿Vale la pena?».

—¿Tú qué harías? —contesta—. Si todas las personas de tu ciudad natal dieran por hecho que tú también eres culpable de algo, de lo que sea, solamente por quién es tu familia. Si toda tu vida acabase patas arriba por culpa de la gente en la que más confiabas. Porque yo lo siento así.

—Pero todo el mundo lo sabrá —digo—. Toda la gente de tu nueva vida. Seguramente saldrás en las noticias. —El primer artículo que leí no la mencionaba, pero si esto es cierto, si Graham realmente es inocente, ella sería el foco de atención.

Rachel vuelve a sonreír, pero tiene los ojos húmedos.

—Es mi hermanito —responde en voz baja—. ¿Tú no tienes también un hermano pequeño?

Asiento.

—Sí.

—De la edad de Bryce, ¿verdad?

—Ajá.

—¿Es un Jugador? —Lo pregunta como si ya supiera la respuesta. Vuelvo a asentir—. ¿Qué harías si todo esto le hubiese pasado a él? Si pensaran que tu hermano ha asesinado a alguien, le ha arrebatado la vida. Y si la persona que ha muerto fuese alguien a quien tú conocías muy bien, alguien con quien habías pasado mucho tiempo, cuya pérdida sientes todos los días.

Esa es la persona a la que he perdido. Shaila ya no está aquí. Si Jared lo hubiese hecho… No puedo ni imaginarme qué haría. Sacudo la cabeza.

—Si él dice que no lo hizo, y las nuevas pruebas de sangre no mienten, entonces quiero saber la verdad. Quiero saber quién es el responsable. Y quiero que pague. —Aprieta el volante con fuerza y pisa a fondo el acelerador—. Ya estamos llegando —dice.

El último tramo del trayecto es una serie de carreteras con muchas curvas y salidas mal señalizadas. Lo hacemos en silencio. Rachel da un giro algo brusco a la izquierda y aparece una señal gris de madera que queda prácticamente oculta tras una cortina de ramas. Apenas consigo ver las apagadas letras blancas: REFORMATORIO DE DANBURY. Me pregunto quién más está encerrado aquí dentro, apartado del resto de la sociedad. No están completamente marginados, pero casi.

La gravilla y la sal crujen por debajo de las ruedas, y después de recorrer unos ochocientos metros llegamos a una verja alambrada. Se abre como si la manipulase un guarda fantasma y me inclino hacia delante alargando la cabeza para ver qué hay a continuación. Seguimos por otro camino estrecho y al final encontramos una explanada de hormigón del tamaño de un campo de fútbol americano pintada cuidadosamente con líneas blancas. El aparcamiento está prácticamente lleno de BMW, Mercedes y Audis. De arriba cuelgan varios letreros con indicaciones claras.

SALA DE VISITAS, AQUÍ, anuncia un cartel con letras azul marino, acompañadas de una flecha debajo. LA PACIENCIA ES UNA VIRTUD, reza otro cartel.

—¡Toc, toc! ¿Os echo una mano? —pregunta una mujer de mediana edad con mejillas flácidas y algunas canas que empiezan a asomar. Está de pie al lado de mi ventanilla, lleva puesto un traje de nieve de color caqui y nos dedica una sonrisa entusiasta. En la chapita que lleva en el pecho dice: VERONICA, RECEPCIÓN DE VISITANTES.

Miro a Rachel, pero ya está saliendo del coche y se acerca hacia mi lado.

—Hola, V.

—¡Ah, eres tú, cielo! Me alegro de verte.

—Y yo a ti. —Rachel se frota las manos enguantadas y me hace un gesto a través de la puerta—. Vamos.

El aire helado es afilado y me quema la garganta. Me pregunto en qué clase de infierno acabo de meterme.

—Esta es Jill —me presenta Rachel cuando bajo del asiento del copiloto—. Es una ami… —Pero se detiene y reformula lo que iba a decir—: Conocía a Graham.

Veronica asiente con la cabeza, sin mostrar ningún tipo de emoción ni ninguna señal de comprensión.

—Pues bienvenida a Danbury —responde—. Seguidme.

Así lo hacemos, pero yo apenas puedo seguirles el ritmo y tengo que andar deprisa para mantenerme junto a Rachel. Tendría que haberle preguntado más cosas sobre este lugar, sobre qué ha estado haciendo Graham estos últimos tres años. Ahora, en cambio, no sé nada de todo lo que nos rodea. Veronica empuja una puerta metálica y nos lleva por un pasillo ancho que está decorado con tablones repletos de murales sobre los sueños de los jóvenes y dibujos a tinta, hasta que llegamos a unas puertas acristaladas y a un pequeño espacio muy iluminado que parece más la sala de espera de una consulta del médico que las prisiones que he visto por la tele.

—Por aquí. Como es la primera vez que vienes, tendrás que rellenar algunos documentos. —Oigo el repiqueteo que hace al teclear en el ordenador, y de la impresora empiezan a salir un montón de papeles—. Aquí tienes un bolígrafo, cielo.

Rachel da unos golpecitos con los nudillos sobre el mostrador de fórmica y zapatea con impaciencia. Yo me apresuro y marco todas las casillas hasta que llego a la última página, donde garabateo mi nombre.

—Hecho —digo.

—Por fin —masculla Rachel. Pero cuando le lanzo una mirada, enseguida gesticula «Lo siento» con la boca. Supongo que no puedo culparla por estar ansiosa y querer ver a Graham lo antes posible. Yo estaría igual si fuese Jared.

Un hombre grande y fornido vestido con ropa quirúrgica lila nos hace un gesto para que vayamos con él, y el siguiente pasillo es igual de extraño; resulta frío y tiene azulejos en las paredes, como una escuela. Más murales hechos a mano cuelgan de las paredes.

Cuando llegamos a una enorme puerta metálica, el hombre se para y se vuelve hacia nosotras:

—Rachel, tú ya sabes las normas, pero como recordatorio: solo podéis quedaros una hora, y nada de tocarse. Sed positivas.

—Gracias, TJ —responde ella—. ¿Lista? —Ahora me mira a mí.

Trago saliva para deshacer el nudo que se me ha formado en la garganta y separo los dedos. No me había dado cuenta antes de que los había entrelazado con fuerza.

TJ empuja la puerta y entramos en una estancia que parece un comedor escolar, y nos hace un gesto con la mano como si fuese un mayordomo o un camarero de un restaurante pijo. Se me revuelve el estómago y examino la habitación frenéticamente. Lo veo antes de que él me vea a mí.

Ahí, al otro lado de la habitación. Graham.

Casi no puedo soportarlo. Pero me obligo a mirar, a observarlo de lejos. Lleva un traje quirúrgico de color verde claro y no está enmanillado, como yo me esperaba. Se pasa los dedos por el pelo, un gesto nervioso que me provoca un *déjà vu*. Lo hacía antes de exámenes importantes o de retos de los Jugadores. En la barbilla tiene una débil sombra de barba incipiente, que hace que parezca mayor de lo que lo recuerdo, mucho mayor de lo que yo me siento ahora mismo. Está un poco encorvado, aunque parece que haya crecido algunos centímetros más. Y también está delgado. Bastante, con ángulos más marcados y sombras más oscuras.

Gira la cabeza poco a poco hacia nosotras y sus ojos se encuentran con los míos. Se le agrandan a medida que ambos nos vemos por primera vez desde hace casi tres años. Rachel ya está a punto de llegar a su lado y me fuerzo a mí misma a caminar, a reducir el espacio que nos separa.

—Hola —dice, con una mezcla de sorpresa y emoción. Curiosidad, quizá.

—Hola.

Graham se deja caer en una silla junto a una mesa redonda y yo lo sigo, imitando sus movimientos. Me dedica una sonrisa

224

avergonzada, como si no nos conociéramos desde antes de la pubertad. Como si no supiera todos sus secretos.

—Eh…, ¿cómo estás? —pregunto, por qué no sé qué decir.

Al principio las palabras son escasas y se traba, como si estuviera intentando recordar cómo se supone que la gente debe conversar. Habla sobre el tiempo y señala a otras personas que hay en la sala, adolescentes de nuestra edad que hablan con gente mayor que podrían ser sus padres o sus hermanos. Señala a un chico asiático-estadounidense que está sentado en silencio mientras su madre le enseña un vídeo en un iPhone.

—Es de su hermano —explica Graham—. Se niega a venir a verlo, pero Andy lo echa mucho de menos.

Rachel asiente con la cabeza y aprieta los labios.

Graham no dice de dónde viene toda esa gente ni qué han hecho para terminar aquí. Habla largo y tendido de la comida y de que la noche que toca pollo *tikka masala* es su favorita, mientras que antes solía esperar con ganas la noche de los espaguetis con salsa boloñesa. Comenta que ha aprendido a jugar al críquet gracias a unos terapeutas británicos de su «cohorte» y que le interesa la arquitectura.

—He leído todo lo que tenemos sobre Norman Foster y Zaha Hadid. Me muero de ganas de ver el puente que construyó en Abu Dabi… Es legendario.

—Así que ¿de verdad crees que saldrás de aquí? —pregunto.

La mirada de Graham se dispara hacia Rachel y esta asiente, dándole el visto bueno. Es un ritual del que yo no formo parte. Una señal entre ellos dos. La boca de Graham se hace pequeña, se encoge más en su asiento y encorva las extremidades hacia el tronco.

—No lo hice, Jill. —Lo dice en un tono de voz bajo y calculado, profundo y lleno, como si hubiese practicado esta frase una y otra vez. Intenta parecer convincente. Se vuelve a pasar una mano por el pelo.

Rachel se inclina hacia delante y descansa los brazos sobre la mesa.

—¿Por qué no empiezas desde el principio? —propone. Tiene los ojos grandes y alentadores, maternales pero urgentes.

Graham asiente, coge una bocanada de aire y cierra la boca. Entonces las palabras le salen a borbotones.

—No recuerdo mucho sobre lo que pasó después —empieza—. Pero sí recuerdo qué pasó antes de… eso. ¿Tú no? —Sus ojos negros se clavan en los míos. Es casi demasiado íntimo.

Se me forma un nudo en la garganta.

—Te acuerdas, ¿no? —insiste. Yo solamente asiento con la cabeza una vez.

Sí, me acuerdo. La suave brisa de primavera que venía desde el Ocean Cliff. El aire salado que me escocía en los poros. Todavía no había bichitos, era demasiado pronto para que hubiera mosquitos. El alivio cuando me di cuenta de lo que tenía que hacer. Cómo cada trago parecía veneno que me estuviera bajando por la garganta. Luego, una oscuridad absoluta que se me tragó, que me llenó de un miedo paralizante. Todo fue muchísimo peor de lo que me esperaba.

Cierro los ojos con fuerza e intento visualizar a Shaila en todo esto. La veo mordiéndose las uñas rasgadas cuando se dio cuenta de lo que tenía que hacer. El momento en que su cara pasó de determinada a aterrorizada.

—Sí —susurro.

A Graham se le congela la expresión.

—¿Te acuerdas de mi reto de iniciación?

¿Cómo podría olvidarlo? Jake fue quien los ideó, por lo que nos dijeron.

—Tenías miedo de las arañas, ¿verdad?

—De las tarántulas —corrige, y le recorre un escalofrío—. Trajeron una docena y tuve que quedarme de pie durante horas en esa ducha de cristal mientras se me subían por todo el cuerpo.

—Cuatro —digo—. Cuatro horas. —Mi reto también fue así de largo.

—Ah —responde—. Dos. Mi reto solo duró dos horas.

Rachel masculla algo en voz baja.

—¿Qué? —pregunto.

—Los retos de los chicos fueron más cortos. Siempre ha sido así —dice con un hilo de voz, cabizbaja.

Por supuesto.

Graham sigue hablando:

—Les supliqué que me dieran algo para beber. Cualquier cosa para que pudiese distraerme. Y, claro está, así lo hicieron.

Se me mete en la cabeza una imagen de Graham de pie en esa ducha. No lo vi, naturalmente. Yo estaba demasiado ocupada intentando sobrevivir a mi propia iniciación. Pero imagino que lo tenían aislado en otro lado de la casa de la piscina, y le tiraban bichos peludillos y asquerosos por la cabeza mientras le daban tazas de tequila barato por encima de la puerta acristalada de la ducha.

Observo a Rachel, pero tiene la cara tapada con las manos.

—Después de eso, apenas recuerdo qué pasó —continúa Graham—. Estaba llorando como un bebé, y lo siguiente que sé es que estaba en la playa cubierto de sangre. ¿Puedes imaginarte cómo me sentí?

En mi interior se me empieza a formar una pequeña bola de ira.

—¿Puedes imaginarte cómo se sintió Shaila?

La boca de Graham esboza una línea recta.

—No —contesta con firmeza—. Pero sabes que la quería,

¿verdad? Con todo mi corazón. Solo teníamos quince años, pero hubiese hecho cualquier cosa por ella. Lo era todo para mí.

Tiene la cara hinchada y roja.

—Para mí también —respondo, intentando reprimir las lágrimas.

—Lo sé. —El tono de voz de Graham ahora es suave—. ¿Puedo seguir?

Claudico y asiento, y Graham inspira hondo.

—Solo recuerdo la conmoción, que todo el mundo decía que le había pasado algo a Shaila. Jake y Adam corrían hacia la playa buscando ayuda. Y también Derek Garry. Los vi acercándose hacia mí y los saludé con la mano. Luego llegaron los policías. Esos estúpidos policías de tráfico de Gold Coast que iban en unos pequeños *buggies* de arena y sacaron las esposas. Ni siquiera sabían cómo usarlas.

Para entonces yo volvía a estar en la casa, recuperándome, compadeciéndome, preocupada de que me hubiesen traumatizado con algo sobre lo cual no tenía ningún control. No tenía ni idea de lo que pasaría a continuación.

—Me las pusieron con brusquedad y me llevaron hasta la comisaría. Y luego, esa misma noche, me trajeron aquí. No he salido en tres años.

—¿Qué es este lugar, exactamente? —susurro.

Graham suspira de nuevo y se reclina sobre la silla.

—Un centro —dice—. Como un reformatorio, pero más sofisticado. Podemos hacer los exámenes para convalidar la secundaria, y también hacemos actividades como cerámica y tal.

Debo de parecer confundida, porque él sigue intentando explicarlo:

—El sistema de justicia criminal es absolutamente injusto. Si eres rico, todo te resulta más fácil.

Rachel suelta un resoplido contra las palmas de las manos.

—Es la verdad, y es una mierda —continúa Graham—. La mayoría de nosotros estamos forrados. Y los que no lo están, reciben dinero de un benefactor o una organización sin ánimo de lucro o algo así.

—¿Qué…?

—Lo sé —dice—. Pero me trasladarán a una prisión federal cuando cumpla los dieciocho años en junio.

—Y por eso… —empiezo—. Esta es tú última oportunidad.

Él asiente y se sonroja, casi como si estuviera avergonzado.

Rachel levanta la cabeza de las manos.

—Por eso empezamos a buscar más pruebas —explica—. La sangre. La camisa. Era la última oportunidad que teníamos de analizarlo todo antes de que lo encierren definitivamente. —Sus dientes parecen fluorescentes cuando se muerde el labio, de color rojo vivo.

—La policía me interrogó durante horas —dice Graham—. Se alargó muchísimo. Nuestros padres estaban de viaje en las islas Caimán, y la policía no permitía que Rach estuviera en la sala conmigo. ¿Verdad?

Esta asiente y se muerde el labio.

—Todo el rato estuve intentando llamar a Dan Smothers. Es el abogado de nuestro padre. Pero no contestaba nadie. Nuestros padres cogieron el primer avión de vuelta, pero lamentablemente ya era demasiado tarde.

—Después de estar solo en esa maldita sala en la comisaría durante tanto tiempo, al final me desmoroné. Se montaron su historia y al cabo de un rato yo me limité a asentir. Les dije lo que querían oír. Tan solo quería que todo terminara. Quería irme a casa. Pensaba que de ese modo me iría a casa.

—Ni siquiera analizaron nada —dice Rachel en voz baja.

—Pero ¿vuestros padres no lucharon por Graham? —pregunto. No puedo imaginarme a mamá y papá dejando que me enviaran a este lugar. Nunca se creerían que hubiese hecho algo así. Harían cualquier cosa para protegerme. De eso estoy segura.

—Papá quería enterrar lo que había pasado —responde Graham—. Estaba preparándose para una llamada importante con un inversor. Smothers dijo que sería más fácil así, que ir a juicio lo empeoraría. Demasiada publicidad. Y Muffy no quería lidiar con todo esto. Demasiado dramático.

—Hicieron un trato con los Arnold —explica Rachel—. Les dieron dinero.

Los dos hermanos se miran fugazmente.

—Mucho dinero —matiza Graham—. Nuestras familias se conocen desde hace tiempo. Supongo que así es como arreglan las cosas.

—Es una puta gilipollez —dice Rachel—. Nadie tiene los cojones siquiera de enfrentarse a esto. Por supuesto, los Sullivan se mantuvieron alejados de todo el tema.

—Supongo que no tenéis mucho contacto con Kara —comento.

Graham resopla.

—Esa es buena. Nunca se ha intentado poner en contacto con nosotros, ni una vez.

Visualizo al padre de Graham y al de Shaila, que crecieron juntos y se compraron unas parcelas en los Hamptons con su otro amigo, Jonathan Sullivan. Me imagino que estarían todos entusiasmados de tener hijos a la vez. Estarían encantados de vestir a Graham, Shaila y Kara con esos modelitos azules de milrayas en la playa, haciéndoles fotos mientras se revolcaban sobre las toallas de playa monogramadas. Esto lo destruyó todo.

—Nuestros padres no vienen nunca a verme —explica Graham—. Muffy dice que estoy loco, que prácticamente no soy su hijo. Papá está ocupado.

—Superocupado —añade Rachel, poniendo los ojos en blanco.

—¿Saben que estás usando tu fondo para analizar la sangre? —le pregunto.

Ella asiente.

—Pero no quieren involucrarse.

Estamos todos callados durante unos segundos hasta que Graham habla en voz baja:

—Tú nunca has perdido la confianza en mí. Eres la única. —Cuando levanta la vista, tiene los ojos brillantes y llorosos.

Rachel le coge la mano por debajo de la mesa, sin que nadie la vea, y no puedo evitar pensar en Jared y en que yo haría exactamente lo mismo por él, y me daría igual lo que costase o lo mucho que me odia ahora mismo. No abandonas a tu propia sangre.

—Entonces ¿qué quiere decir todo esto? —quiero saber.

—Había alguien más —dice Graham—. Alguien me echó la culpa a mí. Durante tres años he pensado que soy un monstruo, pero… no fue culpa mía. No fui yo.

Sus palabras me calan en el cerebro y dan vueltas con violencia. Soy incapaz de encontrarle el sentido a nada.

—Pero ¿quién? —pregunto. Es la única pieza que nos falta. ¿Quién más podría haber querido asesinar a Shaila? ¿Y por qué?

Graham inspira hondo y cierra los ojos.

—Hay otra cosa. Es algo que no le he contado a nadie. Ni siquiera a ti, Rach. —Esta levanta una ceja y se inclina hacia delante—. Antes de la iniciación, me enteré de que me estaba poniendo los cuernos.

—No —digo automáticamente. No es posible. De ninguna manera me hubiera escondido eso.

—Es cierto —insiste—. Llevaba semanas actuando de forma extraña, evitándome, inventándose excusas para no quedar. Siempre decía que tenía un ensayo del musical, o que estaba preparando un trabajo de Inglés, o que iba a hacer una tutoría con Beaumont. Siempre había algo.

¿De verdad Shaila había sido así al final? No, qué va. Un poco más distante de lo habitual, quizá. Pero estaba estresada con la iniciación y por actuar en el musical de primavera. Ese año tocaba *Rent* y la habían seleccionado para hacer de Mimi. Por supuesto que estaba nerviosa. Clavó todas las actuaciones, obviamente, y cantó a viva voz esa canción sobre la vela como si fuera Rosario Dawson. Y después pareció estar más relajada, ¿no? Seguro que fue así.

En esa época, Nikki se encargaba de los trajes de la obra, haciendo agujeros en medias transparentes de cien dólares y cosiendo unos shorts diminutos de cuero que se pegaban a la perfección al cuerpo de Shaila. Adam también participaba, modificando un poco el guion para hacerlo más «apto para toda la familia».

—Quieren que lo castre —nos dijo un domingo por la mañana que nos juntamos todos en el Diane's.

—Escuchad lo que nos dice Shakespeare —bromeó Nikki.

Shaila y ella se rieron, contentas, como si fuese una broma privada que había surgido entre bambalinas.

Graham y Rachel también estaban allí. Se rieron conmigo, como si nosotros también formáramos parte de la broma. Como si conociésemos su lenguaje secreto.

Pero sí que quedaba con Shaila los días previos a la iniciación. Seguro que sí. A ver, estaba cansada de interpretar a Mimi. Y también pasaba mucho rato con Graham, por supuesto. Pero… quizá no. Quizá no estaba con él. Quizá estaba ocupada haciendo otra cosa. Viéndose con otra persona.

—Durante los exámenes parciales del segundo semestre me olvidé el móvil —continúa Graham— y necesitaba la guía de Geometría. Shaila me dejó su móvil para que la buscara y, joder, sabía que no debía hacerlo, pero cuando se fue al baño cotilleé sus mensajes. No lo pude evitar. Había cientos de mensajes con otro tío hablando de todas las mierdas que habían hecho a mis espaldas. —Cierra los ojos—. Todavía recuerdo uno: «Graham no se enterará nunca». —Pestañea y golpea la mesa con los nudillos—. Pues adivinad qué. Sí me enteré.

—¿Con quién? —pregunto.

—No lo sé. No reconocí el número. Ni siquiera era el código de Gold Coast. Seguramente era un teléfono de prepago.

—¿Lo hablaste con ella en algún momento?

Graham sacude la cabeza.

—Estaba esperando el momento adecuado. Pero entonces…

Rachel lo corta.

—Nadie puede saberlo.

—¿Por qué no? —digo.

—Es un móvil para el crimen —responde ella.

Graham asiente.

—Es incluso más munición en mi contra. ¿Novio celoso asesina a su novia al enterarse de que le estaba poniendo los cuernos? Es una historia tan vieja como el tiempo.

Resoplo porque tiene razón. Pero ¿de verdad Shaila estaba con otro? La idea me revuelve el estómago y de pronto estoy acalorada y sudorosa y tengo náuseas.

—¿Dónde está el baño? —pregunto rápidamente.

Rachel me señala hacia una esquina de la estancia. Cuando cierro la puerta del compartimento, me siento sobre el frío váter de cerámica y repito las palabras de Graham en mi cabeza, intentando encontrarle la lógica a todo lo que ha dicho. Su confesión debe haberle quitado un peso de encima, pero Graham no parecía ni menos tenso ni consolado. Era como la carcasa de alguien a quien conocía, un fósil descubierto de una vida anterior que viví hace tiempo. Me pregunto si bajo la superficie hay un sociópata insensible ante el dolor que ha provocado, buscando una manera de salir de esta burbuja de paredes acolchadas, deseoso de manipular a la gente, harto de aburrirse.

A veces es difícil saber qué cualidades te definen de verdad y cuáles te las han atribuido tantas veces los demás que al final te las empiezas a creer y a definirte de esa manera. Mamá siempre decía que yo confiaba mucho en la gente, una característica que le encantaba pero que le preocupaba que me diera problemas. A raíz de eso, yo empecé a pensar que era ingenua, que podrían aprovecharse de mí. Y al estar tan cerca de Graham, me pregunto si eso es lo que está ocurriendo ahora mismo, si estoy dispuesta a creer lo que dice simplemente porque está aquí, delante de mí, y Shaila no. En este compartimento minúsculo de acero, se me ocurre que puede que Graham esté mintiendo.

Me lavo las manos poco a poco y vuelvo a mi asiento, frente a Rachel y su hermano.

—¿Por qué tendría que creerte? —pregunto, mirándolo directamente a los ojos.

Graham sacude la cabeza y baja la mirada hacia el suelo.

—Crees que soy un cabrón mentiroso.

Me mantengo impasible, sin dejar entrever ninguna emoción. Quiero creerlo, pero su verdad implica que otra persona a la que conozco es culpable. No sé si puedo soportarlo.

Rachel golpea la mesa con las manos tan fuerte que TJ se vuelve hacia nosotros.

—Jill —sisea—. Confía en él. —Es una orden, no una sugerencia.

—Puedes creerme o no —dice Graham en voz baja, comedido—. Pero la realidad es que voy a limpiar mi nombre con tu ayuda o sin ella. ¿En qué lado de la historia quieres estar? —Se cruza de brazos, ahora en actitud desafiante, muy seguro de sí mismo, más parecido al Graham al que conocía—. Querías a Shaila tanto como yo.

TJ llega a nuestra mesa y pone una mano suavemente sobre el hombro de Graham.

—Se ha acabado el tiempo, Calloways. —Nos ofrece una sonrisa—. Siempre podéis volver la semana que viene.

Rachel se levanta e intercambia más miradas secretas con su hermano. Parece que estén conectados, unidos el uno al otro. Prácticamente puedo sentir a Rachel luchando contra las ganas de abrazarlo. El lenguaje secreto de los dos hermanos es tan íntimo que siento la necesidad de apartar la vista. Graham echa una última mirada hacia mí antes de volverse y arrastrarse por un pasillo blanco. Los largos brazos le cuelgan a los lados, y no deja de mover los dedos nerviosamente mientras se aleja cada vez más. Enseguida dejamos de verlo.

A mi lado, Rachel suelta una gran bocanada de aire.

—Vámonos.

Dieciséis

Sigo aturdida una semana más tarde, pensando en todo lo que pasó en Connecticut, cuando veo los panfletos por primera vez. Están pegados con chinchetas en el tablón de anuncios de corcho del Diane's, cubriendo un anuncio de una canguro y otro de clases de piano. Están impresos en una cartulina gruesa, seguramente robada del departamento artístico de Gold Coast Prep, y parece que las letras me estén gritando:

WONDER TRUCK
UNA ÚNICA NOCHE
THE GARAGE
ESTA NOCHE, 25 DE ENERO
8 P. M.

5 $

—Jared se convertirá en una estrella —dice Diane con su fuerte acento mientras se acerca hacia mí por detrás y me da un golpecito en el hombro con el suyo. Luego me guiña un ojo.

Como son las siete de la mañana de un sábado, soy la única clienta que hay en el local, aparte de unas personas mayores que están comiéndose un bol de gachas de avena en silencio. Me había parecido que aquí estaría a salvo si venía muy temprano para estudiar para el examen de la beca mientras mordisqueo rosquillas espolvoreadas de azúcar y tiras beicon, pero no tendría que haber sido tan ingenua. Los Jugadores, y ahora esto incluye a Jared, están por todos lados.

—Vino aquí el otro día con el chico Miller y estuvieron charlando sobre el concierto —continúa Diane—. Será genial, ¿no crees? —Me dedica una amplia sonrisa, y su enmarañada melena pelirroja se balancea en lo alto de su cabeza.

Me trago el grueso nudo que se me ha formado en la garganta y me fuerzo a darle la razón.

—Sí, y tanto —respondo. Parece que tenga la boca llena de arena—. ¿Me puedes poner un par de rosquillas para llevar?

—Marchando. —Diane desaparece detrás del mostrador y yo me recuesto contra la pared y cierro los ojos. Jared ha conseguido hacer un concierto. «¿Cómo no me he enterado de esto?».

Me muero de ganas de enviar un mensaje a Nikki o a Quentin para que me cuenten el plan para esta noche. O a Henry para pedirle que me recoja y así vamos juntos. Obviamente habrá una prefiesta de los Jugadores, luego pedirán algún Uber para ir hasta The Garage, y después habrá otra fiesta para celebrarlo. Quiero preguntarle a Jared por qué no me lo ha dicho, gritarle a mamá que todos me han dejado de lado, incluso mi familia. Quiero quejarme de ello con Rachel, aunque sé que ella solo querrá hablar sobre la visita a Graham de la semana pasada, algo que sin duda todavía no estoy preparada para procesar.

En cambio, le envío un mensaje a la única persona que no se ha olvidado de mí. Todavía.

«¿Te has enterado del concierto de los chicos de esta noche?», le escribo a Adam. Si está por aquí, responderá.

«Sí».

«¿Vas a ir?», escribo con dedos temblorosos. Lo echo tanto de menos que hasta me duele. Quiero que me envuelva en uno de sus famosos abrazos de oso. Que me lea fragmentos de su nuevo guion. Que me sonría y me enseñe ese hoyuelo.

«Sip».

«¿Quieres quedar antes?».

«No puedo», responde. Siento un pinchazo. Pero entonces empieza a escribir otra vez, y aparecen las tres burbujitas parpadeando rítmicamente. «Tengo que preparar una cosa con Big Keith antes».

Me muerdo el labio. ¿Puedo pedirle que se lo salte? ¿No se da cuenta de lo mucho que lo necesito? A él.

«Vale», respondo.

«Nos vemos allí, Newman. No te preocupes, me tienes aquí».

Me da un vuelco el estómago y el calor se me extiende por el pecho. Seguimos siendo nosotros.

Si entrecierras los ojos con mucha fuerza, la avenida principal de Gold Coast parece más bien una calle del SoHo que lo que es en realidad: una extensión de hormigón junto a la arena. Hay una pequeña tienda que vende cremas hidratantes con precios de tres cifras y una cosa llamada «purpurina del corazón», un estudio de *spinning* cuyas clientas son madres ataviadas en licra que beben zumos de verduras de doce dólares, un local de sushi con un menú *omakase* que un crítico de *The New York Times* describió una vez como: «Un restaurante por el que casi vale la pena salir de los cinco distritos de la capital», y la única reliquia del pasado de Gold Coast: The Garage.

Es el único local de música en el norte de la autopista de Long Island que con cierta frecuencia contrata a músicos de fuera de Nueva Jersey, y mis padres siempre dicen que una vez vieron a Billy Joel escondido en una mesa del fondo del local durante toda la noche, bebiendo vino de reserva y enviando chupitos de vodka a las rubias que había en primera fila. Pero eso fue en los noventa. Ahora se suele describir como un vestigio del Gold Coast antiguo, el que atraía a amantes de la cerámica, como mamá, y a antiguos abogados corporativos que querían pasar el resto de sus días holgazaneando al lado de la playa en una casa de antes de la guerra de Secesión. Ese Gold Coast estaba repleto de gente que no tenía armarios llenos de polos de Brooks Brothers y cocinas atestadas de copas de Waterford Crystal. Siempre me ha parecido que si The Garage ha aguantado tanto es porque es un recordatorio de lo bajo que se puede caer.

Un primo de Robert, Luis, empezó a encargarse de las contrataciones hace unos años cuando se dio cuenta de que había una gran oportunidad de ocio nocturno sin explorar en las afueras de Nueva York. Siempre nos dejaba entrar gratis. Imagino que se la habrá jugado mucho con Jared y Bryce al darles una de las mejores horas de un sábado por la noche. Pero cuando llego, veo que hay una cola que da la vuelta a la manzana. Reconozco a decenas de alumnos de Gold Coast y a algunos de Cartwright que a veces intentan colarse en las fiestas de los Jugadores. Las paredes de fuera están decoradas con pegatinas y grafitis, que contrastan claramente con la marea de camisas de botones, pantalones caquis bien planchados y jerséis de lana de doscientos dólares. La mayoría de las chicas llevan sus mejores modelitos y se balancean sobre altos botines negros pensados para discotecas de Manhattan o para impresionar a las hermandades de la universidad. Mentalmente juzgo a un grupo de chicas de segundo curso que sin duda han ido a la peluquería solo para esto.

Cuando llego al inicio de la cola, Luis está allí cogiendo las entradas. Empiezo a sonreírle, a sabiendas de que me recordará.

—Cinco pavos —dice, con un rostro impasible.

Mis días de cosas gratis han terminado. Le doy un billete arrugado y entro.

El aire es húmedo y rancio, y de pronto soy muy consciente de que estoy sola. Me pregunto quién me ha visto, a quién le importa, si mi presencia será leña para el molino de cotilleos durante semanas. Entonces me pregunto si el simple hecho de pensarlo es narcicismo puro y duro. A nadie le importa de verdad. Eso es lo que tengo que recordar. Me acerco hacia la barra, un fragmento de madera viscoso en forma de C encajonado bajo una bandera anarquista, y me abro camino entre los taconazos y los cuellos de camisa subidos. Pero antes de que pueda llegar a la barra pegajosa, alguien me toca la parte baja de la espalda.

—Ey, Newman.

Al volverme me encuentro a Adam, que está delante de mí con una chaqueta tejana negra y unas gafas de montura de plástico. Parece cansado y un poco triste, con aspecto desaliñado, y me ofrece una lata fría de agua con gas con sabor a pomelo. Por dentro me alegro de que no sea cerveza.

—Estás aquí —digo—. Gracias a Dios.

Sonríe y me envuelve entre sus brazos.

—No me lo perdería. —Da un sorbo a una lata igual que la mía y hace un gesto con la cabeza hacia la esquina del escenario. Lo sigo con la mirada y veo que los Jugadores están observándome. Henry pone mala cara y se mete las manos en los bolsillos. Robert vuelve a hacerme una peineta y Marla desvía la mirada. Pero las reacciones de Nikki y de Quentin son las que me hacen más daño. Se quedan mirándome, con una expresión imposible de comprender. Quiero volver a estar con ellos, estar al día de los secretos, los rituales y las bromas privadas. En vez de eso, doy un sorbo a la bebida.

—¿No te da miedo que te vean conmigo? —pregunto.

Adam les hace un gesto con la cabeza y los saluda con la mano. Henry es el único que levanta la mano para devolverle el saludo.

—Pfff, qué va —responde—. Además, ¿qué han hecho ellos por mí?

Me sonrojo mientras se apagan las luces, hasta que The Garage se queda absolutamente a oscuras. Un rasgueo de guitarra recorre toda la sala. El público empieza a gritar y se enciende un foco de luz sobre el escenario. Siento un cosquilleo por todo el cuerpo y una gotita de sudor me baja por la espalda.

—¡Somos Wonder Truck y esto va a ser la puta hostia! —grita Bryce al micrófono. Detrás de él, Larry Kramer, el chico de más de dos metros, se sienta a la batería. Sentado, es casi igual de alto que Bryce de pie.

Adam suelta un grito de alegría entre el público.

—¡Venga, Miller! —Su cuerpo se balancea a mi lado.

La sala se convierte en un tornado. La gente está saltando por todos lados, dándose empujones los unos a los otros. Los Jugadores, incluso los de primero, están cerca del escenario y tienen las manos levantadas. Un grupo del equipo de debate está en una esquina bailando a destiempo, restregándose la entrepierna los unos con los otros.

Fijo la mirada en Jared, que está de pie en la parte derecha del escenario, con la cara roja y eufórico. Tiene las cejas húmedas y descansa el bajo sobre una rodilla, que tiene doblada hacia delante como si hiciera una zancada. Se balancea adelante y atrás marcando un ritmo sólido para los mediocres acordes de guitarra de Bryce. Desde la ceja le caen algunas gotas de sudor y pestañea. Reconozco la expresión, es la que pone cuando está muy concentrado, cuando se esfuerza en hacer los deberes de Geometría o en leer un libro denso. Pero ahora su boca esboza una sonrisa relajada. Esto no es trabajo. Se lo está pasando mejor que nunca.

Cuando termina la canción, Jared se echa el pelo hacia atrás y se limpia la cara con la camiseta blanca. Levanta la mirada y observa la sala mientras el público grita. Sus ojos se posan en la zona donde estoy yo durante un instante y me pregunto si puede verme a pesar de los focos de luz. Si sabe que estoy aquí, animándolo.

Antes de que pueda averiguarlo, empiezan otra canción, igual de fuerte y rápida que la anterior. The Garage parece un castillo hinchable que se expande y se contrae con cada paso que da la gente. Los suelos de madera chirrían y se hunden.

—¡Están petándolo! —grita Adam por encima de la música. Su voz resulta cálida y húmeda contra mi oreja—. ¡Jared lo hace de coña!

«Y tanto», le quiero responder. De verdad que lo hace muy bien. Pero ahora mismo solo puedo concentrarme en Nikki y Quentin, que están bailando juntos en una esquina y cantando la canción, unas letras que no conozco y que no me han invitado a que me aprenda. Los echo muchísimo de menos, como a Shaila, pero es casi peor, porque ellos están aquí de verdad, al otro lado de la sala.

—¡Necesito que me dé el aire! —le grito a Adam. Me espero unos segundos, con la esperanza de que me seguirá, pero no lo hace. Simplemente asiente y mantiene la vista fija en el escenario, con el puño levantado en el aire.

Doy media vuelta y camino apretujada entre un mar de cuerpos sudados hasta que llego a la puerta lateral. El heavy metal me acompaña hasta fuera cuando abro la puerta con el hombro y me sorprende el viento helado, que me azota la cara y me revuelve el pelo. De pronto puedo respirar otra vez. Soy libre. Me reclino contra la pared de ladrillos y levanto la barbilla, buscando a Aries, el Carnero. Encuentro los cuernos y me lo imagino dando cabezazos al resto de personas que pasean de noche, galopando por el cielo. Tengo los dedos congelados por el frío, pero no me importa. Es una buena sensación no notarlos, dejar que algo se quede entumecido.

No estoy sola durante mucho tiempo. La puerta se abre de golpe, trayendo los sonidos de The Garage hasta el callejón donde estoy, los acordes de guitarra viajando hasta la noche.

Nikki emerge de la oscuridad y pisa con decisión el hormigón congelado con sus botas militares negras de marca. Yo me apretujo contra el edificio, esperando que no me vea.

—Sé que estás aquí fuera —dice.

Hago una mueca. No estoy preparada. Nunca se me han dado bien las peleas ni las confrontaciones. Cuando Shaila todavía estaba aquí, siempre era la que daba la cara por todos nosotros. Fue la que le apartó la mano a Derek Garry de un golpe cuando intentó metérmela por debajo del vestido en uno de los retos. Fue la que le dijo a Liza Royland que «se fuera a tomar por culo» cuando me desinfló las ruedas de la bicicleta en primaria. Fue la que avisó de que el entrenador adjunto Doppelt nos miraba durante demasiado rato en el vestuario después de Educación física. Shaila era nuestro perro guardián. Yo era el cachorro que intentaba no hacerse pis en el suelo.

Ahora, muriéndome de frío aquí fuera, me doy cuenta de que no quiero pelearme con Nikki. No quiero estar enfadada con ella. Quiero abrazarla y hacer ver que no estamos en equipos opuestos. Quiero saber si ella creería a Graham y si estaría igual de deseosa que yo de saber la verdad si hubiese visto lo que he visto. Si supiese lo que sé.

Respiro hondo.

—Estoy aquí —digo, dando un paso al frente.

Nikki se me acerca con fuertes pisadas hasta que estamos cara a cara, exactamente a la misma altura. Su boca se contorsiona en una mueca de dolor, en un puchero. Tiene una mirada salvaje. Ha bebido unas cuantas copas. No demasiadas, pero sí suficientes como para encenderle una llama en su interior, para armarse del mismo valor que tenía Shaila e intentar ser como ella. Quizá yo también tendría que hacerlo.

—Estoy enfadada contigo —dice Nikki, cruzándose de brazos y ladeando la cadera—. Mucho, joder.

—Yo también estoy enfadada contigo. —Mis palabras suenan más inseguras que las suyas. Inestables.

—Dijiste que estábamos juntas en esto. Y después coges y te vas, hostia. ¡Me has abandonado!

Bufo.

—¿Que yo te he abandonado a ti? Tienes a Quentin, Marla y Robert. Incluso a Henry. Tienes a todo el mundo —contraataco—. Soy yo la que está sola.

—No es lo mismo sin ti —dice—. Ya lo sabes.

—Hiciste lo contrario de lo que dijimos que haríamos. —Intento reprimir las lágrimas que me empiezan a enturbiar la vista.

—No es verdad.

Me muerdo el labio. Quiero gritar.

—Sabes que sí. Hiciste que los retos fuesen mucho peores para ellos. Ahora tú tienes el poder y estás actuando como ellos. Como Derek y Jake y todos los otros chicos que nos hicieron vivir un infierno.

Nikki entorna los ojos.

—No es cierto.

—¿Cómo puedes no darte cuenta? —Siento que estoy perdiendo la cabeza, que está delirando.

—No soy la reina del universo, Jill. Todo el mundo puede decir que no. No es como si los obligáramos a hacer las cosas.

—Claro que sí. —Me noto la garganta áspera y seca—. Nosotros tenemos el poder. No ellos. Cuando estábamos en primero, ¿en algún momento sentiste que podíamos negarnos a hacer algo? Piensa en cómo deben de sentirse ellos ahora.

—Esto es tan típico de ti, Jill. Solo intentas protegerte a ti misma. Así, si algo va mal, si le pasa algo a tu querido hermano pequeño, no será culpa tuya. Siempre dejabas que Shay fuese el chivo expiatorio en tu lugar. Y ahora estás haciendo lo mismo conmigo.

Me quedo boquiabierta y me tropiezo al dar un paso hacia atrás. Me siento como si me hubiese dado una bofetada en la cara. Sé perfectamente a qué se refiere Nikki. Al Desafío de Pleno Invierno. La noche en que Shaila casi lo sacrificó todo por mí.

Era febrero, un viernes por la noche extrañamente cálido, y nos citaron en el sótano de Jake para hacer un reto conjunto todos los de primero. Yo entré en pánico cuando recibí el mensaje, porque a las ocho de la mañana siguiente tenía que estar en el Reto Condal de las Olimpiadas Matemáticas. Solo había dos reuniones en fin de semana en todo el año y había solicitado específicamente tener esos días libres.

—Por supuesto —dijo Adam cuando se lo pedí—. No será ningún problema.

Pero sabía que no me podría librar de participar esa noche. No si Jake era el encargado del reto.

«Mierda», le escribí a Shaila. «No puedo beber esta noche…».

«No te preocupes. Yo te cubro».

Le envié un millón de corazoncitos y de manos rezando antes de irnos y aceptar nuestros destinos.

Cuando llegamos a casa de Jake, vimos que también había

algunos chicos de tercero. Pero no estaba Adam, ni tampoco ninguna de las chicas. Jake nos ordenó que nos metiéramos en lo que parecía un pequeño armario. Al principio olía a cedro y lavanda. Sobre unos bancos delgados descansaban dos botellas de vodka de casi dos litros.

—Bebéoslas —dijo Jake en un tono de voz profundo y monótono—. Bebed hasta que estén vacías.

Los chicos que había detrás de él se rieron y soltaron algunos gritos.

Robert se mofó.

—¿Y ya está?

Poco a poco Jake esbozó una sonrisa escalofriante.

—Sí —respondió—. Y ya está.

Entonces se volvió y cerró la puerta. Un suave ruidito nos hizo saber que la había cerrado con pestillo.

—Bueno, pinta fácil —comentó Robert. Cogió una de las botellas, se la acercó a los labios y dio un trago. Pero después de beber solo un poco del líquido, lo escupió al suelo—. Puaj, qué asco. Está tibio.

Shaila gruñó y se sentó en el banco. Pero luego abrió mucho los ojos.

—Esperad. ¿Alguien más tiene mucho calor? —Se subió el jersey de lana por encima de la cabeza para sacárselo, enseñando un trocito de piel entre los pantalones y la camiseta.

Sí que hacía calor. Y cada vez más. Del suelo subía vapor. Levanté la mirada y vi que también salía de unas rendijas que había en el techo.

—Joder —dijo Quentin mientras daba una vuelta para observar la pequeña estancia—. Tíos, esto es una sauna.

Todos nos quedamos en silencio mientras asumíamos la situación. Jake iba subiendo la temperatura. Demasiado. De pronto, era muy consciente de mis axilas y del calor sofocante que sentía entre los dedos de los pies. Respiré hondo y tragué demasiado aire caliente. Empezó a subirme una sensación de pánico por la garganta y sentí que iba a desmayarme.

—Vamos a terminar con esto de una vez —propuso Marla. Se sacó el suéter y dio un buen trago. Hizo una mueca mientras se tragaba la bebida—. Esto es nauseabundo.

Le tendió la botella a Henry y fue pasando por todo el círculo, hasta que Nikki me la puso a los pies.

La cogí y pensé en el día siguiente. En que podrían expulsarme del equipo si la cagaba, en que podría fastidiarme la beca o las probabilidades de conseguir ir a una universidad prestigiosa, en que echaría a perder todos los esfuerzos de mis padres. Todos mis esfuerzos. Empezaron a temblarme las manos y parpadeé varias veces para reprimir las lágrimas. Era demasiado arriesgado.

—No puedo beber —dije con un hilo de voz, sin dirigirme a nadie en concreto—. Mañana tengo las Olimpiadas. No puedo cagarla.

Por un instante nadie dijo nada, y entonces Shaila cogió la botella.

—Yo beberé por ella. Qué más da.

Pareció que a nadie le importaba y poco a poco mi miedo se fue desvaneciendo. Le di un apretón en la mano y se lo agradecí en silencio mientras ella bebía cada vez más.

Al cabo de poco, todos estábamos absolutamente rojos y empapados de sudor, y tenía la garganta seca por la deshidratación. Henry se intentó secar la cara con la camiseta, aunque ya era casi translúcida.

—Tengo que estirarme —dijo Nikki. Tenía la piel como un tomate y la melena negra y larga enmarañada alrededor de la cara.

—Venga, ya casi estamos —masculló Shaila arrastrando las palabras. Levantó la segunda botella, a la que todavía le quedaba un tercio del líquido. Era imposible saber cuánto tiempo había pasado, pero a esas alturas Shaila estaba tambaleándose.

—¿Estás bien? —le susurré en el oído.

—Sí, sí, sí —afirmó, pero cuando le vi la cara me di cuenta de que tenía los ojos nublados y la boca torcida. Me miraba, pero parecía que no me viera.

De hecho, todos estaban más o menos en ese estado, abandonando momentáneamente la realidad. Estaban idos, y cada vez más. Pero Shaila parecía que estaba en otro nivel.

—¿Cuánto has bebido? —susurré.

—Es que bebo por ti, ¿recuerdas? —respondió, no de forma desagradable, y me dedicó una sonrisita—. Para eso están las amigas. —Entonces levantó la botella y volvió a darle un trago considerable. Se le movía la garganta arriba y abajo mientras el líquido se le deslizaba hasta el estómago.

Graham sacudió la cabeza y se la quitó de las manos.

—No, amor. Ya es suficiente. —Entonces se terminó de beber toda la botella y se cubrió la boca con una mano para no vomitarlo.

—¡Jake! —gritó Robert, dando golpes en la puerta con la otra botella vacía—. ¡Ya estamos!

—¡Por fin! —Jake abrió el pestillo y todos salimos atropelladamente de la sauna. Éramos una maraña de algodón y cuerpos mojados. El aire fresco fue un gran alivio y todos cogimos una bocanada de aire, intentando inspirar tan deprisa como fuese posible. Shaila fue la última en salir y casi inmediatamente se hundió en el suelo, reclinándose contra la pared.

—No me encuentro muy bien —dijo en voz baja.

—Uy —balbuceó un Jugador de tercero—. Tiene mala pinta.

Jake se puso de cuclillas a su lado y se la quedó mirando fijamente, y luego nos miró al resto de nosotros, a mí.

—Ha bebido más que el resto, ¿verdad?

Nos quedamos en silencio.

Justo entonces, Shaila se volvió hacia un lado y, con un gran eructo, vomitó un chorro beige pegajoso sobre el suelo de madera maciza.

—Puaj, qué asco —dijo Jake, estirando una pierna delante de él—. ¡Me ha potado en las zapatillas de edición limitada!

Shaila se desplomó hacia delante y luego hacia un lado. Se había desmayado.

—Eh, chicos —dije con voz temblorosa—, creo que tenemos que hacer algo.

—Mierda —masculló Nikki—. Tenemos que llevarla al hospital.

Los chicos de tercero se quejaron.

—Pfff, cada año pasa lo mismo —dijo uno. Creo que fue Reid Jefferson, la estrella del equipo de debate—. Tienen que hacerle un lavado de estómago. Yo la llevo. —Empezó a ponerse la chaqueta.

—¿Eres imbécil? —espetó Jake—. Somos todos menores de edad. —Tenía los ojos muy abiertos, llenos de rabia. Quizá de miedo—. Salid de mi casa. Todos. Buscaos la vida.

—¿Qué? —exclamó Henry—. ¿Lo dices en serio?

—¿Acaso no parezco serio? —preguntó Jake—. No iré a Princeton si se enteran de que he estado a punto de matar a una idiota de primer curso.

Los chicos a su alrededor asintieron con la cabeza como si fuese una excusa perfectamente aceptable.

Yo me quedé helada, no veía la manera de salir de aquel lío. Pero Marla se hizo cargo:

—Vamos, chicos. Llamaré a mis hermanos. —Se puso un brazo de Shaila encima de los hombros—. Graham, sujétala por el otro lado. Asegúrate de que sigue respirando. Jill, coge todas sus cosas.

Seguí las órdenes en silencio, agradecida de tener algo que hacer con las manos, y recogí la chaqueta y la mochila de Shaila. Me apresuré a subir las escaleras detrás de Marla. Nikki, que me seguía aterrorizada y borracha, iba gimoteando.

—Vamos —le dije, sujetándola.

Cuando salimos, el frío nos hizo regresar a la realidad de golpe y el ambiente se volvió agrio por el pavor. Estaba muy oscuro, demasiado, y no se veía ni una sola estrella.

—Vaya cabrones —murmuró Graham.

Nos apiñamos en silencio mientras esperábamos a que la camioneta de los hermanos de Marla bajara a toda velocidad por la oscura carretera. Por fin vimos un par de luces que se acercaban rápidamente hacia nosotros.

—¿Qué cojones, Mar? —James, el mayor, estaba en el asiento del copiloto y bajó la ventanilla para ver qué ocurría—. ¿Sois todos tontos de remate o qué?

—Esta noche no —dijo ella—. Por favor. Solo ayudadme, ¿vale? Tenemos que llevarla a casa. —Se lo suplicaba con la mirada mientras ellos murmuraban palabras de desaprobación. Marla se volvió hacia mí—. ¿Sus padres están aquí?

Sacudí la cabeza.

—Están en los Hamptons.

—Bien. Ayudadme a subirla.

Graham, Marla y yo movimos el cuerpo de Shaila hasta los asientos traseros mientras esta intentaba decir algo incoherente. Dejé escapar una bocanada de aire. Estaba despierta.

—No hay suficiente espacio para todos nosotros —dijo

Marla—. Nikki, Jill, venid conmigo. Nos podemos quedar las tres esta noche en casa de Shaila.

Nos amontonamos en el asiento trasero y dejamos a los chicos en medio de la fría oscuridad. Me eché hacia un extremo, de modo que Shaila quedara incorporada entre Marla y yo. En cuanto nos pusimos los cinturones, Cody, el segundo hermano mayor de Marla, empezó a conducir. James subió el volumen de la radio y nadie dijo nada mientras bajábamos a toda velocidad por las carreteras sinuosas rodeadas de bosque que conducían hasta la finca de los Arnold.

Cuando llegamos a casa de Shaila, nos pasamos las siguientes horas en el baño, mientras ella vomitaba y vomitaba, hasta que solo quedó bilis verde. Marla le trajo compresas frías, ibuprofeno y Gatorade que encontró en la despensa de los Arnolds, en el piso de abajo. Nikki le masajeaba la espalda y le recogía el pelo en una coleta mientras Shay se sacudía hacia delante sobre el inodoro una y otra vez.

Cuando por fin amaneció, me fui.

—No pasa nada —dijo Marla—. Vete. Yo haría lo mismo si tuviésemos campeonato de hockey sobre hierba.

Nikki todavía estaba durmiendo.

—Gracias —respondí, intentando no llorar.

—Tú también lo hubieses hecho por mí —añadió—. Todos nos cuidamos los unos a los otros.

Estaba impresionada por su tranquilidad, por lo fácil que le resultaba esconder el miedo. Siempre me prometí que le volvería a dar las gracias y que acudiría a su rescate si en alguna ocasión necesitaba ayuda. Pero eso nunca pasó. Marla siempre era la estable. Nunca perdía la compostura y siempre podíamos contar con ella. Y jamás volvimos a hablar de esa noche. Ninguno de nosotros.

El hecho de que Nikki saque este tema ahora, cuando lo último que quiero hacer es pensar en cómo dejé que Shaila me protegiera mientras que yo nunca intenté salvarla, significa que quiere vengarse.

Nikki enseña los dientes y yo doy un paso hacia atrás, pegando la espalda a la pared.

—Pensaba que eras mi mejor amiga —susurra—. Ya he perdido a una.

Se me caen los hombros. Pelearse resulta agotador. Lo único que quiero en este momento es rodearla con los brazos y recordarle que nosotras somos las supervivientes. Que por eso tenemos que mantenernos unidas. Pero en mi interior siento una rabia que no puedo ignorar. No sé si ella lo entiende. Si se da cuenta del daño que podríamos provocar… Del daño que hemos provocado.

—Jared ya ha cambiado —digo—. Todos han cambiado. Incluso tú. Vas de un lado para otro como maestra de ceremonias como si fueses la dueña de Gold Coast. —Quiero exhalar fuego. Quiero que arda, que sienta el dolor—. Sabes que tengo razón. Sobre lo que dije en el Rally. Que esta posición hubiese sido de Shaila si estuviera aquí. Pero no está aquí, así que es tuya. Eso te hace feliz, ¿no? Haber ocupado su lugar. ¿Verdad? —A Nikki casi se le salen los ojos, ahora rojos, pero yo continúo insistiendo en sus inseguridades más íntimas—. ¿Verdad? —repito, esta vez más fuerte.

—¡Cállate! —me grita, cubriéndose las orejas con las manos. Menea con rabia la cabeza y se le humedecen los ojos—. ¡Deja de decir eso!

Cierro la boca. En lugar de sentirme satisfecha conmigo misma, estoy mareada.

—Tan solo nos quedan unos pocos meses —tartamudea—.

¿De verdad estás dispuesta a tirarlo todo por la borda a estas alturas?

Sacudo la cabeza como si fuese Aries, el Carnero. Amenazante. Rebelde.

—Ya lo he hecho.

Diecisiete

Estoy de pie junto al borde del Ocean Cliff. El viento tiene tanta fuerza que me balancea, amenazando con tirarme por el acantilado. Pero no puedo moverme. No puedo ponerme a resguardo. Veo a Nikki de lejos e intento hacerle un gesto con la mano, pero los brazos se mantienen quietos a mis laterales. Intento gritar su nombre, pero no se me abre la boca. Entonces, de pronto, se abalanza sobre mí, con una mirada furiosa y exaltada, formando un agujero negro con la boca, y, con un movimiento, me empuja.

Me estoy cayendo. Muy lejos, muy rápido. Estoy completamente sola cayendo en picado en la oscuridad.

Hasta que un estruendo me despierta. Parpadeo y abro los ojos de golpe, y me pongo la mano sobre el corazón. No es más que otro sueño. Otra pesadilla. Pero vuelvo a oír ese sonido, una fuerte vibración.

Busco el móvil a tientas. El nombre de Rachel me aparece en la pantalla. «Pregunta rápida: ¿Shaila alguna vez te escribió una carta?».

«Sí», respondo. «Durante los veranos. Cuando no estábamos juntas. ¿Por?».

«He encontrado una carta que me envió en primaria. Me

254

preguntaba si también escribía a otras personas… y si les habló sobre… ya sabes qué».

Se me congelan los dedos. Todavía no tengo claro si creo en la inocencia de Graham, pero la idea de que Shaila le estuviera poniendo los cuernos parece casi verosímil. ¿Habría alguna pista en una de sus cartas? De ninguna manera. Solo me escribía cuando estábamos lejos la una de la otra, y durante su último año estuvimos siempre juntas.

«A mí no», escribo.

«No, claro, es obvio. ¿A alguien más?».

«No lo sé», respondo.

«¿Habría alguna manera de descubrirlo?».

«Supongo, si nos colamos en su casa o algo así», digo, claramente en broma.

«¿¿¿Lo harías, de verdad??? Sus padres se van a Palm Beach cada invierno. ¡Seguramente no haya nadie en su casa!», contesta Rachel.

«No lo dirás en serio».

«¿¿¿???».

Dejo caer el móvil sobre el edredón. ¿Valdría la pena? ¿Qué podría encontrar?

La idea me persigue durante todo el día en la escuela, mientras estoy en la biblioteca sola estudiando para el examen de la beca de Brown —es mi nueva actividad favorita—, durante la reunión de las Olimpiadas Matemáticas e incluso cuando nos sentamos todos juntos a la mesa para cenar salmón y boniato al horno, mientras Jared no me dirige la palabra y mamá y papá no dejan de hablar sobre el trabajo y el mal tiempo que está haciendo este año.

Doy golpecitos en el suelo con el pie bajo la mesa, inquieta y nerviosa. No lo aguanto más. Levanto la cabeza.

—¿Me disculpáis? —digo—. Me he olvidado un libro en la escuela y tengo que volver a buscarlo antes de que cierren con llave durante la noche.

Mamá y papá ni siquiera alzan la mirada.

—Claro —responde papá—. Después vuelve directa, ¿vale? Se está haciendo tarde. —Se saca las llaves del bolsillo y me las da.

Asiento y me dirijo hacia la puerta. La cabeza me da vueltas pensando en lo que estoy a punto de hacer. Si hay alguien en casa, me iré. Eso es lo que me digo a mí misma.

No he estado en casa de Shaila desde antes de que muriera, pero me sé el camino perfectamente. No tengo ni que pensarlo. Bajo por East End Street, dejo atrás el semáforo, luego subo por Grove Avenue y cruzo la ciudad por Main Street. Paso por delante del centro de *spinning* que tanto le gusta a la madre de Adam, por The Garage y, más a las afueras de la ciudad, por los establos donde Shaila hacía clases de hípica de pequeña. Freno ligeramente cuando paso por el pequeño puente que separa la finca de los Arnold del resto de Gold Coast y, de pronto, estoy en la entrada de su enorme calzada flanqueada por árboles. Me detengo y apago el motor.

Sujeto con fuerza el volante para evitar que me tiemblen las manos. «¿De verdad estoy a punto de hacer esto?».

Cierro los ojos y vuelvo a comerme la cabeza, como ya he hecho un millón de veces hoy. «¿Qué haría Shaila?». Ella seguiría adelante, lo sé.

Cuando bajo del coche me tiemblan las piernas, y el viento me azota la piel del cuello que queda al descubierto. No hay ningún vehículo. Una clara señal de que los Arnold se han ido a pasar el invierno fuera.

Si el señor y la señora Arnold de verdad se han ido a Palm Beach, habrán dejado una llave en la cajita que hay en la casa de invitados, en la parte trasera de la propiedad. Siempre usaban el mismo código para todo, el cumpleaños de Shaila: 1603. Respiro hondo el aire frío y dejo que me llene los pulmones, que me dé valentía.

Y luego salgo corriendo. Primero cruzo la espesa arboleda que divide la finca entre el césped y el bosque, de modo que quedo fuera de la vista, lejos de las cámaras de seguridad que instalaron tras la muerte de Shaila. Es tan oscuro que apenas puedo verme los pies. Se me acelera el corazón por el miedo, pero me digo a mí misma que pronto habrá terminado todo. Ya casi estoy. Puedo ver cómo el brillo de la luna ilumina la casa, que está a pocos metros de distancia. Corro a toda velocidad entre los árboles y salgo al patio trasero de los Arnold, un extenso campo que incluye una piscina y una pista de tenis.

Desde aquí puedo ver la habitación de Shaila, completamente oscura, como el resto de la mansión. Respiro hondo y me acerco lentamente hasta la esquina más lejana del jardín, donde se encuentra la casa de invitados, intacta. La cajita sigue ahí, clavada a la puerta principal. Me pongo los guantes y aprieto los números de la fecha de nacimiento de Shaila con dedos temblorosos. La lucecita cambia de rojo a verde y se abre el cerrojo. Ahogo un grito.

La llave está ahí, igual que siempre, esperando a ser usada.

La cojo y salgo disparada hacia la puerta lateral de la casa principal, que está escondida y solo la usan cuando reciben paquetes o cuando llega el servicio de cáterin si los Arnold celebran algún cóctel sofisticado. No está pensada para los invitados. Cuando llego a la entrada, me quito la chaqueta y las botas y las dejo apiladas fuera de la casa. No puedo dejar un rastro de barro o de suciedad.

Giro la llave y la puerta se abre. Espero un instante, por si suena la alarma… o pasa algo. Pero no ocurre nada, así que entro en casa de Shaila. Huele a cerrado, y me pregunto cuándo debe de haber sido la última vez que sus padres estuvieron aquí. Nadie los ha visto desde el primer día de clase. Ni por la ciudad ni en el supermercado. Pero eso es normal; dejaron de socializar después de la muerte de su hija.

Paso de puntillas por la primera planta, más por curiosidad que por otra cosa. Todo está como la última vez que estuve aquí, hace tres años. La vajilla de porcelana buena continúa apilada en un gran bufé de madera en el espléndido comedor. El piano Steinway está tan bien pulido que puedo ver mi reflejo. La escalera de caracol todavía luce adornos navideños de color rojo y verde, aunque estamos a mediados de febrero.

Y Shaila está por todos lados. Su cara, capturada en su primera comunión, me observa desde un marco en el salón. Su fotografía de quinto de primaria cuelga del pasillo. Y ahí está, en las escaleras, haciendo un mohín con sus abuelos en Pascua.

Empiezo a subir las escaleras que me sé de memoria, descansando la mano sobre la barandilla. Cuando llego a la planta de arriba giro a la derecha y avanzo lentamente por el pasillo. Pero cuando estoy frente a su cuarto, me detengo.

Presiono la frente contra la puerta y siento a Shaila detrás de mí, instándome a que entre. «Puedes hacerlo. Deberías hacerlo. Tienes que hacerlo». Giro el pomo de madera maciza, empujo y entro en el mundo de Shaila. Está tan oscuro aquí dentro que no veo nada. Busco el móvil y enciendo la linterna, que crea un foco de luz delante de mí. Cuando consigo ver la habitación, ahogo un grito. Todo está exactamente igual que la última vez que estuve aquí.

La cama de madera oscura, con los postes tallados en espiral, se sitúa en el centro de la habitación, con el enorme cabecero apoyado contra la pared que me queda más lejos. El edredón lila de seda con delicados botones cosidos en cada cuadrado está perfectamente colocado. Delante de las almohadas, mirando hacia el vacío, hay un cerdito de peluche; Shaila lo adoraba en primaria, pero luego dejó de hacerle caso cuando le bajó la regla por primera vez.

Me noto la garganta seca y tengo que resistirme a las ganas de acurrucarme en el edredón de Shaila para ver si todavía huele a ella. Tengo una misión, así que me obligo a seguir el plan, a buscar algo, lo que sea, que nos pueda indicar si le contó a alguien que le estaba poniendo los cuernos a Graham. Primero voy al vestidor, donde a menudo escondía botellas de alcohol a medias y recambios del cigarrillo electrónico. Rebusco entre el montón de camisetas y protectores de las rodillas de voleibol, pero no hay ninguna carta. Cierro las puertas y me dirijo hacia el armario, pero solo hay los uniformes de Gold Coast de Shaila, que están almidonados. No huelen para nada a ella.

Doy unos pasos hasta el tocador. Estuvimos frente a él en muchísimas ocasiones, haciéndonos la raya de los ojos y poniéndonos pintalabios, viendo cómo nos transformábamos en el espejo. Todavía tiene manchitas de tinte de pelo rojo de esa vez que Shaila insistió en teñirse las puntas del pelo en primaria, solo un poquito, para divertirse. Paso los dedos por el espejo e intento rascar las manchas para sacarlas, pero se quedan como estaban. En una esquina del espejo hay metida una foto, una instantánea de Shaila, Nikki, Marla y yo preparándonos para la Fiesta de Primavera de primero. Nos pusimos unos vestidos brillantes y demasiado maquillaje. Esa noche nos peinó Shaila, y nunca me había sentido tan preciosa.

Me palpita el corazón con fuerza al ver nuestras grandes sonrisas. Shaila tiene los brazos alrededor de Nikki y de Marla, y yo estoy pegada al otro lado de Nikki. Todas parecemos muy felices. No sabíamos que, al cabo de un mes, Shaila estaría muerta.

Abro la cámara del móvil y le hago una foto; quiero recordarlo para siempre. Extiendo la mano y tiro de las esquinas de la instantánea para sacarla del marco del espejo, pero está enganchada, está metida muy adentro de la pequeña abertura. Con cuidado de no romperla, la saco poco a poco, lentamente, hasta que detrás de ella veo otra cosa.

Un trozo de papel de libreta a rayas que ha sido doblado una y otra vez hasta formar un minúsculo cuadrado perfecto. Incrustado entre la foto y el espejo, hacía que la fotografía se mantuviera en su lugar.

Pero ahora, sin nada que lo ancle, el papel se cae. Lo recojo y lo abro con dedos temblorosos. Es muy fácil reconocer las florituras de la letra de Shaila, y casi me quedo sin aliento. Siento que el corazón me late en los oídos y tengo que sujetarme en el tocador mientras despliego el papel. Escaneo las palabras rápidamente, pero en un primer momento no tienen ninguna lógica. Me obligo a inhalar, luego a exhalar, y empiezo desde el principio.

1 de abril

¡KARA!:

Ha pasado una cosa. Estoy ¡¡¡ENAMORADA!!!

Pero… no de Graham. Por favor, no me odies. Ya me odio yo a mí misma por haberme metido en esta situación. ¡Es una tortura! Eres la única persona a la que se lo puedo contar. Él dice que sería terrible si la gente se enterara, y que tendríamos que terminar la relación. Que sería EL FIN tanto de su vida como de la mía. Que tendría un problemón. Un problemón enorme, de esos que te arruinan la vida.

Pero, bueno, a la mierda, estoy que exploto de la emoción y del cosquilleo. No quiero mantenerlo en secreto. Quiero decírselo a todo el mundo. Mi amor por él puede con todo. Cuando estamos separados no puedo respirar, y me mata verlo por los pasillos o andando por la escuela y tener que hacer ver que no hay nada entre nosotros dos.

Todo empezó un día después de clase, en el aparcamiento que hay detrás del teatro. Me dijo que estaba loco por mí. Fueron las palabras más extraordinarias que jamás me han dicho y no puedo creerme que las usara para referirse a mí. Entonces se inclinó y me rozó los labios con los suyos. Eran muy suaves y dulces, e inmediatamente quise más. Pero la cuestión es que no me sentía avergonzada por mi deseo. Parecía que a él le gustaba. Supongo que es porque tiene más experiencia. A Graham siempre parece asustarle esa faceta mía.

La siguiente vez, me preguntó si quería hacerlo y le dije que sí. Me dolió un poco, pero él hacía unos gemidos contra mi oreja que me ponían a cien. Y entonces empecé a sentirme increíble. Dijo que era muy suave, y eso hizo que me explotara la cabeza.

¡Me muero por contárselo a Jill! Es la única que lo entendería, pero en cierto modo ese es el motivo por el que no puede enterarse. Hemos hablado muchas veces de perder la virginidad, de cómo sería, de con quién queríamos que fuese. Se enfadaría mucho de que ya haya pasado y no se lo haya dicho.

Pensaba que me haría sentir mal… o sucia. Pero no fue así. Me hizo sentir fuerte, como si tuviese poder, como si fuésemos iguales. Emborracharse es divertido, pero estar así con un chico ha sido el subidón más fuerte que he tenido jamás.

Ya sé que tendría que romper con Graham, pero es que… no quiero. Él también me gusta. Me gusta cómo me mira y cómo me rodea con el brazo en el comedor. Me gusta lo que tenemos, lo fácil que es todo con nuestras familias y que nuestra relación haga que le caiga mejor a Rachel, que encaje de verdad. ¿Qué voy a hacer?

Estoy releyendo la carta por tercera o décima vez cuando oigo un fuerte chirrido. El sonido hace que salga disparada hacia el tocador y se me acelere el corazón. Miro por la ventana, pero solo ha sido una rama arañando el cristal. Intento calmarme las palpitaciones, pero sé que tengo que darme prisa en irme. Quedarme sería demasiado peligroso. He sido una estúpida desde el principio por venir aquí.

Doblo el papel por la mitad, y luego lo vuelvo a doblar, y me lo meto en el bolsillo de los tejanos. Me dirijo lentamente hacia la puerta y me vuelvo para observar la habitación de Shaila por última vez. La espeluznante tranquilidad, los secretos que guardaba… Todo ello me da ganas de vomitar. Parece que en cualquier momento podría llegar a casa y dejarse caer sobre la colcha. Pero no lo hará. No volverá nunca. Ni para desordenar la habitación ni para decirme la verdad… sobre quién la mató y por qué exactamente tuvo la necesidad de ocultarme este enorme secreto. La hubiese entendido. La hubiese apoyado. En cambio, se lo contó a Kara Sullivan. Su amiga altiva del Upper East Side. Parpadeo para evitar que se me salgan las lágrimas y me muerdo el labio con fuerza.

Cierro la puerta y vuelvo sobre mis pasos hasta que estoy de nuevo en el porche trasero de la casa de los Arnold, temblando mientras me subo la cremallera de la parka y devuelvo la llave a la cajita. Respiro largo y hondo, y alzo la vista hacia el cielo. Hay demasiada niebla como para llegar a ver nada esta noche y el jardín trasero está tan oscuro que empiezan a dolerme los ojos.

Desaparezco entre la oscuridad.

Cuando vuelvo a casa, releo la carta. Y luego la leo otra vez. Y otra y otra hasta que me la sé toda de memoria y podría recitarla con los ojos cerrados, sin pensarlo. Ya es tarde, más de la una de la madrugada. Los únicos sonidos que puedo oír son el fuerte viento y el suave repiqueteo de la lluvia, que podría convertirse en nieve. Cuando leo la carta de Shaila por última vez, se me empiezan a acumular las lágrimas, que amenazan con caer y estropear la caligrafía gruesa y redonda de mi amiga. Me limpio la cara con la manga, desesperada por preservar sus palabras, sus palabras aterradoras, salvajes y apresuradas.

Ojalá estuviera aquí. Quiero que Shaila me explique cada frase, que me diga por qué me ocultó sus pensamientos más íntimos. Por qué los compartió tan tranquilamente con Kara.

Me palpita la cabeza mientras intento encontrarle la lógica a todo esto, a todo lo que mi amiga hizo a mis espaldas, a quién era de verdad. ¿Acaso conocía a la auténtica Shaila?

Pero ahora no quiero pensar en ello. Quiero descubrir quién es el chico del que hablaba y qué sabe. Qué hizo.

Hay una persona a la que tengo que llamar.

Rachel coge el teléfono cuando suena el primer timbre.

—¿Todavía tienes el número de Kara Sullivan? —pregunto, sin molestarme siquiera en decirle «Hola».

—Caray, Jill. Estoy durmiendo. —Su voz suena ronca y atontada.

—Ay, lo siento. —Apoyo la cabeza contra la almohada y cierro los ojos. De pronto, yo también estoy muy cansada.

Rachel suspira.

—¿Kara Sullivan? Seguro que lo debo tener en algún lado. ¿Por qué?

—Hay una carta —respondo—. De Shaila para Kara. Tenemos que hablar con ella.

—Espera —dice—. ¿De verdad has ido?

—Sí —susurro.

Oigo unos ruidos amortiguados, como si Rachel hubiese puesto la mano sobre el micrófono del móvil.

—Un segundo, amor.

Luego oigo el sonido de las sábanas moviéndose y unos pasos.

—Lo siento —balbuceo otra vez.

—No pasa nada. Es solo que Frida tiene el sueño bastante ligero. —Una puerta se cierra detrás de ella—. ¿Qué narices, Jill? Cuéntamelo todo.

—No había nadie en casa. Así que… he hecho lo que pensaba que haría Shaila. He encontrado la llave de repuesto y he entrado.

—Qué valiente.

—La carta era para Kara. Shaila debió de olvidarse de mandarla. O decidió no hacerlo. Por la fecha, es de unos meses de antes de su muerte.

—¿Qué dice?

—Es verdad —contesto sin aliento—. Shaila le estaba poniendo los cuernos a Graham.

—¿Con quién?

—No lo sé. No dice su nombre.

Rachel está callada durante un instante.

—Tenemos que hablar con Kara —susurra.

—Lo sé. —La última vez que la vi fue en el funeral de Shaila. Llevaba un vestido de seda negro que parecía demasiado elegante para la ocasión e iba perfectamente peinada, con las ondas cayéndole por la espalda sin que la humedad de Gold Coast le afectara lo más mínimo. Entre las manos sujetaba con fuerza una

hoja de papel, eso lo recuerdo. Quizá era una carta de Shaila—.
Vosotras dos también os conocéis desde hace tiempo, ¿no?

Rachel no duda al responder:

—La conozco desde que nació. Le hice de canguro una o dos
veces.

—¿Podrías encontrarla? ¿Podemos quedar con ella?

—Los Sullivan cortaron cualquier tipo de contacto con nosotros después de lo que ocurrió. Pero deja que me ocupe de ello,
¿vale?

—Vale.

—Te mantendré informada.

Colgamos, pero sé que no podré dormir. En cambio, abro
Instagram e intento encontrar a Kara. ¿Quién será actualmente? ¿Seguirá siendo tan distante y pretenciosa como lo era hace
tres años?

Tardo muy poco en llegar a su perfil. Tiene algunos miles de
seguidores y cuelga fotos a menudo en diferentes locales de moda
de Nueva York. De brunch en el Balthazar. Mirando hacia el
enorme edificio del Museo de Arte, el MoMA PS1. Sentada en
las gradas de un partido de los Knicks.

Deslizo el dedo hacia abajo por su perfil hasta que llego a una
publicación de junio. El aniversario de la muerte de Shaila.

Hay una foto de ellas dos cuando iban a parvulario, sentadas
juntas en la playa con las piernas bronceadas extendidas frente a
ellas. El oscuro pelo de Kara se funde con la melena rubia de
Shaila y se abrazan la una a la otra con mucha fuerza. «Para mi
mejor amiga, mi hermana. Te fuiste demasiado pronto. Siempre
tuya, K. #ShailaArnold».

Me atraganto al ver la etiqueta. Qué oportunista. Pero, aun
así, no puedo despegarme de su página. Sigo bajando y bajando
hasta que caigo rendida en un sueño intermitente.

«Quedamos hoy a las 11 de la mañana. En la 71, entre Madison y Park».

Me llega el mensaje cuando estoy engullendo unos gofres en la mesa de la cocina mientras estudio para el examen de la beca con unas tarjetitas que me he preparado. La casa está vacía y tranquila dado que mamá, papá y Jared han salido a disfrutar de alguna de las actividades que Gold Coast ofrece los sábados. El tenedor repiquetea cuando lo dejo caer en la pila y a los pocos minutos ya estoy saliendo por la puerta y andando el kilómetro y medio que tengo hasta la estación de ferrocarril de Long Island.

Cuando salgo del metro en el Upper East Side, me sorprende lo diferente que es de la zona donde vive Rachel. Todas las casas adosadas están perfectamente cuidadas, con preciosas verjas metálicas y jardineras llenas de plantas en las ventanas, aunque todavía es invierno. No hay ni un trozo de pintura desconchada a la vista. Incluso los perros visten mejor aquí. Pequeñas bolas de pelo envueltas en diminutos suéteres de lana y brillantes plumones se pasean arrastrando a sus dueños detrás de ellos. Las calles son anchas y los escaparates son luminosos y atractivos. No me extraña que Kara nunca fuera de visita a Gold Coast. Es sorprendente lo preciosa que puede ser Nueva York. Pero también es sofocante.

—¡Aquí estás! —Rachel baja por Madison Avenue con una taza térmica de café en la mano. Se me relajan los hombros al verla. Con los labios pintados de rojo vivo, un abrigo holgado de estampado de leopardo y un gorrito neón, está tan fuera de lugar como yo en mis leggings desgastados y la sudadera del campamento de ciencias. Extiende los brazos para abrazarme, con los ojos brillantes de la emoción—. Kara vive aquí. —Señala uno de los edificios perfectamente cuidados. Está hecho de ladrillos grises plateados y cuenta con ventanas altas que nos sonríen amenazantes.

—¿En qué piso? —pregunto.

Rachel se queda mirándome.

—Es todo el edificio. Su madre lo ganó con el divorcio.

—Alucinante —dejo escapar.

Rachel aprieta un botón del interfono y yo cierro los puños.

—¿Qué? —responde una voz brusca.

—Ya sabes quién soy, Kara. Sé que puedes verme —contesta Rachel. Se acerca a la cámara como para asustarla.

La puerta se abre de golpe y Kara aparece delante de nosotras, de pie y con los brazos cruzados. Lleva un jersey de cachemira de color beige, unos tejanos que parecen caros y unas pantuflas de cuero negro con piel sobresaliendo por los lados. En cada oreja tiene un gran pendiente redondo con un diamante. Parece que acabe de salir de la peluquería.

—Hola —dice, escueta.

—¿No nos invitas a entrar? —pregunta Rachel con tono dulce.

Kara le lanza una mirada, pero da media vuelta y entra en la casa. Supongo que es una invitación. Rachel levanta las cejas y me mira por encima del hombro. La sigo hasta el interior de la vivienda e intento ahogar un grito de sorpresa. En todas las paredes hay cuadros. Y no cuadros de esos que compras en un mercadillo de segunda mano o en Ikea, no; cuadros de verdad. Cuadros que podrían estar expuestos en un museo. Obras del tamaño de un mural que representan la arquitectura de mediados del siglo pasado en la costa oeste. Enormes lienzos con franjas de colores que se parecen a las pinturas de Rothko que vi en un libro de texto de Historia del arte avanzada.

Parece que Kara me ha leído la mente.

—Regalos —dice. Su boca se transforma en una sonrisa satisfecha. Señala el cuadro de un hombre de pie frente a una piscina—. Ese es de David Hockney. —Se detiene delante de otro cuadro que parece un póster, con una frase escrita en letras grandes: «No puedo mirarte y respirar a la vez»—. Este es de Barbara Kruger. Era la artista favorita de Shaila.

Se crea un silencio incómodo entre nosotras tres. Rachel es la primera en romper el hielo:

—Mira, ya sé que se supone que no puedes verme…

Kara resopla.

—Con eso te quedas corta.

—¿Qué? —pregunto boquiabierta, mirando primero a una y luego a la otra.

Pero ninguna de las dos me mira siquiera. En cambio, mantienen la mirada fija la una en la otra, como si se estuviesen preparando para la batalla.

—De verdad que mi madre me mataría si se enterara de que estáis aquí.

—Hablando de ella, ¿dónde está Mona?

—Ha salido. —Kara se deja caer sobre un lujoso sofá de gamuza y se cruza de brazos. Luego se vuelve hacia mí—: Después de lo que pasó, mi madre me prohibió que hablase con Rachel, o básicamente con cualquiera de Gold Coast. No quería que terminara involucrada en algo… desagradable. —Se coloca el brillante pelo por detrás de las orejas—. Sus palabras, no las mías.

Rachel pone los ojos en blanco.

—Lo que tú digas, Kar.

—Eh, sé amable. Tienes suerte de que haya accedido a hablar contigo.

—Bueno, ¿y por qué lo has hecho?

Se le suaviza el rostro. Por un segundo, Kara parece una chica de instituto normal y corriente, no una princesa del arte de la Gran Manzana.

—La echo de menos —dice con un hilo de voz—. Echo de menos… todo aquello. Los veranos en los Hamptons con todo el mundo. La forma en que Shay se reía por la nariz. Que hacía las mejores galletas con pepitas de chocolate. Que te escuchaba cuando hablabas, te escuchaba de verdad. En Manhattan no hay nadie así. Era mi mejor amiga. Y ahora ya no está. Todo lo que nos unía ha… —Respira hondo—. Mi madre todavía ve a los Arnold de vez en cuando, cuando vuelven a la ciudad. Pero no quieren verme, dicen que les recuerdo demasiado a ella. Que es demasiado doloroso.

Se me tensan los hombros. Nunca había pensado que Kara tuviese una relación de verdad con Shay. Siempre parecía muy performativa, muy superficial. Pero quizá su vínculo era real. Tanto como el mío. Lo que significa que Kara también lo habrá pasado muy mal todo este tiempo.

Levanta la barbilla y su voz adopta de nuevo un tono seco y ensayado.

—Pero vayamos al grano. ¿Tenéis algo que me pertenece?

Me saco la nota del bolsillo y me tiemblan los dedos al extender el brazo hacia ella. Me coge la carta de la mano con brusquedad y escanea la página, buscando frenéticamente. Cruza las piernas y no deja de mover el pie.

Rachel me busca con la mirada y esperamos otro minuto a que hable Kara, pero ella continúa en silencio, leyendo la letra cursiva de Shaila una y otra vez.

—¿Y bien? —pregunto.

—¿Me dais un momento? —pide Kara en voz baja sin levantar la mirada. Tiene los ojos húmedos—. ¿Un poco de privacidad?

Rachel aprieta los labios, como si evitara mostrar cualquier tipo de emoción.

—Vale. Voy a tomar un poco el aire. ¿Jill?

Sacudo la cabeza.

—¿Puedo ir al baño?

Kara señala las escaleras que hay en el vestíbulo.

—Segunda planta, tercera puerta a la derecha.

Rachel se retira a la entrada y yo subo las escaleras, observando las fotografías que decoran la pared. Son espectaculares, no pueden ser de aficionados. Hay una de Kara de muy pequeña, desnuda, al lado de su madre con un conjunto de marca y diamantes. Luego otra en su decimosexto cumpleaños mirando hacia la cámara con unos ojos vivos, llameantes, y un cuerpo perfecto. Supongo que ella no vivió los años incómodos de la adolescencia.

Llego a la segunda planta y cuento las puertas buscando el baño. Pero me detengo cuando veo algo lila de reojo a través de una puerta que está entreabierta. Es la colcha de Shaila. Kara debe de tener la misma. Me pregunto si las escogieron juntas.

Antes de que pueda pensármelo demasiado, empujo la puerta con los dedos.

La habitación de Kara es impecable. Parece que sea la de una sofisticada chica de veintipocos años. Todo es de mármol o de cristal. Hay colgantes decorados con piedras preciosas extendidos sobre un joyero encima de un tocador enorme. Fotografías en blanco y negro colgadas en la pared, firmadas por Robert Mapplethorpe. Me esfuerzo en no reírme, es todo demasiado fuerte.

La única pista de que todavía está en el instituto es el trofeo del equipo de tenis que hay sobre una estantería alta.

Rodeo de puntillas la cama, intentando no hacer ruido al

pisar el suelo de madera maciza, y me detengo frente a la mesita de noche, que está junto a la pared. Se me encoge el estómago. Hay un sencillo marco de color negro con una fotografía de Kara y de Shaila. Debe de ser de los primeros años de primaria, porque Shay parece más joven que cuando la conocí. La cámara está enfocada hacia ellas, pero las dos amigas se miran la una a la otra, sentadas sobre un banco de madera con la playa de fondo. Cada una sujeta un helado de cucurucho y se dedican una sonrisa amplia y desenfadada. Parecen dos niñas que se cuentan secretos; y que los guardan, también.

Puede que parezca que Kara lo tiene todo controlado, pero me imagino que está hecha un lío por todo esto tanto como yo.

—¿Te has perdido allí arriba? —grita Kara desde abajo.

Inhalo con brusquedad.

—¡Ya voy! —Me dirijo hacia las escaleras, intentando dejar la puerta como estaba cuando he llegado.

—Rarita —dice cuando vuelvo al salón. Rachel también ha vuelto a entrar, reclinada sobre un sillón de terciopelo de color verde azulado.

—Bueno, ¿qué te parece? —pregunta Rachel.

—Todo lo que me contó Shaila era entre nosotras —responde Kara, levantando la barbilla—. Es lo mínimo que puedo hacer por ella ahora.

—Déjate de gilipolleces —bufa Rachel—. Dinos lo que sabes y ya está.

—¿Por qué debería hacerlo?

—Porque tenemos pruebas de que Graham es inocente, de que quien asesinó a Shaila es otra persona.

Se adivina un destello de sorpresa en el rostro de Kara, pero desaparece en un instante.

—Porque nos conoces a Graham y a mí desde hace tantos

años como a Shaila —continúa Rachel—, y le debes lealtad a él tanto como a ella. No pudiste salvar a Shaila, pero puedes ayudar a salvar a Graham.

—Mierda —dice Kara, mordiéndose el perfecto labio rojo—. Mi madre me mataría. —Se frota la cara con las manos y se reclina sobre el sofá—. Shaila le estaba poniendo los cuernos —confirma con voz temblorosa.

—¿Sabes con quién? —pregunta Rachel.

—Nunca me lo dijo. —Con el dedo señala la carta de Shaila—. Como explica aquí, él le dijo que no lo contara y Shaila no lo hizo.

—¿Ya está? —insiste Rachel—. ¿Eso es todo lo que sabes? —Su voz suena frenética, desesperada.

Kara suspira y se inclina hacia delante. Apoya los codos sobre las rodillas y la oscura melena le cae a los lados de la cara.

—A la mierda —murmura—. Sé otra cosa. Hacia final de curso, unas pocas semanas antes de que muriera, Shay dijo que el chico la empezaba a poner nerviosa. Que ella le gustaba demasiado. Que estaba obsesionado, casi.

—¿En serio? —El corazón me va a mil por hora.

—Le regaló unos pendientes de diamantes. —Se coloca el pelo detrás de las orejas para enseñarnos sus joyas—. Supongo que Shaila le dijo que le gustaban los míos, así que él compró un par que era igualito. Me parece que para ella fue demasiado. O sea, estos son de dos quilates cada uno. Me los regaló mi padre cuando nos abandonó. —Sacude la cabeza—. Un premio de consolación. Pero los pendientes incomodaron a Shaila. Dijo que nunca podría ponérselos, que la gente haría demasiadas preguntas. Shay se los devolvió y él se puso como loco. Le recriminó que fuera una desagradecida. Creo que, a partir de ese momento, ella quiso cortar con él. Eso me dijo, como mínimo.

Kara esconde los pies bajo ella. Acurrucada así, parece joven, por lo menos como si viviésemos en el mismo planeta.

Rachel y yo volvemos a mirarnos. Si Shaila estaba a punto de dejar a este misterioso chico, entonces es un móvil perfecto.

Kara comprueba la hora.

—Chicas, tenéis que iros. Mi madre volverá pronto.

Rachel hace ademán de levantarse, pero yo vacilo.

—Espera —digo—. Te mandó otras cartas, ¿verdad? ¿Podríamos leer alguna de ellas? Solo para ver si nos falta algún dato.

Kara abre la boca para protestar, pero sé que es mi última oportunidad.

—Quería a Shaila tanto como tú. Era mi mejor amiga —añado—. Solo quiero saber qué le ocurrió de verdad.

Kara frunce el ceño y sacude la cabeza a modo de respuesta. Es un «no».

—¿Por qué? —suelta Rachel.

A nuestra anfitriona se le empiezan a humedecer los ojos y suspira hondo antes de contestar:

—Mi madre las cogió. Yo las guardaba todas en una caja, y después de que Shaila muriera dijo que no debería vivir en el pasado, que eso solo me provocaría dolor. No sé dónde las metió, ni siquiera si las guardó.

—Kara… —empiezo a decir—. Lo siento mucho. —No sé qué haría si no tuviese ni una pequeña parte de Shay en mi vida.

Ella sacude la cabeza de nuevo.

—No pasa nada. O sea, sí. Pero ¿qué puedo hacer yo?

Asiento. Sé lo que es sentirse impotente.

Rachel está a punto de decir algo, pero todas nos quedamos heladas al oír el sonido de unos pasos que se acercan a la puerta principal. Entonces una llave gira en el pomo.

—Mierda, es mi madre —dice Kara. Abre mucho los ojos,

asustada—. Rápido, podéis salir a hurtadillas por la puerta lateral. —Nos empuja hacia la reluciente cocina y abre la puerta lentamente para que no haga ningún ruido. Sin previo aviso, nos da un fuerte abrazo a las dos; nada que ver con el recibimiento de hace un rato. Me aprieta la carta de Shaila contra la palma de la mano—. Pilladlo, ¿vale? —Antes de que pueda responder, deshace el abrazo y cierra la puerta con suavidad.

—Te acompaño a la estación de tren —se ofrece Rachel, con un hilo de voz.

Recorremos el estrecho pasaje hasta que volvemos a la calle y paseamos fatigosamente por la acera en silencio durante un minuto o dos antes de que Rachel vuelva a hablar:

—Tenemos que enseñar la carta a los abogados la semana que viene. ¿Puedo volver a verla?

Despliego el papel y se lo doy. Rachel está un buen rato leyendo cada una de las frases, y luego las relee de nuevo. Entonces ahoga un grito.

—Mira. Esta frase de aquí. —La lee en voz alta—: «Todo empezó un día después de clase, en el aparcamiento que hay detrás del teatro». Y también dice que él tiene más experiencia.

Me paro en seco.

—Madre mía. Joder.

—El aparcamiento que hay detrás del teatro… —repite—. ¿No es el del personal?

Dieciocho

Nunca he entendido a la gente que no quiere gustar a los demás, que dice que no les importa lo que las otras personas piensen de ellos. Pues claro que a mí me importaba, joder. Quería —y sigo queriendo— caer bien y que la gente me incluya, me respete y me admire. Por eso me pasé todo el primer curso llevando de un lado a otro copas de cerveza perfectamente servidas y comprándoles a los de cuarto rosquillas del Diane's en noches de entre semana. Por eso me reía con bromas que ni siquiera eran graciosas o que eran sobre nosotros. Por eso después de las fiestas me dedicaba a meter las botellas vacías en bolsas de basura mientras los chicos seguían jugando al *flip cup* o al *beer pong*. Por eso salivaba al oír cotilleos de Gold Coast Prep que no fuesen sobre mí. Es mejor alimentar los rumores que ser objeto de ellos.

Así que cuando una noche de primero, en la playa, Tina Fowler me susurró: «¿Puedes guardar un secreto?», yo asentí enérgicamente. Estaba entusiasmada de ser su público. Estábamos estiradas la una al lado de la otra y Tina se volvió hacia mí, haciendo que me cayeran en el pelo algunos granitos de arena. Se inclinó para acercarse.

—Dicen que uno de los profesores se acuesta con una alumna. Que lo hicieron en su coche en la escuela, después de clase.

—Me lo decía con una mirada frenética, gracias a una máscara de pestañas grumosa y a un delineador demasiado oscuro. Nunca supo maquillarse bien, pero siempre estaba mona gracias al espacio que tenía entre los dos dientes delanteros. Todos decían que era adorable.

—¡Qué fuerte! —exclamé, y miré hacia la hoguera que había encendida a unos pocos metros. Los chicos estaban alrededor de las llamas, en círculo, y le tiraban palos, cartones y todo lo que encontrasen para avivar el fuego. Su risa flotaba por encima de las olas que se estrellaban contra la orilla. Era principios de abril, así que todos llevábamos ropa de franela y estábamos envueltos con mantas de lana que habíamos cargado en varios todoterrenos para mantenernos calientes.

—Qué mal, ¿eh? —Pero, a juzgar por su expresión, no parecía que pensara que estaba mal. Tenía una sonrisa tan ancha que podía verle los caninos. Los tenía afilados como si fuesen colmillos.

—Totalmente.

—Seguro que es el señor Scheiner —dijo ella, arrugando la nariz como si oliese algo podrido—. Parece un pedófilo, con esas gafas metálicas.

Solté una risita.

—O el entrenador Doppelt. Shaila ya avisó a dirección de que actuaba de forma extraña en los vestuarios.

Tina se cubrió la boca con una mano.

—¡No me digas! Rachel también comentó que era un mirón. —Se acercó más hacia mí, chocando mi hombro con el suyo—. Pero ¿no sería una pasada si fuese el señor Beaumont? Está buenísimo.

En esa época, Beaumont todavía era bastante nuevo. Entraba en el aula justo antes de que sonara el timbre bebiéndose un café con hielo enorme, independientemente del tiempo que hiciera, y se reclinaba sobre un pupitre de primera fila. Normalmente el de Shaila, y a veces el de Nikki. Nunca el mío. Mientras nos preguntaba cómo había ido el fin de semana, se le dibujaba una gran sonrisa en la cara que nos hacía sentir como que nos entendía. Que estaba de nuestro lado. Que estábamos todos ahí para aguantar hasta el final juntos.

—En serio. —Tina dio un trago de la botella que tenía al lado—. Daría cualquier cosa por liarme con él. Debe de tener veinticinco años o algo así. Lo veo factible.

—Quizá el año que viene —bromeé.

—Al parecer, para alguna sí que es este año. ¡Bien por ti, chica! —gritó.

Unos cuantos pares de ojos se volvieron hacia nosotras y nos echamos a reír, tirándonos hacia atrás sobre la arena húmeda. Yo estaba contenta por el simple hecho de estar cerca de ella, de que me incluyera, de que no me llamaran «novata estúpida» o me hicieran recitar el segundo nombre de todo el mundo en orden alfabético y luego al revés. Cotillear sobre el profe buenorro era lo de menos. Era un juego. Lo único que importaba era caerle bien a Tina, como mínimo esa noche. Ella era una alumna de último curso y yo no era más que una renacuaja.

Esa anécdota me pareció completamente insignificante entonces. No era más que un estúpido rumor. La gente dejó de hablar del tema después de las vacaciones de primavera. Empezó a correr otro cotilleo. Creo que se hablaba de que Lila Peterson le había hecho una paja a alguien en el auditorio. El rumor la persiguió hasta que se graduó, aunque, por supuesto, no recuerdo quién era el chico. Es curioso cómo funcionan estas cosas.

Pero... ¿y si el rumor sobre Beaumont era cierto?

Solo hay una persona que lo podría saber. La persona que se

ha memorizado la historia de Gold Coast como si se lo fuesen a preguntar en un examen. Pero también resulta que ahora no me dirige la palabra. Sin embargo, lo necesito, así que por eso espero a Quentin junto a su coche el lunes después de clase como si fuese una acosadora. Es el primer día de buen tiempo que hace en meses, y hace tanto sol que me tengo que proteger los ojos con una mano.

Quentin se saca el blazer y se afloja la corbata mientras camina hacia mí. Cuando levanta la vista, se para en seco y echa la cabeza hacia atrás.

—Mierda, Jill. ¿Qué quieres? —Hago una mueca ante la dureza de su tono.

—Solo quiero hablar —digo.

—¿No te has dado cuenta de que ya no te hablo?

—He pensado que quizá podrías hacer una excepción, solo por una vez. —Le dedico una sonrisa, espero que agradable.

Pone los ojos en blanco.

—Entra.

Me meto en el asiento del copiloto y me abrocho el cinturón mientras Quentin enciende el motor. Hace un giro brusco y sale del aparcamiento rápidamente como si fuese un doble en una película de acción.

—¿Te da miedo que te vean conmigo? —bromeo.

—Un poco. —Su boca forma una línea recta.

—Necesito tu ayuda. Es sobre Graham…

De pronto Quentin frena de golpe. Estamos en medio de Breakbridge Road, una calle estrecha y peligrosa entre la escuela y Gold Cove, pero Quentin apoya la cabeza sobre el volante y no parece que vaya a moverse.

—Vale ya, Jill. No quiero volver a hablar de esto. Todos decidimos dejarlo estar.

—Lo sé, pero…

Su dura voz me corta:

—Algunos de nosotros queremos dejar este tema en el pasado. Algunos queremos pasar página, salir de aquí de una puta vez y olvidar lo que pasó.

Sus palabras me escuecen. ¿Cómo podría querer olvidar a Shaila?

—Si pudieses dejar de ser tan egocéntrica, te darías cuenta de que simplemente todos intentamos terminar el instituto con vida —balbucea, marcando la última palabra.

Sacudo la cabeza.

—¿Egocéntrica? ¿Vas en serio? Soy la única que está pensando en Shaila ahora mismo. La única a quien le importa descubrir la verdad. —Se me empiezan a formar lágrimas en los ojos y de pronto me golpea la aplastante soledad de estos últimos meses.

Quentin vuelve a apretar los pedales y nos ponemos en movimiento otra vez, subiendo hacia Cove. A través de las nubes se entrevé el Ocean Cliff.

—Bueno, mientras tú has estado haciendo vete a saber qué, dejando a los Jugadores y obsesionándote con Shaila, algunos de nosotros hemos estado intentando encontrar una manera de salir de aquí, de ir a la universidad.

—¿Qué quieres decir?

En otoño, Quentin entró en el prestigioso programa de Bellas artes de Yale. Esa semana estaba pletórico, como los demás.

—No todos los de esta escuela somos ricos, ¿sabes? No todos tenemos un padre adinerado, o siquiera un padre. No todos tenemos el dinero para pagar lo que haga falta y hacer que las cosas nos vayan bien. —Se le rompe la voz—. O sea, ya sé que tengo una vida increíble, y que soy muy afortunado de tener a mi madre y a los Jugadores. Soy una de las personas más privilegiadas del planeta. Lo sé. Pero, aun así, en comparación con el resto de gente de aquí, siento que soy un mierda porque no tengo... Yo qué sé, seis casas. Aquí nadie tiene ninguna perspectiva de nada. Marla y yo lo hablamos siempre.

Se me parte el corazón. Los que parece que tenemos dinero nunca hablamos de si realmente lo tenemos o no. Con algunas personas resulta obvio, como Nikki y Henry. Normalmente lo puedes saber según sus casas y coches, o por las vacaciones que hacen y las joyas que tienen. Y, como la madre de Quentin es una novelista de éxito y tienen una de esas casas coloniales en Gold Cove, pensé...

Él debe de pensar lo mismo de mí. No sabe que cada día me mato a estudiar para el estúpido examen de la beca de Brown, aprovechando las solitarias horas del almuerzo.

—Lo siento —murmuro.

—No quiero que sientas pena por mí —bufa—. Pero no quiero pasarme el último año pensando en el pasado. Ya fue suficientemente malo cuando pasó. Es... agotador. Tengo que pensar en el futuro.

—¿Ahora quién es el egocéntrico? —digo, esperando que entienda que es broma.

Quentin sonríe y cambia la radio a la cadena de música ochentera que sabe que me encanta. «Alone», de Heart, flota desde los altavoces y suelto una carcajada. La ha clavado.

—Yo estoy becada —admito. Es la primera vez que se lo digo a alguien en voz alta. Una penetrante vergüenza se me asienta en el estómago, no por el hecho de recibir una beca, sino por sentir la necesidad de esconderlo.

Quentin estira la espalda.

—¿En serio?

Asiento.

—Es una beca de excelencia, para fomentar la ciencia, la tecnología, la ingeniería y las matemáticas. Tengo que mantener una media de noventa y tres.

—Yo tengo la beca de artes visuales —explica, sonriendo—. Todo pagado desde primaria.

—Yo tampoco sé de dónde sacaremos el dinero para que vaya a Brown —digo en voz baja—. Hay un examen y, si saco una de las mejores notas, tendré la matrícula pagada. Eso es lo que he estado haciendo durante las comidas sin la Mesa de los Jugadores. Estudiando. Pero no sé si llegaré. No sin ninguna ayuda.

—¿Crees que necesitas los estúpidos Archivos? —Se ríe—. Eres Jill Newman. Estás predestinada a estar en ese programa. Solo tienes que demostrárselo. —Se detiene en un semáforo en rojo y se vuelve para mirarme—. Cúrratelo, Jill. Gánatelo.

Al observar sus mechones pelirrojos peinados hacia un lado y su perfecto rostro lleno de pecas, se me rompe el corazón por la bondad de Quentin y empiezo a notar lágrimas en los ojos. Lo que más quiero ahora mismo es darle un abrazo. Descansar la cabeza sobre su suave hombro y acurrucarnos para hacer un maratón de *Mujeres ricas*. Quiero decirle que es más fácil preocuparse por Shaila que preocuparse por el futuro y por cómo podremos estar a la altura de las expectativas de todo el mundo. A veces es más fácil hacer ver que la vida termina después del instituto. ¿Acaso no haría que todo esto valiese la pena?

Entonces recuerdo qué había venido a preguntarle:

—Hay una cosa que quiero saber. ¿Recuerdas que cuando estábamos en primero se decía que un profesor estaba acostándose con una alumna?

—Madre mía, sí.

—Era Beaumont, ¿verdad?

—Sí —responde inmediatamente—. Ese año estaba haciendo un voluntariado en la recepción. Una vez oí a la secretaria, la señora Oerman, atendiendo una llamada de un padre o una madre que estaba de muy mala leche. Se quejaba de que su hija decía que Beau estaba con una alumna. La señora O estaba agobiadísima, no dejó de hablar de ello en todo el día. Sin duda se lo dijo a Weingarten. Tenía que hacerlo. O sea, alguien aseguraba que en Prep había un caso de abuso. No era para tomárselo a broma.

—¿Y él lo llegó a investigar?

Quentin sacude la cabeza.

—Qué va. Ya conoces a nuestro querido director. Siempre hace ver que todo va bien. No quería tener que lidiar con ningún drama ni montar un numerito ni enterarse de algo que prefería no saber.

Tiene razón. Esa es otra de las cosas repugnantes de Prep. Siempre se adhieren al *statu quo*. Es la misma mentalidad que hace que cada año admitan a tan pocas personas de color. A la administración no le gusta hablar del tema, pero la amplia uniformidad está ahí, deslumbrante y obvia. Por supuesto, hay iniciativas para fomentar la diversidad y programas de apoyo a la discapacidad, pero, como dijo Nikki una vez: «Son solo para tener buena imagen». Si Weingarten quisiera tener perspectivas distintas en las clases, ¿acaso no las habría? ¿No podría contratar también a más profesores de color? Es otro motivo por el que me muero de ganas de salir de aquí.

Me late el corazón a un ritmo eléctrico que puedo sentir en la punta de los dedos de los pies. De pronto me acuerdo de la gasolinera. De que Shaila le guiñó un ojo a Beaumont, y él se quedó observándola mientras ella se alejaba en bici con un pack de cervezas en la cesta. Se le dibujó una sonrisa en la cara. ¿Estaban hablando en su idioma secreto?

—¿Estás bien? —pregunta Quentin—. No te ofendas, pero tienes un aspecto de mierda.

—Ajá —respondo. Quiero decirle muchas más cosas y contarle lo de Kara, la carta y los pendientes. Pero, en cambio, me limito a preguntarle—: ¿Estamos bien, tú y yo?

Quentin me mira y sube la comisura de la boca hasta formar una media sonrisa. Pone una mano entre los dos asientos, con la palma hacia arriba, y se la cojo y le doy un apretón, aferrándome a ella como si me fuera la vida.

Cuando llamo a Rachel, se queda sin aliento de la emoción.

—¿Qué has averiguado? —quiere saber.

—Bueno, nada —digo—. No tengo ninguna prueba.

—Pero ¿tienes una corazonada?

—¿Recuerdas ese rumor que corría por entonces, de que Beaumont estaba liado con una alumna? —Se me revuelve el estómago al decir esas palabras en voz alta. Intento no imaginármelos detrás del teatro.

Rachel se queda en silencio, como si estuviera intentando pensar, recordar el antes. Cuando habla, suena agitada, como si estuviese desesperada y agotada:

—Vaya, mierda. —Hace una pausa—. De hecho, estoy de camino hacia Long Island para entregar la carta a los abogados. ¿Puedes encontrarte conmigo ahí? Tienen que saber cómo la hemos conseguido.

—Yo...

—Oye, no es allanamiento de morada si tenías una llave, ¿vale? —Rachel no se espera a que responda, sino que me suelta una dirección y una hora, pero a mí me da vueltas la cabeza. Todo está pasando muy deprisa. ¿De verdad es posible que el señor Beaumont hiciese daño a Shaila? ¿Que la hubiera matado y luego hubiese culpado a Graham?

Pero entonces recuerdo lo que me dijo ese día después de clase.

«Sé cómo son las cosas».

Al cabo de pocas horas estoy en un edificio de oficinas feo y lleno de cubículos. Es un inmueble gris y soso junto a una salida de la ruta 16, en Port Franklin, a unos dieciocho kilómetros de Gold Coast. Rachel me espera en el aparcamiento, con los ojos muy abiertos y sin parpadear. Tiene la cara delgada, demasiado, como si hubiera perdido un par de kilos que no le sobraban desde que la vi la semana pasada.

Solo tengo que hablar con los abogados durante unos minutos. Es una mera formalidad. Son unos tipos altos y escuálidos con trajes que parecen caros y con el pelo engominado. Harán un análisis del texto manuscrito. Investigarán a Beaumont. Al parecer, tiene algunos cargos por haber conducido bajo los efectos del alcohol por esta zona, así que no será difícil traerlo para interrogarlo, según nos cuentan.

A mí ni siquiera me nombrarán. Nadie me verá aquí. Nadie sabrá que estoy implicada.

Cuando llego a casa y me acurruco en el sofá con mi guía de estudio empiezo a sentirme inquieta, como si hubiese depositado una bomba y ahora estuviese esperando a que se activara. Para ser testigo de la matanza.

Me explota el móvil y dejo caer los apuntes sobre el sofá.

«¡¡¡!!!», me escribe Rachel. Luego me envía un enlace con un tuit del *Gold Coast Gazette*.

INTERROGAN A UN PROFESOR DE GOLD COAST PREP EN RELACIÓN CON UN ASESINATO LOCAL. EN EXCLUSIVA: ¡MIRA EL VÍDEO AHORA!

Hago clic sobre el enlace y aguanto la respiración mientras se carga la grabación. Cuando termina, las imágenes ocupan toda la pantalla. El vídeo es oscuro y granulado, y se ve una casa o quizá un bloque de edificios. No, no es eso. Es la Jefatura de Policía de Gold Coast, iluminada solamente por la luna. No se ve ninguna farola, solo un corto tramo de asfalto y un poco de arena en el fondo. Se oyen débilmente las olas rompiendo contra la orilla a lo lejos. Entonces aparecen un rótulo en el tercio inferior de la pantalla y una presentadora con un traje de pantalón bien planchado. Subo el volumen.

—Pero ¿qué ha…? —grita mamá, entrando en el salón.

—¡Chist!

Se inclina hacia mí y mira el móvil.

—Madre mía —susurra mientras ve las imágenes por encima de mi hombro.

Las palabras de la periodista son nítidas, pero se oyen algo entrecortadas a través del altavoz del móvil:

—La policía de Gold Coast ha traído hasta la comisaría a Logan Beaumont, de veintiocho años, para interrogarlo después de recibir informes veraces que indican que podría estar involucrado en el asesinato de Shaila Arnold, una chica de quince años que fue asesinada aquí, en Gold Coast, hace tres años. Graham Calloway, su pareja y compañero de clase, fue declarado culpable del crimen poco después de que se encontrara el cuerpo sin vida de la joven. Calloway ahora afirma que es inocente.

La fotografía del instituto de Beaumont aparece en la pantalla. Su alegre sonrisa y su pelo revuelto hacen que parezca joven y atractivo, como un profesor que está de nuestro lado, de quien se enamoran los alumnos. Un profesor que podría ser capaz de manipularlos, de abusar de su poder.

También aparecen las fotografías de clase de Graham y de

Shaila, a conjunto con sus blazers de Gold Coast. Al poner las imágenes juntas, parecen gemelos.

—La policía no tiene ningún comentario por ahora —continúa la periodista—. Pero nos acompaña Neil Sorenson, uno de los abogados que representan a Graham Calloway. Señor Sorenson, ¿qué significa esto para su cliente?

A su lado está uno de los tipos larguiruchos engominados que he conocido antes. Lleva el mismo traje, con la corbata perfectamente ajustada alrededor del delgado cuello.

—Ya hace tiempo que creemos que la confesión de Graham Calloway admitiendo el crimen fue fruto de la coacción, que él no cometió el atroz crimen que se le imputa. Hemos estado preparando su caso para la apelación y, mientras hacíamos nuestro trabajo, hemos encontrado nuevas pistas que podrían sacar a la luz lo que de verdad le ocurrió a Shaila Arnold. —El señor Sorenson mira directamente a cámara. Está claro que ha recibido formación para hablar en medios de comunicación—. Solo esperamos que la policía de Gold Coast haga su trabajo, tanto si eso significa investigar a Logan Beaumont como si hay que investigar a otra persona. Todos queremos que se haga justicia para Shaila Arnold.

—Muchas gracias, señor Sorenson. También acabamos de recibir un comunicado de Gold Coast Prep, el centro privado de élite con formación desde parvulario hasta secundaria donde Logan Beaumont trabaja actualmente como docente y donde estudiaban Shaila Arnold y Graham Calloway. El comunicado dice lo siguiente: «El señor Beaumont es un miembro respetado y querido de la comunidad de Gold Coast. Nunca hemos recibido ninguna información fiable de que haya cometido ninguna transgresión desde que empezó su relación laboral con nosotros. El centro llevará a cabo su propia investigación». Aquí lo tenemos, pues.

Linda Cochran, informando en directo desde la Jefatura de Policía de Gold Coast.

Termina el vídeo y la pantalla se queda negra.

Cuando me vuelvo hacia mamá, veo que se cubre la boca con una mano y que está mirando algo en el móvil y deslizando el dedo por la pantalla muy rápido.

—Por el amor de Dios —murmura—. ¿Lo sabías?

Sacudo la cabeza. Deja el móvil con brusquedad sobre la mesa de centro y se sienta a mi lado en el sofá, poniéndome una mano en el hombro. Me resisto al impulso de estremecerme o apartarme.

—Cariño —empieza—. ¿El señor Beaumont te ha tocado alguna vez? ¿Te ha hecho daño?

Pienso en su mano ardiendo contra la mía en el aula, en que le olía el aliento a menta y tabaco. Noto que me empieza a subir la cena por la garganta.

Muevo la cabeza hacia los lados a modo de respuesta. No, nunca.

Mamá me aprieta la piel desnuda.

—Tengo que llamar a Cindy Miller. —Y sale de la habitación. El silencio me hiere los oídos y el cerebro se me queda aturdido.

Cojo el móvil con una mano temblorosa.

«¿Lo has visto?», me ha escrito Rachel. «¡¡¡Esto podría ser LA RESPUESTA!!!».

No me atrevo a responderle, pero también hay otro mensaje. Este es de Quentin, que me ha enviado el mismo enlace a ese tuit.

«¿¿¿Por ESTO me has preguntado por Beaumont???», dice.

«Sí».

«¡¡¡Mierda!!! ¿Va en serio?».

«No lo sé», escribo. «¿Y si…?».

«¡¡¡JODER!!!»», contesta Quentin. «El insti será una PUTA LOCURA mañana. Weingarten lo va a investigar. ¿¿¿Lo has visto???».

«Me pregunto qué descubrirá».

«Me pregunto qué hará la poli. Si es que hace algo».

Me muerdo el labio y empiezo a escribir, a sabiendas de que mis próximas palabras podrían acabar de destrozar lo que queda de nuestra amistad. Pero quiero saber qué piensa. Le doy a enviar.

«Me pregunto si Graham es inocente».

Él espera un instante.

Y luego otro.

Al final comienza a escribir. Y entonces aparecen las palabras.

«Quizá sí lo sea».

Me empieza a chisporrotear el cerebro, como si no pudiera procesar la información tan rápido. Meto el móvil debajo del cojín del sofá, solo para desconectar, pero vuelve a vibrar. Cuando lo saco y miro la pantalla, veo el nombre de Adam. Se me estabilizan los latidos del corazón y ya me noto más calmada al saber que él está al otro lado.

«¿Has visto el vídeo sobre Beaumont? Es muy fuerte…».

«Estoy muy confundida…», respondo.

«Yo también».

Y entonces aparece otro mensaje.

«Me pregunto si Rachel estará detrás de todo esto. ¿Al final hablaste con ella?».

Se me tensa todo el cuerpo. Esto es lo único que no puedo contarle. La traición. Le dije que lo dejaría estar hace meses, que no me creía nada de lo que decía. Pero aquí tengo los mensajes con Rachel, un par de conversaciones más abajo. Algo tira de mí en mi interior y sé que tengo que mentirle. Nadie puede saber que estoy involucrada.

«No».

Diecinueve

Poco a poco empieza a entrar el sol por la ventana, pero ya llevo una hora despierta intentando memorizar ecuaciones para el examen de la beca de Brown con mi guía de estudio, la que me he hecho yo misma. Números y datos flotan por la página, pero no puedo concentrarme. Hoy no.

Dejo a un lado la carpeta y las tarjetitas y cierro el portátil para el resto de la mañana. No tiene ningún sentido pretender estudiar. No cuando hay algo que me molesta de todo este tema de Beaumont. ¿Cómo no pude darme cuenta de nada entonces? Seguro que había pistas, algún tipo de señal de Shaila.

Abro la aplicación de fotos y bajo frenéticamente, buscando la cara de Shaila. «Dímelo, Shay. Dime qué pasé por alto». Cuando llego a mis fotografías más recientes, ahí estamos. Marla, Nikki, Shaila y yo arreglándonos para la Fiesta de Primavera. La foto que vi en su habitación. El baile era muy popular en Gold Coast Prep. Lo esperábamos con ansia desde primaria. Adam me contó que el consejo escolar tiraba la casa por la ventana y alquilaba una máquina de niebla y contrataba un DJ pijo. Ese año la temática era baile de máscaras.

Shaila y yo nos pasamos toda la semana hablando sobre lo que nos pondríamos, qué clase de música sonaría y quién se liaría con quién detrás de la tarima. La relación de Graham y ella todavía iba muy bien entonces. Como mínimo, eso pensaba yo. La noche estaría a la altura de nuestras expectativas, eso lo teníamos claro.

Shaila rechazó la sugerencia de Graham de que todos hiciéramos los prejuegos juntos, y en cambio nos invitó a las chicas a que fuésemos a su casa a arreglarnos.

—¿No quieres llegar a la fiesta con tu novio? —preguntó Marla.

—Ya tendré mucho tiempo para estar con él —respondió Shaila—. Pero solo tenemos una Fiesta de Primavera como alumnas de primero y quiero que la disfrutemos juntas.

Yo estaba ruborizada por la emoción. Nos sentamos las cuatro sobre el suelo enmoquetado de Shaila, en un pequeño círculo, y nos pusimos purpurina dorada en las mejillas. Luego Shaila nos aplicó a todas un pintalabios de Chanel de color cereza que le había cogido a su madre.

Cuando le pedí que me peinara, me recogió el pelo rizado en lo alto de la cabeza en un moño elaborado y desenfadado.

—Audrey Hepburn con un toque especial —dijo, traviesa—. Es tan tú.

—¡Ahora yo! —chilló Nikki.

Shaila le recogió su larga melena como si le fuera a hacer una coleta y a continuación la enrolló hasta conseguir un moño bajo. Luego estiró algunos mechones de la parte frontal para dejarlos sueltos.

—Muy chic noventero.

Entonces trenzó la melena rubia casi blanca de Marla y le hizo una corona, de modo que pareciese un halo.

Al llegar a la fiesta, Nikki y Marla echaron a correr hacia el gimnasio lleno de gente, pero Shaila entrelazó su brazo con el mío de modo que anduviéramos la una al lado de la otra. Cuando pasamos por delante de la vitrina de los trofeos y vimos nuestro reflejo, ella me mantuvo la mirada a través del cristal.

—Confirmado —dijo—, estamos fabulosas.

El gimnasio estaba oscuro y repleto de globos de neón, de modo que las vigas de madera apenas eran visibles. De vez en cuando, un trozo de confeti flotaba hasta el suelo, lo que hacía que la brillante pista de baloncesto fuese resbaladiza. Todo el mundo se había puesto las máscaras de encaje, protegiéndose de la realidad. Shaila nos llevó hasta la esquina donde se habían reunido el resto de los Jugadores, en un pequeño rincón de las gradas.

—¡Hala! —exclamó Henry cuando llegamos. Llevaba un traje gris oscuro y el faldón de la camisa le colgaba por delante. Estaba adorable.

—¿Dónde está Graham? —preguntó Shaila.

—Allí. —Henry señaló hacia una mesa con varios ponches y vasos—. Pero yo lo dejaría tranquilo durante un rato.

Shaila hizo un mohín con sus labios rosas.

—¿Por qué?

—Bueno, en primer lugar, está un poco enfadado por que las chicas no hayáis venido antes de la fiesta.

Mi amiga puso los ojos en blanco.

—Ya se le pasará.

—Y, en segundo lugar, porque Jake le acaba de asignar un reto cruel.

Graham estaba pegado a Jake, que parecía estar dándole una botella de agua sin etiquetar llena de un líquido transparente.

—¿Qué está haciendo? —le pregunté a Henry.

—Jake le ha pedido que le eche alcohol al té helado.

Desvié la mirada hacia la mesa de los tentempiés. La rodeaban como si fuesen guardaespaldas varios miembros del equipo docente, entre ellos el doctor Jarvis, el profesor de Física, y la señora Deckler, la bibliotecaria.

—¿No es un poco arriesgado? —me susurró Nikki al oído.

Tragué saliva con fuerza y asentí. Pero, llegados a ese punto, todo era arriesgado. Después del incidente de la sauna se me había formado una bola de terror en el estómago y nunca había llegado a desaparecer. Siempre tendríamos que hacer más retos.

Shaila alzó la cabeza hacia las vigas.

—Es su funeral —dijo. Di por hecho que estaba mosqueada con él por estar enfadado con ella. Entonces llamó a Marla—. Venga, vamos a divertirnos. —Se echó el pelo detrás del hombro y se dirigió hacia la pista de baile. Ninguna de nosotras se quejó.

Shaila extendió las manos y todas nos unimos a ella, formando un círculo en medio del gimnasio. Se le suavizaron las cejas y echó la cabeza hacia atrás, sacudiendo las ondas de color miel que le caían por la espalda. Cuando la canción llegó al punto álgido, tiró de nosotras y nos abrazó muy fuerte.

—Mirad a vuestro alrededor. Mirad a toda esta gente —nos susurró cuando estábamos apiñadas las cuatro—. Sueñan con ser como nosotras.

Marla soltó una risita y Nikki esbozó una gran sonrisa. Las quería tanto en ese momento. Me encantaba que Marla no necesitase mucho. Que Nikki solo quisiera divertirse al máximo. Que Shaila perdonase rápido, y que lo hiciese de todo corazón. Me encantaba que hiciera que todo fuese tan sumamente interesante, que nos mantuviera entretenidas, en guardia. Me encantaba que hubiese ojos agujereándonos la espalda. Que fuésemos especiales. La gente nos miraba. Gritábamos el estribillo y Shaila nos hacía dar vueltas una a una, como si fuésemos pequeñas bailarinas de ballet en una caja de música. Y cuando giraba y miraba hacia nuestras espaldas, hacia el resto de los compañeros de clase, repetía las palabras de Shaila en mi cabeza. «Sueñan con ser como nosotras».

Hasta que desvié la mirada hacia una esquina de la sala, donde estaba Graham, cambiando el peso de un pie al otro. Ya no tenía la botella en la mano. Se me encogió el pecho.

La señora Deckler entonces apareció a su lado y lo cogió por el codo. Me quedé boquiabierta mientras se lo llevaba por el pasillo. Dejé de bailar y me volví hacia Shaila:

—¿Lo has visto? Creo que acaban de echar a Graham.

Los ojos de Shaila siguieron los míos hasta el lugar donde estaba Graham pocos minutos antes.

—Mierda.

—¿Qué ha pasado? —preguntó Nikki sin aliento.

—Han pillado a Graham —respondió Shaila un tanto impasible. Se le quebró la voz durante un segundo.

Nikki tenía los ojos como platos.

—¿Crees que lo expulsarán?

Shaila puso los ojos en blanco.

—No seas tonta. Es un Calloway. No le pasará nada.

Nikki relajó los hombros y se limitó a asentir con la cabeza. Luego se volvió hacia Marla, que estaba junto a las fuentes con patatas fritas.

—No dejemos que Graham nos estropee la noche —dijo Shaila. Parecía preocupada, quizá incluso un poco triste—. Venga.

Seguimos bailando hasta que se encendieron las luces, pero ya no era lo mismo. La alegría electrizante se había desvanecido, y pronto volvimos a estar en el Lexus de la señora Arnold de camino a su casa, donde iba a quedarme a dormir.

—Me pido el lado exterior de la cama —anunció cuando abrió la puerta de su dormitorio, y a continuación apartó las mantas de la cama extragrande. Normalmente se quedaba en la pared, hecha un sándwich entre el yeso frío y yo.

—Pero yo quiero mi sitio de siempre —me quejé.

—No, no. Esta noche es mío. Por si acaso tengo que ir a buscar agua —razonó.

Horas más tarde, me giré hasta quedarme boca abajo y me despertó un rayo de luz proveniente del baño, que estaba a un lado de la habitación. Me incorporé y vi el pelo de Shaila a través de la puerta entreabierta. Estaba de espaldas a mí y llevaba una camiseta vieja del club de playa. Hablaba en voz baja, en tonos amortiguados.

—No —dijo, exasperada—. No puedo irme. Jill está aquí, está durmiendo. —Suspiró y se quedó en silencio durante unos segundos, escuchando a la persona que le hablaba al otro lado del teléfono. Supuse que era Graham—. Yo también quiero verte, pero es que… —Otro silencio rápido—. Vale. —Se le suavizó la voz—. ¿Vienes tú? —Hizo una pausa—. Vale, nos encontramos al final de la calzada.

Mantuvo el móvil pegado a la cara y se volvió hacia el espejo. La vi entonces, pálida y sin maquillar. Parecía muy joven, como la Shaila a la que conocí en sexto. Se observaba atentamente a sí misma, frunciendo los labios en un beso y suavizándose las cejas.

—Yo también te quiero —susurró al teléfono.

Hice ver que estaba dormida cuando Shaila volvió a la habitación de puntillas y cogió una sudadera, la cartera y un par de chanclas. Vi que salía de la habitación poco a poco e intenté desesperadamente rehacer sus sigilosos pasos hasta la puerta principal. Me la imaginé dando saltitos por la calzada, alejándose de mí y yendo hacia algo mucho mejor, mucho más vivo.

Entonces supuse que Graham se había escabullido para hacer las paces por que lo hubiesen echado del baile, por haberse enfadado con ella. Volvieron a estar como siempre cuando regresó a la escuela después de que lo expulsaran durante dos días. Pensé que quizá las relaciones funcionaban así. Te peleas en público, arreglas las cosas en privado y haces ver que no ha pasado nada.

Pero ahora es tan obvio que resulta doloroso: esa noche se encontró con otra persona, alguien que nos ocultaba a todos. Alguien… como Beaumont. Quizá precisamente Beaumont.

Me da un escalofrío al pensar en sus dedos callosos y su cara sin afeitar… tan cerca de Shaila.

Pero ahora que quizá por fin sale a la luz la verdad, tengo ganas de ir a clase por primera vez en meses. Quiero oír lo que la gente susurra, quiero oír los comentarios y saber qué creen que podría ser verdad.

Me tomo mi tiempo para arreglarme. Me pongo crema hidratante en la cara, me quito con las pinzas algunos pelos del entrecejo y me hago la cama dejando las esquinas bien estiradas, como si fuese un hospital. Me meto la blusa blanca de botones por dentro de la falda a cuadros y me la aliso sobre los muslos.

Cuando me miro en el espejo, sé que continúo siendo yo misma.

—Qué locura, ¿eh? —Jared aparece en la puerta, a medio vestir. Lleva la corbata suelta alrededor del cuello y la camisa por fuera, ondeando contra sus pantalones holgados de color caqui. Parece uno de los chicos mayores, uno de los Jugadores. Son las primeras palabras que me ha dedicado en varias semanas—. O sea, lo del señor Beaumont.

—¿Ahora sí me hablas? —pregunto, volviéndome hacia el espejo. Me ajusto el cuello de la blusa y me enrollo un mechón de pelo alrededor de un dedo.

—Venga —dice—. ¿Me llevas al insti?

—¿No te viene a buscar Topher?

Se encoge de hombros.

—No sé. Había pensado que podríamos charlar un poco. Coger el coche de mamá.

Me río.

—¿De pronto vuelvo a ser digna de tu tiempo?

Jared se queja.

—¿De verdad vas a hacer que me lo curre?

—Pues sí.

—No sabes lo duro que ha sido —se queja—. Cuántos retos he tenido que hacer. Cosas que nunca pensaba que... —Frunce el ceño.

Me cruzo de brazos y me imagino lo peor. Mi hermanito cruzando la ciudad a toda velocidad a las tantas de la noche. Comiendo comida de perro e intentando no llorar. Mintiendo a mamá y papá sobre adónde va. Copiando en exámenes solo porque puede. Todo lo que yo hice cuando él todavía estaba en primaria. Pero seguro que sus retos no pueden haber sido tan malos. Los chicos no tenían que hacer ni la mitad de las cosas que nos pedían a nosotras. Siempre les daban tareas como hacer de camareros o hinchar los flotadores de la piscina. Nunca les pedían que se inclinaran hacia delante llevando solo un biquini en pleno invierno. Nadie esperaba que se rieran como si nada cuando Derek Garry les tocaba una teta o les daba un cachete en el culo. Pero «en plan broma, ¿eh?, relájate», decían. Nunca les pidieron que mandaran fotos en pelotas. Nunca los castigaron con más retos tontos cuando no lo hacían.

Jared arrastra un pie por el suelo de parqué. Todavía va en calcetines.

—Creo que me lo están poniendo más difícil por ti —admite en voz baja.

Inhalo con fuerza.

—Me voy dentro de cinco minutos. Contigo o sin ti.

Lo aparto y me dirijo al piso de abajo, lejos de su mirada, luchando contra el impulso de retarlo a ver qué piensa que sabe sobre mí y sobre los Jugadores.

En la escuela, los pasillos resultan extraños, silenciosos, salvo por los ruidos de las taquillas metálicas cerrándose y por los susurros apagados. Todo el mundo camina como si acabase de ver una escena de un crimen. Atolondrados. Ansiosos. Deseosos de información y entusiasmados por el simple hecho de estar vivos.

Cuando llego al aula de Inglés y me deslizo sobre mi asiento, al lado de Nikki, el señor Beaumont no está, por supuesto. En su lugar hay una sustituta con cara de bebé y un flequillo grasiento que baja la pantalla del proyector.

—Hoy… Hum… Vamos a ver una película —dice con una vocecilla aguda—. *El gran Gatsby.* La versión con Leo. Leísteis el libro en otoño, ¿verdad? —Intenta sonreír, pero, como nadie le devuelve el favor, frunce el ceño, nos da la espalda y aprieta algunos botones. Se apagan las luces y empieza la música.

Justo después de la escena inicial, se me enciende la pantalla del móvil y me aparece el nombre de Nikki.

«Baño dentro de cinco minutos».

Me vuelvo y veo que me observa con las cejas levantadas. Entonces alza una mano:

—Tengo que ir al baño.

La sustituta sin nombre ni siquiera se gira para mirarla. Se limita a hacer un gesto con la mano en nuestra dirección y Nikki se escabulle por la puerta trasera. Unos instantes después yo hago lo mismo.

Los baños de Gold Coast no están mal, por no decir otra cosa. Todos tienen cestitas repletas de caramelos de menta, bastoncitos para las orejas y tampones. Y de los buenos. No de la clase que parecen de cartón y que te apuñalan como si fuesen un cuchillo. Cada baño de chicas está equipado con un sofá de cuero de color azul claro. Normalmente están reservados para las alumnas de último curso, aunque a veces alguna novata se deja caer en ellos cuando piensa que nadie está mirando. Yo lo hice una vez en primero y enseguida me pilló Tina Fowler. Toda la semana siguiente tuve que cargar con sus libros de preparación para el examen de acceso a la universidad.

Cuando cierro la puerta al entrar, Nikki tira de mí y me lleva hasta el cubículo más cercano al sofá, el que es suficientemente grande como para ser un establo, y luego cierra la puerta con pestillo.

—Shaila —dice. Tiene la voz ronca, como si hubiese estado gritando o llorando. Ambas opciones podrían ser ciertas—. ¿Crees que Beaumont lo hizo?

Reflexiono sobre lo que sé, sobre cuánto quiero revelarle. Estoy cansadísima de mentir. De intentar mantenerlo todo dentro. Así que, en lugar de hacer lo mismo, decido contarle la verdad.

—Quizá. Pero hay muchas cosas que no sabes. —Respiro hondo y cierro los ojos. Entonces, las palabras salen de mí a borbotones, una detrás de la otra. Le explico lo de los mensajes de Rachel. Su piso pequeño pero acogedor. El trayecto en coche hasta Danbury. Cómo lloró Graham cuando habló de la sangre. Que me colé en la habitación de Shaila y encontré esa carta doblada tantas veces detrás de la fotografía de nosotras cuatro. La expresión de Kara cuando se la enseñamos. Los espectaculares diamantes que alguien le regaló a Shaila. Que Shaila solo le confió su secreto a Kara. Que quizá ese secreto es lo que la mató—. No sé si ya tienen alguna prueba de que lo hizo Beaumont —le explico—. Pero tiene que ser él. Corría ese rumor, y Shaila escribió que él era mayor. Quizá la policía descubrirá algo.

Me abrazo el estómago para reconfortarme y me siento en el inodoro. La porcelana me resulta fría al contacto con la parte posterior de las piernas. Supongo que Nikki saldrá corriendo del baño, que se chivará de lo que he hecho, que se lo contará a los demás, que lo estropeará todo más aún de lo que ya lo he estropeado yo. Pero, en cambio, da un paso hacia atrás y se deja caer contra la pared hasta que queda sentada en el suelo de baldosas, y descansa la barbilla sobre las rodillas.

—Ya lo sabía —dice.

—¿Qué?

—Sabía que Shaila estaba poniéndole los cuernos a Graham. Me lo contó. Una noche que estaba borrachísima. Dijo que nunca lo entenderíamos. —Nikki sacude la cabeza—. Era muy típico de ella, siempre actuaba como si ella supiera más que nosotras. Como si tuviera más experiencia. Me quedé de piedra. Le dije que tenía que romper con Graham. Que eso no estaba bien. ¿Y sabes qué me respondió? «¡No seas una cría, Nikki!». Le importaba una mierda lo que pensáramos. Ni siquiera creo que yo le cayera demasiado bien. Y a ti tampoco.

Las palabras de Nikki me sientan como una bofetada. Yo siempre había sentido celos de ellas. Nunca se me pasó por la cabeza que Nikki no se sintiese completamente segura de algo, incluyendo sus amistades.

—Tuvo que morir Shaila para que tú te hicieras amiga mía.

Siempre erais vosotras dos con vuestras historias. Hasta que me contó su secreto. Era lo único que tenía que me diese poder sobre ella. Y también sobre ti. —Tiene los ojos húmedos y vidriosos, y traga saliva con fuerza—. Después de eso, se volvió más simpática. No sabía que también se lo había contado a Kara.

Quiero preguntarle tantas cosas, abrazarla y decirle que ahora tenemos que mantenernos juntas. Que tiene que terminar con su diatriba de maestra de ceremonias. Cuando continúa hablando, tiene la vista fija en el papel de váter de dos capas con la esquina perfectamente doblada formando un triángulo.

—Pero nunca dijo que fuese Beaumont. Solo dijo que era alguien mayor. Más sofisticado. Alguien que sabía lo que se hacía. «Tendrías suerte de tener a alguien como él», me dijo. —Nikki se vuelve hacia mí, ahora con los ojos rojos—. Supongo que en eso se equivocó.

Me dejo caer en el suelo a su lado y le pongo una mano en la rodilla. Ella descansa la cabeza sobre mis dedos, y el pelo le cae por un lado hasta que roza el suelo de baldosas.

—Creía que todo esto ya había terminado —dice.

—No habrá terminado hasta que sepamos quién lo hizo.

—Pensaba que ya lo sabíamos.

—Yo también.

Nos quedamos así un buen rato, como mínimo durante lo que queda de clase, hasta que Nikki habla.

—Te echo de menos —dice, tan flojito que apenas la entiendo.

—Yo también te echo de menos. Me siento muy sola, joder. —Intento esbozar una sonrisa. Me queda débil, pero como mínimo lo consigo.

—No es lo mismo sin ti —continúa—. Marla ha desconectado después de que la hayan cogido para el equipo de hockey sobre hierba de Dartmouth. Robert está obsesionado con hacer los retos cada vez más difíciles. Se la tiene jurada a Jared, ¿sabes?

Pfff. Así que mi hermano tenía razón.

—Henry todavía no ha superado lo vuestro, aunque hace ver que sí. Se pasa el día enfurruñado, intentando darnos una lección sobre el poder del periodismo sin ánimo de lucro. Es en plan: «¡Cállate de una vez, ya lo hemos pillado!».

Suelto una carcajada.

—Como mínimo tienes a Quentin —digo. Tan dulce, leal y talentoso. Quentin, que garabatea la cara perfectamente simétrica de Nikki en servilletas de papel, cajas de cartón, elegantes lienzos. Me pregunto si le habrá contado la conversación que tuvimos en su coche. Y que hicimos las paces.

—Quentin siempre está ahí.

—Y los novatos. Te adoran.

Nikki menea la cabeza.

—No por los motivos adecuados.

—Lo sé.

Busca mis manos y me aprieta los dedos con fuerza.

—A partir de ahora las cosas serán diferentes —susurra—. Tienen que serlo.

Exhalo y le aprieto las manos.

—¿Volvemos a ser amigas? —pregunto.

Nikki me rodea el cuello con los brazos. Tiene la piel caliente y pegajosa, reconfortante como la de un bebé. Huele como una vela cara. Sus lagrimones caen sobre mi blusa blanca y, cuando nos separamos, parece que me haya tirado agua por el pecho.

Volvemos al pasillo cogidas de bracito, conteniendo sonrisas y susurrándonos cosas al oído. Intento ignorar las miradas sorprendidas que nos siguen. Los ojos interrogantes. Aquí, las noticias corren más rápido que la brisa.

—¿Qué, te ha comido el coño o algo? —Robert se apoya contra el frío metal y mira a Nikki, expectante. Supongo que esta semana están juntos, pero sigue siendo un idiota de remate.

—Calla, imbécil —responde ella, y me da un apretón en el codo—. Lo hemos arreglado.

—¿Así, tal cual? —pregunta Robert, y levanta una ceja.

—Sí —contesta, y noto en su voz que sonríe—. Tal cual. —Me da un empujoncito con el hombro y yo le rodeo la cintura con un brazo.

—Vale, lo que digáis. Ni siquiera me da el tarro para pensar en esto vuestro —dice él—. Porque las cosas se están poniendo chungas. Mirad.

Se saca el móvil y nos enseña un artículo de GoldCoast-Gazette.com. En la pantalla aparece la foto de instituto del señor Beaumont y un titular: BEAUMONT DECLARADO INOCENTE DE CUALQUIER IMPLICACIÓN EN EL CASO ARNOLD.

—¿Qué? —No me lo puedo creer—. Pensaba que…

Robert sacude la cabeza.

—No fue él. El tío estuvo todo ese fin de semana en los Hamptons con sus padres y su novia. En no sé dónde de Amagansett. Incluso hay imágenes de él bailando en un bar donde tocaba un grupo de mierda que hacía versiones de canciones famosas.

—Pero… —balbucea Nikki—. Eso no significa que no estuviera con Shaila, ¿no? Le estaba poniendo los cuernos a Graham. Me lo dijo.

Robert levanta las cejas.

—¿En serio? O sea, no me la imaginaba en absoluto como esa clase de chica.

—¿Y qué clase es esa? —digo, con la rabia subiéndome por la espalda.

—Relájate, Newman —responde, poniendo los ojos en blanco. Antes de que pueda sacarle los ojos con mis garras, continúa hablando—: Aunque estuviera liándose con Beaumont, que, por cierto, qué asco… Él no la mató. No pudo haberlo hecho. Caso cerrado.

—Como mínimo, ahora sabemos seguro que fue Graham —añade Nikki. Se recuesta contra una taquilla y apoya en el metal uno de sus botines de cuero—. Puto monstruo.

Pero yo no puedo deshacerme de la sensación de que algo no me cuadra.

—No lo sé… ¿Y si no fue él?

Robert da golpecitos con el pie en el suelo.

—Jill —dice—. Ol-ví-da-lo. —Acompaña cada sílaba de una palmada, moviendo las manos delante de mis narices. La gente se vuelve a mirarnos. No intentan disimular, les da igual.

—No puedo chasquear los dedos y olvidarlo, sin más —siseo.

Nikki da un paso hacia atrás, levantando la mirada hacia el techo.

—Todo esto me está provocando migraña. —Se aprieta el puente de la nariz y echa la cabeza hacia atrás como si le sangrara la nariz—. No sé si puedo seguir hablando de este tema.

—No hace falta que lo hagas, pero yo sí. Yo… tengo que hacerlo. —Doy media vuelta y voy directa hacia la puerta. Oigo que Robert se queja a mis espaldas, pero me da igual.

—Déjala estar —dice Nikki, con un tono dulce pero muy lejano—. Tiene que sacárselo de dentro.

Empujo la puerta para abrirla y salgo al aparcamiento. El aire a mi alrededor resulta sofocante, demasiado rancio. Tengo flashes de imágenes de Beaumont, Graham y Shaila. Quiero apartarlas, olvidarlo todo y ser una persona normal. Una Jugadora. Estoy muy cerca del final. Pero solo puedo pensar en Graham y en Shaila, en que toda su relación era una mentira. Y que los demás fuimos daños colaterales.

Justo cuando me estoy subiendo al coche me vibra el móvil. Es un mensaje de Adam.

«¿Estás bien? Acabo de ver todas las noticias. ¿Beaumont es inocente?».

«Uf. Ya lo sé. Aquí la gente está flipando. No tengo ni idea de qué ocurre».

Las palabras me salen volando de los dedos. Estoy desesperada por contarle la verdad, por preguntarle qué sabe, pero me contengo. No quiero que sepa que lo he traicionado. Que Rachel y yo llevamos meses trabajando juntas.

«Estoy seguro de que Rachel está detrás de todo esto», escribe. «No es más que otra prueba de que Graham es culpable».

Reprimo las lágrimas. ¿Y si Nikki y él tienen razón? ¿Y si he malgastado el tiempo intentando creer que el asesino de mi mejor amiga es inocente? ¿Y si todo esto es una gilipollez como una catedral?

Me vuelve a vibrar el móvil y me estremezco.

«De verdad pensaba que lo habíamos pillado». Es Rachel.

«Yo también», respondo. Es la verdad.

«Pero tiene que haber más pistas. ¿¿¿Otra persona??? ¿¿¿Tienes alguna idea???».

Suspiro, absolutamente agotada ante la idea de tener que ponernos a investigar todo esto a lo Nancy Drew desde el principio. Es… demasiado.

«No puedo hablar ahora mismo», escribo. «Tengo que empollar a tope para el examen de la beca».

«¡Ahora no me dejes tirada, Newman!».

Tiro el móvil sobre el asiento del copiloto y cae al suelo, donde vuelve a vibrar una y otra vez con mensajes de Rachel. Pero lo dejo donde está y pongo la cadena de radio con música antigua. Subo el volumen al máximo y dejo que los sintetizadores y los crescendos pop ahoguen sus súplicas de ayuda.

Veinte

Es increíble la cantidad de espacio que he ganado en el cerebro en cuanto he dejado de intentar que la vida de los novatos sea un infierno. Cuando no estoy constantemente pensando en los Jugadores o en la siguiente fiesta o en el último rumor escandaloso o en quién narices mató a mi mejor amiga, tengo mucho más tiempo para estudiar. Para dejar que los datos y las cifras se asienten en mi cabeza, para dejar que se conviertan en una parte de mí. Hasta el punto de que la mañana del examen de la beca ni siquiera estoy nerviosa.

Me levanto a las cinco y media sin ninguna alarma. Ya hace buen tiempo, aun siendo abril, y el cielo es una mezcla de rosas y lilas. Por fin me siento tranquila. Me siento preparada. Dentro de mi cabeza bailan en un ritmo armonioso numeritos y simbolitos, y sé, sencillamente lo sé, que he estudiado tanto como podía.

Llego al aula de Física a las siete menos cuarto y el profesor de Física avanzada, el doctor Jarvis, ya está allí, aunque parece que se acabe de levantar.

—Llegas temprano, Jill —dice, ofreciéndome una amplia sonrisa—. Imagino que quieres sacártelo de encima, ¿no?

—Sí, supongo.

Me hace un gesto con la mano para que entre y me siento a una mesa de la primera fila. El doctor Jarvis lee en voz alta las instrucciones que hay en un sobre, aunque soy la única alumna. Me mira y luego dirige la mirada al cronómetro que tiene sobre la mesa.

—Y… ya puedes empezar.

Durante los siguientes noventa minutos trabajo con el piloto automático puesto, resolviendo ecuaciones, identificando cifras, escribiendo análisis y clavando la redacción sobre por qué me merezco esta beca más que el resto de las alumnas que están haciendo la prueba en estos mismos momentos. Relleno todas las libretitas azules del examen, una tras otra, vomitando todo lo que tengo en el cerebro sobre esas páginas. Cuando el doctor Jarvis carraspea y anuncia que se ha acabado el tiempo, me siento como una toalla húmeda acabada de escurrir.

El profesor se acerca el examen y lo mira por encima. Luego levanta la cabeza. Tiene una mirada cálida y su barba mullida hace que parezca Papá Noel.

—Pase lo que pase, quiero que sepas una cosa —dice—. Ha sido un placer tenerte en clase. En Brown serían muy afortunados de tenerte.

Trago saliva para deshacer el nudo que se me ha formado en la garganta.

El doctor Jarvis me da una palmada incómoda y tierna en el hombro.

—Los estudiantes como tú no son muy frecuentes. Espero que lo sepas.

Asiento y noto que se me extiende una sensación cálida por el pecho. Este examen lo he hecho yo sola. Me he ganado sentirme así.

—Gracias —digo, casi ahogándome.

Él también asiente y abre la puerta.

—Pues ya puedes irte.

El resto de la mañana se disuelve como un terrón de azúcar. Voy flotando de una clase a la siguiente, con el subidón de adrenalina que me ha permitido hacer el examen. Pero me llega el bajón de golpe cuando termina la clase de Francés.

—Ah, Jill. *Un instant, s'il vous plaît.* —Madame Mathias estira el cuello, que oculta en un jersey de cuello alto, aunque estamos en primavera y en su aula se está a un millón de grados—. El director Weingarten quería verte en su despacho. —Se le profundizan las líneas de alrededor de la boca mientras habla—. *Au revoir!*

Esto no puede ser bueno. De pronto la mochila me pesa una tonelada y me da un vuelco el estómago. Camino fatigosamente hasta el despacho de Weingarten, que tiene un marco de puerta de madera de cerezo oscura y estanterías del suelo al techo. La zona de espera huele a barniz y menta, como si la enceraran cada día al terminar la jornada. Me dejo caer sobre una silla de madera gruesa delante de su secretaria, la señora Oerman.

Esta levanta la vista. Sus redondos ojos grises y su melena corta del mismo color le dan un toque de abuela. Le tiembla la mandíbula cuando me ve.

—Señorita Newman, por supuesto. Te está esperando.

Solo he estado en el despacho del director Weingarten en otra ocasión: el primer día de clase después de que muriera Shaila. Era el último día del curso, y hacía un clima tan húmedo y pegajoso que la falda se me pegaba a la parte trasera de las pantorrillas incluso cuando caminaba. Me sentía como un perro, sudando por el calor. Nos había convocado en su despacho a Nikki, a Marla y a mí, y sacó la silla de detrás de la mesa y se sentó en círculo con nosotras.

—Chicas —dijo—. Vuestra vida en Gold Coast nunca será como antes. —Fue directo pero amable, lo cual resultó refrescante, en cierto modo. Todo el mundo nos había tratado como si estuviéramos hechas de cristal. Los otros profesores apenas nos miraban, se limitaban a ofrecernos apretones poco entusiastas en los hombros y a hacernos gestos con la cabeza, acompañados de miradas tristes y adormiladas. «Pobres chicas».

Nikki se puso a llorar y se limpió los mocos con la parte posterior de la manga, lo que le dejó un rastro de color verde neón por la zona de la muñeca. Marla entrelazó las manos y sus hombros se sacudían por las lágrimas. Por un instante me pregunté si sabía lo que nos había pasado a nosotras, no a Shaila. Si sacaría el tema. Y, en caso de hacerlo, ¿cómo responderíamos?

Pero entonces Weingarten siguió hablando:

—Cuando tenía vuestra edad, más o menos, murió un amigo mío. En un accidente de barco en Connecticut. Connor Krauss.

Observé sus ojos azules cristalinos. Parecían cálidos y también generosos.

—Fue el acontecimiento más importante de mi juventud —continuó—. Me marcó en todos los sentidos. Su muerte me enseñó que la vida es corta y que todos los momentos son importantes, valiosos. —Levantó el puño para dar énfasis—. Aprendí a amar ferozmente y a utilizar el tiempo de forma inteligente. Lo que más deseaba en el mundo era que él siguiese vivo, pero sin esa pérdida no sería quien soy hoy en día. —Weingarten nos miró fijamente a las tres, centrándose en Marla y Nikki y luego en mí—. Esto os marcará para siempre. La ausencia de Shaila os cambiará. Pero no tiene que definiros. No lo permitáis nunca.

Toda la reunión duró unos diez minutos, suficiente tiempo

para demostrar que se preocupaba, pero no para preguntar demasiadas cosas o discutir problemas de verdad. No nos preguntó por qué estábamos todos juntos esa noche ni qué había pasado antes. No quería saberlo.

Después, nos dejó ir a nuestras clases para recoger las cosas y no volvimos a Gold Coast Prep durante tres meses.

Me había olvidado por completo de aquella reunión hasta hoy. Nikki, Marla y yo nunca hablamos del tema. Ni siquiera sé si Quentin, Henry y Robert tuvieron algo parecido, y, si fue así, tampoco sé por qué el director Weingarten decidió separarnos por género.

Ahora me pregunto qué versión de él me encontraré. Al Weingarten íntimo que habló con nosotras ese día. Al director formal que se dirige a toda la escuela en las asambleas del lunes por la mañana. O a otra persona completamente diferente, la figura autoritaria severa de la que solo he oído susurros en los pasillos por parte de los alumnos «malos». Los que han recibido algún castigo y corren el peligro de no poder graduarse a tiempo. Los que han sido expulsados, cuyos padres han donado cientos de miles de dólares solo para mantener a sus hijos aquí un semestre tras otro, aprobando por los pelos. A Graham lo citaron en el despacho del director después del fiasco de la Fiesta de Primavera, pero nunca explicó qué le había dicho.

—Señorita Newman, por favor, adelante. —El director Weingarten se levanta de detrás de su mesa y me hace un gesto para que ocupe la silla que tiene enfrente—. Cierre la puerta detrás de usted.

Me siento en el borde de la silla y espero.

—Bueno, bueno, bueno. —Sonríe, enseñándome todos los dientes—. Tengo que admitir que nunca me había imaginado que tendría que llamarla para que viniera aquí. Pero parece que tenemos algo que discutir, jovencita.

Me pesan las piernas y me esfuerzo por cruzarlas, pero se mantienen quietas. Estoy completamente paralizada.

—Tengo que preguntarle algo, señorita Newman. Ha estado rebuscando en el pasado. ¿Por qué?

Se reclina en la silla y levanta las cejas, como si esperara una respuesta que lo deslumbre. A mí se me para el corazón.

—¿A qué se refiere?

—Ha demostrado tener un gran potencial en Gold Coast. Una media de casi noventa y seis durante tres años seguidos, más de lo que se le requería para conservar la beca. Es capitana del equipo de las Olimpiadas Matemáticas. Ha ganado el Campeonato de Ciencia. Ha entrado en Brown en la ronda de admisiones anticipadas. En el programa de Mujeres en las Ciencias y la Ingeniería. ¡Qué maravilla! —Da una bocanada de aire y luego la suelta de golpe—. Entonces, querida, ¿por qué se ha propuesto como misión destrozar la integridad de esta escuela?

—¿Qué? No es verdad —balbuceo.

Weingarten levanta un dedo y lo sacude.

—Pues claro que sí —dice—. Ha señalado al señor Beaumont. Ha desenterrado a su querida amiga, la señorita Arnold, de la tumba. —Se inclina hacia mí y puedo olerle el aliento. Huele a rancio, como una toalla vieja o el interior de un zapato—. La escuela casi quedó hecha añicos cuando la señorita Arnold fue asesinada. ¿Lo sabía? Casi perdimos a los benefactores, a los inversores. Hubiese sido un desastre.

Me da un vuelco el estómago. ¿Cómo es posible que sepa que tengo algo que ver con lo de Beaumont?

—Pero todo el asunto quedó zanjado rápidamente por los

Arnold, gracias a Dios, así que nos salvamos —dice—. Pero ahora, señorita Newman, está amenazando con acabar con todo lo que hemos construido.

Me da vueltas la cabeza mientras intento desenredar sus palabras y encontrar su auténtico significado.

—Sé que ha tenido algunos problemillas con sus amigos. Puede que se sienta perdida y piense que no es bienvenida aquí, en Gold Coast Prep. Quizá se ha convencido a sí misma de que ha descubierto algo siniestro y turbio que se esconde bajo la superficie de lo que creía que sabía sobre la señorita Arnold. Sobre su profesor. —Weingarten se masajea las sienes con los dedos índice y pulgar—. Pero permítame que sea muy claro, señorita Newman. No destrozará la reputación de esta institución, después de todo lo que hemos hecho por usted.

—Pero… —balbuceo.

—Espere, espere, espere —me corta, levantando una mano—. Le he pedido que viniera para que pudiéramos charlar un poquito sobre sus últimas semanas en Gold Coast Prep. Sobre su futuro. —Weingarten se inclina hacia delante y coge un grueso sobre de manila con varias libretitas azules, las que he rellenado hace unas horas—. Su examen. —Lo deja caer sobre la mesa con un golpe seco.

Tengo que forzarme a no levantarme y arrebatárselo de sus arrugadas manos.

—¿Lo ha corregido usted? —pregunto con un hilo de voz.

Él se ríe, con una carcajada que le sale de lo más profundo del estómago.

—Por supuesto que no. Eso lo hace la universidad. —Hace un gesto hacia las libretitas que tiene delante—. Pero sería una pena que todo esto fuera una mentira.

Levanta las cejas tanto como puede y me observa con una

mirada gélida, en lugar de amable como hace un rato. Lo sabe. Lo ha sabido siempre.

—Estas universidades tan prestigiosas no ven con buenos ojos que se copie en los exámenes.

—No he copiado —susurro—. He estudiado. No he tenido ninguna ayuda. Lo he hecho yo sola.

Weingarten vuelve a levantar una mano.

—Quizá esta vez —dice—. Pero no en el resto de las ocasiones. —Junta las manos detrás del cuello y saca estómago—. ¿Se cree que no sabemos lo que pasa? ¿Que no sabemos quién es un mentiroso, quién copia?

Se me hunde el estómago y se me reseca la boca.

—Sería muy fácil convencer a Brown de que ha tenido una ayudita extra en este examen, de que ha copiado en todas las pruebas. Le destrozaría la vida. Todo el tiempo y el dinero que sus padres han dedicado para sus estudios se iría al garete.

Trago con fuerza e intento reprimir las lágrimas.

—Ha tenido mucha suerte, Jill Newman. —Se levanta y camina hacia la ventana. Desde mi asiento, veo que dirige la mirada hacia los alumnos más pequeños, quizá a los de parvulario, jugando por el inmaculado parque infantil con sus uniformes a cuadros de Gold Coast. Todavía no tienen miedo—. Pero ya no. Ha sido muy desagradecida al involucrar al señor Beaumont en todo esto. —Chasquea la lengua.

—¿Cómo ha…? —empiezo a preguntar.

Weingarten ríe de nuevo.

—¿Se cree que no conozco a todos y a cada uno de los policías de esta ciudad? ¿Que no tengo a gente por todo Gold Coast que se muere de ganas de proporcionarme información, de compartir secretos conmigo para que sus hijos entren en Prep? Y ese abogado que ha contratado la señorita Calloway, el señor Sorenson. Promoción de 1991 en Gold Coast Prep, por supuesto. Un alumno brillante. Me contó lo de Logan ese mismo día.

Me arden las mejillas y aprieto las rodillas entre ellas para evitar que me tiemblen las piernas.

—Señorita Newman, quiero ser muy claro —dice—. Está destrozando nuestra reputación. No permitiré que esta escuela reciba más críticas. El pasado es el pasado, y usted corre el riesgo de hacer estallar todo nuestro futuro por los aires por su pequeña investigación.

Se ha puesto rojo y tiene las comisuras de la boca húmedas con saliva. Se sienta y saca otro sobre de manila de una esquina de la mesa. Este es más fino. Nuevo.

—Veamos. Jared Newman. Parece que ha remontado la nota de Biología; de un aprobado justito a un noventa y dos en el parcial. ¡Bien hecho, señor Newman! —Posa la mirada sobre mí, divertida y amenazante—. Me pregunto cómo lo habrá conseguido.

Su mensaje es claro. Si continúo investigando, si sigo jodiendo a Gold Coast Prep y atrayendo miradas curiosas no deseadas al campus, arruinará todas mis posibilidades de ir a Brown. Me pondrá en evidencia. Y a Jared. Y dejará impunes a todos los demás solo para demostrar que puede. Si antes tenía dudas sobre si seguiría ayudando a Rachel y a Graham, ahora está todo clarísimo. No puedo jugármela.

—El señor Beaumont no tuvo nada que ver con la muerte de Shaila. Graham Calloway es un asesino. Son hechos. Tiene que dejar estar su pequeña investigación. La escuela no puede permitirse tener más antecedentes. ¿Entiende lo que le digo, señorita Newman?

—Sí. —Mi voz es clara y urgente, y me esfuerzo en mirarlo directamente a los ojos.

—Buena chica. —Sonríe y deja caer el sobre de Jared sobre

la mesa, lo que hace que mis libretitas azules salgan volando—. Muy bien, pues. Me alegro de que hayamos tenido esta charla. Mandaré su examen a Brown esta tarde. —Me hace un gesto con la mano y gira sobre la silla de ruedecitas hasta que me enseña la espalda de su traje de tweed.

Me levanto con piernas temblorosas y me vuelvo hacia la puerta.

—Ah, Jill. —Weingarten me mira por encima del hombro—. Dele recuerdos a la señorita Calloway. Siempre había sido una jovencita muy prometedora. Qué pena. Qué pena.

Mamá abre la puerta de golpe antes siquiera de que pueda llegar a la entrada. La cabeza de papá asoma por detrás del marco de la puerta.

—¿Es ella? —pregunta.

Me da un vuelco el estómago y no me atrevo a mirarlos. Lo único que quiero hacer es esconderme.

—Hola —consigo decir mientras paso por su lado al cruzar la puerta.

—¿Y bien? —quiere saber mamá. Lleva puesta una túnica de lino y un colgante voluminoso, y tiene el rostro cálido y esperanzado. Quiere hablar del examen.

—No lo sabremos hasta dentro de un tiempo —mascullo—. Ya lo sabes.

Papá junta las manos por detrás de la espalda.

—¿Te han dicho cuándo? —pregunta.

—No.

Dejo la bolsa con un golpe seco en el pasillo y me dirijo hacia las escaleras para subir a mi cuarto, esperando que pillen la indirecta. Ahora mismo no puedo lidiar con sus preguntas.

Cierro la puerta y me tiro sobre la cama. Me quedo mirando las estrellas que tengo en el techo y por primera vez me doy cuenta de que se han desteñido hasta quedar de un amarillo pálido, en lugar de resultar neones contra la oscuridad. Se oyen unos suaves golpecitos en la puerta.

—¿Cariño? ¿Podemos entrar un segundo?

No contesto, pero la puerta se abre unos centímetros.

—Solo queremos hablar —dice papá con suavidad.

—Vale —cedo.

Mis padres entran y se sientan a los pies de la cama.

—Ya sabemos que estás pasando por muchas cosas… —dice mamá, pero entonces es cuando pierdo los nervios. Un volcán entra en erupción en mi estómago y me sube el fuego por la garganta.

Me incorporo.

—No tenéis ni idea de por lo que estoy pasando —grito—. No tenéis ni idea de cuánto he trabajado ni de toda la presión que tengo. —Me empiezan a temblar las manos como si me hubieran dado una descarga eléctrica—. Ya sé que os habéis sacrificado mucho para que podamos ir a Gold Coast, y lo único que intento hacer es asegurarme de que no tengáis que sacrificaros más. Me estoy esforzando al máximo y quizá no sea suficiente. Tendréis que apañároslas con asumirlo, ¿vale?

Papá se echa para atrás como si le hubiese disparado una flecha.

—Cariño —dice mamá—. Ya entiendo que…

—No —la corto—. No lo entiendes. No sabes cómo es tener que entrar ahí cada día sabiendo que podría perderlo todo en un instante. Y lo único que habéis querido siempre es que las cosas me vayan mejor. Que tenga éxito. —Se me caen los mocos y me odio a mí misma por atacarlos de esta manera. Ellos no han he-

316

cho nada malo, pero estoy muy enfadada. Muy agobiada. Necesito sacarlo todo de dentro—. ¡Joder, es muy difícil! —grito—. Lo estoy intentando. Es todo lo que puedo hacer… Intentarlo.

—Ay, Jill. —Mamá levanta la mano y me acaricia el pelo. Papá se sienta a mi lado y entre los dos me abrazan con tanta fuerza que no puedo ni respirar. Al principio intento apartarme, liberarme de sus brazos. Pero me sujetan más fuerte.

—Lo siento muchísimo —susurra papá—. No queríamos que las cosas fuesen así. —Cuando se separa veo que tiene los ojos húmedos.

—Crecimos en entornos muy diferentes a todo esto —dice mamá, señalando hacia fuera—. La familia de tu padre vivía con lo justo, y a mis padres ni siquiera les importaba que recibiéramos una educación. Nosotros queríamos que tú tuvieras una vida mucho mejor que la nuestra.

—Pero quizá ha sido demasiado —añade papá—. Te hemos puesto demasiado presión para que seas…

—Perfecta. —Mamá esboza una sonrisa triste.

Papá asiente.

—No tienes que ser perfecta. Solo tienes que ser tú misma.

Parece una frase sacada de una tarjeta de felicitación, pero me hace llorar incluso más.

—¿Y si no consigo la beca? —Mis palabras suenan empalagosas y húmedas, como burbujas a punto de estallar.

—¿Y qué? Lo superaremos.

—Pero entonces no podré ir a Brown. —Es un hecho, todos sabemos que es cierto.

Mamá asiente.

—Cariño, ya tienes una beca con todo pagado para el programa de honores de la Universidad Estatal. —Ahora esboza una gran sonrisa.

—¿No os decepcionaré? —pregunto.

Papá me acerca a él y me abraza incluso con más fuerza de la que lo había hecho antes.

—Nunca.

Veintiuno

—Lo dejo.

Las palabras suenan más bruscas de lo que pretendía. Definitivas. Destructivas. Pero no me arrepiento. Ni siquiera cuando a Rachel le tiembla el labio inferior y sus ojos reflejan un destello de rabia.

—¿Que qué? —pregunta.

—No puedo seguir —digo—. Me quedan unas pocas semanas para graduarme. Estoy intentando arreglar las cosas con Nikki y todo esto… es demasiado. —Meneo la cabeza y el pelo se balancea sobre los hombros. Decido no comentarle nada de que el director de la escuela me amenazó.

En esta cafetería carísima de Alphabet City, en Manhattan, me siento anónima y un poco envalentonada. Nadie me conoce, salvo ella. Puedo hablar con libertad. Pero mis palabras no son más que una manera de escaquearme del problema. Igual que esa noche en la sauna, he preferido protegerme a mí misma en lugar de luchar por Shaila. La culpa me carcomerá por dentro, pero tengo que recordarme que no lo hago solo por mí. También estoy protegiendo a Jared.

—¿Así que ya está? ¿Una pista errónea y te desentiendes? —Rachel se reclina hacia atrás sobre la desvencijada silla de madera.

La mesita diminuta de fórmica que hay entre las dos se tambalea, lo que hace que los cafés con leche se balanceen dentro de las tazas, que son del tamaño de un bol de helado.

—Tampoco es que tengamos ningún otro sospechoso —comento, pero Rachel no reacciona—. Tú no te pasas el día en Gold Coast. No sabes cómo ha sido. —Se me aparece en la cabeza la cara de Weingarten, roja y furiosa, meneando un dedo nudoso en mi dirección.

Rachel entrecierra los ojos.

—Pues explícamelo.

—Yo soy la que te enseñó la carta. La que tiene que lidiar con las repercusiones de lo de Beaumont.

—Dilo y ya —sisea Rachel.

—¿A qué te refieres? —Me empieza a arder la cara. Ya he visto esta versión suya. Ya he oído esta voz. Se comportaba así cuando era una Jugadora, cuando nos instaba a beber, a bailar, a actuar. Su rabia borbotea hasta la superficie.

—Dilo —repite entre dientes.

Respondo que no con la cabeza y aprieto la taza que tengo delante.

—Crees que Graham es culpable. Crees que él mató a Shaila, porque esa es la respuesta fácil. Eso hace que todo desaparezca y que tú puedas seguir con tu vida, haciendo ver que no ha pasado nada. Una amiga tuya murió y, uf, tía, qué mierda. Tus compañeras de piso de la universidad alucinarán cuando lo expliques, o lo comentarás en fiestas para hacerte la interesante. Shaila no será más que un contratiempo en tu vida perfecta. Y Graham será un chico al que conocías y al que un día se le fue la olla. —Se inclina hacia mí hasta que nuestras caras quedan a escasos centímetros. Puedo ver los pelitos que tiene entre las cejas, esperando a ser depilados con pinzas—. Pero sabes que él

320

no lo hizo. Sabes que es inocente. Eres demasiado gallina como para enfrentarte a ello.

—Vete a la mierda, Rachel —susurro entre lagrimones—. No sabes lo que pienso. —Las palabras me suben como si fueran bilis, pegajosas y agrias. Hay una razón de verdad de por qué estoy tan enfadada. De por qué hace tres largos años que estoy furiosa. La iniciación lo cambió todo, y no solo porque alguien matara a Shaila. Estabilizo la respiración y continúo—: Me estás usando ahora como nos usabais a todos entonces. Haciendo ver que sois Dios y tirando de los hilos para que hagamos lo que queráis, mientras vosotros miráis tranquilamente. Vete a la mierda —repito, esta vez marcando las sílabas tónicas.

Rachel se echa para atrás con los ojos muy abiertos.

—No fue así.

—Siempre es así —repongo.

Eso es lo que nos decían una y otra vez, como si, de alguna manera, eso lo arreglara todo. Esas palabritas les daban carta blanca. Pero en realidad no tendría que haber sido así. Nadie tenía carta blanca para hacernos esas cosas. Y este curso nosotros tampoco la teníamos para repetir lo mismo.

La iniciación fue la última vez que estuvimos juntos los ocho.

Nos reunimos en casa de Nikki a las seis de la mañana y nos comimos unos *bagels* tostados con queso crema en silencio mientras esperábamos la llamada telefónica, la señal de que todos esos meses de duro trabajo por fin terminarían pronto. La entrada oficial en los Jugadores estaba a la vuelta de la esquina. Ya no tendríamos que ponernos en formación. No habría más retos. Ni más kits de los Jugadores. Lo único que teníamos que hacer era superar las próximas veinticuatro horas.

Una furgoneta grande aparcó delante de la casa y entramos en silencio a través de unas amplias puertas dobles. Dos figuras encapuchadas nos vendaron los ojos y nos ataron las manos con bridas. Me dio un vuelco el estómago y apreté el hombro contra el de Shaila.

Condujimos durante lo que a mí me parecieron horas. El único sonido que había era el del reproductor de música, que no dejaba de repetir la misma canción de Billy Joel a todo volumen. Hoy en día todavía no puedo escucharla. «Only the Good Die Young», decía. Que solo las buenas personas mueren jóvenes. Vaya gilipollez.

Por fin, el vehículo se detuvo. La grava crujía bajo las ruedas y el aire tenía un fuerte olor a salado, un poco como cuando es el Cuatro de Julio. Cuando bajamos de la furgoneta, nuestros captores nos quitaron las vendas. Estábamos en casa de Tina, aunque seguramente habíamos conducido hacia North Fork y luego habíamos vuelto para matar el tiempo. Sus padres se habían ido de fin de semana y el resto de los Jugadores estaban de pie junto a una enorme alquería remodelada. Oíamos la música tecno que nos llegaba desde el jardín trasero, así como las voces de los Jugadores, hasta que uno de los encapuchados les gritó que se callaran.

—Será divertido —me había dicho Adam la semana anterior—. Disfrútalo.

Nos llevaron hasta el jardín trasero, donde estaba todo el mundo, y entonces los conductores se quitaron las máscaras. Eran Rachel y Tina. Se me calmó el estómago; todo iría bien. Rachel era la primera persona que había sido amable conmigo, y me había dado el examen de Biología. Le caía bien porque le caía bien a Adam. Y Tina, con esa máscara de pestañas grumosa y un huequecito entre los dientes, siempre había sido cariñosa. Estábamos en su casa. No permitiría que pasara nada malo aquí. Pensé en esos instantes que compartimos en la playa, riendo por lo del señor Beaumont. Todo iría bien.

Pero estaba muy equivocada, muchísimo.

La gente empezó a corear algo. Estaban tan eufóricos que me dio un escalofrío. Tardé un minuto en entender lo que decían:

—¡Que cojan una! ¡Que cojan una!

Jake apareció entre la muchedumbre y se volvió hacia nosotros, esbozando una sonrisa pícara.

—Ya los habéis oído. ¡Coged una! —Y nos mostró una pila de gruesas cartas de cartón. Había ocho—. Quien saque el número más bajo tendrá el peor reto.

O sea, que así iba a ir la cosa. Todos teníamos una última prueba.

Busqué a Adam para que su mirada firme me hiciera de pilar. Estaba en un lateral, hablando con alguien entre susurros, pero entonces levantó la mirada y poco a poco me dedicó una sonrisa. Ahí estaba su hoyuelo. Él se aseguraría de que todo fuera bien.

Todos cogimos una carta y nos la acercamos al pecho.

Yo le eché una ojeada a la mía y el estómago se me llenó de miedo. Tres. Levanté la vista y miré alrededor del círculo. Quentin parecía tranquilo. Henry también. Nikki se había cubierto la boca con una mano y había empezado a morderse las uñas. Shaila se había puesto blanca.

—¡Enseñadlas! —gritó Jake.

Todos giramos las cartas hacia Rachel y ella anunció los números:

—Ocho, Quentin. Siete, Henry. Seis, Robert. Cinco, Graham. Cuatro, Marla. Tres, Jill. Dos, Nikki. As, Shaila.

Los Jugadores que teníamos a nuestro alrededor estallaron en chillidos y gritos, y se dieron palmadas en la espalda. Más tarde me enteré de que, de alguna manera, las chicas siempre sacan los peores números. Es una auténtica mierda.

—Alumnos de primero —anunció Adam—, tenéis una hora

para prepararos para lo que vendrá a continuación. Volveremos entonces con vuestras tareas. —Pero antes de desaparecer, gritó por encima del hombro—: Quizá también os hará falta esto. ¡Ánimo! —Nos guiñó un ojo con actitud traviesa y tiró una botella de vodka de casi dos litros sobre el césped. Todo el grupo se dispersó y nos quedamos ahí solos. El sol picaba fuerte y esa estúpida canción de Billy Joel no paraba de sonar a todo volumen por los altavoces.

—¿Qué cojones? —balbuceó Nikki—. ¿Qué van a hacernos?

—¿Rachel te ha contado algo? —Shaila dio un primer sorbo a la botella y se volvió hacia Graham, con los ojos como platos. Era la primera vez que la veía tan asustada, aterrorizada por lo desconocido.

Graham sacudió la cabeza, pero parecía un poco inquieto. Entonces recordé su número: el cinco. Él también le dio un trago.

—Solo me ha dado una pista —respondió—. Ha dicho: «Sabemos qué os da miedo».

Se me revolvió el estómago y recordé la noche que estuve con Adam y Jake sentados en el porche de los Miller. Lo que les conté sobre mí… y sobre Shaila. Que yo no podía dormir sin una lucecita, y que mi amiga nunca se quería montar en la noria porque subía hasta muy arriba.

¿Nos habíamos delatado los unos a los otros en algún momento del año? Seguro que sí. No podía ser que yo fuese la única. No si los alumnos de cuarto sabían que todos nosotros teníamos miedo de algo. Pero nadie dijo nada y nos quedamos ahí, poniéndonos nerviosos y sintiéndonos avergonzados, pasándonos la botella poco a poco. Me volví hacia el otro lado y vi el Ocean Cliff a lo lejos. Shaila también lo vio.

Nos quedamos en silencio, meditando sobre nuestros destinos, hasta que el resto de los Jugadores volvieron para leer en voz alta lo que teníamos que hacer.

Entonces ya estaba claro que Adam, Jake y el resto de los chicos estaban al mando. Las chicas estaban en segundo plano, haciéndose selfis y dándole bombo a todo el asunto. Nunca tenían el poder. Nunca lo tenemos. Eso lo sé ahora.

—Cada uno recibirá una tarea personalizada —dijo Jake—. Las que tenéis puntuaciones bajas, será jodido. Id con cuidado. Se os asignará un Jugador de último año que os supervisará, para asegurarse de que completáis el reto correctamente. —El público que había detrás de él se puso a gritar para mostrar su apoyo—. ¿Estáis listos?

Quentin fue el primero. Como le daban miedo los zombis, tenía que mirar dos películas de miedo seguidas. Tina estaría con él mientras lo hacía.

—¡Vaya parida! —gritó alguien.

—¡Que te jodan, idiota! —contestó Jake—. Siguiente, Jill.

Di un paso hacia delante desde nuestra formación y levanté la cabeza.

—Conque te da miedo la oscuridad, ¿eh?

—Sí —susurré.

—Hay una cámara en el sótano —dijo Jake, señalando la casa principal, que estaba detrás de mí—. Te quedarás ahí dentro durante cuatro horas. Sola. —Respiré hondo. Podía hacerlo. Completaría el reto—. Seré yo quien te venga a ver de vez en cuando.

Desconecté mientras terminaba de leer los demás retos, pero volví a concentrarme cuando llamaron a Shaila.

—Ocean Cliff —anunció Jake.

El grupo que había detrás de él reprimió una exclamación. Incluso Adam parecía un poco sorprendido.

—¿Qué pasa con el Ocean Cliff? —preguntó Shaila, intentando mantener la calma. Cambiaba constantemente el peso de una pierna a la otra.

—Saltarás desde el acantilado —dijo Jake, con una sonrisa dulce—. Y volverás a la orilla nadando.

Rachel sacudió la cabeza y Tina se cubrió la boca.

—Está como a un millón de metros por encima del nivel del mar —respondió Shaila, con voz temblorosa.

—¿Y qué? —espetó Jake—. No eres la primera que lo hace.

—Nadie puso en duda si eso era cierto o no.

Shaila endureció la mirada.

—De acuerdo.

Adam dio un paso al frente como para tranquilizarla.

—Yo estaré contigo —dijo, ahora con voz más amable—. Para supervisar el reto.

A Shaila se le suavizó la cara y sentí que se me relajaban los hombros un poco. Le cogí la mano y le di un apretón. Ella se volvió hacia mí con los ojos abiertos y asustados.

—Nunca dejes que vean que estás dolida —susurró.

Yo asentí y luego ella se volvió y se alejó tras Adam en dirección al Ocean Cliff, que sobresalía sobre la orilla. Esa fue la última vez que la vi con vida.

De golpe Jake apareció a mi lado:

—Venga, Newman. —Su voz era profunda, sin ninguna emoción.

Me llevó hasta la casa de Tina, que era luminosa y espaciosa, decorada con tonalidades de blanco, gris y azul.

—Aquí —dijo, señalando unas escaleras que había detrás de una puerta en la cocina. Lo seguí hasta un sótano a medio construir que olía a almizcle y moho. Arrugué la nariz e intenté ignorar el miedo que me revolvía el estómago. Jake caminó hasta la esquina trasera y abrió una pequeña puerta que solo le llegaba hasta los hombros.

—Quizá prefieras ponerte de rodillas —comentó, esbozando una sonrisa amenazadora. Hice lo que me decía y aguanté la respiración mientras me metía a gatas en ese oscuro espacio, palpando el suelo frío de cemento. El habitáculo entero era más pequeño que una cama doble. Jake se arrodilló y me tiró una manta y una botella de cristal sin etiquetar—: Provisiones.

—Gracias —susurré.

—Volveré pronto —dijo. Cerró la puerta y oí un «clic» que me indicaba que había cerrado con pestillo.

Respiré hondo y sentí el olor del yeso y del pegamento. Luego extendí la manta tan bien como pude y me estiré, intentando imaginarme que estaba en mi cama, en casa, observando las estrellas de plástico del techo. Al principio me encontraba bien, solo un poco incómoda. Apenas podía incorporarme porque el espacio era muy pequeño. Pero entonces empecé a oír cosas, o como mínimo eso me pareció. Ratones subiéndose por las paredes. Golpes en la planta superior. Era todo demasiado aterrador, demasiado surrealista. Luego se convirtió en una tortura, como si las paredes estuvieran derrumbándose a mi alrededor. Se me aceleró el corazón y me empezaron a temblar los dedos. Me arrastré hasta la entrada del habitáculo para ver si conseguía abrirla. Empujé con el hombro contra la puerta, pero no se movió, como si hubiese algo al otro lado que hiciera presión. Entonces es cuando entré en pánico. Se me encogió el pecho, y solo tenía una opción, una manera de superar todo eso.

Me volví a sentar sobre la manta y me acerqué la botella a los labios. Di un buen trago. El líquido olía a gasolina y era más fuerte que el vodka. Pero estaba agradecida de tener algo…, cualquier distracción. Di otro trago y luego otro más, dejando que ese asqueroso líquido diera paso al entumecimiento, a un hormigueo. Aparte de tener un sabor bastante fuerte, también era rancio, químico.

Y entonces desaparecí.

Recuperé la conciencia horas más tarde. Juro que oí un grito; un grito desgarrador, espeluznante. ¿Era mi propia voz enronquecida? ¿Había sonado a lo lejos? No importaba porque yo estaba a salvo, pensé. Imaginaba que estaba en un lugar seguro porque me habían trasladado a una habitación con una ventana, aunque no entraba ningún rayo de sol. Estaba en una cama, eso lo sabía, porque había sábanas, que resultaban suaves al contacto con mis piernas desnudas. Me di cuenta de que estaba por encima del suelo. Tenía que ser así, porque desde la ventana se veía una llamarada. Supuse que era una hoguera que había en el jardín trasero. Estaba muy cerca. También lo estaba el grupo de gente; podía oírlos. ¿Había acabado? ¿Había superado el reto? Imaginaba que sí, pero, entonces, ¿por qué no estaba con los demás? ¿Por qué estaba sola?

Hasta que me di cuenta de que no lo estaba.

—Hueles a malvavisco tostado —susurró, arrastrando un poco las palabras. Adam debía de haberme encontrado. Sentí una oleada de alivio. Entonces el chico deslizó la lengua por mi oreja. Me sobresaltó esa sensación cálida y húmeda y me obligué a ponerme tensa, a incorporarme. Pero no podía moverme—. Chisss… No pasa nada. —Entonces pude enfocar la vista sobre su rostro y me di cuenta de que no era Adam. Era Jake. Cerniéndose sobre mí. Me había inmovilizado los brazos sobre la cabeza y estaba encima de mí. Esperando. Con paciencia, pero no de verdad.

—¿Qué…?

—Lo has superado —dijo—. Has superado la prueba. —Su lengua volvió a encontrar mi oreja y yo sacudí la cabeza, como si intentara apartar una mosca. La habitación me daba vueltas.

Intenté apartarme, pero Jake era muy grande, como un ladrillo enorme.

—No me encuentro bien —contesté, mareada.

—Venga —insistió, moviendo la boca por mi cuello—. Vamos a celebrarlo.

Mis extremidades me parecían muy pesadas. Solo quería que todo eso terminara.

—No —respondí con suavidad—. No.

Jake se rio y bajó la mano, levantándome el jersey. Tenía la piel helada, y su contacto me provocó un escalofrío.

—¿Ves? Es agradable —continuó él—. ¿No vas a darme las gracias por ayudarte a superar el reto?

Intenté apartarme de debajo de él, pero Jake me sujetaba las muñecas a mis lados. Estaba inmovilizada y era incapaz de pensar. Estaba desesperada por irme, por juntarme con los demás, por ir a casa, por encontrar a Shaila. ¿Había saltado? ¿Ella también había pasado la prueba? ¿Era más fácil sucumbir? ¿Dejar que mi cerebro saliera de mi cuerpo? De pronto, la puerta se abrió con un chirrido.

—Tío. —Era Adam, reconocí su voz—. ¿Qué haces?

—Ya sabes qué hago. —Jake giró la cabeza y en su perfil vi una sonrisa amplia y aterradora. Quería correr, emplear este momento de libertad para gatear hasta el suelo, para alejarme de todo.

—Está borrachísima.

—¿Qué pasa? ¿Ahora eres un poli?

—Va, vamos a tomarnos algo. No vale la pena. —Adam le

dio un golpe a la puerta con el pie para abrirla aún más y que entrara más luz.

Jake puso los ojos en blanco con cierta indiferencia, cansado del tema.

—Como quieras. —Por fin, se levantó y salió de la habitación—. Eres un muermo, tío —gritó mientras se iba.

—Adam —intenté decir, pero más bien me salió un murmullo incomprensible. Intenté extender los brazos hacia él, pero mis extremidades no se movieron de la cama. Eran demasiado pesadas para que las levantara.

—¿Estás bien? —preguntó. Arrastraba un poco las palabras y sonaba algo triste.

—Ajá —contesté.

—Tienes que dormir.

—Ajá —repetí. El alivio era abrumador. Quería llorar, enterrarme en esas sábanas.

—Dejaré la puerta cerrada con pestillo, ¿vale? No podrá entrar nadie. La llave está aquí, en la cómoda.

Asentí.

—Dime «vale», Jill.

—Vale.

Cerró la puerta con suavidad al salir y yo me di la vuelta, forzándome a mirar por la ventana, hacia la oscuridad. «Levanta la vista», me obligué a mí misma. «Encuentra la luna. Encuentra un ancla». Pero lo único que veía era una mancha de luces parpadeantes, amontonadas como si fueran piezas de un puzle que nunca sería capaz de completar. Era demasiado precioso, demasiado caótico.

Entonces me sumí en un sueño tan profundo que resultaba doloroso. Me desperté horas más tarde, con el sonido de las sirenas y de los sollozos de Nikki. Con la muerte de Shaila.

Hasta el día siguiente no me enteré de que Nikki había superado su reto por los pelos. Ella tenía miedo de perderse, así que le habían vendado los ojos y la habían llevado hasta un punto del bosque, a ocho kilómetros, y la habían dejado sola. Tenía que encontrar el camino de vuelta a casa de Tina ella sola, sin el móvil. A Marla casi la pillaron mientras completaba su prueba: colarse en la casa de verano del entrenador de hockey sobre hierba para robar el trofeo de la final del condado. Su mayor miedo era que la echaran del equipo, perderlo todo. Rachel la ayudó a escapar en el último momento.

Los retos de los chicos fueron más fáciles, menos peligrosos, como si los alumnos de último curso tuvieran menos munición contra ellos, menos información para torturarlos. Henry tuvo que publicar una historia falsa en el *Gold Coast Gazette* con la que se ganó una amonestación y lo echaron de las prácticas. A Robert lo obligaron a robarle el Lamborghini a su padre y a dejar que todos los alumnos de último curso dieran una vuelta con el coche por la autopista. Robert lo devolvió unos pocos minutos antes de que su padre volviese a casa, a medianoche. Graham tuvo la prueba con las tarántulas y al terminar se encontró con Shaila, empapada y agotada, que venía de superar el reto del Ocean Cliff. Él la persuadió para ir a dar un paseo y entonces se le fue la olla y la mató. Como mínimo, eso es lo que nos dijeron.

Pero no hablamos de nada de eso al día siguiente. Nunca les conté lo de Jake ni que Adam me salvó. ¿Cómo iba a decírselo? Shaila había muerto. Había temas más importantes de los que tampoco queríamos hablar.

Aun así, las palabras de Jake se me quedaron grabadas en el cerebro: «¿No vas a darme las gracias?».

Como si le debiese una parte de mí misma. Como si él tuviera derecho a algún premio por haberme encerrado en un armario con una botella llena de un líquido sospechoso.

El recuerdo hace que se me revuelvan las entrañas y que me palpite la cabeza. ¿Y si Adam no me hubiese encontrado? Intento desesperadamente no obsesionarme con las diferentes posibilidades, con el miedo y la realidad tan borrosa de lo que había pasado o no.

El día siguiente de la iniciación, cuando se suponía que teníamos que estar llorando la muerte de Shaila, había un pensamiento que no podía sacarme de la cabeza: «¿Por qué tenían el poder los chicos? ¿Por qué hacían ellos las normas mientras nosotras lidiábamos con las consecuencias?».

Por mi cabeza fueron pasando los distintos retos. Adam y Jake anunciando las instrucciones. Tina y Rachel en segundo plano, animando y gritando. Parecía que ellas también estaban al mando, pero nunca fue así. Recordé varios momentos en que los chicos habían abusado de su poder. Cuando humillaron a Nikki durante el Espectáculo. Cuando reaccionaron con mucho dramatismo cuando Shaila casi muere de beber tanto. Durante este curso ha pasado lo mismo, una y otra vez. Robert se obsesionó con Sierra. Mi propio hermano se rio de ella durante el Rally. Los chicos siempre hablaban en código cuando nosotras estábamos presentes, en un lenguaje secreto que no era apto para nosotras. Siempre había cosas que no nos contaban.

Se había extendido como si fuera un virus, de Derek Garry a Robert. Y luego a chicos como Topher Gardner y, ahora, a mi hermano.

¿Nosotras nos habíamos quedado allí plantadas, dejando que sucediera esta transformación?

La muerte de Shaila tendría que haber marcado el final. Pero me pregunto si todos los cursos pensaron que su iniciación sería la última. «Los mantendremos a salvo. Haremos que todo vaya bien. Terminaremos con todo esto». Sin embargo, no lo hemos hecho. Hemos sido cómplices de estos juegos retorcidos y macabros que hemos jugado entre nosotros. «Demuéstralo», les provocábamos. «Demuestra que eres un Jugador».

Y lo peor de todo es que nos sentíamos bien, muy bien, al hacer que alguien pasara por lo mismo que tuvimos que aguantar nosotros. Al siguiente año, en nuestro segundo curso, Nikki, Marla y yo hicimos todo el trabajo pesado para organizar la iniciación, y la noche anterior fuimos en coche a la casa de Derek Garry en los Hamptons rebosantes de adrenalina. Preparamos un montón del ponche de los Jugadores, rosa neón, avivamos la hoguera y gritamos de nervios cuando aparecieron los alumnos de primero, con los ojos vendados, temblando y asustados. Robert, Henry y Quentin tenían un solo trabajo: comprar hielo.

Cuando el maestro de ceremonias, Fieldston Carter, anunció los retos finales, me mantuve detrás de él mientras gritaba en qué consistirían. Pasar todo el día en pelotas tomando el sol. Quedarse a gatas y dejar que los alumnos de último curso te paseen con una correa toda la noche.

Yo sonreí mientras íbamos bebiendo cerveza hasta que olvidamos nuestra realidad: que esa era la noche en que Shaila había sido asesinada un año antes. Hasta ahora no me había dado cuenta de que entonces todavía pensaba que me podían echar de un momento a otro.

El año pasado también volvimos a hacerlo, convencidos de que no éramos más que alumnos de tercero, que todavía no estábamos en lo más alto. Por eso me repetía todo el rato: «Este año será diferente». Intenté apartar la culpa, evitar que me carcomiese por dentro. Pero ahora sé que eso también era una mentira. La iniciación se hará como se había planeado. Jared completará esta horrorosa transformación. A no ser que pase algo. Algo gordo.

Rachel carraspea y vuelvo al presente, a esta cafetería deslucida del centro.

—Actuamos mal —dice. Tiene los ojos rojos y húmedos, amenazando con desbordarse. Le tiemblan los labios—. Al consentir todo eso. Al permitir que pasara.

—¿Por qué lo hacemos? —pregunto.

—Es fácil convencerte a ti misma de algo si haces ver que es la verdad.

Nos quedamos en silencio mientras se nos enfrían los cafés. Al final vuelve a hablar:

—¿De verdad tiras la toalla?

Pienso en Weingarten, en Brown, en lo que puedo hacer para proteger a Jared de verdad. Él todavía tiene tiempo.

—Necesito saber qué le pasó a Shaila —respondo con firmeza.

Rachel asiente y se inclina hacia mí, hasta que nuestras frentes casi se tocan.

—Quiero que sepas algo. Los Jugadores… Toda esa mierda. Ya no soy así. —Me mira directamente a los ojos—. Y tú tampoco.

Tiene razón. Esa Jill nunca hubiese contestado al mensaje de Rachel en otoño. Nunca hubiese accedido a ir a ver a Graham o a hablar con Kara. Hubiese aplaudido con todos los demás en el Espectáculo y hubiese vitoreado cuando Jared se rio de Sierra en el Rally. Nunca hubiese sido el objeto de las amenazas del director en su despacho. Esa Jill se habría graduado con un noventa y seis de media y un agujero en el corazón.

Esta Jill no lo hará.

Veintidós

«Te necesito».

Estas dos palabras son las mejores, mejores que «Te añoro» o incluso que «Te quiero». Hacen que un cosquilleo me recorra todo el cuerpo, desde los dedos de los pies hasta las puntas abiertas del pelo. Y hoy, el primer sábado de mayo, me las dice Adam a través de un mensaje.

«Big Keith odia mi último guion. Dice que estoy flojeando».

El sol entra por la ventana e ilumina mi cama, y entrecierro los ojos para releer sus palabras. Ni siquiera sabía que estaba en casa. Debe de haber terminado el semestre hace poco.

«¿Quieres que vaya?», escribo.

«Sí».

Siento una necesidad desesperada de hacer que Adam se sienta mejor. Es la mejor distracción ahora mismo. Rachel y yo hemos estado repasando todos y cada uno de los documentos del caso de Shaila durante los últimos días y estoy agotada. Y, teniendo en cuenta lo que le debo a Adam, no puedo imaginarme diciéndole que no en ningún caso.

Me doy una ducha rápida, me pongo un vestido veraniego de color coral y una chaqueta vaquera, y recorro en coche una ruta que me sé de memoria. Bajo las ventanillas y me pongo el primer álbum en solitario de Stevie Nicks a todo volumen. Una brisa cálida flota por el vehículo. Esta solía ser mi estación del año preferida en Gold Coast. Esas pocas semanas después de que todo el hielo se haya derretido definitivamente pero antes de que el calor resulte asfixiante. Antes parecía que era la única época del año en que todo burbujeaba con posibilidades. Ahora este clima solo me recuerda a la pérdida de Shaila.

Al cabo de pocos minutos giro hacia la familiar calzada de entrada de los Miller, en forma de C, y detengo el coche en el aparcamiento. Cuando voy a desabrocharme el cinturón, me llega una notificación al móvil.

«Mira el correo electrónico». Es Rachel.

«¿¿¿???», contesto.

«Kara ha encontrado todas las cartas de Shaila. Su madre las tenía guardadas en una caja en su despacho. Kara las ha revisado y ha hecho un millón de fotos. Acaba de enviármelas».

«¡Joder! No nos ha fallado…». Se me acelera el corazón. ¿Qué podría haberle contado Shaila? «¿Hay algo interesante? ¿Alguna pista?».

«Estoy en ello, pero todavía no he encontrado nada. ¿Quizá tú podrías ver si algo te llama la atención?», propone Rachel.

Aprieto el icono del correo electrónico y veo que tengo un mensaje de Rachel que contiene un fichero adjunto muy pesado. Dice que el tiempo de descarga es de varios minutos, pero en realidad podría tardar una eternidad. Gruño y salgo del coche.

Aún estoy mirando el móvil, esperando a que aparezcan las cartas, cuando Cindy Miller abre la puerta.

—Ah, Jill —me saluda con una gran sonrisa—. Has venido a ver a Adam, ¿no? Anoche tuvo una reunión difícil con Big Keith. —Arruga la nariz como si hubiera olido algo raro—. Seguro que podrás animarlo. Como siempre.

No puedo evitar sonrojarme.

—Gracias, señora Miller.

Se aparta a un lado y subo corriendo las escaleras, mientras me meto el móvil en el bolsillo. Las cartas seguirán ahí dentro de un rato.

Empujo la puerta con suavidad. La habitación de Adam está exactamente como la recordaba, empapelada con barquitos azules. Sobre su cama doble cuelgan dos palos de *lacrosse* en forma de X, y sus librerías del suelo al techo están llenas de libros de tapa blanda que se nota que ha leído con cariño.

Adam está estirado en la cama, con las piernas colgándole de un lado.

—Has venido —dice.

—Claro. —Cierro la puerta y me siento junto a su escritorio, en una silla negra de ruedecitas, de esas que suben y bajan cuando aprietas una palanca—. ¿Cómo estás?

Él gruñe.

—Fatal. Me siento como un pringado sin ningún talento.

—Ya sabes que no es verdad.

—Acércate —dice—, estás muy lejos.

Se me acelera el corazón y me levanto. Ser su persona de confianza siempre ha significado acatar sus órdenes. «Te necesito». «Acércate». Me siento a su lado y me tumbo, dejando que nuestros cuerpos se toquen. Noto un cosquilleo en mi piel.

—Siempre estás cuando te necesito, Jill —continúa—. Incluso cuando no te merezco.

—Siempre me mereces —respondo con suavidad. Su piel está tan cerca que siento el calor que emana y los pelitos de su brazo contra los míos. Me pregunto si él también es consciente de mi cuerpo. Si nota el zumbido nervioso que me recorre las venas y repite una y otra vez: «Me salvaste. Me salvaste».

Adam se incorpora.

—Jill —repite—. Prométeme que siempre me querrás.

Sus palabras me sobresaltan. «¿Cómo lo ha sabido?». Pero antes de que pueda decir nada, Adam se inclina hacia mí y el espacio que hay entre los dos desaparece. Inhalo profundamente cuando presiona su boca contra la mía. Tiene los labios suaves y sabe a menta y a dulce, como una galletita mentolada. Me arde toda la piel. Él desliza su húmeda lengua contra la mía y me resisto al impulso de darle un mordisquito juguetón. Mueve una mano hasta mi cuello y apoya la otra sobre mi rodilla. Hace tanto que mi cuerpo quería esto, amoldarse al de Adam, ceder. Soltarlo todo.

Noto que está duro, presionando contra sus tejanos. He soñado con esto desde hace muchísimo, desde esa primera noche que vino a casa. Lo rodeo por el cuello con los brazos y le paso un dedo por el pelo erizado. Es tan real que quiero llorar.

Pero entonces mi cerebro vuelve a la realidad. La habitación se inclina, como si todo se estuviese deslizando sobre la mesa. De pronto los labios de Adam me resultan desagradables. Esto está… mal. Es como si pudiera estar haciendo esto con cualquiera. Yo podría ser cualquiera. Lo hace conmigo simplemente porque estoy aquí.

Me aparto.

—Espera —susurro—. No podemos hacerlo.

Adam suelta una risita suave contra mi cuello.

—Pues claro que sí. Después de todo este tiempo, por fin podemos.

Pero ahora todo es diferente. Yo soy diferente.

—No me parece que esté bien —digo.

Se deja caer hacia atrás y rebota sobre la colcha, alejándose de mí.

—No quiero que pase así. Si quieres esto —continúo, señalando el aire que hay entre nosotros dos—, tiene que ser real. De verdad. No porque estés triste o decepcionado. Quiero que sea algo más.

—¿No quieres vivir el momento? —Ahora no me mira a mí, sino que tiene la mirada fija en los barquitos, con las velas blancas ondeando al viento.

Respiro hondo. Si digo lo que quiero de verdad, nunca podré retractarme. Pero me tiro a la piscina:

—Quiero que estemos juntos el año que viene cuando vaya a Brown. No quiero cagarla ahora.

Adam se vuelve hacia mí y me recorre la mejilla con un dedo índice.

—No lo harás —responde con suavidad.

—¡Adam! —La voz de Cindy Miller suena por toda la casa—. ¿Puedes venir un segundo? Se me ha colgado el portátil.

Él pone los ojos en blanco, pero me dedica una sonrisa tan grande que puedo ver su hoyuelo.

—Ahora vuelvo.

La cama cruje mientras se levanta y yo parpadeo varias veces para no llorar. Solo he tardado un minuto en arruinarlo todo.

Me vibra el móvil contra el muslo.

«¿¿¿Lo has leído???», escribe Rachel. «Todavía no he visto nada útil. Pero menciona a Adam».

El corazón me va a mil por hora y empiezan a sudarme las palmas de las manos.

Vuelvo a abrir el correo y veo que el documento adjunto por fin se ha descargado. Hago clic para abrirlo y me encuentro con decenas de páginas con la característica letra de Shaila. Escaneo las palabras intentando encontrar algo, cualquier cosa, que pueda ser una pista. Me fijo en algunos fragmentos de frases, con la prosa efusiva y cariñosa de Shaila, y veo que algunas palabras están escritas todas en mayúsculas por la emoción. Pero una carta de mediados de marzo hace que me detenga en seco. Me llama la atención una palabra. Un nombre. Está destacado, como si Shaila hubiese reseguido las letras un par de veces, o quizá tres, sin darse cuenta siquiera. Cuando lo veo, se me para el corazón. Vuelvo al principio de la página y empiezo a leer.

¡KARAAA!:

Últimamente estoy emocionadísima por el verano. Lo único que quiero es volver a estar en los Hamptons con Graham y contigo. Tengo taaaaaantas ganas de pasar el rato en casa de Graham, metiendo los pies en la piscina mientras comemos helado.

Adam dice que también vendrá durante unas semanas. Entonces sí que será como el verano pasado y volveremos a estar todos juntos. Te prometo que él y yo no volveremos a dejaros colgados. Ya sabes que solo estábamos practicando los diálogos de esa obra en la que está trabajando. Dice que soy la única de Gold Coast en quien confía para mejorar sus diálogos.

Tía, por cierto, ¡¡¡me han cogido para actuar en *Rent*!!! ¿Te acuerdas de cuando la vimos en primaria y literalmente nos pasamos meses cantando esa canción sobre la vela? Pues ahora voy a cantarla en un escenario de verdad y delante de un público de verdad.

Adam me ha estado ayudando a repasar mis frases después de clase y ni te imaginas lo increíble que es. En serio, aquí no hay nadie más que pille este mundillo. Gracias a Dios que lo tengo a él.

Me tengo que ir. El ensayo empieza dentro de unos minutos.

Hablamos pronto, te quiero.

Besos,

SHAY

Me da vueltas la cabeza y apenas puedo respirar. ¿Shaila y Adam pasaron tiempo juntos el verano antes de empezar el instituto? Y mucho, por lo que parece. Suficiente como para que Kara le recriminara que la dejaba de lado. Sabía que se habían hecho amigos durante *Rent*, pero ¿por qué nunca lo mencionaron? Shaila me había hecho entender que solo lo había visto una o dos veces con Rachel. Nunca a solas. No mencionó que compartieran… todo esto.

—Perdona. Mamá es un poco tonta con todos los temas electrónicos. —Adam vuelve a entrar en la habitación con cautela y cierra la puerta detrás de él—. ¿Todo bien?

Me meto el móvil en el bolsillo y me siento sobre mis manos. Tengo que hacer que me dejen de temblar.

—Sí —digo, intentando mantener una expresión neutra.

—¿Seguro?

Asiento, pero necesito un momento a solas. Solo un segundo.

—Es que tengo un poco de calor. ¿Me podrías traer un vaso de agua?

Adam me dedica esa sonrisa suya, dulce y ladeada, y vuelve a salir de la habitación.

Suelto una bocanada de aire y me recuesto sobre los cojines. En la cabeza me aparecen imágenes de Shaila y Adam. ¿Por qué me lo ocultaron?

Me giro hacia un lado, haciéndome un ovillo, y sin querer le doy un golpe con la rodilla a la mesita de noche de Adam, que se abre. Extiendo una mano para empujar el cajón y cerrarlo, pero no se mueve. Se ha quedado encallado, como si hubiera algo que lo bloqueara y no dejara cerrarlo del todo. Meto la mano en el cajón y rebusco un poco para ver cuál es el problema, hasta que con los dedos rozo algo suave y aterciopelado. Envuelvo la mano alrededor del objeto y lo intento sacar de allí, pero no hay manera de que se mueva. Qué raro. Me incorporo para acercarme, y cuando veo qué es todo el aire escapa de mis pulmones. Ahí, en la mesita de noche de Adam, hay una cajita cuadrada de joyería. Me da vueltas la cabeza mientras intento convencerme a mí misma de que no puede ser lo que creo que es. Sencillamente, no es posible.

Con dedos temblorosos, cojo la cajita y la muevo un poco hasta que la consigo sacar. Es ligera y me cabe perfectamente en la palma de la mano. Solo necesito comprobar qué hay dentro para confirmar que no me estoy volviendo loca. Con mucho cuidado, la abro.

Veo un destello de luz. El sol de la tarde rebota en lo que sea que hay dentro y se extiende por toda la habitación, cegándome durante un instante.

Parpadeo y vuelvo a mirar, y se me encoge el estómago. Dos pendientes de diamantes descansan dentro de la cajita. Son grandes, redondos y brillantes, con unas pequeñas garras de platino que sujetan las piedras. Son clavaditos a los de Kara.

Sus palabras resuenan en mis oídos: «Dijo que nunca podría ponérselos, que la gente haría demasiadas preguntas. Shay se los devolvió y él se puso como loco».

El corazón me late con tanta fuerza que me da miedo que Adam pueda oírlo desde el pasillo.

Son los pendientes de Shaila.

—Es del grifo, espero que no te importe —grita Adam desde fuera de la habitación—. El agua con gas está en la planta baja.

Cierro la cajita de golpe, la vuelvo a meter cuidadosamente dentro del cajón de Adam y lo cierro. Doy un salto hacia el lado opuesto de la cama. La adrenalina me recorre todo el cuerpo y necesito escapar de aquí, olvidar lo que acabo de encontrar.

Intento hablar, pero me noto la garganta áspera.

—Claro. —Es lo único que logro decir, y parece más bien un aullido de un gato.

—¿Estás segura de que estás bien? —insiste cuando aparece por la puerta, ladeando la cabeza hacia un lado. El chico triste y hecho un lío que se había sentado a mi lado antes se ha desvanecido. En su lugar aparece el Adam de verdad, mi Adam. Pero ya no sé nada.

—No me encuentro bien —digo—. Tengo que irme.

—Venga —responde—. No te vayas, quédate conmigo. Lo solucionaremos.

Meneo la cabeza y me levanto. Dentro de mí está cogiendo fuerza una rabia que me recorre todo el cuerpo, hasta las puntas de los dedos. Quiero irme. Lo necesito.

Lo aparto y salgo disparada hacia las escaleras.

—¡Jill, espera! —me grita, pero ya estoy saliendo por la puerta y corriendo hacia el coche.

Meto la llave con manos temblorosas, enciendo el motor y salgo de la calzada haciendo marcha atrás. Hasta que estoy a medio camino de mi destino no me doy cuenta de adónde me dirijo. La carretera está despejada, así que piso el acelerador. Un cartel verde se erige sobre la autopista de Long Island:

NUEVA YORK
48 KM

Veintitrés

Estoy de pie ante la puerta de Rachel completamente empapada de sudor. Hay tanta humedad en Nueva York que el aire resulta sofocante. ¿Siempre ha hecho más calor aquí que en Gold Coast? El pelo húmedo se me pega a la nuca, y el vestido veraniego se ha puesto de una tonalidad más oscura de lo que tendría que ser.

—Va, Rachel —musito. Ya debe de hacer cinco minutos que estoy aquí, llamando a su timbre. No responde al móvil y empiezo a ponerme de los nervios.

Estoy mirando por la ventana translúcida que hay en la parte superior de la puerta cuando de pronto alguien me da unos toquecitos en la espalda.

—¿Jill?

Al volverme me encuentro a Rachel, que está cruzada de brazos y con el pelo trenzado hacia un lado. Lleva unas sandalias de plataforma y un vestido de cambray, como si acabara de llegar de un mercado de productos agrícolas o de un brunch con Frida.

—Estás aquí —digo.

—Pues claro —responde—. Es mi edificio. ¿Y tú qué es lo que haces aquí?

—He visto algo. —Se me rompe la voz y me sale un tono extraño—. En casa de Adam.

Rachel abre mucho los ojos y se pasa la bolsa de tela de un hombro al otro.

—Vamos arriba.

En el vestíbulo hace incluso más humedad y empiezo a notar que me falta el aire. Subimos las escaleras de dos en dos, y cuando llegamos a su piso prácticamente no puedo ni respirar. Rachel abre la puerta y me hace un gesto para que me ponga cómoda en el sofá, y luego ella se sienta a mi lado.

—Vale, ¿qué ocurre?

Meneo la cabeza. No sé por dónde empezar.

—Los pendientes —digo—. Los que mencionó Kara. Los diamantes de Shaila. Hoy los he visto en el cajón de Adam. Los tiene él.

Rachel empalidece, y observo sus ojos mientras ella ata cabos. Los entrecierra, como si buscara algo, y al final los cierra con fuerza.

—Joder.

—No estaba con Beaumont… —continúo. Hago una mueca al pronunciar las siguientes palabras—: Era Adam.

—Pero Graham… —dice.

—Lo sé —susurro.

—Y… yo.

—Lo sé —repito.

—Cuando estábamos juntos siempre sospeché que me estaba poniendo los cuernos —comenta. Respira con dificultad, con brusquedad—. ¿La verdad? Pensaba que era contigo. —Ríe—. Siempre te ha adorado.

Siento que me ruborizo y me da un vuelco el estómago.

—¿Sabes?, le envié un mensaje el verano pasado. Hablándole de todo esto. —Gesticula con las manos—. Pensaba que todavía sentiría algo de afecto por mí después de todos esos años y que querría ayudarme a conseguir justicia para Graham. —Suelta una carcajada suave y triste—. Ni siquiera me respondió.

Recuerdo lo que Adam dijo cuando me contó que ella también se había puesto en contacto con él: «Rachel está chiflada».

—Aunque pensaba que me estaba engañando, seguir con él era más fácil que romper estando en último curso. Que estar sola. Que intentar entender qué era todo esto. —Señala una foto enmarcada que hay sobre la mesa de centro, en la que se la ve abrazando a una chica latinoamericana con el pelo largo y oscuro y una gran sonrisa de labios rojos. Debe de ser Frida. A Rachel le brillan los ojos, y las dos juntas parecen muy vivas, muy felices—. Era mucho mejor ser la pareja de moda. La pareja que todo el mundo quería ser. Y él hacía que todo fuese fácil. Nos divertíamos juntos. Nos queríamos. De una manera extraña y algo infantil, pero aun así… nos queríamos. O eso pensaba yo. —Rachel se reclina sobre el sofá y suelta un silbido suave—. Sabes qué significa esto, ¿verdad?

Sí.

—Puede que él matara… —Levanto la mano para cortarla. No puedo oír esas palabras ahora mismo.

Ojalá pudiese preguntarle a Shaila por qué lo hizo y si sabía cuánto me dolería. Quiero que sepa que tenía el poder de destrozarme, incluso desde la tumba. Quiero que vuelva para que podamos arreglarlo, abrazarnos fuerte y decir: «¡Que se vaya a la mierda!». Quiero oír sus carcajadas fuertes y explosivas y ver su disculpa escrita a mano con sus letras redonditas. «Lo siento, J». Quiero gritar.

Quiero lamentar la muerte de lo que pensaba que sabía sobre la gente a la que quiero. A la que quería. ¿Cómo puedo recuperarme? ¿Cómo lo supero?

No puedo.

Como mínimo, no todavía.

Porque siento como si me hubiesen roto el corazón en mil pedacitos y todas las verdades que sabía estuviesen derramándose sobre el suelo. Rachel se pone a hablar tan deprisa que apenas le sigo el ritmo. Diseña un plan, una hoja de ruta para salir de este caos. Un camino para dar con la verdad. Pronto tiene papeles y bolígrafos y detalles y direcciones. Hace algunas llamadas y abre una botella de café frío. Su euforia vibra por todo el minúsculo piso. Juro que puedo verla en la pintura descolorida de las paredes, inflando bolsitas de aire hasta que están a punto de reventar.

Durante todo este rato, yo me quedo quieta aferrándome a un cojín decorativo, alternando entre escucharla y desconectar.

Hasta que al final Rachel para de hablar. La estancia se queda en silencio por primera vez en varias horas y me pregunto cuán tarde debe de ser y cómo será mi vida dentro de una semana.

Me fuerzo a levantarme del sofá y me arrastro hasta la ventana. Tiene vistas hacia el río Este y, de lejos, me llegan unos suaves destellos de luz desde Brooklyn. Sé que no hay ninguna esperanza de poder ver las estrellas desde aquí, con todas las farolas y los carteles de neón y las luces parpadeantes de los ferris. Pero, como siempre, levanto la vista. Saco la cabeza por la ventana de Rachel tanto como puedo y miro hacia el cielo, e intento encontrar una estrella.

La noche se extiende indefinidamente y el aire está despejado y es cálido. Espero un instante y luego otro, con la esperanza de ver una sola estrella.

Finalmente, una nube se desplaza por una vía imaginaria y revela un fragmento de la galaxia durante un segundo. Los latidos de mi corazón se calman y se estabilizan hasta llegar a un ritmo decidido.

Cuando por fin llego a casa, Jared es el único que está despierto. Está sentado en la isla de la cocina comiendo directamente de la fuente las sobras de las berenjenas a la parmesana que ha hecho mamá.

—¿Dónde has estado? —pregunta, arrastrando las palabras.

—Quizá te lo tendría que preguntar yo a ti.

Me siento en un taburete a su lado y cojo un tenedor. Estoy tan agotada y tan débil que el cubierto me pesa como si fuese de plomo.

—No, no. Es mío —dice, dándome un empujoncito con el hombro.

—¡De ninguna manera! Me muero de hambre.

Jared cede y finalmente me hace un hueco en su polvorín de queso y salsa.

—¿Has ido a una fiesta esta noche? —pregunto.

Asiente.

—Una rueda de identificación.

Suelto un resoplo. «Obviamente».

—¿En casa de Topher?

—No, en la de Robert. Esa casa es una locura.

No he estado allí desde el año pasado, pero la recuerdo. Todas las esquinas cromadas y los bordes de cristal y los asientos incómodos que no están hechos para que te sientes de verdad.

—Pero ha terminado pronto —comenta—. Robert ha cogido el Lamborghini de su padre y se ha ido a dar una vuelta. Es un creído.

—Vaya idiota —susurro.

—Pues sí. En el chat grupal dicen que lo han pillado conduciendo a más velocidad de la permitida hacia el peaje de Mussel Bay y lo han detenido por conducir borracho. Está en el juzgado ahora mismo.

—Espera, ¿lo dices en serio? —No me sorprende que haya ocurrido, pero sí que Jared me lo cuente tan tranquilamente, como si no fuera algo grave, sino más bien un inconveniente con el que tienen que lidiar.

Él asiente.

—Supongo que sabremos los detalles el lunes.

Sacudo la cabeza por lo estúpido que es todo esto, Robert y los Jugadores.

—Has ido a casa de los Miller antes, ¿no? —comenta—. Me lo ha dicho Bryce. Que te ha oído.

Yo también asiento y me meto un tenedor lleno de comida en la boca. Jared me mira con los ojos rojos y medio caídos.

—¿Estáis juntos? —pregunta.

Me atraganto con un trozo de comida que se me ha quedado en la garganta y bajo la mirada para observar las capas de las berenjenas. El queso de arriba se ha enfriado y se ha convertido en un trozo llano de goma.

—No.

—Mejor —asegura Jared—. Henry no ha superado lo vuestro, ¿sabes?

Se me suaviza el corazón y me imagino el rostro dulce y triste de Henry. Nunca ha sido la persona adecuada para mí, pero pensar en la cara que puso cuando corté con él todavía me rompe el corazón.

—Además, Bryce dice que Adam está pasando una época de mierda. —Hace una pausa, pero yo no digo nada—. Qué raro, ¿no?

—Sí, qué raro —repito.

—Creo que se va a quedar durante una temporada. Como mínimo hasta después de los finales. Seguramente todo el mes. Y luego se irá a Los Ángeles a hacer unas prácticas. —Jared se vuelve a meter un tenedor lleno de comida en la boca—. Vaya, eso es lo que ha dicho Bryce.

Los finales. Son la semana que viene. Y Nikki tenía previsto hacer la iniciación antes. Su última prueba.

No digo nada de lo que sé durante el resto de la semana, sino que me lo guardo para mí misma. Rechazo la invitación de Nikki de volver a la Mesa de los Jugadores durante las últimas comidas usando como excusa la situación extraña que hay entre Henry y yo.

—Venga —suplica Nikki—. Solo nos queda una semana. Además, Robert está superagitado con lo de que lo pillaron conduciendo borracho. La Universidad de Nueva York le ha revocado la plaza que tenía y el juez ha ordenado que después de la graduación tiene que ir a rehabilitación obligatoriamente.

—Se lo merece —digo.

Nikki hace un mohín, pero luego asiente una vez.

—Sí, la verdad es que sí.

Ni siquiera el hecho de que hayan puesto a Robert en su lugar hará que vuelva a la mesa. Sacudo la cabeza y la abrazo con fuerza cuando nos separamos en el pasillo.

—Necesito un poco más de tiempo.

Ella sabe lo que haremos y está al día del plan que Rachel y yo hemos elaborado, así que termina aceptando. Es una sensación agradable volver a compartir los secretos con ella.

Me retiro a la biblioteca, donde leí todo *Cumbres borrascosas* para prepararme para el examen de Inglés avanzado, y releo todas las tarjetitas que he hecho para el examen de Física, aunque a estas alturas ya me las sé de memoria. Intento no mirar el correo electrónico para ver si hay noticias sobre la beca. Después de clase hago unos recados con mamá y vamos a la droguería, al mercado de productos agrícolas y a la tienda de materiales artísticos. Incluso hago limpieza de las cajas que tenemos en el sótano, donde hay guardados exámenes viejos y proyectos de investigación que hice en primaria. Hago cualquier cosa para evitar la realidad. Para evitar lo que sé que ocurrirá pronto. Y, sobre todo, para evitar los mensajes de Adam.

«Te necesito».

«Por favor».

«No puedo hablar con nadie más aquí».

«Mi madre me está volviendo loco».

«¿Por qué me estás ignorando?».

«¡Perdona por lo del otro día!».

Cada mensaje me sienta como si me diesen un mazazo en el corazón, es un recordatorio de lo que pensaba que éramos. Todo lo que pensaba que sabía era mentira.

Al final, claudico.

«Tengo un virus estomacal horroroso. ¡¡¡Y es supercontagioso!!!».

Responde con un solo emoticono: «☹».

Cuando llego a la escuela el lunes, el último lunes antes de los finales, intento ser invisible. Quiero impregnarme de todo: del sonido que hacen las taquillas cuando alguien las cierra de golpe, de que las mesas están siempre resbaladizas por el líquido de limpieza que usan, del olor a nuevo que hace la biblioteca, aunque los libros sean antiquísimos. Quiero recordar cómo el ambiente de la mañana pasa de adormilado a frenético en tiempo récord. Cómo los ojos pequeños y brillantes de Weingarten recorren el público en la asamblea matutina y se posan sobre mí, esperando a ver si me derrumbo.

Incluso quiero recordar cómo se ve a los Jugadores desde lejos, cómo a veces la mesa parece una balsa en medio del océano y otras veces un tiburón buscando una presa. Cómo la mirada de Quentin emana una amabilidad sencilla cuando va avanzando por la cola de los bocadillos, dejando que los alumnos de segundo se le cuelen mientras él se decide entre una *focaccia* y una *ciabatta*. Quiero recordar la confianza en sí misma que Nikki desprende en cualquier interacción, y que ha tardado años en conseguir llegar a este punto. Quiero recordar cómo Marla arrastra el *stick* de hockey sobre hierba detrás de ella como si fuese una manta de seguridad o un apéndice extra. Cómo a Henry le tiembla el labio un poquito cuando lee la retransmisión de la mañana. Incluso quiero recordar cómo Robert escanea el comedor con la mirada, absorbiendo este mundo, como si supiera que esto podría ser lo mejor que llegue a conocer.

Quiero recordar este lugar en el corazón antes de que vuelva a cambiar para siempre.

Veinticuatro

Todo ocurre muy deprisa cuando todos los roles están asignados.
Los días pasan volando y de pronto ya es viernes, el último día de
clase de verdad. Los pasillos son una locura, se puede palpar la
anticipación. Yo también estoy nerviosa, pero por unos motivos
muy diferentes.

Cuando suena el último timbre, es como si alguien hubiese
prendido fuego a la escuela. Todo el mundo empuja y aparta a
los demás para echar a correr hacia la «casi» libertad.

Yo me dirijo hacia el punto de encuentro que hemos desig-
nado —la casa de Nikki— y me encuentro que Rachel ya ha
llegado y está esperando. Nos damos un abrazo rápido y esperamos a que se ponga el sol.

Me siento en la tarima, despatarrándome sobre la tumbona
e intentando encontrar tantas constelaciones como pueda. Es
una noche perfecta. Han salido todas las estrellas y bailan y galo-
pan por el cielo. Tendría que estar aterrorizada, pero mi respiración se mantiene estable y me siento calmada. Quizá es porque
finalmente tenemos un plan.

—¿Lista? —pregunta Rachel. Está de pie a mi lado, con unos
tejanos y una sudadera negra andrajosa. Tiene los ojos cansados
y la piel de alrededor le cuelga un poco, como si en este año tan

jodido hubiese envejecido una década. Quiero abrazarla con fuerza y darle las gracias un millón de veces. Quiero embotellar su sonrisa y llevármela conmigo cuando haga la siguiente parte yo sola. Sin su coraje, nada de todo esto hubiese sido posible. Estaría flotando como un barco a la deriva, y quizá algún día me estrellaría contra la orilla.

Pero, en cambio, me limito a susurrar un «Sí» y mando el mensaje. Solo tarda un minuto en responder.

—Ya viene —digo—. Quince minutos.

Nos quedamos sentadas en silencio, con una electricidad nerviosa extendiéndose entre las dos, hasta que veo las luces delanteras de su querido Mercedes de época. Desde sus altavoces se oye una música punk mala e intento recordar qué tenían esas notas que me hacían perder la cabeza por él.

—El corazón me va a mil por hora —murmura Rachel.

—No pasa nada —respondo en el mismo tono. Su mano encuentra la mía y nos damos un apretón la una a la otra.

Me quito las deportivas y camino hacia la playa, donde le he propuesto quedar. Con cada paso intento erguirme más recta, ser más fuerte, más como Rachel… o como Shaila. Por dentro del jersey de lana estoy temblando. Pero no del miedo, sino de la rabia. Dentro de mí aguarda una rabia pura y mordaz, como una serpiente. Y estoy lista para liberarla.

Cuando llego a mi posición, me vuelvo hacia el océano. Es una gran masa negra y agitada, chocando contra la orilla con impaciencia. A lo lejos centellean unas formas puntiagudas de gomaespuma. Proporcionan la única luz que tenemos, sin contar con la de la luna y las estrellas. «¿Cómo puede algo tan violento ser mi hogar?».

—Aquí estás —dice Adam. Me dedica ese estúpido hoyuelo y abre los brazos a modo de saludo.

Quiero desatar la ira, pero en cambio camino hacia sus brazos y dejo que descanse la cabeza sobre la mía, como hemos hecho cientos de veces.

—Has venido —digo.

—Eres muy misteriosa, Newman.

Me aparto de él y doy un paso atrás. Quiero verle la cara claramente cuando tenga que decirme la verdad, de una vez por todas. Tengo que captar todo lo que diga, o si no nada de esto funcionará.

—Mira, Adam —digo con un tono de voz suave—. No es fácil decirlo, pero tengo que hablar contigo sobre un tema.

Levanta las cejas y pone los brazos en jarras.

—¿Qué ocurre?

Respiro hondo y empiezo a hablar, tal como hemos practicado.

—Sé lo tuyo con Shaila. —Intento parecer triste, como si tuviese el corazón roto y estuviese dolida, en lugar de estar furiosa por dentro.

—¿A qué te refieres? —pregunta con suavidad. Su sonrisa se desvanece, y también el hoyuelo.

—Sé que vosotros dos estabais… Ya sabes. —No puedo acabar de decirlo.

—Ah. No sé qué quieres decir.

Sacudo la cabeza y lo miro a los ojos:

—Escribía cartas.

La voz de Adam se convierte en un susurro:

—¿Qué?

Asiento y hago un mohín.

—Hablaba de que le ponía los cuernos a Graham. De todo. De ti. —Aguanto la respiración y espero a que diga algo. Tengo que sobreactuar, hacer ver que estoy tan segura de estos hechos que me explotará el cerebro.

—Bueno —dice él. Se pasa una mano por el pelo y cambia el peso de un pie al otro—. Pero los dos sabemos que era un poco dramática, ¿no? Seguro que exageró las cosas.

—Quizá. —Me vuelvo hacia el mar, esperando parecer mosqueada, celosa.

—¿Qué decía? —pregunta Adam. Su curiosidad lo traiciona.

—Que estaba enamorada de alguien que no era Graham. Que decirlo destrozaría a los Jugadores. Que eras tú. —Me muerdo el labio y espero que me crea.

Adam ladea la cabeza para mirar hacia el cielo y luego cierra los ojos.

—Cometí un error. —Se me hace un nudo en el estómago y Adam baja la vista hacia las olas—. No estarás enfadada, ¿no? Fue hace años. Ni siquiera está… —Se queda a medias y se acerca hacia mí, como había planeado—. Tú y yo tenemos algo especial, algo diferente, lo sabes. Siempre hemos sido tú y yo.

Son las palabras que quería oír desde hace muchísimo, ahora cubiertas por un espeso y graso brillo. Quiero echarlas al Atlántico y observar cómo se ahogan.

—El año que viene por fin estaremos juntos. Podremos hacer todo lo que querías —continúa.

Sacudo la cabeza.

—No lo creo, Adam. Ahora todo es diferente.

—¿Qué? —Levanta las cejas. No digo nada, pero me da un vuelco el estómago—. ¿Es por lo de Graham? ¿Por todas esas mierdas de que es inocente? —Entrecierra los ojos y me clava un dedo, como si estuviese metida en un lío, como si lo hubiese traicionado, que supongo que es verdad—. No creerás que es verdad, ¿no?

—Sus argumentos son muy lógicos.

—¿Has hablado con él? —Cada vez sube más el tono de voz.

—Sí —digo, intentando calmar mi voz—. Y también con Rachel.

Parece que se le vayan a salir los ojos de las cuencas.

—Ya te dije que está loca. —Empieza a ponerse furioso. Ya casi está al nivel que yo necesito.

—Los creo —digo, provocándolo.

—¿Y qué dice ahora? ¿Que yo maté a Shaila? ¿Que nos estábamos acostando y que en la iniciación la maté y culpé a Graham? —Suelta una bocanada de aire y menea la cabeza—. Es una puta locura.

—¿Lo es? —pregunto, con la voz firme y alta—. ¿Es una locura?

—¿Qué estás diciendo?

Me inunda una inquietante sensación de calma.

—Que tiene sentido —digo poco a poco—. Le regalaste esos pendientes, lo diste todo por ella, y ella te rechazó. Quizá… —Dejo la frase a medias.

Adam tensa los hombros cuando menciono el regalo y aprieta los puños con fuerza.

—Los pendientes —repite, como si los acabara de recordar por primera vez desde hace tres años.

—Los vi —digo, intentando mantener la voz firme—. En tu mesita de noche.

Su mirada se queda helada.

—¿Después de todo lo que he hecho por ti? ¿Así es como me lo devuelves? ¿Sugiriendo que yo maté a Shaila? Se te ha ido la cabeza completamente. Zorra estúpida.

—¿Qué me has llamado? —Me sube la rabia por la garganta, amenazando con estrangularme.

—Zorra. Tú y las otras niñitas. Sois todas iguales. Hacéis ver que sois la hostia, pero enseguida saltáis si las cosas no van como queríais. —Unas gotitas de saliva se le van acumulando en las comisuras de la boca. Tengo que conseguir que siga hablando. «Puedo soportarlo».

—¿Es eso lo que pasó con Shaila? —pregunto—. ¿Es por eso por lo que está muerta?

—No sabes de lo que hablas.

—Pues dímelo. —Ahora hablo a gritos y titubeando, pero me sé las palabras de memoria. La verdad resulta tan obvia. Solo necesito que la admita—. Dime qué es lo que ocurrió. Dime la verdad.

Adam sacude la cabeza de un lado para el otro y se cubre el estómago con la chaqueta vaquera negra.

—No —dice con voz temblorosa—. No quería...

Algo dentro de mí se agrieta y toda la rabia que siento se derrama. De pronto estoy corriendo hacia él tan deprisa que el aire a nuestro alrededor se convierte en hielo. Cuando impacto sobre su estómago, Adam se tambalea y cae en la arena. Me siento a horcajadas sobre él, clavando las rodillas en el suelo.

—Admítelo —grito—. La mataste tú. —Las lágrimas me caen con fuerza, y creo que voy a vomitar.

—No lo hagas, Jill. —Su voz le sale entrecortada.

—¡La mataste tú! —vuelvo a gritar. Estoy tan cerca de su cara que hasta puedo verle los pelitos de la barba que le empiezan a crecer.

—¡Para! —solloza. Echa la cabeza hacia atrás, lo que hace que pierda el equilibrio. El cielo se mueve encima de mí. Adam me coge de las muñecas con fuerza y con un movimiento rápido me da la vuelta y me inmoviliza en la arena. Estoy atrapada—. Confiaba en ti. Eras lo único que me quedaba en esta ciudad de mierda, y me has traicionado al irte con Rachel, al decidir no creerme. —Su voz suena húmeda y embrollada, como si las palabras se le hubiesen quedado encalladas en la garganta—. Te salvé esa noche —se lamenta.

—Pero la mataste —gimoteo—. La mataste.

—No quería —dice Adam. Se me forma un nudo en la garganta y se me empiezan a dormir las muñecas. «Sigue hablando», le suplico mentalmente. «Continúa. Dilo. Dilo».

—No querías ¿qué? —grito, escupiendo unas gotitas de saliva que van a parar a la punta de su nariz. Me duele el corazón. Quiero vomitar.

—No fue culpa mía. —Me hunde las muñecas aún más en la arena y coloca las rodillas bajo mis axilas. Estoy paralizada. Por primera vez en toda la noche, me doy cuenta de que, si Adam ha matado a alguien, puede volver a hacerlo. Yo también podría terminar siendo otra chica muerta de Gold Coast. Pero en este momento necesito saber más. Necesito saberlo todo. Las lágrimas me ruedan por las mejillas y encuentro los ojos de Adam. Reflejan el océano que hay detrás de mí, salvaje e implacable.

—Cuéntame qué pasó —exijo entre dientes—. Me merezco saberlo.

Suelta una bocanada de aire y por un instante, entre todo esto, me parece que veo a mi Adam. El chico que me obligó a escuchar a Fugazi y que me invitó a patatas ralladas fritas y huevos cocidos con la yema líquida en el Diane's. El chico que, con timidez, me enviaba todos sus guiones, uno tras otro, con la esperanza de que fuesen «suficientemente buenos». El chico con el hoyuelo y las gafas de plástico. El chico cuyo futuro había emparejado con el mío. El chico que, en efecto, me salvó.

Pero era todo mentira, una mentira calculada para que confiara en él. Mi Adam ha sido sustituido por un monstruo al que nunca dejaré de ver.

—Nos pasamos todo el verano juntos —empieza él suavemente, aunque todavía tiene los dedos tensos alrededor de mis muñecas—. Cuando Graham y Rachel no estaban. Practicábamos los diálogos, bebíamos limonada con alcohol en su piscina. Teníamos… un vínculo.

Se me rompe el corazón. Pensaba que ese vínculo era conmigo. Pensaba que yo era la especial.

—Pero disimulamos —continúa—. Hasta el musical de primavera. ¿Te acuerdas? *Rent.* —La cara de Adam se retuerce y esboza una extraña sonrisa, y me pregunto si se está imaginando a Shaila meneando los hombros y cantando en el escenario, con una gruesa capa de maquillaje en la cara—. Keith me pidió que arreglara el guion, así que pasaba mucho rato allí. Shaila era… espectacular —susurra—. Después de eso fue muy fácil empezar a escabullirnos detrás del teatro al terminar los ensayos, aparcar mi coche en el aparcamiento del personal y pasar un rato juntos. Encajábamos.

Todavía me sujeta con fuerza, pero sus rodillas ceden un poquito. Quiere soltarlo todo, lo noto.

—Pero entonces le regalé esos pendientes, los mismos que tenía Kara y con los que ella se había obsesionado. Shaila me dijo que era demasiado. —Sus ojos empiezan a acumular rabia otra vez—. Que no podía seguir haciéndole eso a Graham. Ni a Rachel. Me dijo que yo no valía la pena. Que no quería hacerte daño a ti, su mejor amiga, más de lo que ya lo había hecho. Que tú estabas enamorada de mí, como si yo no me diese cuenta. —Su boca forma un mohín triste, como si fuese una niñita patética que necesita su compasión—. La culpa la estaba carcomiendo por dentro y teníamos que parar.

Quiero escupirle en la cara y arrancarle la piel con los dientes. Quiero demostrarle de qué es capaz esta niñita que estaba pillada por él. Pero me muerdo el labio y me espero a que continúe. Necesito que siga hablando. Me preparo para lo que vendrá a continuación.

—Le dije que estaba cometiendo un error, pero ella insistió. En la iniciación yo todavía estaba muy enfadado. Cuando llegó el momento de elegir los retos, yo decidí que iría al Ocean Cliff. En ningún momento iba a obligarla a saltar de verdad. Solo pensaba que estaríamos un rato a solas y que podríamos hacer las paces, ya sabes. Pero cuando llegamos ahí… —Hace una pausa y expulsa una bocanada de aire entre dientes—. Me rechazó. Otra vez. —Adam me mira directamente a los ojos—. ¿Sabes qué hizo? —pregunta—. Se rio de mí. Intenté darle un último beso y ella se rio. —Resopla—. Esa risa estúpida suya, tan profunda y áspera, como si fuese un idiota por intentarlo siquiera. Así que le dije que saltara para poder terminar de una vez y volver con el grupo, pero se negó. Dijo que era demasiado lista como para saltar. Que moriría y que no valía la pena. —Sacude la cabeza—. Pero yo necesitaba que lo hiciera. Quería ver el miedo en sus ojos. Le dije que no nos iríamos hasta que saltara, y entonces empezó a caminar para volver. Me respondió: «Tú no me mandas», como una cría petulante. Así que la cogí por el brazo y… la empujé.

Un mar de lágrimas corre por mi cara. Puedo visualizarlo todo con mucha facilidad.

—Supongo que lo hice demasiado fuerte. Cayó de espaldas sobre un montón de madera arrastrada por la corriente y se puso como loca. Me empujó, así que yo también la empujé, contra aquellas rocas, y luego oí un chasquido cuando se le rompió la cabeza. Algo en mi interior… se encendió. Lo siguiente que sé es que estaba tirada en la arena cerca de un charco de agua marina. Había muchísima sangre por todos los lados. Entré en pánico y me puse a correr. No tardé mucho en dar con Graham, que estaba paseando por ahí como un bebé borracho, completamente fuera de sí. Se había cortado con un cristal en la casa, creo, y estaba cubierto de sangre. Fue casi demasiado fácil. Le señalé hacia el Ocean Cliff y le dije que se encontrase con Shaila. Cuando llegué, fui a hablar con Jake. Y, entonces…, bueno, ya lo sabes. —Se le suaviza la mirada cuando continúa—: Le dije a todo el mundo que Shay se había ido a dar una ducha, pero Rachel y Tina se pusieron nerviosas al ver que Graham y ella no regresaban. Por eso llamé a la policía y les dije que había visto a Graham cubierto de sangre junto al acantilado con Shaila. Y eso fue todo. Lo arrestaron allí mismo y luego confesó, y nadie se lo cuestionó.

Ahora está relajado, reconfortado por haberlo admitido. Aliviado, casi.

—Así que eso es lo que pasó —digo, intentando controlar la vibración de mi voz.

—Sí. He tenido que vivir con esto durante tres años enteros —dice, como si no se creyera que de verdad ha hecho algo tan horroroso, como si tuviera que compadecerle por haber acarreado con todo esto.

Se me revuelven las entrañas.

—¡Eres un mierda, joder! —La rabia que siento se mezcla con un perdón profundo. Shaila se sentía mal; quería pararlo. Ojalá pudiera abrazarla y decirle que no pasa nada.

Abro la boca otra vez, pero antes de que pueda hablar los ojos de Adam se dirigen rápidamente hacia un punto a mis espaldas y se queda boquiabierto. «Está aquí. Ha llegado el momento».

—Estás acabadísimo —dice Rachel.

Respiro hondo, dejando que el aire me llene los pulmones. Se me tensan los músculos mientras espero a que Adam se mueva, a que me suelte por fin. Pero no me espero lo que ocurre a continuación: me suelta, se levanta con un movimiento rápido y choca contra Rachel con un crujido tan fuerte que hace que me estremezca.

—¡No! —chillo, pero no sirve de nada.

Ya está tirada sobre la arena, hecha un ovillo junto a un montón de algas secas. Prácticamente no se mueve. Emite un gemido, y luego oigo el sonido que hace el pie de Adam al entrar en contacto con su estómago.

—No vais a hundirme —grita él, subiendo y bajando el pie una y otra vez y dándole una patada detrás de la otra. A su alrededor se forma una nube de arena.

—¡Para! —Me fuerzo a levantarme y me tambaleo hasta ellos, con la visión borrosa por el miedo. Tengo que hacer algo, lo que sea, para terminar con esto.

Cojo a Adam con manos temblorosas en una súplica final. «Me conoce. Me perdonará. Parará todo esto».

Pero, en cambio, se vuelve hacia mí con ojos furiosos, y una vena se le marca en el cuello.

—Adam, por favor —susurro—. Déjanos ir.

Se inclina hacia delante y pienso que, por fin, por fin, terminará todo esto. Se dará por vencido. Entonces se abalanza sobre mí con algo frío y pesado, y muy muy grande.

Con un crujido rápido, mi mundo explota y luego se convierte en polvo. Las estrellas caen del cielo y un sabor a hierro me llena la lengua. Vuelvo a estar en la arena. No puedo moverme. Mi visión se empequeñece e intento encontrar a Adam delante del turbio mar. Pero solo oigo su voz una última vez:

—Oh, no.

Y luego todo se vuelve negro.

Veinticinco

La última vez que vi a Shaila —la última vez de verdad, la que prefiero recordar— fue en casa de Quentin justo antes de la iniciación. Su madre no estaba, se había ido a dar una clase magistral en una universidad de Noruega o de Gales, o quizá de Finlandia, y él nos había juntado a todos para disfrutar de una última noche antes de convertirnos en Jugadores de verdad.

—Una despedida a nuestra juventud —bromeó. Todavía éramos todos tan jóvenes.

Nadie tenía escondida ninguna cerveza, así que estábamos todos sobrios. Qué alivio, pensé.

Nikki pidió un montón de pizzas con la tarjeta de crédito de sus padres y Quentin tenía preparadas varias películas antiguas de los ochenta. *Todo en un día. El club de los cinco. Un gran amor.*

Henry no las había visto nunca y se pasó toda la noche partiéndose de risa.

—¡Me has estado ocultando todo esto, Q! —gritó cuando Cameron se estrelló con el coche de su padre—. No puedes permitirme que siga viendo *Spotlight* una y otra vez, tío. —Le pasó el brazo alrededor del cuello y le frotó la cabeza con el puño.

Graham y Shaila estaban acurrucados al final del sofá. Ella le había puesto los pies desnudos debajo del culo y él le rodeaba los hombros con el brazo mientras le hacía cosquillitas por debajo de la camiseta de algodón.

Robert estaba tumbado en el suelo e intentaba convencernos a todos, a cualquiera, de hacer un combate. Henry accedía de vez en cuando, y al final Robert logró que Marla hiciera una última ronda con él. Ella lo inmovilizó en el suelo fácilmente y Robert por fin se dio por vencido.

—¡Tiene hermanos! —se quejó—. ¡No es justo!

—Si rompes la mesa de centro, ¡acabaré contigo! —gritó Quentin desde la cocina. Nikki y él habían asumido los roles de anfitriones. Rellenaban los boles de palomitas, retiraban los platos y limpiaban las manchas aceitosas de pizza de la alfombra. Incluso cogieron una de esas mezclas que venden en el súper para hacer pasteles y la convirtieron en una obra de arte de chocolate mientras el resto discutíamos sobre cuál de esos actores jóvenes de los ochenta nos caía mejor.

Cuando presentaron su creación, un batiburrillo de glaseado y confeti de azúcar, coronado por unas velas que habían puesto porque sí, Marla chilló:

—¡Ni un pastelero profesional podría hacer algo así!

Quentin se sonrojó, pero Nikki parecía estar encantada.

—Las cosas que hacemos por vosotros —dijo.

—¡Ya ves! —Graham se levantó para coger un tenedor y fue directo al centro de la tarta, dejando a Shaila sola en una esquina del sofá.

—Ven aquí —me susurró.

Me acerqué a ella hasta que nuestros dedos de los pies se rozaron. Me envolvió con los brazos y tiró de mí, de modo que quedamos las dos estiradas observando a nuestros amigos, a nuestra gente.

Al tocarme los hombros noté que tenía las manos sudadas

y cálidas. Me recordó un poco a un niño pequeño pegajoso. Cuando nuestras miradas se encontraron, parecía que estuviese llorando.

—¿Estás bien? —susurré.

Asintió y se volvió hacia los demás; todos estaban amontonados alrededor de la mesa comiendo pastel directamente del molde.

—Me encanta todo esto —dijo con suavidad—. Ojalá sea así siempre.

Lo primero que oigo son los ruiditos de las máquinas. Después, el crujir de unos papeles, seguido por susurros apagados de preocupación. Recupero la sensación en los dedos de los pies, y luego en la punta de los dedos de la mano. Las palpitaciones son lo siguiente, en el lateral izquierdo de la cabeza, justo encima de la oreja. Me bajan por la cara hasta la cavidad del ojo y el interior de la boca, que está seca como un desierto. Todo me duele.

Cuando logro reunir la fuerza necesaria para abrir los ojos, aterrizo en un mar de color blanco. Paredes blancas. Algodón blanco. Cables blancos. El Centro Médico de Gold Coast. Debo de estar aquí.

—Está despierta. —Jared está junto a la cama. Lo oigo antes de verlo. Su voz suena angustiada y aguda, quizá un poco conmovida.

—¿Qué…? —empiezo a balbucear.

—Chist —me corta.

Tiene razón. Me duele la garganta al hablar y me arde el paladar. Quiero dormir durante horas, durante días.

—Estará un poco desorientada durante un buen rato —dice alguien con voz autoritaria. Quizá un doctor—. Ahora mismo lo que necesita es descansar.

Pero yo sacudo la cabeza. Lo hago con tanta fuerza que creo que se me partirá en dos. Tienen que saberlo.

—Adam —susurro.

—No pasa nada, cariño. —Ahora es mamá. Me coge la mano y me sujeta los dedos con los suyos. Papá me pone una mano abierta sobre el hombro—. Lo sabemos.

Desisto. Me rindo ante el dolor y la sensación punzante que tengo en un costado, y me abandono al sueño.

Rachel lo había planeado todo. Después de que le contara lo de los pendientes, ató cabos. Aunque Adam no lo hubiese hecho, teníamos que asegurarnos. Era el último interrogante.

Me dijo que lo evitara tanto como pudiera, sembrando semillas de dudas en su cabeza. Así, cuando al final lo llamara, él vendría sin preguntar nada.

—Los chicos odian la palabra «no» —dijo—. Pero aborrecen que los ignoren.

Tenía razón.

Luego tuve que reclutar a Nikki. La pillé al terminar la clase de Física y le pedí que nos encontráramos en su casa después de clase. Ahí le conté todo lo de Adam y Shaila, y lo que necesitábamos para descubrir la verdad de una vez por todas.

Empalideció y durante un buen rato me cogió la mano sudorosa con la suya, que estaba fría, mientras estábamos sentadas en la tarima viendo cómo el agua chocaba contra la orilla.

—Mis padres no volverán hasta la graduación —dijo—. Hacedlo aquí.

La rodeé con los brazos alrededor del cuello y le susurré «Gracias» contra el pelo. Ella se mordió el labio y asintió:

—Vamos a pillar a ese cabronazo.

Unos días más tarde vino Rachel desde Nueva York con dos grabadoras de voz digitales. Su confianza me tranquilizó, pero lo único que quería hacer era salir corriendo.

Cuando llegué a casa de Nikki el viernes después de clase, Rachel ya estaba lista para entrar en acción. Me asustó lo preparada que estaba.

Ninguna de nosotras podía comer ni beber, ni siquiera hablar de verdad. Pero antes de que le enviara el mensaje a Adam, Rachel me metió una de las grabadoras por dentro del jersey, en la parte frontal, y ella se puso la otra. Nikki lo escucharía desde el receptor que había dentro de la casa para asegurarse de que grabábamos todas las palabras, todos los detalles de su confesión.

Cuando lo tuvo todo, llamó a la policía. Quizá tendríamos que haber dejado que se encargaran de todo ello sin nosotras. Tendríamos que haberles dado las pruebas y quedarnos en segundo plano viendo qué sucedía. Pero queríamos hacerlo nosotras. Queríamos oír a Adam diciendo la verdad. Queríamos tomar el control. Por una vez. Por Shaila.

—Ey. —Oigo una vocecilla al lado de mi oreja—. ¿Estás despierta?

La habitación está oscura y fría, pero una mano suave me coge la mía. Intento abrir los ojos, pero solo cede uno. Me giro sobre el lateral de la cabeza que no me duele e intento ver quién es.

—¿Nikki?

—Sí —dice—. Soy yo.

—¿Qué hora es?

—Es de noche. Domingo.

—Mierda —susurro.

Ella se ríe un poco.

—No pasa nada.

Cuando el ojo se me termina de adaptar a la oscuridad, por fin puedo verla bien. Lleva el pelo largo y oscuro suelto, sucio y enredado, y también lleva un camisón del hospital. Una pulsera de plástico le rodea la muñeca.

—¿Te has hecho daño?

Sacude la cabeza.

—Solo estoy en observación. —Y extiende el brazo como prueba. Está bien.

—Rachel —digo—. ¿Cómo está?

—Tiene algunas costillas rotas. Un ojo morado, como tú. Pero se recuperará. Todas nos recuperaremos. —Nikki se sorbe los mocos y me aprieta la mano con más fuerza—. Teníais razón. Lo hizo él. Adam.

—Lo sé —susurro—. ¿Dónde está?

Sus hombros se sacuden mientras se deshace en lágrimas.

—Arriba.

Me cuenta el resto de la historia entre sollozos sofocados.

Cuando oyó lo que estaba ocurriendo a través de las grabadoras, Nikki llamó a la policía y les dijo que se dieran prisa. Pero creyó que tardaban demasiado, y parecía que nosotras no teníamos mucho tiempo. A ella le entró el pánico y cogió un *stick* de hockey sobre hierba que tenía en el vestíbulo y salió corriendo a la playa. Fue directa hacia Adam a toda velocidad, con la esperanza de golpearlo y hacerlo caer. Pero cuando chocó contra él, levantó el *stick* por encima de la cabeza para coger fuerza y lo dejó inconsciente.

Nikki soltó un chillido; estaba segura de que lo había matado, de que había provocado más muertes, más dolor y más traumas a la ciudad. A nosotras.

Cuando llegaron las ambulancias, la encontraron acurrucada con Rachel, que estaba despierta pero aturdida. Estaban a mi lado, diciéndome que aguantara, mientras Adam estaba estirado en la arena, inconsciente. Nikki le contó la verdad a la policía: que le había golpeado para detenerlo, y Rachel lo corroboró.

Les entregaron la confesión de Adam allí mismo, en la playa. Entonces fue cuando consiguieron encontrarle el pulso al chico. Estaba vivo. Estaba vivo y era culpable.

Nikki vio cómo lo subían a la ambulancia y le esposaban las muñecas a la camilla. Adam mecía la cabeza y gemía, recuperando la conciencia.

—Espero que se pudra en la cárcel —digo, prácticamente susurrando.

Nikki levanta la vista y me mira con ojos llorosos. Tiene la nariz sucia de lágrimas y mocos, y se limpia la cara con la fina bata del hospital.

—Sé que lo quie… —Se corta a sí misma—. Lo siento muchísimo, Jill. Lo siento mucho. —Se balancea hacia delante y hacia atrás en la silla que hay junto a mi cama.

Le aprieto la mano con tanta fuerza que me duelen los nudillos. Y repito las palabras que me dijo ella una vez:

—No tienes que disculparte por nada.

Veintiséis

Decido volver a la Mesa de los Jugadores una última vez. Ya se ha corrido la voz; los detalles salieron en la portada del *Gold Coast Gazette* y la escuela está completamente rodeada de camionetas de los telediarios locales. En cierto modo, es algo bueno. No tenemos que dar explicaciones.

Nadie me pregunta por el cardenal de color ciruela que tengo debajo del ojo ni por las vendas que me cubren la frente. Nadie nos pregunta a Nikki y a mí por las pulseritas de plástico del hospital, que nos negamos a quitarnos. Son nuestro recordatorio de que todo esto ha ocurrido de verdad.

Rachel subió a Danbury tan pronto como pudo. Me ha escrito un mensaje para decirme que Graham saldrá pronto. Se irá a vivir con ella al East Village y se reaclimatará a la vida real antes de asistir a algunas clases en la universidad durante el verano. No estoy preparada para verlo. No sé si llegaré a estarlo. A Adam lo han llevado a la cárcel del condado, donde esperará hasta que sea juzgado. Los Miller estaban listos para apoquinar un millón para la fianza, pero el juez lo rechazó. Ahora mismo me duele demasiado pensar en él.

Hoy, Nikki y yo andamos juntas por el comedor para almorzar por última vez en Gold Coast Prep. El mar de estudiantes se aparta para darnos paso, pero esta vez el aire que nos rodea es silencioso. Se ha desvanecido la energía frenética de siempre, y ha sido sustituida por una creciente sensación de recelo e incredulidad.

Cojo un sándwich de pavo, un plátano y un poco de masa de galleta cruda en honor a Shaila. Pagamos la comida sin decir nada y vamos directas hacia el centro de la estancia, mientras todos los ojos observan cómo nos sentamos. Me siento en mi silla, entre Quentin y Nikki, y miro a mi alrededor: a Henry, que me observa con ojos tiernos; a Marla, que ladea la cabeza con simpatía; e incluso a Robert, que está completamente abstraído.

—Bueno, qué raro es esto —empiezo.

Quentin se ríe por la nariz. Me pasa un brazo por el hombro y me acerca hacia él con un apretón. Nikki tiene los ojos oscuros y tristes, pero levanta las comisuras de la boca.

—¿Un último tribunal de los Jugadores? —No espera a que nadie responda—. Declaro abierta esta sesión de los Jugadores. —Da unos golpecitos con el tenedor sobre la bandeja y algunos de los novatos giran la cabeza para escucharla—. Esta noche —dice, alzando la voz— haremos una hoguera en mi casa. —Se vuelve hacia Topher, que se inclina para acercarse a ella hasta que prácticamente está sentado en el regazo de Quentin—. Corre la voz, ¿vale?

Él asiente, y Nikki se gira hacia nosotros:

—Vamos a quemarlo todo.

Cuando Jared y yo abrimos la puerta de entrada, mamá ya está en la cocina, junto a la isla, preparando una cacerola enorme de linguini con almejas.

—¿Jill? —me llama. Se le ha disparado el sentido maternal. Supongo que con razón.

Mamá aparece en el pasillo con las manos cubiertas de aceite y trocitos de perejil.

—Ha llegado una carta para ti. —Señala hacia la mesa auxiliar, donde hay un montón de correo.

Arriba de todo hay un sobre grande y grueso con mi nombre, y la dirección del remitente indica que viene de Brown. Me da un vuelco el estómago.

—¿Quieres abrirla? —pregunta mamá.

Jared inhala con brusquedad detrás de mí.

Extiendo la mano para cogerla y noto lo pesada que es. El sobre está hecho de cartulina fina y tiene un sello repujado. Tengo que frenarme para no desgarrarlo corriendo; en cambio, cierro los ojos y recuerdo lo que ha pasado este año, todo lo que he vivido. «He sobrevivido».

De pronto todo resulta muy evidente.

—¿Y bien? —insiste mamá.

Sacudo la cabeza.

—No importa —digo—. No iré a Brown.

Mamá aprieta los labios. Papá aparece detrás de ella con expresión preocupada.

—No quiero ir. Prefiero ir a la Estatal.

—Jill, si es por el dinero, ya encontraremos una solución —dice mamá, limpiándose las manos en el delantal que tiene atado alrededor de la cintura.

—Claro —asegura papá.

Pero sacudo la cabeza otra vez.

—No, no quiero ir. —Vuelvo a dejar el sobre sin abrir en la mesa. Mi voz suena firme y tengo la mente despejada. Ya me he olvidado del ansia, de la necesidad que sentía de estar allí. Ahora que sé la verdad, todo ha cambiado. Solo de pensar en estar cerca del pasado de Adam me da ganas de vomitar. Tengo otra opción.

Tengo un futuro en la Estatal y, por primera vez en mucho tiempo…, soy libre.

Esa noche llego a casa de Nikki acompañada de Jared. Los chicos ya han empezado a preparar la hoguera en la playa y se han quedado juntos en una parte del círculo con los brazos a los lados, sin hablar demasiado. Quentin le da un golpecito con el codo a Henry cuando ve que me acerco. Este esboza una sonrisa cauta, y un mechón de pelo le cae sobre la frente.

—Hola —dice Henry.

—Hola. —Antes de que pueda pensarlo mejor, extiendo los brazos y lo abrazo por la cintura. Al principio su cuerpo se tensa, pero luego me acerca hacia él y me abraza con afecto.

—Estamos bien, Jill. Estamos bien —me susurra en el pelo. Algo dentro de mí se libera y por fin siento que me perdona.

Nikki aparece con el enorme archivador verde que contiene toda la información sobre los Jugadores.

—Ey —dice, con los ojos húmedos—. ¿Listos?

Asiento.

—Sí —murmura Henry—. Venga, vamos.

Los demás nos siguen. Incluso Robert, que se cruza de brazos. La chaqueta de cuero que lleva se le tensa en los codos.

Miro alrededor del círculo y veo a Jugadores de todos los cursos. Los de segundo y tercero están juntos, y van cambiando el peso de un pie al otro. Jared está con los de su curso, en un grupito. Se respira un ambiente sombrío. Mañana hubiese sido la iniciación.

Nikki carraspea y levanta el archivador por encima de la cabeza. El grupo se queda en silencio, esperando que haga un último discurso, que comparta las normas con el siguiente maestro de ceremonias.

Pero con un movimiento rápido lanza el archivador hacia delante, directamente al centro de la hoguera.

Topher Gardner ahoga un grito y varios alumnos de segundo se llevan las manos a la boca. Jared me mira desde el otro lado del círculo y lentamente esboza una sonrisa.

—Se ha acabado —dice Nikki con suavidad, fijando la mirada en los trocitos de papel que suben, suben, suben por las llamas. La hoguera se aviva y crece cada vez más, hasta que no soy capaz de seguir mirando por el calor—. ¡Se ha acabado todo! —Esta vez lo grita.

—¿Y los Archivos? —pregunta Quentin.

—Los hemos borrado —responde Nikki—. La novia de Rachel es programadora. Le he pedido que eliminara la aplicación. Ya no se puede recuperar.

Marla asiente.

—Bien hecho, Nik.

Los novatos están boquiabiertos. Me pregunto si querían que los Jugadores siguiesen adelante o si están entusiasmados ante la idea de volver a ser normales. De tener que ganarse lo que creen que se les debe. Al principio los obligamos a adoptar esta actitud, y no es justo que ahora se lo arrebatemos. Pero algo tenía que cambiar. «Este año será diferente».

Nos quedamos todos de pie en silencio durante un minuto antes de que Robert levante la cabeza.

—Mirad. —Señala hacia la casa. Decenas de personas se acercan hacia nosotros, saliendo de detrás de los juncos. Tardo unos instantes en reconocerlos. Son nuestros compañeros de clase. Gente que nunca viene a las fiestas. El equipo de ajedrez y el club de jazz. Las compañeras del equipo de hockey de Marla. De repente, parece que toda la escuela se ha reunido para ver cómo arden los Jugadores.

Me late el corazón desenfrenadamente. Así es como tendrían que ser las cosas. No somos mejores que el resto. Pero somos los únicos que no nos habíamos dado cuenta. Ahora lo sabemos.

—Ey. —Alguien me coge por el codo, y me encojo y me aparto por instinto—. No pasa nada, soy yo. —Henry vuelve a aparecer a mi lado—. Ven aquí, quiero enseñarte una cosa. —Me tira de la muñeca con suavidad y lo sigo hasta el punto en que el agua se encuentra con la arena—. Cierra los ojos —susurra. Hago lo que me dice, forzándome a no tener miedo a la oscuridad. Ya no—. Vale, ábrelos. Mira hacia arriba.

Parpadeo varias veces y alzo la cabeza hacia el cielo. Se ve la galaxia muy despejada. Un millón de destellos de luz minúsculos. Las estrellas centellean como si fuesen diamantes. Podría planificar toda mi vida con el mapa perfecto de esta noche.

—Es increíble, ¿eh? —dice Quentin.

—Impresionante —contesta Nikki.

Han venido todos, dejando atrás al resto de Gold Coast Prep por última vez.

—Eso de allí parece una polla —comenta Robert un poco demasiado alto.

—Calla, ¡idiota! —salta Marla—. No te cargues el momento.

—Eh, ¡déjame en paz!

Y, de pronto, me echo a reír. Me río tanto que me comienza a doler el estómago y tengo que inclinarme hacia delante para tranquilizarme.

Nikki también empieza a reírse, y al cabo de nada estamos todos partiéndonos de risa junto al estuario de Long Island Sound, observando el perfecto tramo de cielo que mis amigos han encontrado para mí.

Henry es el primero en controlarse y pronto nos quedamos todos en silencio, mirando hacia arriba. Me pregunto quiénes somos ahora mismo y cuánto tiempo nos mantendremos así. ¿Nos reconoceremos los unos a los otros dentro de un año? ¿Y dentro de diez? Me pregunto en quién se habría convertido Shaila si siguiera viva. ¿Cómo sería Graham si él también estuviera aquí? Me pregunto qué clase de daño nos hemos infligido entre nosotros y si algún día cicatrizarán las heridas. Me pregunto si estamos preparados para separarnos.

Muevo la cabeza ligeramente y encuentro el Carro, Lyra, el Águila, Tauro. Mis constantes. Mis verdades. Una estrella fugaz cruza el cielo volando, explota y luego desaparece. Unas pequeñas olas chocan contra la orilla a nuestros pies.

Juntos, miramos hacia la oscuridad para encontrar la luz.

Lo hemos conseguido.

Hemos salido con vida.

Agradecimientos

En primer lugar, y siempre, gracias a mi indomable agente, Alyssa Reuben. Creyó en esta historia desde el primer día, y también creyó en mí. Estoy muy agradecida por su tenacidad, su paciencia y sus consejos.

Gracias también a todo el equipo de Paradigm por concertar llamadas telefónicas, por repasar conmigo los contratos y, en general, por ser los mejores: Katelyn Dougherty y Madelyn Flax.

Mi editora, Jess Harriton, es un regalo para los escritores y una maga de la narración. Se dio cuenta de lo que podría llegar a ser este libro y me ayudó a darle mucha más riqueza, profundidad y significado. Estoy maravillada por sus habilidades y su generosidad. Jess, me muero de ganas de repetirlo.

Muchas felicidades al increíble equipo de diseño que conceptualizó y fotografió esta cubierta tan exquisita y cautivadora: Christine Blackburne, Maggie Edkins y Jessica Jenkins.

Quiero extender mi agradecimiento también a Elyse Marshall, una publicista a la que supe que adoraría en cuanto pidió patatas fritas para compartir entre toda la mesa.

Y gracias a todas las personas de Razorbill y PenguinTeen que han apoyado a Jill y a sus amigos. Tengo mucha suerte de tener un equipo que me haya animado tanto: Krista Ahlberg,

James Akinaka, Kristin Boyle, Kara Brammer, Christina Colangelo, Alex Garber, Deborah Kaplan, Jennifer Klonsky, Bri Lockhart, Casey McIntyre, Emily Romero, Shannon Spann, Marinda Valenti y Felicity Vallence.

A este libro se le han abierto tantas puertas adicionales gracias a las personas que creyeron que podría extenderse más allá de la página: Meghan Oliver y Matt Snow, de Paradigm, estoy en una nube gracias a vosotros.

Un saludo también a Sasha Levites, mi guerrera legal. Su imperturbabilidad y su ferocidad son inagotables.

Gracias a Sydney Sweeney, que me demuestra qué significa realmente trabajar duro. Su apoyo es incomparable.

Jill y los Jugadores nacieron en la clase de escritura de ficción juvenil de Melissa Jensen en la Universidad de Pensilvania (sí, es una clase de verdad; y sí, fue una fantasía). Melissa, gracias por esta nota que me dejaste en un margen: «¡Me muero de ganas de que algún día lo publiques!».

Hace años, me senté en el despacho de Laura Brounstein, en *Cosmopolitan*, y me preguntó: «¿A qué te quieres dedicar de verdad?». Era una entrevista de trabajo, así que la respuesta obvia era «Quiero trabajar aquí». Pero, para bien o para mal, contesté: «Quiero escribir una novela juvenil, pero no ahora, sino en algún momento del futuro». Su respuesta: «¿Por qué esperar?». Bien pensado, LB.

A mis editores de *Entertainment Weekly*, que me instaron a seguir adelante y a continuar escribiendo, gracias por decir siempre que sí: Tina Jordan, Kevin O'Donnell y Chris Rosen.

A los compañeros de *Cosmopolitan*, del pasado, del presente y del futuro: gracias por los memes, por los consejos de vida y por el suministro infinito de Cheetos y de champán. La vida es más dulce porque vosotros formáis parte de ella. Gracias, en especial, a Faye Brennan, Meredith Bryan, Katie Connor, Sascha de Gersdorff, Mary Fama, Dani Kam, Sophie Lavine, Ashley Oerman, Jess Pels, Michele Promaulayko, Andrea Stanley, Molly Stout, Susan Swimmer y Helen Zook. Allie Holloway es quien me hizo la increíble foto de autora; es una crac.

Isabella Biedenharn, Ali Jaffe y Kase Wickman fueron algunas de mis primeras lectoras. Muchas gracias por todos los comentarios tan considerados y por los ánimos, que me ayudaron a seguir adelante cuando no conseguía ver el final de todo esto. Colette Bloom y Marley Goldman leyeron muchos, muchos, muchísimos borradores del manuscrito, y me pasaré el resto de mi vida agradeciéndoles su tiempo tan preciado, sus comentarios y su amor. Eh, chicas, vosotras habéis hecho que este libro sea mucho mejor.

A todos mis amigos, que me abrazaban cuando las cosas se ponían feas y lo celebraban conmigo cuando todo mejoraba. Soy la persona más afortunada: Maddie Boardman, Gina Cotter, Lisa Geismar, Mady Glickman, Josh Goldman, Katie Goldrath, Mahathi Kosuri, Ellie Levitt, Lora Rosenblum, Jordan Sale, Andrew Schlenger, Derek Tobia, Lucy Wolf y Ari Wolfson.

Gracias a mi hermana, Halley, por aprender a hacer una story en Instagram para celebrar la ocasión, y por ser siempre mi campeona. Eres mi heroína. Mucho amor a Ben y a Leia por darme continuamente galletas con trocitos de chocolate y arrumacos (respectivamente, por supuesto).

Soy escritora porque soy lectora, y soy lectora gracias a mis padres, Candyce y David, que me llevaron a librerías y bibliotecas desde que tuve uso de razón. Me dejaron escoger los libros que quisiera y nunca censuraron mi selección. Celebraban los libros en rústica y los de tapa dura y todo lo que hay entremedio. Me dejaban leer en los largos viajes en coche y en la bañera.

Siempre decían que sí a los libros. Gracias por dármelo todo y por el amor y la fuerza infinitos.

Te quiero, Maxwell Strachan. Y esto no es más que el principio.